U0458124

中华经典
古诗词三百首
德语译注本

元曲百首

谭余志 选编、译注

HUNDERT LIEDER
AUS DER YUAN-ZEIT

GESAMMELT, ÜBERTRAGEN UND KOMMENTIERT VON TAN YUZHI

上海三联书店

本书编委会

主　编

吴声白　虞龙发　庄　雯

总审校

吴声白

编　委（按拼音字母排序）

韩帛均（德国）　王　磊　吴声白　虞龙发　庄　雯

Vorwort

Das Tang-Gedicht (唐诗), das Song-Ci (宋词) und das Yuan-Lied (元曲) sind drei Meilensteine in der Entwicklung der chinesischen klassischen Literatur. Das Yuan-Lied hat zwei Arten: 1) Das lyrische Lied (散曲 , in dieser Auswahl wird es nur als Lied genannt), das lyrische Lied hat drei Formen: Kleinlied (小令), kombiniertes Lied (带过曲) und Liederzyklus (套数 , 套曲 oder 散套 , besteht aus mehreren Kleinliedern). 2) Die lyrische Oper (杂剧), sie besteht aus Liederzyklen, gesprochenen Texten (宾白) und Handlungsteilen (科白). Sie ist ein Bühnenwerk, gehört nicht mehr zu unserer Auswahl.

Das lyrische Lied könnte als ein in Form und Thematik weiterentwickeltes Song-Ci bezeichnet werden, aber es hat mehr Elemente des Volkslieds und der Umgangssprache sowie des Dialektes. Unter dem Einfluss des Volksliedes sind im lyrischen Lied Wortwiederholungen häufig verwendet. Im lyrischen Lied wird im Allgemeinen der durchgehende Reim gebraucht, auch innerhalb eines Verses. Und die vier Töne sind hier gleichgestellt (四声通押), aber in Gedicht und Ci sind die vier Töne eines Vokals in zwei Gruppen (平 [píng] und 仄 [zè]) eingestellt: 平 für den ersten Ton (wie lange Vokale), 仄 für die anderen drei Töne, beim Reimen des Gedichts und Cis muss man diese strenge Regel befolgen.

Es gibt über 335 Liedertypen (曲牌), davon sind über 100 Typen häufig gebraucht. Und jeder Typ hat mehrere Variationen.

In der Yuan-Dynastie (1271–1368) wirkten über 227 Liederautoren. Unsere Auswahl hat 37 Autoren aufgenommen. In der damaligen Zeit haben die Intellektuellen der Han-Nationalität (汉族) sehr gelitten, sie sanken auf eine soziale Stufe herab, die sie zwischen Freudenmädchen und Bettlern stellte. Mehr als siebzig Jahre gab es keine Staatsprüfung, so wurde ihnen die herkömmliche Leiter zur Karriere weggezogen, deshalb haben manche Liederautoren versucht, in der Natur die innere Ruhe zu finden, und in ihren Werken klagten sie manchmal über die Obrigkeit. Und viele Autoren zogen die Themen Natur und Liebe vor.

Wir hoffen, dass unsere Auswahl den deutschen Lyrik-Liebhabern einen Überblick in das lyrische Lied der Yuan-Dynastie geben kann.

TAN Yuzhi

目 录 Inhalt

白朴　**Bai Pu**

郑光祖　Zheng Guangzu

张可久　Zhang Kejiu

Hundert Lieder aus der Yuan-Zeit

关 汉 卿　**guān hàn qīng**　（1229？ –1279）

Guan Hanqing, ein berühmter Dramatiker, schreibt über sechzig lyrische Opern (auf Chinesisch heißt es 杂剧 [zá jù]), er übt großen Einfluss auf die Entwicklung dieser Oper; von seinen lyrischen Liedern (auf Chinesisch 元曲 [yuán qǔ] oder 散曲 [sǎn qǔ]) sind über siebzig erhalten geblieben, dazu hat er noch dreizehn Liederzyklen (auf Chinesisch 套数 或套曲) geschrieben. In der Schaffung der lyrischen Lieder gilt er als erster von den vier großen Dichtern in der Yuan-Dynastie, die anderen drei sind Ma Zhiyuan (马致远), Bai Pu (白朴) und Zheng Guangzu (郑光祖).

沉醉东风 ①

咫尺的天南地北，霎时间月缺花飞。②
手执着饯行杯，眼阁着别离泪。③
刚道得声"保重将息"，痛煞煞教人舍不得。④
好去者，望前程万里！⑤

① 沉醉东风 : das Lied „Trunkenheit beim Ostwind" ② 咫 [zhǐ] 尺 : in der Nähe; 霎 [shà] 时间 : im Nu; plötzlich; 月缺花飞 : es fehlt der Mond, und die Blüten fallen. Das Bild bezieht sich auf den Abschiedsschmerz. ③ 饯 [jiàn] 行 : das Abschiedsessen; 阁 [gé]= 搁 [gé]: enthalten ④ 保重将息 : sich mehr schonen; 痛煞煞 [shà]: äußerst traurig ⑤ 好去者 : Lebe wohl!

Das Lied „Trunkenheit beim Ostwind"

Vor mir ist mein Geliebter, er wird in die weite Ferne ziehen,

Das glückliche Zusammensein ist zu kurz, wie die Blumen, die im Nu verblühen.

Jetzt ist der schwere Abschied,

Ich hebe den Becher auf, und die Tränen kommen mir in die Augen.

Eben habe ich gesagt: „Schone dich!"

Nun ertrage ich kaum noch den Abschiedsschmerz.

Dennoch sage ich:

„Lebe wohl!" Eine glänzende Zukunft wünsche ich dir!

Zu diesem Lied:

Das ist ein Kleinlied (小令), es schildert eine herzgreifende

Szene, bei der ein Mädchen all ihr Liebesleid unterdrückend von ihrem Geliebten Abschied nimmt. Das Lied ist ein typisches Beispiel für Guans Stil: er will angesichts aller Leid und Not auch eine Hoffnung geben, dies zeigt er am Ende des Liedes.

Zur Reimung: Die ersten vier Sätze sind mit dem Laut –ei（北、飞、杯、泪）gereimt, der 5. und 7. Satz sind mit –i gereimt, und der Reim des 6. Satzes ist eine Waise（孤韵）.

四块玉 [1]
别情 [2]

自送别，心难舍，一点相思几时绝？
凭阑袖拂杨花雪。 [3]
溪又斜，山又遮，人去也。

[1] 四块玉 : das Lied „Vier Stück Jade" [2] 别情 : Abschiedsschmerz, hier ist es der Titel [3] 凭阑 [lán]: am Geländer; 杨花雪 : fliegende Weidenkätzchen.

Das Lied „Vier Stück Jade"
Abschiedsschmerz

Nach dem Abschied sehne ich mich nach dir,

Mir ist das Herz immer noch schwer.

Wann wird diese Liebessehnsucht ihr Ende nehmen?

Am Geländer fege ich mit den Ärmeln die fliegenden

Weidenkätzchen weg,

um dir nachzusehen.

Leider macht der Bach eine Biegung,

Und der Berg versperrt mir die Blickrichtung,

Du bist in die Ferne entschwunden.

Zu diesem Lied:

Das Lied ist sprachlich ziemlich einfach, inhaltlich kann man es als Fortsetzung des vorigen Liedes betrachten. Das Lied hat auch sieben Sätze. Die Wortzahl der Sätze richtet sich nach dem Schema 3-3-7-7-3-3-3, es gibt auch Variationen, z. B.: 3-3-7-8-3-3-3, 3-3-7-8-5-5-3 usw.

大德歌 ①
春

子规啼，② 不如归，③ 道是春归人未归。④
几日添憔悴，⑤ 虚飘飘柳絮飞。⑥
一春鱼雁无消息，⑦ 则见双燕斗衔泥。⑧

① 大德歌 : das Lied „Große Tugend" ② 子规 = 杜鹃 : der Kuckuck ③ 不如归 : (der Kuckuck ruft), als ob er spricht: „Es ist besser, zurückzugehen!" ④ 人 : (hier) ihr Mann ⑤ 憔悴 [qiáo cuì]: schwach und matt ⑥ 虚飘飘 : schwächlich; 柳絮 [xù]: das Weidenkätzchen ⑦ 鱼雁 : (hier) die Boten ⑧ 斗 : (hier) mit Wetteifer; 衔 [xián] 泥 : das Nest mit Schlamm bauen.

Das Lied „Große Tugend"
Der Frühling

Der Kuckuck ruft, als ob er spricht: „Es ist besser, zurückzugehen!"

Und der Frühling ist wirklich wieder da,

Aber mein Mann kommt nicht zurück.

Seit Tagen fühle ich mich sehr schwach und matt,

Und körperlich bin ich so leicht geworden wie ein fliegendes Weidenkätzchen.

Den genzen Frühling haben mir die Boten keine Nachricht von ihm gebracht,

Da sehe ich neidisch das Paar Schwaben mit Wetteifer ihr Nest bauen mit Schlamm.

Zu diesem Lied:

Es ist ein Liebeslied. Hier wird die starke Liebessehnsucht von einer Frau nach ihrem Mann beschrieben. Und das Schwabenbild hebt den Liebeskummer der Frau hervor.

Zur Formgestaltung: insgesamt sieben Sätze, deren Wortzahl: 3-3-7-5-6-7-7, es gibt auch Variationen, z.B.: das folgende Lied 《大德歌·夏》: 3-3-8-5-7-7-8, und in der Regel stehen am Anfang die zwei Sätze mit je drei Schriftzeichen.

大德歌 ①
夏

俏冤家，② 在天涯，偏那里绿杨堪系马。③
困坐南窗下，数对清风想念他。④
蛾眉淡了教谁画？⑤ 瘦岩岩羞带石榴花。⑥

① 大德歌：das Lied „Große Tugend" ② 俏冤 [yuān] 家：mein Schatz ③ 偏：nur; 绿杨：grüne Weiden; 堪：können; 系马：Pferde (an etw.) anbinden, (hier) eine Klage, dass ihr Mann nicht heimkommt ④ 困：(hier) vom Liebeskummer geplagt; 数：oft; 对清风：beim leichten Wind ⑤ 蛾眉：fein geschwungene Augenbrauen; 画：(hier) tuschen ⑥ 瘦岩岩：(vom Liebeskummer) abgemagert sein; 石榴花：die Granatenbaumblüte.

Das Lied „Große Tugend"

Der Sommer

Mein Schatz weilt am Himmelsrand,

Gibt es nur dort grüne Weiden, an denen er das Pferd

anbinden kann?

Vom Liebeskummer geplagt, sitze ich oft am Südfenster

einsam,

Und beim leichten Wind sehne ich mich nach ihm.

Wen lasse ich mir die Brauen tuschen?

Ich bin vom Liebeskummer so abgemagert, dass ich mir

vor Scham keine Granatenbaumblüte aufstecken will.

Zu diesem Lied:

Das Lied ist ein innerer Monolog einer jungen Frau, so kann der intime Ausdruck „mein Schatz" gebraucht werden. Hier wäre eine Klage, womit sie dem schweren Liebeskummer Luft macht. Zu bemerken: im Allgemeinen wird im Lied „Große Tugend" der durchgehende Reim wie hier gebraucht.

一半儿 ①
题情 ②

碧纱窗外静无人，③跪在床前忙要亲。

骂了个负心回转身。④

虽是我话儿嗔，⑤一半儿推辞一半儿肯。⑥

① 一半儿 : das Lied „Halb und halb" ② 题情 : über die Liebe
③ 碧纱窗 : das grüne Gazefenster; 亲 : küssen ④ 负心 : untreu; 转
身 : sich umdrehen ⑤ 虽 [suī]: zwar; 嗔 [chēn]: ärgern ⑥ 一半儿推
辞 : halb ablehnen; 一半儿肯 : halb einwilligen.

Das Lied „Halb und halb"
Über die Liebe

Vor dem grünen Gazefenster ist's still,

Er kniet vor dem Bett und will mich eilig küssen.

Ich drehe mich brüsk um und schelte ihn untreu.

Zwar ärgere ich mit diesem Wort ihn,

Da lehne ich halb ab, halb willige ich ein.

Zu diesem Lied:

Hier wird die Liebesszene eines Liebespaars direkt geschildert, es wird die Volkssprache gebraucht. Dies ist ein Merkmal des Liedes in der Yuan-Zeit.

碧玉箫 ①

膝上琴横，哀愁动离情。②
指下风生，潇洒弄清声。③
锁窗前月色明，雕阑外夜气清。④
指法，助起骚人兴。⑤
听，正漏断人初静。⑥

① 碧玉箫 : das Lied „Die mit grünem Jade eingelegte Langflöte"
② 琴 : die Zither; 横 : quer; 哀愁 : die kummervollen Töne; 动 : (hier)
erregen; 离情 : der Abschiedsschmerz ③ 风生 : eindrucksvoll spielen;
潇洒 : natürlich und ungezwungen ④ 锁窗 : das mit Blumengravuren
verzierte Fenster; 雕阑 [diāo lán]: das geschnitzte Geländer; 夜气清 :
die einsame und kalte Nacht ⑤ 指法 : mit den Fingern leise zupfen;
骚 [sāo] 人 : der Dichter; 兴 = 雅兴 : lebhaftes Interesse ⑥ 漏断 : die
Wasseruhr hat aufgehört; 人初静 : die Menschenstille.

Das Lied „Die mit grünem Jade eingelegte Langflöte"

Die Zither liegt quer auf ihren Knien, die kummervolle

Musik erregt den Abschiedsschmerz,

Ihre Finger spielen eindrucksvoll, und die Töne sind

klar und natürlich.

Der helle Mond scheint vor dem mit Blumengravuren

verzierten Fenster,

Die einsame und kalte Nacht herrscht vor dem

geschnitzten Geländer.

Sie zupft mit den Fingern leicht die Zither,

Und erregt lebhaftes Interesse der anwesenden Dichter.

Hört, die Wasseruhr steht still,

Und es herrscht die Menschenstille.

Zu diesem Lied:

Hier wird das Zitherspiel eines Singmädchens beschrieben, die Zuhörer sind die Dichter, die unter der Herrschaft der Mongolen keine Möglichkeit finden, Beamter zu werden. Denn die eigentliche kaiserliche Prüfung ist abgeschafft, und die Dichter leiden auch unter ihrer sozialen Stellung, die hinter den Prostituierten steht. So vertreiben sie ihre Zeit viel mit den

Sing- und Freudenmädchen. Dieses Lied stellt eine allgemeine Szene ihres Lebens dar.

套数 一枝花①

杭州景

普天下锦绣乡，环海内风流地。②
大元朝新附国，亡宋家旧华夷。③
水秀山奇，一到处堪游戏，这答儿忒富贵。④
满城中绣幕风帘，一哄地人烟凑集。⑤

[梁州第七]⑥
百十里街衢整齐，万余家楼阁参差，并无半答儿闲田地。⑦
松轩竹径，药圃花蹊，茶园稻陌，竹坞梅溪。⑧
一陀儿一句诗题，一步儿一扇屏帏。⑨
西盐场便似一带琼瑶，吴山色千叠翡翠。⑩
兀良，望钱塘江万顷玻璃。⑪
更有清溪绿水，画船儿来往闲游戏。⑫
浙江亭紧相对，相对着险岭高峰长怪石，堪羡堪题。⑬

[尾]⑭
家家掩映渠流水，楼阁峥嵘出翠微，遥望西湖暮山势。⑮

看了这壁，觑了那壁，纵有丹青下不得笔。⑯

① 一枝花：der Liedezyklus „Ein Stück Blume", „Liederzyklus"
heißt auf Chinesisch „ 套数 ", „ 套曲 " oder „ 散套 ", er besteht aus
mindestens zwei Liedern. ② 锦绣乡：der schönste Ort; 环海内：überall
in dem weitesten Land; 风流地：ein hervorragender Ort ③ 大元朝：
die große Yuan-Dynastie; 新附国：ein neuer abhängiger Staat; 华夷
[yí]: Bürger und Stämme ④ 堪 [kān]：können; 游戏：die schönste
Landschaft bewundern; 这答儿：(Umgangssprache) hier, da; 忒 [tuī]:
(Dialekt) sehr ⑤ 绣幕风帘：der gestickte Türvorhang zum Schutz
gegen den Wind; 一哄地：(Umgangssprache) auf einmal; 人烟凑
集：ein Menschengedränge ⑥ 梁州第七：das siebte Lied „Die Stadt
Liangzhou" ⑦ 衢 [qú]：die Hauptverkehrstraße; 整齐：in guter
Ordnung sein; 参差 [cēn cī]: in der verschiedenen Höhe; 无半答儿：
(Umgangssprache) kein Stück; 闲田地：unbenutzter Boden ⑧ 松
轩 [xuān]: der Wandelgang unter den Kiefern; 竹径：der Pfad im
Bambushain; 药圃 [pǔ]: der Garten für die Heilkräuter; 花蹊 [xī]: der
Blumenpfad; 茶园：die Teeplantage; 稻陌 [mò]: die Raine auf den
Reisfeldern; 竹坞 [wù]: die mit Bambus bewachsene Mulde; 梅溪：
Bach mit Winterkirschbäumen ⑨ 一陀 [tuó] 儿：(Umgangssprache)
ein Ort; 一句诗题：einen Vers dichten; 屏帏 [wéi]: ein malerischer
Wandschirm ⑩ 盐场：das Salzfeld; 琼瑶 [qióng yáo]: feiner Jade; 吴
山：Wushan-Berg liegt am Westsee; 千叠 [dié]: tausend Schichten;
翡翠 [fěi cuì]: das Jadeit ⑪ 兀 [wù] 良：(Umgangssprache) Ah! 钱

塘江 : der Qiantang-Fluss fließt durch die Stadt Hangzhou; 万顷 : die unendliche Weite ⑫ 画船 : das bunte Vergnügungsboot ⑬ 浙江亭 : der Zhejiang-Pavillon; 紧相对 : dicht gegenüber stehen; 堪羡 [kān xiàn]: bewundern können; 堪题 : mit einem Gedicht beschreiben können ⑭ 尾 : zum Schluss ⑮ 掩映 : sich widerspiegeln; 楼阁 : Gebäude und Pavillons; 峥嵘 [zhēng róng]: hochragend; 暮山势 : die Berge (am Westsee) in der Abenddämmerung ⑯ 壁 : (hier) der Gipfel; 觑 [qù]: sehen; 丹青 : roter und blauer Farbstoff.

Ein Liederzyklus
Ein Stück Blume
Die Landschaft der Stadt Hangzhou

Hangzhou ist die schönste Stadt in aller Welt,

Und es ist ein hervorragender Ort des weitesten Landes.

Jetzt ist das Song-Reich abhängig von der Yuan-

Dynastie,

so gibt es keine Bürger des Song-Reichs mehr.

Hangzhou hat schöne Flüsse und wunderliche Berge,

Jeder Ort wird gern besucht, und jeder Ort verfügt über

Reichtümer.

In der Stadt sind überall gestickte Türvorhänge,

Auf einmal kommt es auf der Straße zum

Menschendränge.

[Das siebte Lied „Die Stadt Liangzhou"]
Die langen Hauptverkehrstraßen sind in guter Ordnung,
Tausend Gebäude und Pavillons stehen in der
verschiedenen Höhe,
Da sieht man keinen unbenutzten Boden.
Hier gibt es Wandelgänge unter den Kiefern, Pfade im
Bambushain,
Und Gärten für Heilkräuter sowie Teeplantagen.
Und Feldwege mit Blumen, Reisfelder mit Rainen,
Sowie die mit Bambus bewachsenen Mulden und
Bäche mit Winterkirschen.
Über jeden Ort kann man einen Vers dichten,
Auf Schritt und Tritt sieht man ein schönes Bild, das
man auf einen Wandschirm malen kann.
Das Salzfeld im Westen sieht wie weißer Jade aus,
Die Farbe des Wushan-Bergs gleicht dem grünen Jadeit
in tausend Schichten.
Ah, schaut auf die unendliche Weite des Qiantang-
Flusses!
Das Wasser glänzt wie das Glas.
Es gibt noch klare und grüne Bäche, worauf

Die bunten Vergnügungsboote hin- und herfahren.

Dicht am Qiantang-Fluss steht der Zhejiang-Pavillon,
ihm gegenüber

Ragen Berge empor, an denen seltsame Steine stehen,

Man kann jeden Stein bewundern oder ihn mit einem
Gedicht beschriften.

[Zum Schluss]

Im fließenden Wasser spiegelt sich jedes Hochhaus
wider,

Gebäude und Pavillons ragen auf den grünen Bergen
empor.

Wenn man in der Abenddämmerung auf die Berge vom
Westsee schaut,

Da sieht man einen Gipfel um den anderen.

Wenn man auch roten und blauen Farbstoff hätte,

Wüsste man nicht, welchen Gipfel man malen würde.

Zu diesem Liederzyklus:

Der Liederzyklus besteht aus drei Liedern, sein Name ist „Ein
Stück Blume", und „Die Landschaft der Stadt Hangzhou" ist
der Titel. Hangzhou war die Hauptstadt der Südsong-Dynastie
（南宋）, damals hieß es „Lin'an" （临安）.

Nach dem Untergang der Südsong-Dynastie besuchte der

Autor Hangzhou und schrieb diesen Liederzyklus. Am Anfang erwähnt er, dass die Südsong-Dynastie jetzt unter der Herrschaft der Mongolen steht. Dann zählte er die schönen Landschaften der Stadt auf, damit will er seinen Landsleuten sagen, dass sie die nationale Schmach nicht vergessen sollen.

马致远 | mǎ zhì yuǎn （um 1251–um 1321）

Ma Zhiyuan, ein berühmter Dramatiker und namhafter Meister der lyrischen Lieder. Er war zeitweilig ein provinzialer Beamter, dann gab er sein Amt auf und widmete sich der Dichtung. Er schuf 15 lyrische Opern, und von ihm sind über 120 lyrische Lieder erhalten geblieben.

寿阳曲 ①

云笼月，风弄铁，②
两般儿助人凄切。③
剔银灯欲将心事写，④
长吁气一声吹灭。⑤

① 寿阳曲 : das Lied „Frohes Leben" ② 笼 [lóng]: verdecken; 弄 : spielen; 铁 : Windglöckchen unter dem Dach ③ 两般儿 : Wolken und Wind gemeint; 助 : lassen; 凄 [qī] 切 : einsam und traurig ④ 剔银灯 : die silberne Lampe putzen; 心事 : Herzensqual ⑤ 吁气 : Seufzer.

Das Lied „Frohes Leben"

Die Wolken verdecken den Mond, der Wind bringt die
Glöckchen unter dem Dach zum Klingen,
Dies beides macht die Frau traurig und einsam.
Sie putzt den Docht der silberen Lampe und möchte
ihre Herzensqual aufs Papier bringen,
Aber ein langer Seufzer hat die Lampe ausgemacht.

Zu diesem Lied:

Es ist ein Klagelied über den Liebeskummer einer jungen
Frau. Es ist zu bemerken, dass der Dichter den konkreten Inhalt
ausgelassen hat, so sollte sich der Leser selbst je nachdem
hineindenken.

寿阳曲

潇湘夜雨 ①

渔灯暗，客梦回。②
一声声滴人心碎。③
孤舟五更家万里，④
是离人几行情泪。⑤

① 潇湘夜雨 : der Nachtregen auf dem Xiaoxiang-Fluss, hier ist der Titel; 湘 = 湘江 : Xiang-Fluss, ist in der Provinz Hunan (湖南); 潇 = 潇水 : Xiao-Fluss, ein Nebenfluss des Xiang-Flusses ② 渔灯 : das Licht auf einem Fischerboot; 梦回 : aus dem Traum erwachen ③ 一声声滴 : das Geräusch der Regentropfen; 心碎 : jm. Herzeleid bereiten ④ 五更 : in der alten Zeit ist die Nacht in fünf Doppelstunden eingeteilt, 五更 heißt die fünfte Doppelstunde, d.h. gegen vier Uhr morgens; 家万里 : die Heimat liegt zehntausend Meilen weit ⑤ 离人 : einer, der in der Fremde weilt; 情泪 : Tränen des Heimwehs.

Das Lied „Frohes Leben"

Der Nachtregen auf dem Xiaoxiang-Fluss

Das Licht auf dem Fischerboot leuchtet schwach,
Der Fahrgast auf dem einsamen Boot ist aus dem
Traum erwacht.
Das Geräusch der Regentropfen bereitet ihm Herzeleid,
Jetzt ist es gegen vier Uhr morgens.
Seine Heimat liegt zehntausend Meilen weit,
Die Regentropfen scheinen Tränen seines Heimwehs
zu sein.

Zu diesem Lied:

Hier wird das Heimweh eines Reisenden beschrieben. Nachtregen, ein einsames Boot, die weite Entfernung von der Heimat. Das alles verstärkt sein Heimweh.

寿阳曲

江天暮雪

天将暮，雪乱舞，
半梅花半飘柳絮。①
江上晚来堪画处，②
钓鱼人一蓑归去。③

① 半：halb ähnlich; 飘柳絮 [xù]: fliegende Weidenkätzchen ② 堪 [kān] 画处 : es kann im Bild gemalt werden ③ 蓑 [suō]: der Regenumhang aus Palmbast oder Stroh.

Das Lied „Frohes Leben"

Abendschnee über dem Fluss

Der Tag neigt sich, am Himmel wirbeln Schneeflocken, die sind
Halb ähnlich den Blüten der Winterkirsche und halb ähnlich den fliegenden Weidenkätzchen.

Abends am Fluss zeigt sich ein malerisches Bild:
Ein Angler mit einem Regenumhang geht heim
gemächlich.

Zu diesem Lied:

Es ist ein schönes Naturbild, der letzte Satz macht das Lied
lebendig.

落梅风 ①

蔷薇露，荷叶雨，②
菊花霜冷香户。③
梅梢月斜人影孤，④
恨薄情四时辜负。⑤

① 落梅风：das Lied „Der Wind bläst die Blüten der Winterkirsche
ab" ② 蔷薇：die Rose; 荷叶：die Blätter des Lotos ③ 菊花：die
Chrysantheme; 香庭户：das Frauengemach ④ 梅梢：der Wipfel der
Winterkirsche ⑤ 恨：ärgern; 薄情：ein unbeständiger Geliebter; 四
时：die vier Jahreszeiten; 辜 [gū] 负：enttäuschen.

Das Lied „Der Wind bläst die Blüten der Winterkirsche ab"

Die Rosen sind vom Tau genässt, auf die Lotosblätter fallen die Regentropfen,

Und die Chrysanthemen vor meinem Gemach sind bedeckt vom Reif.

Der Mond scheint schräg über der Winterkirsche und wirft einen einsamen Schatten von mir,

Es ärgert mich, dass mich mein unbeständiger Geliebter enttäuscht in allen Jahreszeiten.

Zu diesem Lied:

Das ist ein Kleinlied（小令）, die vier Arten Blumen zeigen die vier Jahreszeiten, und die junge Frau wartet jede Zeit auf ihren Geliebten, trotz der Enttäuschung. Das zeigt ihre leidenschaftliche Liebe zu ihm. Diese unglückliche Liebe wird beim Leser Sympathie erregen.

天净沙 ①

秋思

枯藤老树昏鸦，②

小桥流水人家，

古道西风瘦马。

夕阳西下，断肠人在天涯。③

① 天净沙：das Lied „Der klare Himmel" ② 昏鸦：Raben, die im Abenddust zu ihrem Nest fliegen ③ 断肠人：Mensch mit gebrochenem Herzen；天涯：am Ende der Welt.

Das Lied „Der klare Himmel"
Herbstgedanken

Verdorrte Ranken, verkrüppelte Bäume und Raben, die im Abenddunst zu ihrem Nest fliegen,

Ein Steg, ein Bach und einzelne Hütten;

Ein verlassener Weg, ein starker Westwind und ein mageres Pferd.

Unter der sinkenden Abendsonne kommt einer mit gebrochenem Herzen ans Ende der Welt.

Zu diesem Lied:

Es ist ein berühmtes Lied des Dichters, heute wird es noch gelesen. Auffallend ist die Ausdrucksweise: In den ersten drei Sätzen werden neun einzelne Bilder parallel zusammengestellt, so ist ein breiter Hintergrund geschaffen, der den Hauptgedanken im letzten Satz hervorhebt.

清江引 ①

野兴 ②

林泉隐居谁到此，有客清风至。③

会作山中相，不管人间事，争甚么半张名利纸。④

① 清江引 : das Lied „Der klare Fluss" ② 野兴 : der Titel „Ungezügelte Freude" ③ 林泉隐居 : an der Waldquelle als Einsiedler leben ④ 山中相 : gemeint: Einsiedler, eigentlich bezieht es sich auf den Literaten Tao Hongjing (陶弘景 , 452−536) aus der Süd-Dynastie (南朝 , 420− 589), er lebte als Einsiedler am Juqu-Berg (句曲山). Der Kaiser des Liang-Reichs (梁朝 , 502−557) kam oft zu ihm, um sich Rat zu holen, daher wurde er „Kanzler in den Bergen" (山中相) genannt; 不管 : sich nicht um ... kümmern; 人间事 : die Sachen der irdischen Welt; 争 : nicht um ... ringen; 名利纸 = 功名利禄 : amtliche Würden und hohes Einkommen.

Das Lied „Der klare Fluss"

Ungezügelte Freude

Er lebt als Einsiedler an der Waldquelle,

Wer besucht ihn? Nur der kühle Wind kommt als Gast
hierher.

Der Einsiedler versteht gut, was er macht,

So kümmert er sich nicht um die Sachen der irdischen
Welt,

Und ringt auch nicht um amtliche Würden und hohes
Gehalt.

Zu diesem Lied:

Hier hat der Autor aus seiner Sicht das Leben eines Einsiedlers
beschrieben. Der Autor hat 20 Jahre ein unstetes Leben geführt.
Hier zeigt es, dass er auch abgeschieden leben will.

套数 ① 夜行船 ②

秋思 ③

[夜行船]

百岁光阴一梦蝶，重回首往事堪嗟。④

今日春来，明朝花谢。

急罚盏夜阑灯灭。⑤

[乔木查]⑥

想秦宫汉阙，都做了衰草牛羊野。⑦

不恁么渔樵无话说。⑧

纵荒坟横断碑，不辨龙蛇。⑨

[庆宣和]⑩

投至狐踪与兔穴，多少豪杰。⑪

鼎足虽坚半腰里折。⑫

魏耶？⑬晋耶？⑭

[落梅风]⑮

天教你富，莫太奢。⑯

无多时好天良夜。⑰

富家儿更做道你心似铁，争辜负了锦堂风月。⑱

[风入松]⑲

眼前红日又西斜，疾似下坡车。⑳

不争镜里添白雪，上床与鞋履相别。㉑

休笑鸠巢计拙，葫芦提一向装呆。㉒

[拨不断]㉓

名利竭，是非绝。㉔

红尘不向门前惹，绿树偏宜屋角遮，青山正补墙头缺。㉕

更那堪竹篱茅舍。㉖

[离亭宴煞]㉗

蛩吟罢一觉才宁贴，鸡鸣时万事无休歇。㉘

争名利，何年是彻？㉙

看密匝匝蚁排兵，乱纷纷蜂酿蜜，急攘攘蝇争血。㉚

裴公绿野堂，陶令白莲社，爱秋来时那些：㉛

和露摘黄花，带霜烹紫蟹，煮酒烧红叶。㉜

想人生有限杯，浑几个重阳节？㉝

嘱咐俺顽童记者：便北海探吾来，道东篱醉了也。㉞

① 套数 : der Liederzyklus ② 夜行船 : die Schifffahrt in der Nacht, es ist der Name dieses Liederzyklus ③ 秋思 : das Nachdenken im Herbst, es ist der Titel ④ 梦蝶 : nach Zhuang Zi (庄子 , um 369 v.u.Z. – um 286 v.u.Z., großer Philosoph), gemeint: Das Menschenleben ist so kurz wie ein Traum; 堪嗟 [kān jiē]: tief aufseufzen ⑤ 罚盏 [zhǎn]: einen Strafbecher trinken; 夜阑 [lán]: die tiefe Nacht ⑥ 乔木查 : das Lied „der hohe Baum" ⑦ 秦宫 : die Paläste der Qin-Dynastie (221 v.u.Z. – 206 v.u.Z.) 汉阙 [quē]: der Kaiserpalast der Han-Dynastie (206 v.u.Z. – 220 n.u.Z.); 衰草 : Unkräuter; 野 : Ödland ⑧ 不恁 [nèn] 么 : sonst; 渔 :

der Fischer; 樵 [qiáo]: der Reisigsammler; 没话说 : keine Geschichten erzählen ⑨ 纵 [zòng]: zwar; 荒坟 : verlassene Gräber; 横 : quer liegen; 断碑 : abgebrochene Grabsteine; 不辩 : nicht erkennen; 龙蛇 : die kunstvoll geschriebene Inschrift ⑩ 庆宣和 : das Lied „Die Friedensfeier" ⑪ 投至 : (hier) schließlich ⑫ 鼎足 : die drei Beine eines Dreifußes, gemeint die drei rivalisierenden Mächte: Wei (魏 , 220–265), Shu (蜀 , 221–263), (吴 , 222–280), zusammen genannt: die drei Reiche; 半腰折 : auf halbem Weg scheitern ⑬ 耶 [yé]: (hier) Fragewort ⑭ 晋 : Jin-Dynastie (晋朝 , 265–420) ⑮ 落梅风 : das Lied „Der Wind bläst die Blüten der Winterkirsche ab" ⑯ 奢 [shē]: verschwinderisch ⑰ 好天良夜 : die schöne Zeit des Lebens ⑱ 富家儿 : schwerreiche Leute; 更做道 : wenn auch; 心似铁 : unbarmherzig; 争 : (hier) leider, bedauerlicherweise; 辜 [gū] 负 : einer Sache unwürdig sein; 锦堂 : pravolle Gebäude; 风月 : kühler Wind und heller Mond ⑲ 风入松 : das Lied „Der Wind weht durch die Kiefern" ⑳ 疾 [jí]: (hier) schnell, gemeint: die Zeit verfließt schnell; 下坡车 : der bergabwärts fahrende Wagen ㉑ 不争 : enttäuschend; 白雪 : (hier) graues Haar; 上床 : (hier) im Schlaf sterben ㉒ 巢鸠 : der Trick, dass sich die Turteltaube in einem Elsternnest breitmacht; dumm, ungeschickt; 葫芦提 = 糊涂 : wirrköpfig; 装呆 : sich dumm stellen ㉓ 拔不断 : das Lied „Nicht zerrissen werden" ㉔ 竭 [jié]: (hier) ablehnen; 是非 : Recht und Unrecht ㉕ 红尘 = 红尘俗事 : kitschige Dinge in der irdischen Welt; 惹 [rě] : hervorrufen; (hier) 遮 : Schatten werfen; 补 : ersetzen ㉖ 更那堪 : noch mehr dazu; 竹篱 : der Bambuszaun 茅舍 : die Strohhütte ㉗ 篱亭宴煞 : das Lied „Das Festessen im Abschiedspavillon ist zu Ende" ㉘ 茕 [qióng]

吟 : die Grille zirpt; 宁帖 : innere Ruhe; 无休歇 : immer stören ㉙ 彻 [chè]: zu Ende sein, zu Ende kommen ㉚ 密匝匝 [zā]: dichtgedrängt; 乱纷纷 : unordlich; 蜂酿 [niàng] 蜜 : die Bienen liefern Honig; 急攘 攘 [rǎng]: die anderen eilig vertreibend; 蝇争血 : die Fliegen saugen das Blut ㉛ 裴公 : Herr Pei Du (裴度), war namhafter Politiker in der Tang-Dynastie (唐朝), bis zum Kanzler, diente bei fünf Kaisern vom De Zong (德宗) bis zum Wen Zong (文宗), im Alter trat er vom Amt zurück und ließ das „Landhaus der grünen Natur" (绿野堂) bauen. Er lebte darin wie Einsiedler; (陶令 = 陶渊明) Tao Yuanming (365–427), Dichter in der Ostjin-Dynastie (东晋 317–420); 白莲社 : die „Weißlotus-Gesellschaft für die Forschung des Buddhismus" war von dem berühmten Mönch Hui Yuan (慧远) begründet, Tao Yuanming nahm oft an ihren Veranstaltungen teil ㉜ 黄花 : die gelben Blüten der Chrysantheme; 紫蟹 : der Krebs; 红叶 : die Ahornblätter ㉝ 有限 杯 : eine beschränkte Menge von Wein trinken; 重阳节 : Chongyang-Fest (der 9. Tag des 9. Monats nach dem Mondkalender); 浑 [hún]: dusselig ㉞ 嘱咐 [zhǔ fù]: jm. etw. einschärfen; 记者 = 记着 : sich merken; 北海 : „Bei Hai" ist Beiname des Literaten Kong Rong (孔 融), er gehörte zur „Jian'an-Gruppe von den sieben Literaten („建安 七子")", diese Gruppe entstand in der Regierungszeit „Jian'an" des Han-Kaisers Xian (献帝 196–219), daher der Name „建安七子" ; 便 : selbst wenn; 探 : besuchen; 道 : sagen; 东篱 [lí]: der Beiname des Autors.

Ein Liederzyklus
Die Schifffahrt in der Nacht

Das Nachdenken im Herbst

[Das Lied „Die Schifffahrt in der Nacht"]

Nach dem Philosophen Zhuang Zi sind des Lebens
hundert Jahre nur ein kurzer Traum.

Wenn ich nochmal an die Vergangenheit zurückdenke,
dann seufe ich tief auf.

Heute kommt der Frühling, morgen sind die Blumen
schon verblüht.

Ich trinke eilig den Strafbecher, sonst wird es tiefe
Nacht und die Lampe geht aus.

[Das Lied „Der hohe Baum"]

Ich denke an die Paläste der Qin-Dynastie und den
Hofpalast des Han-Kaisers,

Darauf wachsen Unkräuter, und dort werden geweidet
Rinder und Schafe,

sonst hätten die Fischer und Reisigsammer keine
Geschichten zu erzählen.

Gebrochene Grabsteine liegen quer vor den verlassenen
Gräbern,

Und die kunstvoll geschriebenen Inschriften sind nicht
mehr zu erkennen.

[Das Lied „Die Friedensfeier"]
Die Gräber von so vielen Helden sind am Ende die
Baue der Fuchsen und Hasen geworden.
Die Drei Reiche — Wei, Shu und Wu — scheiterten auf
dem halben Weg.
Wo ist das Reich Wei? Wo ist das Reich Jin?

[Der Wind bläst die Blüten der Winterkirsche ab]
Der Himmel hat dir Reichtum geschenkt,
Du sollst es daher nicht verschwenden,
Denn die schönste Zeit ist für dich kurz,
Und die schwerreichen Leute sind immer
unbarmherzig,
Für sie sind prachtvolle Gebäude und schöne
Landschaft umsonst.

[Das Lied „Der Wind weht durch die Kiefern"]
Vor mir geht die rote Sonne unter, die Zeit verfließt so
schnell wie der bergabwärts sausende Wagen.
Am Morgen sehe ich in den Spiegel und finde wieder

mehr graue Haare;

Am Abend, wenn ich ins Bett gehe, fürchte ich im

Schlaf sterben würde.

Lacht nicht über die Turbeltaube, dass sie sich kein

Nest bauen kann,

In Wirklichkeit hat sie sich nur dumm gestellt.

[Das Lied „Es ist nicht zu zerreißen"]

Wenn man dem Ruhm und Reichtum fern bleibt,

Dann hat man nicht mehr Streit und Zwietracht mit

anderen.

Kitschige Dinge auf der Welt sollen nicht vor der Tür

hervorgerufen werden,

Grüne Bäume werfen Schatten auf die Gebäudeseite.

Blaue Berge ersetzen die fehlenden Mauern,

Und dazu kommen noch die Strohhütte und der

Bambuszaun.

[Das Lied „Das Festessen im Abschiedspavillon ist zu

Ende"]

Wenn die Grille mit dem Zirpen aufhören, da kann man

gut schlafen,

Aber nach dem Hahnenschrei kommen wieder allerei

lästige Sachen.

Wann strebt man nicht mehr nach Ruhm und Reichtum?

Siehe du:

Die Ameisen kämpfen dichtgedrängt um die Beute,

Die Bienen liefern wirr Honig,

Die Fliegen saugen in Gedränge das Blut.

Ich mag das „Landhaus der grünen Natur" von Herrn

Pei Du und

Die „Weiß-Lotos-Gesellschaft" von Herrn Tao Yuan-

ming,

Dort pflückt man im Herbst die gelben Blüten der

Chrysantheme,

bereitet Krebse zu und kocht mit Ahornblättern den

Branntwein.

Ich denke: Im ganzen Leben trinkt man nur eine

beschränkte Menge Wein,

Und wie viele Chongyang-Feste kann man mitfeiern?

Ich sage meinem schelmischen Jungen:

Wenn Herr Bei Hai zu Besuch kommt, sage ihm, ich

sei schon betrunken.

Zu diesem Liederzyklus:

Dieser Zyklus ist ein repräsentatives Werk des Autors. Hier

wird seine Lebensanschauung dargestellt. In seinen Augen ist das Menschenleben wie ein kurzer Traum, und Ruhm und Reichtum sind nichts. Er beneidet Tao Yuanming um sein schlichtes Leben. Hier zitiert er den Philosophen Zhuang Zi und wichtige geschichtliche Ereignisse, um seine Ansicht zu bestärken. Der Zyklus spiegelt seinen machtlosen Zustand gegenüber der Unterdrückung von den Mongolen wider.

Bai Pu, ein berühmter Dramatiker, schuf 16 lyrische Opern, von ihm sind 36 Lieder und 4 Liederzyklen erhalten geblieben.

喜春来 [1]
题情

从来好事天生俭，[2]
自古瓜儿苦后甜。
奶娘催逼紧拘钳，[3] 甚是严。
越间阻越情忺！[4]

[1] 喜春来：das Lied „Freude über den Frühling", auch „Frühlingslied" (阳春曲) genannt [2] 好事：die Liebe zwischen Mann und Frau; 俭 [jiǎn]: Hindernisse [3] 奶娘：die Mutter; 催逼：zwingen; 拘钳 [qián]: strenge Zucht [4] 间阻：verhindern; 情忺 [xiān]: Liebesglück.

Das Lied „Freude über den Frühling"

Über die Liebe

Von alters her hat die Liebe Hindernisse,

Aber die Melone schmeckt immer zuerst bitter und

nachher süß.

Die Mutter nimmt mich zwingend in die strenge Zucht,

Doch je mehr strenger, desto mehr ist mir das

Liebesglück.

Zu diesem Lied:

Es ist ein bekanntes Liebeslied von Bai Pu, ist ein Loblied auf das Streben der Frauen nach der Liebesfreiheit. Es ist auch eine Kritik an der feudalen Ethik.

得胜乐 [①]

红日晚，残霞在，

秋水共长天一色。[②]

寒雁儿呀呀的天外，[③]

怎生不捎带个字儿来？[④]

① 得胜乐 : das Lied „Siegesfreude" ② 共 : und; 长天 : breiter Himmel ③ 寒雁 : Wildgänse aus dem kalten Norden; 呀呀 : schreien; 天外 : am fernen Himmel ④ 怎生 : warum; 捎带 : mitbringen.

Das Lied „Siegesfreude"

Die rote Sonne sinkt, es bleibt noch ein Abendrotrest,

Das Herbstwasser und der Himmel vereinigen sich am Horizont.

Die Wildgänse aus dem kalten Norden schreien am Himmel der Ferne,

Warum bringen sie mir kein Wort mit?

Zu diesem Lied:

Es ist ein Liebeslied, das die Sehnsucht einer Frau nach ihrem Mann darstellt. Und ihr Liebeskummer wird von dem kalten Hintergrund hervorgehoben. Aber das Lied kann auch von der Sehnsucht nach der Heimat oder nach einem Freund sprechen, das hängt vom Empfinden des Lesers ab.

沉醉东风 ①

渔夫

黄芦岸白蘋渡口，绿杨堤红蓼滩头。②

虽无刎颈交，却有忘机友，③

点秋江白鹭沙鸥。④

傲杀人间万户侯，不识字烟波钓叟。⑤

① 沉醉东风 : das Lied „Trunkenheit beim Ostwind" ② 黄芦 : das gelbe Schilf; 白蘋 : weiße Wasserlinsen; 红蓼 [liǎo]: rote Kräuter ③ 刎颈交 : Freunde auf Leben und Tod; 忘机友 : Freunde mit offenem Herzen ④ 点 = 点缀 [zhuì]: verzieren; 白鹭 [lù] : Seidenreiher; 沙鸥 [ōu]: Möwe ⑤ 傲杀 : äußerst verschmähen; 万户侯 : die hohen Würdenträger; 烟波 : Nebeldunst; 钓叟 : alter Angler.

Das Lied „Trunkenheit beim Ostwind"

Der Fischer

Das Flussufer ist voll von gelben Schilfen,

An der Überfahrtsstelle schwimmen weiße Wasserlinsen.

Grüne Weiden wachsen auf dem Damm,

Und rote Kräuter schmücken den Strand.

Obwohl man keine Freundschaft auf Leben und Tod hat,

Doch sind Freunde mit offenem Herzen da.

Die Seidenreiher und Möwen verzieren den herbstlichen Strom,

Und der analphabetische Alte, der im Nebeldunst angelt, verschmäht äußerst die hohen Würdenträger.

Zu diesem Lied:

Es ist ein schönes Naturbild. Hier zeigt der Dichter, dass er wie ein Fischer in der Natur leben wollte. Und am Ende offenbart er seine tiefste Verachtung gegenüber den Herrschern, eine solche offene Attacke gibt es sehr selten in den lyrischen Liedern.

天净沙 ①

春

春山暖日和风，②

阑干楼阁帘栊，③

杨柳秋千院中。④

啼莺舞燕，小桥流水飞红。⑤

① 天净沙 : das Lied „Der klare Himmel" ② 和风 : sanfter Wind

③ 帘栊 [lóng]: die Gardine ④ 秋千 : die Schaukel ⑤ 啼莺 : singender Pirol; 舞燕 : flatternde Schwalben; 飞红 : die gefallenen Blätter.

Das Lied „Der klare Himmel"

Der Frühling

> Grüner Berg, warme Sonne, sanfter Wind,
>
> Hohes Gebäude, Geländer und Gardinen,
>
> Im Hof wachsen Weiden, eine Schaukel steht zwischen ihnen.
>
> Der Pirol singt schön, und die Schwalben flattern lustig,
>
> Unter der kleinen Brücke schwimmen die gefallenen roten Blütenblätter auf dem Fluss.

Zu diesem Lied:

Das Lied stellt ein fröhliches Frühlingslied dar. Es würde dem Leser eine gute Stimmung bringen und seine Assoziationen hervorrufen. Zu bemerken ist, dass kein Verb im Original verwendet wird.

天净沙

秋

孤村落日残霞，①
轻烟老树寒鸦，②
一点飞鸿影下。③
青山绿水，白草红叶黄花。④

① 残霞：die Reste des Abendrotes ② 寒鸦：die Raben sind vor Kälte zum Nest zurückgeflogen ③ 飞鸿：eine fliegende Wildgans ④ 白草：(hier) die weißen Blütenrispen des Schilfrohrs；红叶：die roten Ahornblätter；黄花：die gelben Blüten der Chrysantheme.

Das Lied „Der klare Himmel"
Der Herbst

Ein einsames Dorf, die untergehende Sonne, die Abendrotreste,
Im leichten Dunst fliegen die Raben vor Kälte zu ihren Nesten auf den alten Bäumen zurück,
Eine fliegende Wildgans wirft ihren Schatten herunter.
Blaue Berge, grünes Wasser und des Schilfrohrs weiße Blütenrispen,

Die Ahornblätter sind rot und die gelben
Chrysanthemen blühen.

Zu diesem Lied:

Nach dem Lied „Der klare Himmel" haben viele Dichter geschrieben, hier ist ein Beispiel dafür. Man kann es mit dem gleichen Lied von Ma Zhiyuan（马致远）vergleichen. Hier werden in den ersten zwei Sätzen fünf Adjektive verwendet: einsam, restlich, leicht, alt und kalt. Und in den letzten zwei Sätzen stehen fünf Adjektive von der Farbe: blau, grün, weiß, rot und gelb. Die zwei Wortgruppen stehen gegenüber: die erste Gruppe zeigt die Einsamkeit, und die zweite wird eine fröhliche Stimmung hervorbringen.

阳春曲 ①
知机 ②

知荣知辱牢缄口，③
谁是谁非暗点头，
诗书丛里且淹留。④
闲袖手，贫煞也风流。⑤

① 阳春曲：das Lied „Der Frühling" ② 知机：Vorzeichen ahnen

③ 知荣知辱 : den Ruhm und die Schande kennen; 牢缄 [jiān] 口 : den Mund festhalten ④ 淹留 : (über den Gedichtbüchern) sitzen ⑤ 袖手 : verschränkte Arme ⑥ 贫煞 : äußerst arm; 风流 : respektabel.

Das Lied „Der Frühling"

Vorzeichen ahnen

Ich kenne den Ruhm und die Schande, aber ich halte immer den Mund darüber,

Ich weiß, wer Recht oder Unrecht hat, da nicke ich nur heimlich,

Nun sitze ich nur über den Gedichtbüchern.

Die Sachen auf der Welt sehe ich zu mit verschränkten Armen,

Ich bin zwar äußerst arm, aber respektabel ist mein Verhalten.

Zu diesem Lied:

Hier zeigt der Autor unter der Herrschaft der Mongolen seine Lebensanschauung, dass er nur um die eigene Haut sorgt. Es ist ein passiver Widerstand gegen die Unterdrückung.

阳春曲

题情 [1]

笑将红袖遮银烛，[2]

不放才郎夜看书。[3]

相偎相抱取欢娱，[4]

止不过迭应举，及第待何如。[5]

[1] 题情：über die Liebe [2] 银烛：das Kerzenlicht [3] 才郎：mein begabter Mann [4] 相偎 [xuān]：sich kosend anlehnen [5] 迭应举：mehrmals an der kaiserlichen Prüfung teilnehmen [6] 及第：die kaiserliche Prüfung bestehen.

Das Lied „Der Frühling"

Über die Liebe

Lachend decke ich mit dem roten Ärmel das Kerzenlicht,

So unterbreche ich meinen begabten Mann beim nächtlichen Lesen.

Wir lehnen uns kosend an und umarmen uns erfreulich.

Er wird mehrmals an der kaiscrlichen Prüfung teilnehmen,

Aber was nutzt uns das Bestehen?

Zu diesem Lied:

Die junge Frau hält die Liebe für wichtiger als die Beamtenlaufbahn. Das ist in der damaligen Zeit sehr seltsam. Es ist die Ansicht des Autors, er selbst hat mehrmals die Empfehlung von den anderen zum Amt abgelehnt, widmete sich lebenslang der Dichtung.

郑 光 祖　　**zhèng guāng zǔ**　（1264－?）

Zheng Guangzu war Beamter in der Stadt Hangzhou（杭州）, einer von den vier großen Dichtern der lyrischen Oper in der Yuan-Zeit, er schrieb auch lyrische Lieder. Von seinen Werken ist leider sehr wenig erhalten geblieben.

百字折桂令①

弊袭尘土压征鞍，鞭倦袅芦花。②

弓剑萧萧，一迳入烟霞。③

动羁怀：西风禾黍，秋水蒹葭。④

千点万点，老树寒鸦。

三行两行写高寒，呀呀雁落平沙。⑤

曲岸西边近水涡，鱼网纶竿钓槎。⑥

断桥东下，傍溪沙，疏篱茅舍人家。⑦

见满山满谷，红叶黄花。⑧

正是凄凉时候，离人又在天涯。⑨

① 百字折桂令：das Lied „Abbrechen eines Lorbeerzweiges in 100

Schriftzeichen" ② 弊裘 [bì qiú]: ein abgetragener Pelzmantel; 征鞍 [ān]: Sattel; 倦 = 卷 : wirbeln; 裊 [niǎo]: schweben; 芦花 : Schilfrispe ③ 萧萧 [xiāo] = 萧然 : verlassen; 一迳 : gerade; 烟霞 : abendlicher Rauchdunst ④ 动 : (hier) wecken; 羁 [jī] 怀 : einsames Gebüt eines in der Fremde bleibenden Menschen; 禾黍 [shǔ]: Hilse; 蒹葭 [jiān jiā]: Schilf ⑤ 雁 : Wildgans; 平沙 : Sandbank ⑥ 纶竿 : Angelrute; 钓 槎 [chá] : Angelboot ⑦ 溪沙 : Strand; 疏篱 : spärlicher Zaun ⑧ 红叶 : rote Ahornblätter; 黄花 : gelbe Chrysanthemenblüten ⑨ 天涯 : das Ende der Welt.

Das Lied „Abbrechen eines Lorbeerzweiges in hundert Schriftzeichen"

Der abgetragene Pelzmantel und der Sattel sind beraubt,

Der Reiter wirbelt beim Peitschen Schilfrispen auf.

Sein Bogen und Pfeil sind nicht mehr zu gebrauchen,

Und er reitet gerade in einen abendlichen Rauchdunst.

Der Westwind schüttelt die Hirse,

Und das Schilf schwankt im Herbstwind,

Unzählige Raben nisten in den alten Bäumen;

Am kalten Himmel fliegen Wildgänse in mehreren Reihen,

Dann lassen sie sich auf eine Sandbank nieder mit Schrei.

Am krummen Westufer und neben dem Strudel ist ein
Fischerboot mit Netz und Angelrute angelegt;
Südlich einer zerstörten Brücke und in der Nähe des
Strandes stehen Strohhütten,
Überall auf den Bergen und im Tal sind rote
Ahornblätter und gelbe Chrysanthemenblüten.
Das alles zeigt einen trostlosen Anblick,
Nun ist der Reiter wieder am Ende der Welt angelangt.

Zu diesem Lied:

Man kann es mit dem Lied „Der klare Himmel" vom Dichter Ma Zhiyuan (马致远) vergleichen, inhaltlich sind beide Lieder gleich. Dort ist es konzentriert geschildert, hier ist es sehr breit dargestellt. Die beiden Lieder zeigen die Einsamkeit der Intellektuellen der Han-Nationalität (汉族) in der Mongolenherrschaft.

蟾宫曲 ①
梦中作

半窗幽梦微茫，歌罢钱塘，赋罢高唐。②
风入罗帏，爽入疏棂，月照纱窗。③
缥缈见梨花淡妆，依稀闻兰麝余香。④

唤起思量，待不思量，怎不思量！

① 蟾宫曲 : das Lied „Mondpalast" ② 微茫 : etwas vage; 歌罢钱塘 : hier ist eine Anspielung auf das namhafte Freudenmädchen Su Xiao-xiao (苏小小) in der Stadt Qiantang (钱塘 , heute Hangzhou 杭州) aus der Ziet des Reiches Süd-Qi (南齐 , 479−502); 罢 [bà]: beendcn; 赋 [fù]: die lyrische Prosa; 高唐 : Name einer Ausblicksplattform im Königreich Chu (楚国) in der Zeit der Streitenden Reiche (战国 , 475 v.u.Z.−211 v.u.Z.). Hier ist eine Anspielung auf „Die lyrische Prosa über die Gaotang"(《高唐赋》) vom Dichter Songyu (宋玉 , 290 v.u.Z.−223 v.u.Z.); darin schildert er, dass der König Xiang des Reiches Chu (楚襄王) im Traum auf die Ausblicksplattform Gaotang gestiegen ist und dort ein heimliches Treffen mit einer Fee gehabt hat ③ 罗帏 [wéi]: der Bettvorhang; 爽 [shuǎng]: kühl; 疏 [shū]:spärlich; 棂 [líng]: das Fenstergitter ④ 缥缈 [piāo miǎo]: verschwommen; 梨花 : (hier) die Schöne; 淡妆 : leicht geschminkt; 依稀 [xī] : noch etwas; 兰麝 [shè] : der Moschus.

Das Lied „Mondpalast"

Im Traum geschrieben

Beim halboffenen Fenster schlief ich ein und träumte vage:

Ich hätte zuerst ein Freudenmädchen singen hören,

Dann hätte ich ein heimliches Treffen mit einer Fee gehabt.

Der Wind blies durch das Fenstergitter, drang durch den Bettvorhang und machte mich kühl und nüchtern.

Der Mond schien in das Gazefenster,

Verschwommen sah ich wieder die Schöne, leicht geschminkt,

Da roch ich noch etwas Moschusduft von ihr.

Dies erweckte mir die Erinnerung an sie.

Ich wollte nicht an sie denken,

Aber wie könne ich nicht an sie denken!

Zu diesem Lied:

Hier wird ein glücklicher Traum beschrieben. Das zeigt: Die Literaten unter der mongolischen Herrschaft könnten ihr Glück nur im Traum finden, sonst werden sie abgeschieden leben, um nach innerer Ruhe zu suchen.

塞鸿秋 ①

雨余梨雪开香玉，风和柳线摇新绿。②
日融桃锦堆红树，烟迷苔色铺青褥。③

王维旧画图，杜甫新诗句。④

怎相逢不饮空归去？⑤

① 塞鸿秋：das Lied „Die Wildgänse fliegen im Herbst aus dem nördlichen Grenzgebiet" ② 雨余：nach dem Regen；梨雪：die schneeweißen Birnenblüten；香玉：der starke Duft；柳线：die Weidenruten；摇：schwanken；新绿：die neuen grünen Blätter ③ 日融：unter der warmen Sonne；桃锦：die Pfirsichblüten；堆红树：(Die Pfirsichblüten) schmücken die Bäume rot；烟迷：der Rauchdunst；苔：das Moos；铺青褥 [rù]: eine grüne Decke auflegen ④ 王维：Wang Wei, ein namhafter Dichter aus der Tang-Zeit (唐代)；杜甫：Du Fu, großer Dichter aus der Tang-Zeit ⑤ 不饮：ohne Weintrinken.

Das Lied „Die Wildgänse fliegen im Herbst aus dem nördlichen Grenzgebiet"

Nach dem Regen verbreiten die schneeweißen Birnenblüten ihren starken Duft,

Beim sanften Wind schwanken die neuen grünen Weidenruten.

In der warmen Sonne schmücken die Pfirsichblüten den Baum rot,

Im Rauchdunst legt das Moos eine grüne Decke auf dem Pfad auf.

Das ist eine alte Zeichnung vom Dichter Wang Wei,

Das ist ein neues Gedicht vom Dichter Du Fu.

Wie könnten die alten Freunde beim Treffen ohne

Weintrinken heimgehen?

Zu diesem Lied:

Der Autor beschreibt ein schönes Naturbild, seine Ausdrucksweise ist eigenartig. Zur Bestärkung hat er die berühmten Dichter aus der Tang-Zeit herangezogen. Der letzte Satz bedeutet, dass er angesichts der herrlichen Natur mit Wein feiern möchte.

套数 驻马听近 ①

秋闺 ②

败叶将残，雨霁风高摧木杪。③
江乡潇洒，数株衰柳罩平桥。④
露寒波冷翠荷凋，雾浓霜重丹枫老。⑤
暮云收，晴虹散，落霞飘。⑥

[幺]⑦
雨过池塘肥水面，云归岩谷瘦山腰。⑧
横空几行塞鸿高，茂林千点昏鸦噪。⑨

日衔山，船舣岸，鸟寻巢。⑩

[驻马听]

闷入孤帏，静掩重门情似烧。⑪

文窗寂静，画屏冷落暗魂消。⑫

倦闻近砌竹相敲，忍听邻院砧声捣。⑬

景无聊，闲阶落叶从风扫。⑭

[幺]

玉漏迟迟，银汉澄澄凉月高。⑮

金炉烟烬，锦衾宽剩越难熬。⑯

强捱夜永把灯挑，欲求欢梦和衣倒。⑰

眼才交，恼人促织叨叨闹。⑱

[尾]⑲

一点来不够身躯小，响喉咙针眼里应难到。⑳

煎聒的离人，斗来合噪，草虫之中无你般薄劣把人焦。㉑

急睡着，急惊觉，紧截定阳台路儿叫。㉒

① 驻马听近：der Liederzyklus „Das Pferd aufhalten und horchen"
② 秋闺 [guī]: das Frauengemach im Herbst ③ 败叶将残：die Bäume
haben kaum Blätter; 雨霁 [jì]: der Regen hört auf; 摧 [cuī]: brechen;
木杪 [miǎo]: die dünnen Wipfel ④ 江乡：der Fluss und das Dorf; 潇

洒 [xiāo sǎ]: natürlich und lieblich; 衰柳 : die Trauerweide; 罩 [zhào]: hüllen ⑤ 翠荷凋 : die grünen Lotos sind gewelkt; 丹枫老 : die Ahornblätter sind rot geworden ⑥ 晴虹散 : der Regenbogen am klaren Himmel entschwindet; 落霞飘 : die Abendröte schwebt hin ⑦ 幺 [yāo]: das gleiche Lied ⑧ 肥 : (hier) steigen; 岩谷 : das Felsental ⑨ 塞鸿 : die Wildgänse aus dem nördlichen Grenzgebiet; 昏鸦噪 [zào]: die Raben schreien am Abend ⑩ 日衔 [xián] 山 : die Sonne geht hinter den Berg unter; 舣 [yǐ]: vor Acker gehen ⑪ 闷 : kummervoll; 入孤帏 : alleine durch Vorhang ins Bett steigen; 掩重门 : die Tür dicht schließen; 情似烧 : der Liebeskummer brennt ⑫ 文窗 : das geschmückte Fenster; 画屏冷落 : der verlassene bunte Wandschirm; 魂消 = 消魂 (wegen des Reims umgestellt): jn. traurig stimmen ⑬ 近砌 [qì]: die Treppe in der Nähe; 竹相敲 : Die Bambuse schlagen im Wind gegenseitig; 砧 [zhēn] 声捣 : der Lärm des Wäscheklopfens ⑭ 景无聊 : die Umgebung ist langweilig; 闲阶 : die leere Treppe ⑮ 玉漏 : die Wasseruhr aus Jade; 银汉澄澄 [chéng]: die Milchstraße ist klar ⑯ 金炉 : das Räucherfass aus Gold; 烟烬 : der Aromastoff ist ausgebrannt; 锦衾 [qīn]: die Bettdecke aus Brokat; 难熬 [áo]: schwer aushalten ⑰ 强捱 [ái] 夜永 : sich Mühe geben, die lange Nacht durchzuhalten; 把灯挑 : den Docht putzen; 和衣倒 : ohne die Kleidung auszuziehen legt sie sich ins Bett ⑱ 眼才交 : erst die Augen schließen; 促织=蟋蟀 : die Grille; 叨叨闹 : starken Lärm machen ⑲ 尾 : Schluss ⑳ 一点来 : so klein; 身躯 : der Körper; 针眼 : das Nadelöhr ㉑ 煎聒 [guō] 的 : an dem Lärm leidend; 离人 : (hier) die Frau; 斗 [dǒu] 来合噪 [zào]: noch immer beunruhigter machen; 草虫 : die Insekten; 无你般薄薄劣 :

ihr Grillen seid die bösesten; 把人焦 : jn. verärgern ㉒ 惊觉 : aus dem Schlaf aufschrecken; 阳台 : der Ort für das Stelldichein.

Ein Liederzyklus
Das Pferd aufhalten und in der Nähe horchen
Das Frauengemach im Herbst

Die Bäume haben schon kaum Blätter,

Der Regen hört auf und der starke Wind bricht die
dünnen Wipfel.

Der Fluss und das Dorf sind lieblich,

Einige Trauerweiden hüllen die flache Brücke.

Die frostigen Tautropfen und das kalte Flusswasser
bringen die grünen Lotos zum Welken,

Der dichte Nebel und der starke Frost lassen die
Ahornblätter rot werden.

Die Abendwolken ziehen hin, der Regenbogen am
Himmel entschwindet,

Und die Abendröte schwebt dahin.

[Das gleiche Lied]

Nach dem Regen steigt die Wasserfläche des Teiches,

Die Wolken sinken ins Felsental, da scheinen die Berge

dünner zu sein.

Hoch am Himmel fliegen einige Reihen Wildgänse von
der Nordgrenze her,

Am Abend schreien tausend Raben in dem üppigen
Wald.

Die Sonne geht hinter den Berg unter, die Schiffe gehen
vor Acker am Ufer,

Und die Vögel fliegen zu ihren Nesten zurück.

[Das Pferd aufhalten und horchen]

Kummervoll geht die Frau alleine durch den Vorhang
ins Bett,

Die Tür ist schon dicht geschlossen, und der
Liebeskummer brennt.

Draußen vor dem geschmückten Fenster ist es still,

Der verlassene bunte Wandschirm stimmt sie betrübt.

Sie hört überdrüssig, dass in der Nähe der Treppe die
Bambuse im Wind gegenseitig schlagen,

Und im Nebenhof wird die Wäsche laut geklopft, dies
kann sie nicht mehr ertragen.

Die Gegend ist langweilig, und die Baumblätter auf der
leeren Treppe werden vom Wind weggefegt.

[Das gleiche Lied]

Die goldene Wasseruhr scheint sehr langsam zu gehen,

Die Milchstraße ist hell, und der kalte Mond hängt

hoch am Himmel.

Der Räucherstoff brennt im goldenen Räucherfass aus,

Unter der brokatenen breiten Doppeldecke kann ich

alleine schwer aushalten.

Ich muss mir Mühe geben, die lange Nacht

durchzuhalten,

Ich putze den Docht und lege mich, ohne mich

auszuziehen, ins Bett, um meinen Mann im Traum zu

treffen.

Erst habe ich die Augen geschlossen, da machen die

ärgerlichen Grillen Lärm.

[Schluss]

Die Grillen sind sehr klein, ihre Kehle ist winziger als

das Nadelöhr,

Aber sie zirpen schrecklich laut.

Dies macht die Frau noch mehr unberuhigter, sie

schimpft:

Ihr Grillen seid die bösesten unter den Insekten und

ärgert mich schrecklich.

Ich bin eben eingeschlafen, nun bin ich von euch
plötzlich aus dem Traum aufgeschreckt,
Ihr habt mir das traumhafte Treffen mit meinem Mann
zerstört.

Zu diesem Zyklus:

Hier wird die kummervolle Liebessehnsucht einer Frau nach
ihrem Mann beschrieben. Der Gedankengang des Autors ist:
Natur—Frau—Traum. Die Naturbilder werden ihre kummervolle
Stimmung bestärken. Zu bemerken ist, dass umgangssprachliche
Ausdrücke verwendet sind, was ein Merkmal der Lieder aus der
Yuan-Zeit darstellt. Zum Reimen wird hier der durchgehende
Reim gebraucht.

张可久　**zhāng kě jiǔ**　（1280–1348）

Zhang Kejiu war ein kleiner Beamter, wanderte sehr viel, hinterließ in den sieben südlichen Provinzen seine Spuren. Er schuf 855 Lieder und neun Liederzyklen, so nahm er zahlenmäßig den ersten Platz in der Yuan-Zeit. Sein Thema richtete sich vor allem auf die Natur. Er übte großen Einfluss auf die Entwicklung der lyrischen Lieder.

红绣鞋 [1]

天台瀑布寺 [2]

绝顶峰攒雪剑，[3]
悬崖水挂冰帘。[4]
倚树哀猿弄云尖。[5]
血华啼杜宇，[6]
阴洞吼飞廉。[7]
比人心山未险。[8]

① 红绣鞋 : das Lied „Rote Stickschuhe" ② 天台 : (Bergname)

der Berg liegt im Kreis Tiantai, Provinz Zhejiang (浙江) ③ 攒 [zǎn]: sich häufen ④ 冰帘 : eisartiger Vorhang ⑤ 哀 [āi]: (hier) schreien; 弄: spielen ⑥ 血华 : Blut spucken; 杜宇 : der Kuckuck ⑦ 飞廉 [lián]: Wind ⑧ 比 : als.

Das Lied „Rote Stickschuhe"

Das Kloster am Wasserfall des Tiantai-Berges

Der Gipfel, bedeckt vom Schnee, ragt wie ein Schwert in den Himmel empor,

Vor dem steilen Fels hängt ein eisartiger Vorhang herunter,

Auf den Bäumen schreien die Affen und spielen mit den Wolken.

Die Kuckucke rufen bis zum Blutspucken,

Und der Wind heult in der dunklen Grotte.

Doch die Felsengefahr ist kleiner als das böse Herz des Menschen.

Zu diesem Lied:

Es ist ein frostiges Naturbild, aus dem der Autor eine Sozialkritik macht. Und die Wendung erfolgt ziemlich natürlich.

红绣鞋

秋望

一两字天边白雁，百千重楼外青山。

别君容易寄书难。

柳依依花可可①，云淡淡月弯弯。

长安迷望眼②。

① 依依 : (hier) schwanken; 可可 : lieblich ② 长安 : (gemeint) die Hauptstadt der Han-, Sui- und Tang-Dynastien.

Das Lied „Rote Stickschuhe"

Im Herbst ein Blick in die Ferne

Die Wildgänse bilden im Flug zwei Reihen am Horizont,

Weit vom Gebäude stehen die blauen Berge in hundert Schichten.

Der Abschied von dir ist leicht, aber es ist schwer, dir einen Brief zu schicken.

Die Weiden schwanken im Wind hin und her, und die Blumen sind lieblich;

Die Wolken sind bleich, und es scheint die Mondsichel.

Ich schaue nach der Hauptstadt, und meine Augen sind

verschwommen.

Zu diesem Lied:

Der Autor nimmt Abschied von einem Freund, der in die Hauptstadt geht, und dessen Zukunft ist ungewiss, deshalb ist es schwer, ihm zu schreiben. Und der letzte Satz zeigt die Trübnis des Autors. Zur Ausdrucksweise: im Lied werden Antithesen (auf Chinesisch 对仗 oder 对偶) verwendet.

满庭芳 ①
春思

愁斟玉斝，尘生院宇，弦断琵琶。②
相思瘦的人来怕，梦绕天涯。③
何处也雕鞍去马？有心哉归燕来家。④
鲛绡帕，泪痕满把，人似雨中花。⑤

① 满庭芳：das Lied „Der Hof mit vollen Blumen" ② 斟 [zhēn]: einschenken; 玉斝 [jiǎ] : dreibeinfüßiger Weinbecher aus Jade; 院宇 : der Hof; 琵琶 [pí pɑ]: (Chinas Laute mit vier Saiten) ③ 天涯 : Ende der Welt ④ 雕鞍 [diāo ān] : ein geschnitzter Sattel; 去马 : wegreiten; 有心 : jmds. Herzen nahestehen; 哉 [zāi]: (Hilfswort) ⑤ 鲛绡 [āi] 帕 : seidenes Handtuch.

Das Lied „Der Hof mit vollen Blumen"

Liebessehnsucht im Frühling

Mit voller Liebeskummer schenke ich mir den jadenen
Weinbecher ein,

Im Hof häuft sich Staub, und die Saiten des Pipas sind
entzwei.

Der Liebesschmerz macht mich schrecklich mager,

Und im Traum suche ich nach dir bis zum Ende der
Welt.

Wohin bist du einst auf dem geschnitzten Sattel
weggeritten?

Wenn du meinem Herzen nahestehst, kommst du heim,
wie die Schwalben ins Nest.

Mein seidenes Handtuch ist schon ganz nass von
Tränen,

Und ich selbst bin jetzt geworden wie eine Blume im
Regen.

Zu diesem Lied:

Das Lied schildert den Liebesschmerz einer Frau, ihr Kummer
und Leid wird die Sympathie des Lesers gewinnen.

塞儿令 ①

西湖秋夜 ②

九里松，二高峰。

破白云一声烟寺钟。

花外嘶骢，柳下吟篷，笑语散西东。③

举头夜色濛濛，赏心归兴匆匆。④

青山衔好月，丹桂吐香风。⑤

中，人在广寒宫。⑥

① 塞儿令 : das Lied „Der Lattenzaun" ② 西湖 : der Westsee (in der Stadt Hangzhou 杭州) ③ 嘶骢 [sī cōng]: Pferde wiehern; 吟 [yín]: Gedichte vortragen; 篷 [péng]: Vergnügungsboot ④ 举头 : den Kopf heben; 濛濛 : nebelhaft; 赏心 : Vergnügung; 兴匆匆 : fröhlich ⑤ 衔 [xián]: sich verbinden mit; 丹桂 : die Duftblüte ⑥ 中 : (hier) in der Mitternacht; 广寒宫 : Palast der Mondfee, nach Chinas Mythos wächst dort eine Duftblüte.

Das Lied „Der Lattenzaun"

Der Westsee unter dem herbstlichen Mond

Der Kieferwald weitet sich neun Meilen aus,

Die zwei Gipfel ragen in den Himmel empor,

Die Turmglocken des Tempels klingen bis zu den
Wolken hinaus.

Pferde wiehern hinter dem Blumenflor,

Ich vernehme das Vortragen von Gedichten aus einem
Vergnügungsboot, das unter den Weiden liegt,

Und ich höre ein Lachen in alle Richtungen schallen.

Ich hebe den Kopf und blicke in die nebelhafte Nacht,

Und mit voller Vergnügung gehe ich nach Hause.

Die blauen Berge und der helle Mond berühren einander,

Die Duftblüten breiten ihren Duft aus,

Es ist Mitternacht, mir scheint, als wäre ich im
Mondpalast.

Zu diesem Lied:

Es ist ein schönes Bild vom Westsee in einer herbstlichen
Nacht, und mit der Duftblüte ist die Assoziation von dem
Mondfee-Palast verständlich.

殿前欢 ①

春晚

怨春迟，夜来风雨妒芳菲。②

西湖云锦吴山翠，正好传杯。③

兰舟画桨催。④

柳外莺声碎，花底佳人醉。⑤

携将酒去，载得诗归。

① 殿前欢 : das Lied „Die Fröhlichkeit vor der Vorhalle" ② 妒 [dù]:
beneiden; 芳菲 [fēi]: die Luft der Blumen ③ 云锦 : geblümter Brokat;
吴山 : der Wushan-Berg, liegt am Westsee; 传杯 : (hier) Wein trinken
und die Landschaft bewundern ④ 兰舟 : das Vergnügungsboot; 画桨 : das
bemalte Ruder ⑤ 莺 [yīng]: der Pirol; 醉 = 陶醉 : freudetrunken sein.

Das Lied „Die Fröhlichkeit vor der Vorhalle"

Der verspätete Frühling

Ich klage darüber, dass sich der Frühling verspätet hat,

In der Nacht haben der Wind und Regen die Blumen

um die Duft beneidet.

Der Westsee ist so schön wie der geblümte Brokat,

Und der Wushan-Berg ist so grün wie Jade,

Es ist die Zeit,

wo man dort Wein trinkt und genießt die Landschaft.

Das bemalte Ruder beschleunigt das Vergnügungsboot.

In den Weiden rufen die Pirole,

Und freudetrinken fühlt sich die Schönheit im
Blumenflor.

Ich habe Wein mitgebracht,

und mit Gedichten bin ich zurückgekommen.

Zu diesem Lied:

Hier wird eine Bootfahrt auf dem Westsee anschaulich beschrieben.
Die zwei Satzpaare am Schluss werden den Leser beeindrucken.

天净沙 ①

江上

噰噰落雁平沙 ②，

依依孤鹜残霞 ③，

隔水疏林几家。

小舟如画，渔歌唱入芦花。④

① 天净沙 : das Lied „Der klare Himmel" ② 噰噰 [yōng]: (Lautmalerei)
schreien ③ 依依 : leise schweben; 孤鹜 [wù]: eine einsame Wildente
④ 芦花 : die Schilfrispe.

Das Lied „Der klare Himmel"

Auf dem Fluss

Die Wildgänse lassen sich schreiend nieder auf die
Sandbank,
Eine Wildente schwebt in der letzten Abendröte,
Jenseits des Flusses liegen einige Häuser in einem
spärlichen Wald,
Ein kleines Boot sieht so schön wie in einem Bild.
Ein Fischer rudert singend das Boot in die Schilfrispen.

Zu diesem Lied:

Es ist ein Naturbild. Das zeigt, dass der Autor den Fischer
um sein fröhliches Leben beneidet.

清江引 ①

秋怀 ②

西风信来家万里，问我归期未？ ③
雁啼红叶天，人醉黄花地， ④
芭蕉雨声秋梦里。 ⑤

① 清江引 : das Lied „Der klare Fluss" ② 秋怀 : im Herbst an die Familie denken ③ 归期未 : wann zurückkommen ④ 红叶 : die roten Ahornblätter; 黄花 : die gelben Blüten der Chrysantheme ⑤ 芭蕉 : die Zwergbanane.

Das Lied „Der klare Fluss"
Im Herbst an die Familie denken

Der Westwind hat nur aus der Ferne von tausend Meilen einen Brief von der Familie gebracht,

Mit der Frage, wann ich zurückkomme.

Die Wildgänse schreien am Himmel, rote Ahornblätter sind überall.

Ich liege betrunken in den gelben Blüten der Chrysantheme,

Der Regen platscht auf die herbstlichen Zwergbananen,

Und ich würde im Traum zurückkommen in die Heimat.

Zu diesem Lied:

Der Autor bekommt einen Brief von Zuhause, das erregt sein Heimweh, aber er weiß nicht, wann er zurückgehen kann. Er hofft, zuerst von der Heimat träumen zu können.

凭栏人 ①

湖上

远水晴天明落霞，

古岸渔村横钓槎。②

翠帘沽酒家，画桥吹柳花。③

① 凭栏人 : das Lied „Am Geländer stehen" ② 钓槎 [chá]: das Angelfloß ③ 翠帘 : die jadegrüne Schildfahne ④ 吹柳花 : die Weidenkätzchen fliegen.

Das Lied „Am Geländer stehen"

Auf dem See

Der See ist sehr breit, der Himmel ist klar, das

Abendrot verblasst,

Vor dem Fischerdorf liegt ein Angelfloß schräg am Ufer.

Im Wind flattert eine jadegrüne Schildfahne einer

Weinstube,

Und an der bemalten Brücke fliegen die

Weidenkätzchen.

Zu diesem Lied:

Das Lied ist eine schöne Naturbeschreibung, es lässt den Leser phantasieren. Die Formgestaltung der Sätze: 7-7-5-5 Schriftzeichen, und der durchgehende Reim ist perfekt.

乔 吉　　**qiáo jí**　(1280-1345)

Qiao Ji, ein bekannter Dramatiker, schuf 11 lyrische Opern, davon sind nur drei erhalten geblieben. Er schrieb 109 Lieder und 11 Liederzyklen. Er wollte der Mongolenherrschaft nicht dienen und lebte lebenslang in Entbehrungen.

满庭芳[1]

渔父词[2]

扁舟最小。纶巾蒲扇，酒瓮诗瓢。[3]
樵青拍手渔童笑，回首金焦。[4]
箬笠底风云缥缈，钓竿头活计萧条[5]
船轻棹，一江夜潮，明月卧吹萧。[6]

[1] 满庭芳 : das Lied „Der Hof mit vollen Blumen" [2] 渔父词 : Lied des Fischers [3] 纶 [guān] 巾 : die Stoffkappe mit schwarzen Seidenbändern; 蒲 [pú] 扇 : aus Rohrkolben geflochtener Fächer; 酒瓮 [wèng]: das Weingefäß; 瓢 [piáo]: der Schöpflöffel [4] 樵青 : ein Frauenname, (hier) die Frau des Fischers; 渔童 : eigentlich heißt es

渔僮 , ist ein Männername, hier ist der Fischer selbst gemeint; 金焦 : der Jin-Berg und der Jiao-Berg, beide Berge liegen in der Stadt Zhenjiang (镇江), Provinz Jiangsu (江苏) ⑤ 箬笠 [ruò lì] = 斗笠 : breitkrempiger Bambushut; 缥缈 [piāo miǎo]: verschwommen; 萧条 : trostlos ⑥ 棹 [zhào]: rudern; 潮 : fluchten; 吹箫 : auf der Langflöte blasen.

Das Lied „Der Hof mit vollen Blumen"

Ein Lied des Fischers

Ich bin in einem kleinen Boot.

Eine schwarze Stoffkappe auf dem Kopf, ein Fächer aus Rohrkolbenblättern in der Hand.

Ich trinke mit einem Schöpflöffel aus dem Gefäß Wein, Und schreibe Gedichte dabei.

Meine Frau klatscht Beifall, und ich lache herzlich, Im Rückblick sehe ich den Jin- und Jiao-Berg.

Unter dem breitkrempigen Bambushut sehe ich die Wolken im Wind verschwommen dahin ziehen, Ich habe heute nicht viel geangelt.

Nun rudere ich das Boot leise hin, der Fluss flutet in der Nacht.

Unter dem hellen Mond sitze ich im Boot und blase auf

der Langflöte.

Zu diesem Lied:

Unter dem Titel „Ein Lied des Fischers" hat der Autor 22 Lieder geschrieben und davon haben wir dieses Lied ausgewählt. Es zeigt seine Lebensauffassung: lieber Entbehrungen erleiden als der Herrschaft von Mongolen dienen. Hier stellt sich der Autor als Fischer dar und genießt die Natur.

山坡羊 ①
自警 ②

清风闲坐，白云高卧，面皮不受时人唾。③
乐跎跎，笑呵呵，看别人搭套项推沉磨。④
盖下一枚安乐窝。⑤东，也在我；西，也在我。⑥

① 山坡羊：das Lied „Die Ziegen auf dem Berghang" ② 自警：Selbstwarnung ③ 唾 [tuò]: vor jm. ausspucken ④ 乐跎跎 [tuó]: fröhlich sein; 笑呵呵 [hē]: gute Laune; 搭套项：sich das Geschirr anlegen; 推磨：den Mahlstein in Bewegung bringen ⑤ 一枚安乐窝 [wō]: ein behagliches Nest ⑥ 也在我：wie es mir gefällt.

Das Lied „Die Ziegen auf dem Berghang"

Die Selbstwarnung

Ich sitze müßig in dem kühlen Wind,

Die weißen Wolken sind hoch am Himmel.

Vor mir spuckt niemand aus,

Ich bin fröhlich und habe immer gute Laune,

Und sehe da, wie die anderen sich das Geschirr anlegen,

Und wie Esel den schweren Mahlstein bewegen.

Da habe ich schon ein behagliches Nest,

Ich kann nach Osten oder Westen gehen, wie es mir

gefällt.

Zu diesem Lied:

Der Titel zeigt schon: Die Beamtenlaufbahn wird dem Autor nichts Gutes bringen, er warnt sich davor. Sein Wunsch ist: ein kleines Wohnhaus haben und tun können, was ihm gefällt.

凭阑人 ①
金陵道中 ②

瘦马驮诗天一涯，倦鸟呼愁村数家。③

扑头飞柳花，与人添鬓华。④

① 凭阑人 : das Lied „Am Geländer stehen" ② 金陵 : die Stadt Jinling, heute Nanjing (南京) ③ 驮 [tuó]: (auf dem Rücken) tragen; 天一涯 : umherwandern; 倦鸟 : ermüdet zurückfliegende Vögel; 呼愁 : klagend schreien; ④ 扑头 : auf meinen Kopf fallen; 飞柳花 : die schwebenden Weidenkätzchen; 鬓 [bìn] 华 : die grauen Schläfenhaare.

Das Lied „Am Geländer stehen"

Auf dem Weg zur Stadt Jinling

Auf dem mageren Pferd wandere ich als Dichter in der Welt herum,

Die ermüdet zurückfliegenden Vögel schreien klagend und kreisen um einige Häuser des Dorfes.

Die schwebenden Weidenkätzchen fallen mir auf den Kopf,

So sind meine grauen Schläfenhaare vermehrt.

Zu diesem Lied:

Hier wird eine Szene der Umherwanderung des Autors beschrieben. Er vergleicht sein Leben mit den Vögeln, die noch ein Nest haben, aber er ist nur ein Landstreicher. Es ist ein kurzes Lied, besteht nur aus vier Sätzen mit dem durchgehenden Reim.

折桂令 ①

寄远 ②

怎生来宽掩了裙儿 ③？为玉削肌肤，香褪腰肢 ④。

饭不沾匙，昨如翻饼，气若游丝 ⑤。

得受用遮莫害死，果诚实有甚推辞。⑥

干闹了多时，本是结发的欢娱，倒做了彻骨儿相思。⑦

① 折桂令 : das Lied „Einen Lorbeerbaumzweig abbrechen" ② 寄远 : an meinen Mann in der Ferne ③ 怎生来 : warum ④ 为 = 因为 : weil; 玉削肌肤 : die Schönheit ist mager geworden；香褪腰肢 : die Taille ist dünner geworden ⑤ 饭不沾匙 : nichts essen wollen; 昨如翻饼 : sich im Schlaf immer wälzen；气若游丝 : der Atem ist schwach ⑥ 得受用 : an diesem Liebesschmerzen leiden; 遮莫 : selbst wenn; 害死 : sterben; 果 = 如果 : wenn; 实诚 : von ganzem Herzen lieben; 推辞 : ablehnen ⑦ 干闹了多时 : so lange gelitten; 结发 : heiraten; 彻骨儿相思 : die totale Liebessucht.

Das Lied „Einen Lorbeerbaumzweig abbrechen"

An meinen Mann in der Ferne

Warum ist mein Rock breiter geworden?

Weil mein zarter Körper magerer und meine Taille

dünner geworden sind;

Vom Liebeskummer gequält habe ich keinen Appetit,

Und im Schlaf wälze ich mich dauernd,

Schließlich ist mein Atem schwach geworden.

Wenn auch ich an all diesen Liebesschmerzen sterben würde,

Ich ertrage sie denn noch schon lange, denn ich liebe meinen Mann von ganzem Herzen.

Das eigentliche Glück des Ehepaars ist jetzt verwandelt in die totalen Liebesschmerzen.

Zu diesem Lied:

Hier werden die unerträglichen Liebesschmerzen einer Frau anschaulich beschrieben. Dies zeigt ihre herzliche Liebe zu ihrem Mann.

天净沙 ①

即事 ②

莺莺燕燕春春，花花柳柳真真。③
事事风风韵韵。娇娇嫩嫩，停停当当人人。④

① 天净沙 : das Lied „Der klare Himmel" ② 即事 : eine Notiz
③ 真真 : Name einer schönen Frau, hier ist eine Schönheit gemeint
④ 事事 : das Verhalten; 风风韵韵 : vornehm und fein; 娇娇嫩嫩 :
zart und reizend; 停停当当=亭亭当当 : rank und schlank; 人人 : (hier)
die Schönheit.

Das Lied „Der klare Himmel"
Eine Notiz

Ein Schwarm Pirole und ein Schwarm Schwalben,

Sie bringen den frohen Frühling her,

Die roten Blüten und die grünen Weiden,

Sie sind wirklich herrlich.

Das Verhalten der Schönheit ist vornehm und fein,

Ihr Wesen ist zart und reizend,

Und ihre Gestalt ist rank und schlank.

Zu diesem Lied:

Das Lied preist eine schöne Frau an einem herrlichen
Frühlingstag. Auffallend ist die Darstellungsweise: es werden 14
Wortpaare verwendet, ohne irgendein Verb, und die Reime sind
auch harmonisch. All dies sind die Merkmale des Liedes „Der
klare Himmel".

水仙子 ①

重观瀑布

天机织罢月梭闲，石壁高垂雪练寒。②

冰丝带雨悬霄汉，③几千年晒未干。

露华凉人怯衣单。④

似白虹饮涧，玉龙下山，晴雪飞滩。⑤

① 水仙子 : das Lied „Die Narzisse" ② 天机 : der Himmelswebstuhl; 织罢 : etw. gewebt haben; 月梭 : der Mond als Webschiffchen; 闲 : stillstehen (Hier ist ein Assoziationsbild, der Dichter meint, dass der Eisfaden (der Wasserfall) vom Himmelswebstuhl gewebt wäre.); 雪练 : der schneeweiße Wasserfall ③ 霄汉 : der Himmel ④ 露华 : Tautropfen ⑤ 滩 : die Sandbank.

Das Lied „Die Narzisse"

Wiederbetrachtung des Wasserfalls

Der Himmelswebstuhl hört auf zu weben,

Und das Mondwebschiffchen steht still.

So hängt am steilen Felsen ein schneewcißer Wasserfall herab,

Und tausend Jahre lang ist er nicht vertrocknet.

Die Tautropfen sind kalt, da fühle ich mich zu wenig anzuhaben.

Nun scheint mir der Wasserfall, als ob

Ein weißer Regenbogen am Bergbach Wasser tränke,

Ein jadefarbiger Drachen vom hohen Berg herunter stürzte,

Und Schneeflocken am hellen Tag auf die Sandbank flögen.

Zu diesem Lied:

Es ist ein Naturbild. Vor dem Wasserfall assoziiert der Autor: Jetzt ist ihm der Wasserfall zu einem Eisfaden, Regenbogen, Drachen und Schneeflocken geworden, womit er dem Leser das Panorama des Wasserfalls schildert.

张养浩　　**zhāng yǎng hào**　（1270–1329）

Zhang Yanghao war Minister des Kultusministeriums, im Jahr 1321 zog er sich in die Abgeschiedenheit zurück, von ihm sind 163 lyrische Lieder erhalten geblieben. Seine Werke zeigen Sympathie für die Unterschicht der Bevölkerung.

朝天子 ①

柳堤，竹溪，日影筛金翠。②
杖藜徐步近钓矶，看鸥鹭闲游戏。③
农父渔翁，贪营活计，不知他在图画里。④
对这般景致，坐的，便无酒也令人醉。⑤

① 朝天子: das Lied „Die Audienz" ② 筛 [shāi]: sieben; 金翠 [cuì]: Gold und Jade ③ 杖藜 [lí]: mit dem Stock; 徐步 : langsam gehen; 钓矶 [jī]: Angelstein; 鸥鹭 [ōu lù]: Möwe und Reiher ④ 贪营 : (hier) eifrig beschäftigt sein; 他 = 他们 :〈Pl.〉steht für ein Substantiv im Pl. od. für mehrere Substantive, die Personen od. Sachen bezeichnen, die bereits bekannt sind, von denen schon die Rede war ⑤ 坐的 : deshalb; 便 : wenn auch.

Das Lied „Die Audienz"

Am Deich wachsen Weiden, am Bach stehen Bambusse,

Die Sonnenstrahlen durchdringen den Baumschatten und glänzen golden.

Mit Stock gehe ich langsam zu einem Angelstein,

Und freue mich am Spiel der Möwen und Reiher.

Bauer und Angler beschäftigen sich eifrig dabei,

Sie wissen nicht, dass sie ein Teil des Naturbildes seien.

Vor diesem schönen Bild würde man wahrscheinlich trunken sein,

Wenn es auch keinen Wein gegeben hätte.

Zu diesem Lied:

Das Lied schreibt der Autor auf einer Wanderung nach seinem Rücktritt. Hier zeigt der Autor seine Zuneigung für das schlichte Leben, und in der Natur findet er die innere Ruhe.

朱履曲 ①

那的是为官荣贵，止不过多吃些筵席。②

更不呵安插些旧相知。③

家庭中添些盖作，囊箧里攒些东西。④

教好人每看做甚的！⑤

① 朱履曲 : das Lied „Rote Schuhe" ② 那的 : was; 荣贵 : Ruhm und Würden; 止不过 = 只不过 : bloß ③ 不呵 [hē]: ohne getadelt zu werden; 安插 : jm. eine Stelle zuweisen; 旧相知 : ein alter Freund ④ 盖作 : das Gebäude; 囊 [náng]: der Beutel; 箧 [qiè]: das Kästchen ⑤ 好人每 = 好人们 : die anständigen Leute.

Das Lied „Rote Schuhe"

Was sind Ruhm und Würden der Beamten?

Sie haben bloß viele Gelegenheiten, beim Festessen zu sein,

Sie können einem alten Freund eine Stelle zuweisen,

ohne getadelt zu werden.

Sie können im Hof neue Gebäude bauen lassen,

Und sie können noch viele kostbare Sachen in Beutel

und Kästchen sammeln.

Was für Menschen werden die anständigen Leute sie halten!

Zu diesem Lied:

Das Lied ist eine öffentliche Kritik an den korrupten Beamten. Hier werden viele umgangssprachliche Ausdrücke verwendet, es ist ein Merkmal der lyrischen Lieder.

水仙子[①]

无题

中年才过便休官，合共神仙一样看[②]？
出门来山水相留恋，倒大来耳根清眼界宽[③]。
细寻思这的是真欢。[④]
黄金带缠着忧患，紫罗襕裹着祸端。[⑤]
怎能俺藜杖藤冠？[⑥]

① 水仙子：das Lied „Die Narzisse" ② 休官：vom Amt zurücktreten; 合共：wie ③ 倒大来：sehr ④ 的是：wirklich ⑤ 黄金带：Goldgürtel vom Beamtengewand; 缠 [chán] 着：binden; 紫罗襕：das purpurne Beamtengewand ⑥ 俺 [ǎn]: mein; 藜杖：Holzstock; 藤冠：Rotanghut.

Das Lied „Die Narzisse"

Ohne Titel

Als ein Mittelaltriger trat ich vom Amt zurück,

Jetzt fühle ich mich wie ein Unsterblicher.

In der Natur liebe ich Berge und Flüsse,

So bekomme ich eine weite Sicht und höre kein Böses

mehr.

Nach meinem Nachsinnen ist das wirklich wahre

Freude.

Denn der Goldgürtel bringt Unglück,

Und das Beamtengewand verhüllt Unheil.

Ist all dies nicht schlechter als mein Holzstock und

Rotanghut?

Zu diesem Lied:

Es ist des Verfassers Zusammenfassung seiner eigenen Lebenserfahrungen, ist auch der Grund, warum er vom Amt zurückgetreten ist. Es ist auch eine Kritik an der Mongolenherrschaft. Erst in der Natur findet der ehemalige Minister die innere Ruhe.

山坡羊①

潼关怀古②

峰峦如聚，波涛如怒，山河表里潼关路。③

望西都，意踌躇。④

伤心秦汉经行处，宫阙万间都做了土。⑤

兴，百姓苦；亡，百姓苦。⑥

① 山坡羊 : das Lied „Die Ziegen auf dem Berghang" ② 潼关 : Tongguan-Pass, liegt im Kreis Tongguan, Provinz Shaanxi (陕西); 怀古 : über die Vergangenheit nachsinnen ③ 峰峦 [luán]: Berggipfel; 聚 : sich sammeln; 怒 : (die Wellen) schlagen hoch; 山河表里 : an den Bergen und am Huanghe-Fluss (黄河) ④ 西都 : gemeint: die Hauptstadt Chang'an (长安) von der Qin-Dynastie (秦朝 , 221 v.u.Z.–206 v.u.Z.); die Hauptstadt der Osthan-Dynastie (东汉 , 25–220) war die Stadt Luoyang (洛阳), Provinz Henan (河南), liegt im Osten von der Stadt Chang'an, genannt (Hauptstadt im Osten), und die Hauptstadt Chang'an als „西都" (Hauptstadt im Westen ganannt); 踌躇 [chóu chú]: zögern ⑤ 秦汉 : Qin- und Han- Dynastie; 经行处 : gegangen Orts; 宫阙 : Hofpalast; 万间 : unzählige Gemächer; 做了土 : in Schutt und Asche liegen ⑥ 兴、亡 : der Aufstieg, der Untergang der Dynastien.

Das Lied „Die Ziegen auf dem Berghang"

An dem Tongguan-Pass über die Vergangenheit nachsinnen

Hier stehen die Berggipfel zusammengedrängt,

Die Wellen des Gelben Flusses schlagen hoch.

Die Berge und den Fluss entlang läuft der Weg vom

Tongguan-Pass.

Ich blicke nach der alten Hauptstadt Chang'an,

Und zögere mit meinen Gedanken.

Da bedauere ich, was auf diesem Weg in der Qin- und

Han-Zeit geschah:

Tausend Gemächer des Hofpalastes lagen in Schutt und

Asche,

Sowohl der Aufstieg als auch der Untergang der

Dynastien brachten dem Volk Qual.

Zu diesem Lied:

Es ist ein berühmtes Lied des Autors, das zeigt seine historische Auffassung, dies ist in den lyrischen Liedern sehr selten zu finden. Hier zeigt der Dichter auch seine Sympathie für das Volk.

雁儿落兼得胜令 ①

云来山更佳，云去山如画。
山因云晦明，云共山高下。②
倚仗立云沙，回首见山家。③
野鹿眠山草，山猿戏野花。
云霞，我爱山无价。
看时行踏，云山也爱咱。④

① das Lied „Die Wildgänse lassen sich nieder" mit dem Lied „Den Sieg erringen" ② 晦明：dunkel und klar; 共：zusammen ③ 倚仗：gestützt auf den Stock; 云沙：das Wolkenmeer; 山家：schöne Landschaften des Berges ④ 行踏：weiter gehen; 咱 [zán] = 我：ich.

Das Lied „Die Wildgänse lassen sich nieder" mit dem Lied „Den Sieg erringen"

Wenn die weißen Wolken zu den Bergen herschweben,
da bilden die beiden ein sehr schönes Bild;
Wenn die Wolken von den Bergen hinziehen, da zeigen
die Berge ihren herrlichen Anblick.
Die Wolken machen die Berge mal dunkel und mal hell,
Und die Berge lassen die Wolken nach oben oder unten

schweben.

Gestützt auf den Stock stehe ich im Wolkenmeer,

Mit Rückblick sehe ich die schöne Landschaft der Berge.

Die Hirsche ruhen in den Berggräsern,

Die Affen spielen inmitten der Feldblumen.

Ich liebe die unschätzbar schönen Wolken und Berge.

Ich schreite weiter und finde:

Die lieben mich auch.

Zu diesem Lied:

Es ist ein kombiniertes Lied (auf Chinesisch: 带过曲), höchstens kann man drei kleine Lieder kombinieren. Als Einsiedler steht der Autor hier mit der Natur in einer harmonischen Beziehung, das genießt er sehr.

套数 一枝花 ①
咏春雨 ②

用尽我为国为民心，祈下些值金值玉雨 ③，
数年空盼望，一旦遂沾濡 ④。
唤省焦枯，喜万象春如故。 ⑤
恨流民尚在途，留不住都弃业抛家，当不的也离乡背土 ⑥。

【梁州】⑦

恨不得把野草翻腾做菽粟，澄河沙都变化做金珠。⑧

直使千门万户家豪富，我也不枉了受天禄。⑨

眼觑着灾伤教我没是处，只落得雪满头颅。⑩

【尾声】

青天多谢相扶助，赤子从今罢叹吁。⑪

只愿得三日霖霪不停住。⑩

便下当街上似五湖，⑬ 都淹了九衢；⑭ 犹自洗不尽从前
受过的苦。

① 一枝花：das Lied „Ein Stück Blume" ② 咏春雨：Ode an
erfreulichen Regen ③ 祈 [qí]：den Himmel anflehen; ④ 空盼望：
umsonst hoffen; 遂 = 遂愿：der Wunsch ist erfüllt; 沾濡 [rú]：in den
Regen eintauchen; ⑤ 焦枯：(hier) der trockene Boden; 万象：alle
Naturerscheinungen ⑥ 恨：(hier) bedauerlich; 流民：die Landstreicher;
弃业抛家：den Beruf aufgeben und die Familienangehörigen
zurücklassen; 当不的 = 挡不住的：diejenigen, welche die Not nicht
durchhalten können; 离乡背土：die Heimat verlassen ⑦ 梁州：ein
Ortsname, (hier) das Lied „Liangzhou" ⑧ 恨不得：wenn ich könnte,
würde ich ...; 翻腾 [téng]：gründlich ändern; 菽粟 [shū sù]：Getreide;
澄 [chéng] 河：der klare Fluss ⑨ 直使：lassen; 不枉了：nicht umsonst;
受天禄：des Kaisers Belohnung erhalten ⑩ 眼觑着：angesichts; 没事
处：nichts dagegen tun können; 雪：(hier) weiße Haare ⑪ 青天：der

Himmel; 赤子 : (hier) die Leute; 罢 : aufhören; 叹吁 [yù]: seufzen ⑩ 霖霪 [lín yín]: heftiger Dauerregen ⑬ 便 : selbst wenn ⑭ 九衢 : alle Hauptverkehrsstraßen.

Ein Liederzyklus
Ein Stück Blume

Ode an den erfreulichen Regen

Mit reinem Herzen für das Volk und das Reich flehe ich den Himmel um den Regen an, der so wertig wie Jade und Gold ist.

Wir haben schon einige Jahre umsonst auf den Regen gewartet, da ist plötzlich unsere Erwartung erfüllt,

Wir tauchen in den Regen ein.

Der trockene Boden wird aufgeweckt,

Alle Naturerscheinungen erfreuen sich des Regens wie des Frühlings.

Bedauerlich sind die Landstreicher noch auf dem Weg,

Diejenigen, die nicht zurückgehalten werden

konnten, haben den Beruf aufgeben und ihre

Familienangehörigen zurückgelassen;

Diejenigen, welche die Not nicht durchhalten konnten,

haben die Heimat verlassen.

[Das Lied „Liangzhou"]

Wenn ich könnte, würde ich die Unkräuter in Getreide verwandeln.

Und den Sand im klaren Fluss zu Goldperlen machen,

So lasse ich tausend Familien steinreich werden,

Und ich selbst erhalte auch nicht umsonst des Kaisers Belohnung.

Doch gegen die Naturkatastrophen bin ich machtlos,

Da habe ich nur so viele graue Haare bekommen.

[Schluss]

Wir danken dem Himmel für die Hilfe,

Jetzt brauchen die Leute nicht mehr zu seufzen.

Sie hoffen, dass der drei Tage strömende Regen noch weiter dauern wird.

Selbst wenn alle Straßen in die Seen verwandelt würden,

Und wenn auch alle Hauptverkehrsstraßen überschwommen würden,

All dies könnte die frühere Not auch nicht wegspüren.

Zu diesem Lied:

Im Guanzhong-Gebiet（关中）, Provinz Shaanxi（陕西）

herrschte 1325–1329 verheerende Trockenheit, vier Jahre lang hat es nicht geregnet. Um diesen Naturkatastrophen entgegenzuwirken, hat der Kaiser den ehemaligen Minister Zhang Yanghao wieder berufen. Zhang setzte sich voll in der Arbeit ein und starb auf dem Posten.

In diesem Zyklus beschrieb er über die riesige Freude darüber, dass es endlich geregnet hat, dann kümmerte er sich darum, wie er die Leute, die wegen der Katastrophen von der Heimat weggegangen sind, zurückholen kann.

Lu Zhi war hoher Beamter und Mitglied der kaiserlichen Akademie und ein bekannter Autor der lyrischen Lieder, von ihm sind 120 Lieder erhalten geblieben. Er bevorzugt idyllische Themen.

沉醉东风 [1]
秋景

挂绝壁松枯倒倚，落残霞孤鹜齐飞。[2]
四围不尽山，一望无穷水。
散西风满天秋意。
夜静云帆月影低，载我在潇湘画里。[3]

[1] 沉醉东风 : das Lied „Die Trunkenheit beim Ostwind" [2] 绝壁 : steile Felsenwand; 松枯 : eine verkrüppelte Kiefer; 孤鹜 [wù]: einzelne Wildenten [3] 潇湘 : Xiaoxiang-Fluss: im Lingling-Kreis (零陵), Provinz Hunan (湖南) ; der Xiao-Fluss fließt in den Xiang-Fluss hinein. Dann wird diese Strecke Xiaoxiang genannt.

Das Lied „Die Trunkenheit beim Ostwind"

Eine herbstliche Landschaft

Am steilen Felsen hängt eine verkrüppelte Kiefer,

Einzelne Wildenten fliegen am Abendrothimmel.

Linksherum ragen blaue Berge empor,

Und der Fluss strömt unendlich fort.

Der Westwind pfeift, es herrscht der Herbst,

In der stillen Nacht wirft der Mond den Segelschatten

nieder.

Ich fahre auf dem Xiaoxiang-Fluss,

Nun scheint es mir, als wäre ich in seinem Bild.

Zu diesem Lied:

Es ist ein schönes Landschaftsbild, der Dichter ist in den Anblick dieser Landschaft versunken.

蟾宫曲 ①

想人生七十犹稀，百岁光阴，先过了三十。②
七十年间，十岁顽童，十载尪羸。③
五十年除分昼黑，刚分得一半儿白日。④

风雨相催，兔走乌飞。⑤

仔细沉吟，都不如快活了便宜。⑥

① 蟾宫曲 : das Lied „Der Mondpalast" ② 犹稀 [xī]: besonders selten
③ 顽童 : der Bengel; 尪羸 [wāng léi]: geschwächtes Alter ④ 昼黑 :
Tag und Nacht ⑤ 兔走乌飞 : aus einer Volkssage: im Mond gibt es
einen Hasen, in der Sonne einen Vogel mit drei Krallen. Hier gemeint:
die Zeit vergeht sehr schnell ⑥ 沉吟 : vor sich hin murmeln; 快活 :
Vergnügung; 便宜 : vorteilhaft.

Das Lied „Der Mondpalast"

Ich denke, es sei selten, dass einer siebzig Jahre lebt,

So sind schon dreißig Jahre von den hundert Jahren des
Lebens vorher vergangen.

Für uns bleiben nur siebzig Jahre, davon zehn Jahre für
den Bengel und

Zehn Jahre für das geschwächte Alter,

Und die übrigen fünfzig Jahre teilen sich in Tag und
Nacht,

Nur in der halben Zeit haben wir den Tag.

Dazu noch Wind und Regen bedrängen uns,

Und die Zeit vergeht auch im Fluge.

Wenn wir daran genau denken, so sollten wir lieber
Jede Gelegenheit benutzen, um die Freuden des Lebens
zu genießen.

Zu diesem Lied:

Das Lied zeigt die Lebensauffassung des Autors: Das Leben ist kurz, so muss man jede Gelegenheit nutzen, um die Freuden des Lebens zu genießen. Zum Beweis hat er die nutzbare Lebenszeit genau gerechnet.

落梅风 ①

别珠帘秀 ②

才欢悦，早间别，痛煞煞好难割舍。③
画船儿载将春去也，空留下半江明月。④

① 落梅风：das Lied „Die Blüten der Winterkirsche fallen" ② 珠帘秀：Name einer berühmten Opernsängerin ③ 间别：Abschied nehmen；痛煞煞 [shā]：äußerst schmerzhaft；难割舍：der Abschied fällt jm. schwer ④ 画船儿：ein bunt geschmücktes Boot；春：(doppelsinnig) der Frühling und die Opernsängerin ⑤ 空：(hier) umsonst.

Das Lied „Die Blüten der Winterkirsche fallen"

Abschied von der Opernsängerin Zhu Lianxiu

Eben waren wir fröhlich beisammen,

Jetzt müssen wir uns voneinander verabschieden,

Dies fällt mir äußerst schmerzlich.

Das bunt geschmückte Boot bringt dich und den

Frühling hin,

Nur der helle Mond ist umsonst über dem Fluss

geblieben.

Zu diesem Lied:

Zhu Lianxiu war eine berühmte Opernsängerin, sie spielte die Hauptrolle in den lyrischen Opern von Guan Hanqing（关汉卿）, sie war mit Lu Zhi gut befreundet.

Das Lied beschreibt den Abschied der beiden am Fluss. Es zeigt die enge Freundschaft zwischen ihnen, es ist beinahe ein Liebeslied.

Zhu Lianxiu (Geburts- und Sterbedatum unbekannt) war eine namhafte Opernsängerin. Von ihr sind nur ein Lied und ein Liederzyklus erhalten geblieben.

落梅风

答卢疏斋 ①

山无数，烟万缕。
憔悴煞玉堂人物。②
倚篷窗一身儿活受苦，③
恨不得随大江东去。④

① 卢疏斋 [zhāi]: Beiname vom Dichter Lu Zhi (卢挚) ② 煞 [shā]: äußerst; 玉堂人物 : Mitglied der Kaiserlichen Akademie, (hier) Lu Zhi gemeint ③ 篷窗 : das Fenster eines Bootes mit der Plane ④ 随大江东去 : in den östlich strömmenden Fluss stürzen.

Das Lied „Die Blüten der Winterkirsche fallen"

Antwort an Lu Shuzhai

Vor mir sind unzählige Berge, sie sind von Rauch und Dunst verhüllt,

Ich erinnere mich immer noch an dein mattes und bleiches Gesicht.

Ich sitze am Fenster des Planenbootes und fühle mich äußerst betrübt,

Da wollte ich in den östlich strömenden Fluss stürzen.

Zu diesem Lied:

Die Autorin hat enge Beziehungen mit dem Dichter Lu Zhi (卢挚). Beim Abschied hat er ihr ein Lied gewidmet (s. das vorige Lied). Hier ist ihre Antwort an ihn. Der Abschiedsschmerz hat sie so gequält, dass sie in den Strom stürzen wollte.

徐 再 思　　**xú zài sī**　（1280−1330）

Xu Zaisi war eine Zeitlang kleiner Beamter. Natur und Liebe waren sein Hauptthema. Von ihm sind 103 Lieder erhalten geblieben.

沉醉东风 ①

春情 ②

一自多才间阔，几时盼得成合？③
今日个猛见他，门前过。④ 待唤着怕人瞧科。
我这里高唱当时《水调歌》，要识得声音是我。⑤

① 沉醉东风：Das Lied „Die Trunkenheit beim Ostwind" ② 春情：Liebessehnsucht ③ 一自：seit; 多才：der Geliebte; 间阔 [kuò]: seit dem Abschied; 盼：sich sehnen; 成合：das Zusammensein ④ 猛：plötzlich ⑤ 瞧科：sehen; 科：(hier) Hilfswort.

Das Lied „Die Trunkenheit beim Ostwind"

Liebessehnsucht

Seit dem Abschied vom Geliebten sind schon
vergangen viele Tage,

Wann kommt das sehnsüchtige Zusammensein wieder?

Heute sehe ich ihn plötzlich an der Haustür
vorbeigehen,

Ich will ihn rufen, aber fürchte mich vor den anderen,

Nun singe ich laut das „Wasserlied", das ich ihm
einmal gesungen habe,

Er wird mich an der Stimme erkennen.

Zu diesem Lied:

Es ist ein Liebeslied, klingt wie ein Volkslied. Hier werden umgangssprachliche Ausdrücke verwendet. Das Lied zeigt des Autors Sympathie für die Liebe der Jugendlichen.

蟾宫曲 ①

春情

平生不会相思，才会相思，便害相思。②

身似浮云，心如飞絮，气若游丝。③

空一缕余香在此，盼千金游子何之。④

证候来时，⑤正是何时？

灯半昏时，月半明时。

① 蟾宫曲：Das Lied „Der Mondpalast" ② 相思：die Liebessehnsucht
③ 飞絮 [xù]: ein fliegendes Weidenkätzchen; 气若游丝：(hier) mein
Atem ist sehr schwach ④ 余香：Reste von Duft; 千金游子：mein
inniger Geliebter in der Ferne; 何之：wohin gehen ⑤ 证候：der
Liebeskummer.

Das Lied „Der Mondpalast"
Liebessehnsucht

Lange Zeit kannte ich keine Liebessehnsucht,

Seit ich von der Liebe verstanden habe,

Da leide ich unter der Liebessehnsucht.

Mein Körper ist jetzt so leicht wie eine schwebende
Wolke,

Mein Herz ist wie ein fliegendes Weidenkätzchen,

Und mein Atem ist sehr schwach,

Von mir bleiben nur Reste von Duft.

Ich will erhofft wissen, wohin mein inniger Geliebter

gegangen ist.

Wann ist mir der Liebeskummer am stärksten?

Wenn die Lampe schimmert,

Und wenn der Mond halb hell ist.

Zu diesem Lied:

Hier wird der starke Liebeskummer einer jungen Frau anschaulich beschrieben. Zu bemerken ist, dass hier die Epiphern verwendet sind: In den ersten drei Sätzen wird das Wort „Liebessehnsucht" dreimal wiederholt, und in den letzten vier Sätzen das Wort „Zeit" viermal gebraucht.

阅金经 ①

春

紫燕寻旧垒，翠鸳栖暖沙。②
一处处绿杨堪系马。③
他，问前村沽酒家。④
秋千下，粉墙边红杏花。⑤

① 阅金经 : Das Lied „Das goldene Buddhasbuch lesen" ② 紫燕 :
Schwalben; 旧垒 [lěi]: (hier) das alte Nest; 翠鸳 [yuān]: Mandarinenenten;

栖 [qī]: sich niedersetzen; 暖沙 : eine warme Sandbank ③ 绿杨 : grüne Weiden; 堪 [kān]: können; 系 : binden ④ 他 : (hier) ein Wanderer; 沽 酒家 : die Weinstube ⑤ 粉墙 : die weiße Mauer; 红杏花 : die roten Blüten eines Aprikosenbaums.

Das Lied „Das goldene Buddhasbuch lesen"
Der Frühling

Die Schwalben suchen nach ihren alten Nesten,

Die Mandarinenenten setzen sich auf eine warme

Sandbank nieder.

Vielerorts wachsen grüne Weiden, an ihnen kann man

Pferde binden.

Ein Wanderer fragt nach der Weinstube im vornen

Dorf.

Hinter einer weißen Mauer und an der Schaukel blühen

die Aprikosenbäume rot.

Zu diesem Lied:

Es ist ein fröhliches Loblied auf den Frühling, die fünf Farbenadjektive zeichnen den Frühling farbenprächtig.

普天乐 ①

西山夕阳

晚云收，夕阳挂，

一川枫叶，两岸芦花。②

鸥鹭栖，牛羊下。③

万顷波光天图画，水晶宫冷浸红霞。④

凝烟暮景，转晖老树，背影昏鸦。⑤

① 普天乐：Das Lied „Freude in der ganzen Welt" ② 芦花：die weißen Blütenrispen des Schilfrohrs ③ 鸥鹭 [ōu lù]：die Möwen und Reiher ④ 水晶宫：(hier) das klare Flusswasser ⑤ 晖：(hier) der Schatten; 背影昏鸦：die Raben unter den Strahlen der Abendsonne.

Das Lied „Freude in der ganzen Welt"

Die Abendsonne sinkt hinter den Westberg

Die Abendwolken ziehen hin, am Himmel hängt die untergehende Sonne.

Am Fluss sieht man rote Ahornblätter, an den beiden Ufern weiße Blütenrispen des Schilfrohrs.

Die Möwen und Reiher setzen sich nieder, die Kühe und Schafe kommen von der Heide.

Die glänzenden Wellen bilden ein himmlisches Bild,

Und das klare Flusswasser spiegelt die Abendröte

wider.

Die Abendlandschaft ist vom Rauschdunst verhüllt,

Die untergehende Sonne dreht die Schatten der alten

Bäume,

Und die Raben fliegen unter den Strahlen der

Abendsonne hin.

Zu diesem Lied:

Der Autor hat acht Lieder über den Wujiang-Fluss（吴江）
geschrieben, unser Lied ist das letze Lied davon. Dieser Fluss
liegt im Kreis Wujiang（吴江县）, Provinz Jiangsu（江苏）,
die Landschaft dort ist malerisch, dies ist auch von diesem Lied
gezeigt.

Guan Yunshi stammte aus der uigurischen Nationalminderheit, mit 27 Jahren war er schon als Lyriker bekannt, dann wurde er in die Kaiserliche Akademie（翰林院）berufen, nach einiger Zeit zog er sich in die Abgeschiedenheit zurück. Mit 39 Jahren starb er. Von ihm sind 87 lyrische Lieder erhalten geblieben.

清江引 ①

弃微名去来心快哉，一笑白云外。②

知音三五人，痛饮何妨碍？③

醉袍袖舞嫌天地窄。④

① 清江引：Das Lied „Der klare Fluss" ② 弃微名：vom Amt zurücktreten; 去来：davon gehen; 心快：innerlich erleichtert; 哉 [zāi]: (Interjektion) O! Ah! ③ 知音：vertraute Freunde ④ 何：(Fragewort); 妨碍 [fáng ài]: stören ⑤ 嫌 [xián]: sich beklagen.

Das Lied „Der klare Fluss"

Nach dem Amtsrücktritt fühle ich mich innerlich erleichtert,

Mein Lachen ist hoch über den Wolken zu vernehmen.

Wen stört es, dass einige vertraute Freunde zusammen nach Herzenslust trinken?

Wenn wir nach der Trunkenheit mit den Ärmeln tanzen,

Da beklagen wir uns darüber, dass die Welt zu klein ist.

Zu diesem Lied:

Mit diesem Lied preist der Dichter seine Befreiung von der amtlichen Belastung, so findet er die Lebensfreude wieder.

清江引

惜别

若还与他相见时，道个真传示：[①]

不是不修书，不是无才思，[②]

绕清江买不得天样纸。[③]

① 若：wenn; 还：wieder; 他 = 她：(damals gab es noch nicht die weibliche Form); 道：sagen; 真传示：die Wahrheit ② 修书：Brief schreiben; 才思：Schreibfertigkeit ③ 绕 [rào]: herum; 清江：Flussname, liegt in der Provinz Jiangxi (江西); 天样纸：ein himmelbreiter Papierbogen.

Das Lied „Der klare Fluss"

Liebessehnsucht seit dem Abschied

> Wenn ich sie wiedersehe,
>
> So werde ich ihr sagen die Wahrheit:
>
> Ich wollte ihr viel schreiben,
>
> Und es fehlte mir auch nicht die Schreibfertigkeit,
>
> Aber ich suchte um den Qing-jiang-Fluss herum,
>
> Und fand doch keinen Briefbogen von himmlischer Breite.

Zu diesem Lied:

Es ist ein Liebeslied, faszinierend ist, dass der Leser den Inhalt selbst hineindenken müsste.

小梁州 ①

秋

芙蓉映水菊花黄，② 满目秋光。

枯荷叶底鹭鸶藏。③

金风荡，飘动桂枝香。④

雷峰塔畔登高望，见钱塘一派长江。⑤

湖水清，江湖漾。⑥

天边斜月，新雁两三行。

① 小梁州 : das Lied „Die kleine Stadt Liangzhou" ② 芙蓉 : der Lotos; 菊花 : die Chrysantheme ③ 鹭鸶 [lù sī]: der Seidenreiher ④ 金风荡 : der Herbstwind erhebt sich; 桂枝香 : die Duftblütenzweige ⑤ 雷峰塔 : die Leifeng-Pagode am Südufer des Westsees in der Stadt Hangzhou (杭州) ; 钱塘 : der Qiantang-Fluss ⑥ 湖 : der Westsee; 江湖漾 [yàng]: die Flut des Qiantang-Flusses steigt.

Das Lied „Die kleine Stadt Liangzhou"

Der Herbst

Die Lotosblumen spiegeln sich im Wasser wider, die Chrysanthemen blühen gelb,

Überall vor Augen ist eine herrliche Landschaft des

Herbsts.

Unter den gewelkten Lotosblättern verbergen sich die Seidenreiher,

Ein Herbstwind kommt auf und schwenkt die Duftblütenzweige.

Ich bin auf die Höhe an der Leifeng-Pagode gestiegen,

und schaue auf den langen Qiantang-Fluss.

Das Wasser des Westsees ist klar,

Die Flut des Flusses steigt.

Der Mond hängt schräg am Himmelsrand,

Zwei bis drei Reihen Wildgänse fliegen eben vorbei.

Zu diesem Lied:

Hier wird der herbstliche Westsee beschrieben, es zeigt die innere Ruhe des Autors, der jetzt als Einsiedler lebt. So kann er die Natur ruhig genießen.

折桂令 ①

送春

问东君何处天涯？ ②落日啼鹃，③流水桃花。
淡淡遥山，萋萋芳草，④隐隐残霞。

随柳絮吹归那答？ ⑤ 趁游丝惹在谁家？ ⑥

倦理琵琶，人倚秋千，月照窗纱。⑦

① 折桂令：das Lied „Einen Zweig des Lorbeerbaums abbrechen"
② 东君：der Frühlingsgott ③ 鹃 [juān]= 杜鹃：der Kuckuck ④ 萋
萋 [qī]：üppig；芳草：dufende Gräser ⑤ 那答：wohin ⑥ 游丝：die
vom Wind getragenen Spinnfäden；惹 [rě]：(hier) haften ⑦ 理：(hier)
spielen；秋千：die Schaukel；窗纱：das Gazefenster.

Das Lied „Einen Lorbeerbaumzweig abbrechen"
Abschied vom Frühling

Ich frage den Frühlingsgott: Wohin bist du gegangen?

Ein Kuckuck ruft beim Abendsonneuntergang,

Und die gefallenen Pfirsichblüten schwimmen auf dem
Fluss fort.

Die fernen Berge sind verschwommen,

Die Gräser wachsen üppig,

Und es bleibt nur noch der Rest des Abendrotes.

Wohin fliegen die Weidenkätzchen?

An wessen Haus haften die vom Wind getragenen
Spinnfäden?

Ermüdet lege ich die Pipa beiseite,

Ich stehe da an der Schaukel,

Und sehe den Mond das Gazefenster bescheinen.

Zu diesem Lied:

Eine junge Frau ist beim Abschied vom Frühling sehr wehmütig, ihre Fragen und die Naturbilder heben ihre traurige Stimmung hervor.

Yao Sui war hoher Beamter in der Kaiserlichen Literaturakademie, Lehrer für den Thronprinzen und Hauptverfasser der Biographie von dem 1. Kaiser der Yuan-Dynastie. Von ihm sind 30 lyrische Lieder erhalten geblieben.

凭阑人 [①]

两处相思无计留，君上孤舟妾倚楼。[②]
这些兰叶舟，怎装如许愁。[③]

[①] 凭阑人 : das Lied „Am Geländer stehen" [②] 无计 : nicht wissen; 君 : (männliches) du; 妾 : (weibliches) ich; 倚楼 : am Geländer stehen [③] 这些 : diese Art; 兰叶舟 : kleines Boot; 如许 : so viel.

Das Lied „Am Geländer stehen"

Ich werde nach dem Abschied unter der Liebessehnsucht

leiden,

Aber ich weiß nicht, wie ich dich halten kann.

Du bist aufs Boot gestiegen, ich stehe am Geländer
alleine,

Wie kann ein so kleines Boot so viel Liebeskummer
tragen?

Zu diesem Lied:

Das Lied schildert einen schweren Abschied, geschrieben aus
der Sicht der Frau. Auffallend ist der letzte Satz, der den Leser
zum Mitfühlen bringt.

凭阑人

寄征衣 ①

欲寄君衣君不还，不寄君衣君又寒。②
寄与不寄间，妾身千万难。③

① 寄征衣：Kleider in die Ferne schicken ② 君：(männliches) du
③ 妾：(weibliches) ich.

Das Lied „Am Geländer stehen"
Kleider in die Ferne schicken

Wenn ich dir Kleider schicke, dann kommst du nicht
zurück,

Wenn ich dir keine Kleider schicke, dann wirst du
frieren.

Schicken oder nicht schicken,

Das fällt mir tausendfach schwer.

Zu diesem Lied:

Das Lied beschreibt die innige Liebe einer Frau zu ihrem
Mann in der Ferne. Das Wetter wird kalt. Ob sie ihm Kleider
schickt oder nicht, fällt ihr schwer. Zu bemerken ist, dass die
Sprache hier alltäglich ist, dennoch ist es rührend.

醉高歌
感怀 ①

十年燕月歌声，几点吴霜鬓影。②
西风吹起鲈鱼兴，已在桑榆晚景。③

① 醉高歌 : das Lied „Das Trinklied" ② 燕 : gemeint: die Hauptstadt der Yuan-Dynastie Dadu (大都 , heute Peking; 吴 : gemeint der Unterlauf des Yangtse-Flusses (长江), hier gab es in der Geschichte ein Wu-Reich ③ 鲈鱼 : der Flussbarsch, hier ist eine Anspielung auf eine historische Begebenheit: ein Beamter, namens Zhang Han (张翰), aus Jin-Dynastie (晋朝) hatte immer Heimweh, einmal erinnerte ihn der Westwind an den Flussbarsch in der Heimat, dann gab er sein Amt auf und kehrte in die Heimat zurück; 桑榆晚景 : gemeint: der Lebensabend.

Das Lied „Das Trinklied"
Empfindsamkeit

> Zehn Jahre habe ich in der Hauptstadt mit Vergnügung verbracht,
> Dann bin ich nach Süden versetzt, jetzt habe ich graue Schläfenhaare.
> Der Westwind erinnert mich an den Flussbarsch in der Heimat,
> Da fühle ich meinen Lebensabend nahen.

Zu diesem Lied:

Mit dem Lied offenbart sich der Verfasser, dass er im Alter vom Amt zurücktreten wollte.

Frau Zhen, ihr Vorname ist unbekannt, das Geburts- und Sterbedatum auch unbekannt. Sie war ein Singmädchen. Nach einer Überlieferung traf Dichter Yao Sui（姚燧）sie einmal bei einem Festessen, erfuhr von ihrem traurigen Schicksal, kaufte sie los und ließ sie frei.

解三酲 [1]

奴本是明珠擎掌，怎生的流落平康。[2]
对人前乔做作娇模样，背地里泪千行。[3]
三春南国怜飘荡，一事东风没主张，添悲怆。[4]
那里有珍珠十斛，来赎云娘。[5]

[1] 解三酲 [chéng]: das Lied „Rausch vertreiben" [2] 明珠擎 [qíng] 掌：eine glänzende Perle auf der Handfläche; (hier) eine geliebte Tochter; 怎生的：wie; 流落：getrieben sein; 平康：eigentlich: die Pingkang-Gasse in der Hauptstadt Chang'an（长安）der Tang-Dynastie, wo es viele Singmädchen（歌伎）gab. Später wurde es

als Rotlichtviertel bezeichnet. ③ 乔 [qiáo] 做作娇模样 : sich zärtlich und süß stellen; 背地里 : im Geheimen ④ 三春南国 : der Frühling im Südland; 飘荡 : wie Weidenkätzchen getrieben sein; 一事东风 : alles liegt in der Hand der anderen; 没主张 : ich kann alles selbst nicht entscheiden; 添悲怆 : dies stimmt mich noch trauriger ⑤ 斛 [hú]: ein altes Hohlmaß = ein Hektoliter; 赎 [shú]: loskaufen; 云娘 : (hier) ich.

Das Lied „Rausch vertreiben"

Ich war eigentlich eine geliebte Tochter,

Unglücklicherweise bin ich als Singmädchen in das Rotlichtviertel getrieben,

Vor den Besuchern muss ich mich zärtlich und süß stellen,

Und im Geheimen stürzen mir dann aus den Augen Tränen.

Ich bin wie des Frühlings Weidenkätzchen herumgetrieben,

Mein Schicksal liegt in der Hand der anderen,

Ich kann nichts selbst entscheiden, das stimmt mich noch trauriger.

Wer kann zehn Hektoliter Perlen ausgeben und mich loskaufen?

Zu diesem Lied:

Hier hat die Autorin aus eigenem Lied das traurige Schicksal eines Singmädchens beschrieben. Es ist eine Klage gegen die sozialen Missstände.

Zeng Rui (Geburts- und Sterbedatum unbekannt) war
Dichter der lyrischen Lieder und wollte kein Beamter werden.
Von ihm sind 95 Lieder und 17 Liederzyklen erhalten
geblieben.

骂玉郎过感皇恩采茶歌 ^①

闺情 ^②

【骂玉郎】

才郎远送秋江岸，斟别酒唱阳关，临歧无语空长叹。^③

酒已阑，曲未残，人初散。^④

【感皇恩】

月缺花残，枕剩衾寒。^⑤

脸消香，眉蹙黛，鬓松鬟。^⑥

心长怀去后，信不寄平安。^⑦

拆鸾凤，分莺燕，杳鱼雁。^⑧

【采茶歌】

对遥山，倚阑干，当时无计锁雕鞍。^⑨

去后思量悔应晚，别时容易见时难。

① das Lied „Schimpf auf den Ehemann" kombiniert mit dem Lied „Dank für die Gunst des Kaisers" und mit dem Lied „Teeblätter pflücken"; 过 : (hier) kombiniert mit ... ② 闺 [guī] 情 : Liebessehnsucht ③ 才郎 : höfliche Anrede für den Ehemann; 斟 [zhēn]: (Wein) einschenken; 阳关 : Name eines Abschiedsliedes; 临歧 [qí]: an der Kreuzung; 空长叹 : vergebens seufzen ④ 阑 [lán]: zu Ende; 未残 : (hier) nachklingen ⑤ 枕剩 : das Kissen ist unbenutzt; 衾 [qīn]: die Bettdecke ⑥ 消香 : nicht geschminkt; 眉蹙 [cù] 黛 [dài]: (vor Kummer) die Brauen zusammenziehen; 髻 [jì] 松鬟 [huán]: der Haarknoten ist gelockert ⑦ 平安 : ein Brief mit der Nachricht, dass es gut geht ⑧ 拆鸾 [luán] 凤 : das Ehepaar trennen; 杳 [yǎo]: spurlos; 鱼雁 : (hier) Briefe ⑨ 无计 : nicht können; 锁 : (hier) anbinden; 雕鞍 [diāo ān]: (hier) das Pferd.

Das Lied „Schimpf auf den Ehemann" kombiniert mit dem Lied „Dank für die Gunst des Kaisers" und mit dem Lied „Teeblätter pflücken"

Liebessehnsucht

[Schimpf auf den Ehemann]

Im Herbst nahm ich am Flussufer von meinem Mann Abschied,

Ich schenke ihm Wein ein und sang dabei ein
Abschiedslied,

Und an der Kreuzung brachte ich kein Wort heraus und
seufzte nur tief.

Der Wein ist aus, das Lied klang noch nach,

Da waren wir schon auseinander.

[Dank für des Kaisers Gunst]

Der Mond ist halb, die Blumen sind verblüht,

Das Kopfkissen bleibt leer, die Bettdecke ist kalt.

Das Gesicht ist mir nicht geschminkt, die Brauen
zusammengezogen und der Haarknoten gelockert.

Ich denke immer daran, wie er lebt, und ich bekomme
von ihm keinen Brief,

Wir sind getrennt, wie ein Pirol und eine Schwalbe in
verschiedene Richtung fliegen,

So erhalten wir voneinander keine Nachricht.

[Teeblätter pflücken]

Ich lehne mich an das Geländer und blicke nach dem
fernen Berg.

Ich konnte damals sein Pferd nicht fest anbinden, damit
er nicht wegging.

Das bereue ich immer.

Der Abschied war mir damals etwas leicht,

Doch das sehnende Wiedersehen bereitet mir viel mehr

Schmerz und Leid.

Zu diesem Lied:

Es ist ein trauriges Liebeslied. Hier sind drei Lieder kombiniert: das erste Lied schildert die Abschiedsszene, das zweite Lied: Liebesschmerz und Leid, das dritte Lied zieht eine Schlussfolgerung daraus: Der Abschied kann leicht sein, aber zum Wiedersehen muss man mehr Liebesleid ertragen.

四块玉 [①]
酷吏 [②]

官况甜，公途险。[③]

虎豹重关整威严，仇多恩少人皆厌。[④]

业贯盈，横祸添，无处闪。[⑤]

① 四块玉：das Lied „Vier Stück Jade" ② 酷吏：tyrannische Beamte ③ 官况甜：sich über die amtlichen Würden freuen; 公途险：die Beamtenlaufbahn ist voller Gefahren ④ 虎豹：(hier) tyrannische Beamte; 重关：ein mächtiger Amtssitz; 仇多恩少：zu viel Haß und zu wenig Gunst ⑤ 业贯盈 : allerhand auf dem Kerbholz haben; 横祸 : plötzliches Unheil; 无处闪 : nirgends ausweichen.

Das Lied „Vier Stück Jade"

Die tyrannischen Beamten

Über die amtlichen Würden freuen sich die
tyrannischen Beamten,

Aber ihre Beamtenlaufbahn ist schon voller Gefahren.

Sie sind so grausam wie Tiger und Leoparden,

Und ihre mächtigen Amtssitze erregen auch Schrecken.

Sie haben zu viel Haß und zu wenig Gunst gesät,

So sind sie von allen gehasst.

Wenn sie allerhand auf dem Kerbholz haben, werden
sie bestraft,

Da weichen sie nirgends aus.

Zu diesem Lied:

Das Lied soll den tyrannischen Beamten eine Warnung sein.

Liu Zhi, ein provinzialer Beamter, von ihm sind 74 Lieder und 4 Liederzyklen erhalten geblieben.

山坡羊①

燕城述怀②

云山有意，轩裳无计，被西风吹断功名泪。③
去来兮，④再休提！
青山尽解招人醉，得失到头皆物理。⑤
得，他命里；失，咱命里。⑥

① 山坡羊 : das Lied „Die Ziegen auf dem Berghang" ② 燕城 : die Stadt Yancheng lag damals südöstlich vom heutigen Kreis Yi (易县), Provinz Hebei (河北) . Der König Zhao (昭王 , Regierungszeit: 311 v. u.Z.–297 v.u.Z.) vom Staat Yan (燕国) ließ dort eine Plattform bauen und Goldbarren darauf legen, um erhaben gesinnte Persönlichkeiten anzuwerben. Auf diese Weise hat er den General Yue Yi (乐毅) gewonnen, dieser half ihm, den König-Staat Qi (齐国) geschlagen zu haben. ③ 轩 [xuān] 裳 : der Wagen und die Amtskleidung der hohen Beamten, (hier) die hohen Ämter; 无计 : nicht erreichen können; 功名 : amtliche Würden ④ 去来兮 : vom Amt abtreten und in die Abgeschiedenheit gehen; 兮 [xī]: (Hilfswort) ⑤ 尽解 : völlig verstehen; 物理 : allgemeiner Grund ⑥ 命里 : das Schicksal.

Das Lied „Die Ziegen auf dem Berghang"

In der Stadt Yancheng über die Vergangenheit nachsinnen

> Die Wolken und Berge haben viel Sympathie für mich,
> Trotzdem bin ich nicht befördert zu einem hohen Amt,
> Der Westwind hat mir die Tränen bei der Strebung nach amtlichen Würden weggeblasen.
> Ich werde in die Abgeschiedenheit gehen und nicht mehr von der Beförderung reden!
> Das Gewinnen und Verlieren hängen vom Willen des Himmels ab.
> Wenn einer gewonnen hat, da ist es von seinem Geschick bestimmt;
> Wenn ich verloren habe, da liegt es in meinem Schicksal.

Zu diesem Lied:

Mit diesem Lied tröstet der Autor sich selbst, weil er nicht befördert wird.

山坡羊

侍牧庵先生西湖夜饮 ①

微风不定，幽香成径，红云十里波千顷。②
绮罗馨，管弦清，兰舟直入空明镜。③
碧天夜凉秋月冷。
天，湖外影；④湖，天上景。

① 牧庵 [ān]: Beiname von Dichter Yao Sui (姚燧), war Lehrer
des Autors ② 幽香 : schwacher Blumenduft; 红云 : (hier) die roten
Lotosblüten ③ 绮罗馨 [xīn]: die Seidengewänder duften angenehm;
兰舟 : das Vergnügungsboot ④ 湖外影 : sich im See widerspiegeln.

Nach dem Lied „Die Ziegen auf dem Berghang"
Wein trinken mit Herrn Mu An in der Nacht auf dem Westsee

Es weht ein sanfter Wind,

Der Pfad ist vom schwachen Blumenduft verhüllt,

Die roten Lotosblüten verbreiten sich zehn Meilen weit,

Und im Wind kräuselt sich der breite Westsee.

Die Seidengewänder der Musiker duften fein,

Die Blas- und Zupfinstrumente klingen klar und fein.

Auf dem spiegelglatten See fährt das Vergnügungsboot,

Der blaue Himmel, die kalte Nacht und der kühle
Herbstmond.

Der Himmel spiegelt sich im See wider;

Der See ist ein himmlisches Bild.

Zu diesem Lied:

Hier wird eine Bootfahrt auf dem Westsee beschrieben, in
einer Herbstnacht unter hellem Mond. Besonders die letzten
zwei Sätze werden den Leser zur Assoziation erregen.

王实甫 　wáng shí fǔ

Wang Shifu, ein Zeitgenosse von Guan Hanqing（关汉卿），auch berühmter Dramatiker, schuf 14 lyrische Opern, davon ist das „Westzimmer"（《西厢记》）am bekanntesten. Von ihm sind nur vier lyrische Lieder erhalten geblieben.

十二月过尧民歌 ①

别情

自别后遥山隐隐，更那堪远水粼粼。②
见杨柳飞绵滚滚，对桃花醉脸醺醺。③
透内阁香风阵阵，掩重门暮雨纷纷。④
怕黄昏忽地又黄昏，不销魂怎地不销魂。⑤
新啼痕压旧啼痕，断肠人忆断肠人。⑥
今春香肌瘦几分？⑦缕带宽三寸。⑧

① 十二月过尧民歌：das Lied „Der Dezember" kombiniert mit dem Lied „Yao-Volk"；过：(hier) kombiniert ② 粼粼 [lín]: klar ③ 滚

滚 [gǔn]: wirbeln; 醺醺 [xūn]: trunken ④ 阵阵 : in Stößen ⑤ 忽地 : im Nu; 销魂 : überwältigt vom Liebeskummer ⑥ 断肠人 : der/die an der Liebessehnsucht Leidende ⑦ 香肌 : weiblicher Körper ⑧ 缕 [lǚ] 带 : der Gürtel.

Das Lied „Der Dezember" kombiniert mit dem Lied „Yao-Volk"

Liebessehnsucht seit dem Abschied

Seit dem Abschied schaue ich den Nebeldunst um die Berge nicht durch,

Und dulde nicht den dahin fließenden klaren Fluss.

Vor mir wirbeln die Weidenkätzchen,

Und angesichts der Pfirsischblüten fühle ich mich trunken.

Ihr Duft drängt in Stößen in mein Schlafzimmer,

Abends schließe ich bei starkem Regen die Tür dicht.

Ich fürchte das Nahen des Abends, doch ist er im Nu da,

So bin ich vom Liebeskummer überwältigt.

Die neuen Tränenflecken bedecken die alten,

Ich leide unter der Liebessehnsucht und denke da an dich dergleichen.

Um wie viel bin ich in diesem Frühling mager geworden?
Der Gürtel ist um drei Zoll gelockert.

Zu diesem Lied:

Das Lied schildert den Liebeskummer einer jungen Frau. Auffallend ist die Ausdrucksweise: die ersten sechs Sätze sind drei Satzpaare (auf Chinesisch: 对仗 oder 对偶) und jede Satzendung steht in einem Wortpaar. Die drei Satzpaare stellen eine verwirrende Atmosphäre dar, die den Liebeskummer einer jungen Frau hervorhebt. In den weiteren vier Sätzen steht in jedem Satz eine Wortwiederholung (auf Chinesisch: 连环句), die bestärkt die Schlussfolgerung am Ende.

山坡羊 ①

春睡

云松螺髻，香温鸳被，掩香闺一觉伤春睡。②
柳花飞，③小琼姬，④一片声："雪下呈祥瑞。"⑤
把团圆梦儿生唤起。⑥"谁，不做美？呸，却是你！"⑦

① 山坡羊 : das Lied „Die Ziegen auf dem Berghang " ② 螺髻 [luó jì]: spiraliger Haarknoten; 鸳 [yuān] 被 : seidene Bettdecke, bestrickt mit Muster der Mandarinenten; 掩 [yǎn]: (Tür) schließen; 香闺 [guī]:

Frauengemach; 伤 : (hier) sehr ③ 柳花 : Weidenkätzchen ④ 小琼姬 [qióng jī]: (hier) Dienstmädchen ⑤ 雪下呈祥瑞 = 瑞雪兆丰年 : (Redewendung) rechtzeitiger Schnee bringt gute Ente ⑥ 团圆梦 : Zusammensein im Traum; 生 : (hier) grob; 唤起 : aufwecken ⑦ 不做美 : (hier) stören.

Das Lied „Die Ziegen auf dem Berghang"
Frühlingsschlaf

Mein spiraliger Haarknoten ist gelockert,

Die seidene Bettdecke mit gestricktem Muster der

Madarinenten ist duftend und warm.

Ich habe das Gemach geschlossen und bin eingesunken

in den Frühlingsschlaf.

Draußen fliegen wie Schneeflocken die

Weidenkätzchen,

Da ruft das Dienstmädchen:

„Rechtzeitiger Schnee bringt gute Ente jedes Mal!"

So weckt sie mich auf aus dem Traum, wo ich mit

meinem Mann zusammen war.

Nun habe ich geschrieen: „Wer ist der Traumstörer da?"

Dann merke ich das Dienstmädchen und sage ärgerlich:

„Pah, du bist es!"

Zu diesem Lied:

Das Lied schildert eine alltägliche Szene von einer Frau anschaulich und dramatisch. Es ist auffallend, dass hier direkte Rede verwendet wird.

Yang Guo war ein hoher Beamter, seine lyrischen Lieder sind mehr von gewähltem Stil. Von ihm sind 11 Lieder und 5 Liederzyklen erhalten geblieben.

小桃红 ①

采莲女

采莲湖上棹船回，风约湘裙翠。② 一曲琵琶数行泪。③
望君归，芙蓉开尽无消息。④
晚凉多少，⑤ 红鸳白鹭，⑥ 何处不双飞？

① 小桃红 : das Lied „Die kleine rote Pfirsischblüte" ② 采莲 : Lotossamen pflücken; 棹 [zhào] 船 : rudern; 风约湘裙翠 : der Wind fächelt ihr den jadegrünen Seidenrock; 湘裙 : ein Rock aus Seide von Provinz Hunan (湖南) ; 翠 [cuì]: jadegrün (wegen des Reims steht das Wort am Ende des Satzes) ③ 琵琶 [pí pɑ]: chinesische Laute mit vier Saiten ④ 君 : (männliches) du; 芙蓉 [fú róng]: Lotos, Lotosblume; 开尽 : verblühen; 无消息 : (hier) keine Nachricht von ihrem Mann

⑤ 晚凉 : abends wird es kalt ⑥ 红鸳 [yuān]: die Mandarinente; 白鹭
[lù]: der Seidenreiher.

Das Lied „Die kleine rote Pfirsischblüte"
Die Lotossamenpflückerin

Eine junge Frau hat auf dem See Lotossamen gepflückt,

jetzt rudert sie heim,

Der Wind fächelt ihr den jadegrünen Rock aus Seide,

Da hört sie einen traurigen Pipa-Klang und weint.

Sie sehnt sich nach ihrem Mann,

Die Lotosblumen sind schon verblüht,

Aber sie erhält von ihm noch keine Nachricht.

Abends wird es kalt, sie fragt sich:

Wo fliegen die Mandarinenten und Seidenreiher nicht

immer paarweise?

Zu diesem Lied:

Es ist ein Liebeslied, ist des Autors repräsentatives Werk, es
zeigt seinen gewählten Stil.

小桃红

玉箫声断凤凰楼，憔悴人别后。①
留得啼痕满罗袖。②
去来休，楼前风景浑依旧。③
当初只恨，无情烟柳，不解系行舟。④

① 玉箫 [xiāo]: die Langflöte aus Jade; 凤凰 [huáng]: der Phönix,
(hier) der Name eines Gebäudes; 憔悴 [qiáo cuì]: schwach und matt
② 罗袖 : der Seidenärmel ③ 去来休 : nicht von Gehen und Kommen
sprechen; 浑 : (hier) ganz; 依旧 : nach wie vor ④ 系行舟 : das Boot
ans Ufer binden.

Das Lied „Die kleine rote Pfirsischblüte"

Im Gebäude mit Namen „Phönix" unterbricht eine
junge Frau das Spielen auf der Langflöte aus Jade,
Sie ist nach dem Abschied von ihrem Geliebten
schwach und matt.
An ihren Seidenärmeln bleiben Tränenspuren voll,
Sie kann nicht mehr sprechen von seinem Gehen und
Kommen,
Und alles vor dem Gebäude bleibt nach wie vor.

Es ergrimmt sie sehr, dass die gefühllosen Weiden damals nicht verstanden haben, sein Boot ans Ufer zu binden.

Zu diesem Lied:

Es ist ein trauriges Liebeslied. Die junge Frau leidet unter dem Liebeskummer und bereut sehr, ihren Geliebten nicht zurückhalten zu können.

薛昂夫　　xuē áng fū　（? −1345）

Xue Angfu war ein Beamter, trat im Alter vom Amt zurück, war auch Kalligraph. Von ihm sind 60 Lieder und 3 Liederzyklen erhalten geblieben.

楚天遥过清江引 ①

[楚天遥]

有意送春归，无计留春住。

明年又着来，何似休归去。

桃花也解愁，点点飘红玉。 ②

目断楚天遥，不见春归路。

[清江引]

春若有情春更苦，暗里韶光度。 ③

夕阳山外山，春水渡傍渡。 ④

不知那答儿是春住处。 ⑤

① das Lied „Der südliche Himmel" (楚天遥) kombiniert mit dem

Lied „Der klare Fluss" (清江引) ② 红玉 : rote Pfirsischblüten ③ 韶
光 : die schöne Zeit des Lebens ④ 渡傍 : an der Überfahrtsstelle; 渡 :
(hier) fließen ⑤ 那答儿 : (Umgangssprache) wo.

Das Lied „Der südliche Himmel" kombiniert mit dem Lied „Der klare Fluss"

[Der südliche Himmel]

Ich möchte vom Frühling Abschied nehmen,

Denn ich kann ihn nicht aufhalten.

Er kommt doch im nächsten Jahr wieder,

Warum geht er in diesem Jahr zurück?

Da sind auch die Pfirsichblüten betrübt,

und lassen ihre roten Blätter fallen.

Ich blicke nach dem südlichen Himmel,

Und finde nicht des Frühlings Rückweg.

[Der klare Fluss]

Wenn der Frühling Gefühle hätte,

So würde er noch viel trauriger sein,

Denn er trauert insgeheim über seine schöne Zeit.

Ist er wohl hinter dem Berg, wo die Abendsonne sinkt?

Oder an der Überfahrtsstelle, wo das Flusswasser

vorbeifließt?

Ach, ich weiß nicht, wo der Frühling ist.

Zu diesem Lied:

Es ist ein sentimentales Lied auf den Frühling, hier möchte der Autor sagen, dass man auf die Zeit achten sollte.

塞鸿秋 ①

功名万里忙如燕，斯文一脉微如线。②
光阴寸隙流如电，风霜两鬓白如练。③
尽道便休官，林下何曾见？④
至今寂寞彭泽县。⑤

① 塞鸿秋: das Lied „Die Wildgänse von der herbstlichen Nordgrenze"
② 功名: amtliche Würden; 斯文一脉: beim literarischen Schaffen ③ 光阴: die Zeit; 如练: wie weiße Seide ④ 休官: sein Amt niederlegen; 林下: (hier) der Wohnort eines Einsiedlers ⑤ 彭泽县: der Kreis Pengze, (hier gemeint) Einsiedler Tao Yuanming (陶渊明 365–427) aus der Ostjin-Dynastie (东晋), er war der Kreisvorsteher von Pengze, Provinz Jiangxi (江西) . Mit 41 Jahren hatte er sein Amt niedergelegt, lebte als Einsiedler und widmete sich der Literatur.

Das Lied „Die Wildgänse von der herbstlichen Nordgrenze"

Wegen der Karriere scheut man nicht den Weg von zehntausend Li,

Und beim literarischen Schaffen hat man auch kaum Erfolg erzielt.

Die Zeit vergeht wie der Blitz,

Und die Schläfen sind schon seidenweiß.

Alle sprechen davon, dass sie das Amt niederlegen,

Aber wer hat einen von ihnen an einem einsiedlerischen Ort gesehen?

Bis heute bleibt der Einsiedler Tao Yuan-ming noch alleine.

[Der klare Fluss]

Wenn der Frühling Gefühle hätte,

So würde er noch viel trauriger sein,

Denn er trauert insgeheim über seine schöne Zeit.

Ist er wohl hinter dem Berg, wo die Abendsonne sinkt?

Oder an der Überfahrtsstelle, wo das Flusswasser vorbeifließt?

Ach, ich weiß nicht, wo der Frühling ist.

Zu diesem Lied:

Das Lied ist eine Satire auf manche Beamte, deren Wort und Tat sich widersprechen.

Yang Chaoying war zuerst ein Beamter, dann Einsiedler, Dichter der lyrischen Lieder, von ihm sind 27 Lieder erhalten geblieben. Er hat zwei Sammlungen von lyrischen Liedern herausgegeben, dank seiner Arbeit sind so viele Lieder überliefert.

水仙子 [1]

自足 [2]

杏花村里旧生涯，瘦竹疏梅处士家。深耕浅种收成罢。[3]
酒新篘，鱼旋打，有鸡豚竹笋藤花。[4]
客到家常饭，僧来谷雨茶，闲时节自炼丹砂。[5]

[1] 水仙子: das Lied „Die Narzisse" [2] 自足: Selbstversorgung [3] 旧生涯: einfaches Leben; 处士: Einsiedler; 收成罢: die Ernte eingebracht haben [4] 篘 [chōu]: filtern; 鱼旋打: der eben gefangene Fisch; 豚 [tún]: Schwein; 竹笋 [sǔn]: Bambusspross; 藤 [téng] 花: Kletterpflanze [5] 谷雨: Saatregen (einer der 24 Jahreseinteilungstage,

fällt auf den 19., 20. Oder 21. April des Mondkalenders); 自炼 : selbst schmelzen ; 丹 [dān] 砂 : der Zinnober (mit ihm versuchten die Taoisten ein Mittel für langes Leben herzustellen).

Das Lied „Die Narzisse"
Selbstversorgung

Im Aprikosenblumen-Dorf führe ich ein einfaches Leben,
Vor meinem Einsiedlerhaus wachsen dünne Bambuse
und einige Winterkirschen.
Im Frühling pflüge ich und streue Samen.
Im Herbst habe ich die Ernte eingebracht.
Der neue Wein ist gefiltert, der Fisch ist eben gefangen.
Für einen Gast gibt es Huhn, Schweinefleisch,
Bambussprosse und Kletterpflanzen,
Für einen Mönch wird der Saatregen-Tee angeboten.
Und in der Freizeit schmelze ich selbst Zinnober.

Zu diesem Lied:

Hier schildert der Dichter mit Zufriedenheit sein Einsiedlerleben und freundliche Beziehungen zu den anderen.

清江引 ①

秋深最好是枫树叶，染透猩猩血。②

风酿楚天秋，霜浸吴江月。③

明日落红多去也！④

① 清江引 : das Lied „Der klare Fluss" ② 枫树叶 : Ahornblätter; 猩猩血 : scharlachrot ③ 楚天 : Südhimmel; 吴江 = 吴淞江 : Wusong-Fluss in der Provinz Jiangsu (江苏) ④ 落红 : die gefallenen roten Ahornblätter.

Das Lied „Der klare Fluss"

Im späten Herbst sind die Ahornblätter am schönsten,

Ihre Farbe ist scharlachrot.

Der Wind weht am herbstlichen Südhimmel,

Und der Reif benässt im Wujiang-Fluss den

widergespiegelten Mond.

Oh, morgen werden viele gefallene rote Ahornblätter

mit dem Fluss fortfließen!

Zu diesem Lied:

Es ist ein Herbstlied von der südlichen Landschaft, das zeigt des Autors melancholische Stimmung.

周德清　　zhōu dé qīng　（1277-1365）

Zhou Deqing war ein bekannter Dichter der lyrischen Lieder, schrieb ein Buch über die Phonologie, von ihm sind leider nur 31 Lieder und 3 Liederzyklen erhalten geblieben.

满庭芳 [1]
看岳王传 [2]

披文握武，建中兴庙宇，载青史图书。 [3]
功成却被权臣妒，正落奸谋。 [4]
闪杀人望旌节中原士夫，误杀人弃丘陵南渡銮舆。 [5]
钱塘路，愁风怨雨，长是洒西湖。 [6]

[1] 满庭芳 : das Lied „Der Hof mit vollen Blumen" [2] 岳王 : Fürst Yue, eigentlicher Name 岳飞 [Yuè Fēi] (1103-1141), kämpfte als Heerführer erfolgreich gegen die Eindringlinge vom Jin-Reich (金国), durch die Intrigen des Landesverräters, des Kanzlers Qin Hui (秦桧) wurde er ins Gefängnis geworfen und ermordet; erst nach 55 Jahren wurde er rehabitiert und ihm der Titel Fürst E (鄂王) verliehen. (鄂 [è]

ist der Kurzname von der Provinz Hubei (湖北), daher wird er Fürst Yue genannt.) ③ 披文握武 : mit Feder und Waffe umgehen wissen; 中兴 : das Reich zum Gedeihen bringen; 庙宇 : das Song-Reich gemeint; 载青史图书 : in die Annalen der Geschichte eingehen ④ 权臣 : Potentat, (hier) der Kanzler Qin Hui (秦桧) gemeint; 正落 : in etw. geraten ⑤ 闪杀人 : die im Stich gelassene Bevölkerung; 杀 : als Hilfswort hinter einem Verb wirkt intensivierend; 旌节 : Banner und Flaggen; 中原士夫 : die Beamten und Truppen des Song-Reichs; 误杀人 : die Ermordung Yue Feis; 丘陵 : das kaiserliche Mausoleum; 南渡 : nach Süden fliehen; 銮舆 [luán yú]: der kaiserliche Wagen, hier ist der Kaiser gemeint ⑥ 钱塘 : die Stadt Hangzhou (杭州) gemeint, 钱塘 ist eigentlich der Qiantang-Fluss, der durch die Stadt Hangzhou fließt; 西湖 : der Westsee in der Stadt Hangzhou. Yue Feis Mausoleum liegt an diesem See.

Das Lied „Der Hof mit vollen Blumen"

Beim Lesen der Biografie des Fürsten Yue

Heerführer Yue Fei beherrschte Feder und Waffen,

Er konnte dem Song-Reich zum Gedeihen verhelfen,

Und sein Name ist in die Geschichte eingegangen.

Aber der machtvolle Kanzler Qin Hui beneidete ihn um

die Verdienste,

Und ließ ihn heimtückisch ermorden.

Die im Stich gelassene Bevölkerung sah traurig,

Wie die Beamten und Truppen mit Bannern und
Flaggen zurückziehen,

Infolge der Ermordung Yue Feis ließ der Kaiser das
kaiserliche Mausoleum im Stich und floh nach Süden,

In der Stadt Hangzhou weht der Wind klagend,

Und der Regen fällt auf den Westsee immer trauernd.

Zu diesem Lied:

Es ist ein Klagelied. Der Dichter trauert hier um den großen
Patrioten Yue Fei, klagt das Kapitulantentum des Kanzlers Qin
Hui an und kritisiert indirekt den Kaiser Gao Zong (高宗),
der 1127 nach Süden geflohen ist.Yue Feis Mausoleum liegt am
Westsee, die letzten drei Sätze sprechen davon. Sie zeigen: nicht
nur der Dichter trauert um den patriotischen Helden, sondern
auch die Natur.

塞鸿秋 ①
浔阳即景 ②

长江万里白如练，淮山数点青如淀。③
江帆几片疾如箭，山泉千尺飞如电。

晚云都变露，新月初学扇。^④塞鸿一字来如线。

① 塞鸿秋：das Lied „Die Wildgänse von der Nordgrenze" ② 浔 [xún] 阳：ein anderer Name für die Stadt Jiujiang（九江）, Provinz Jiangxi（江西）；即景：Notiz ③ 淀 [diàn]: der Indigo ④ 学扇：wie ein Fächer.

Das Lied „Die Wildgänse von der herbstlichen Nordgrenze"

Notiz von der Stadt Xunyang

Der Yangtse-Fluss strömt gleich einer silberen Kette tausend Meilen hin,

Die einzelnen Gipfel des Huai-Gebirges ragen indigoblau empor.

Einige Segelschiffe fliegen wie Pfeile auf dem Strom fort,

Die Wasserfälle stürzen von der Höhe blitzschnell herunter.

Der Abendwolkendunst wird zu Tau,

Der eben aufgegangene Mond sieht wie ein runder Fächer aus,

Und die Wildgänse von der Nordgrenze bilden im Zug

eine Reihe zur Schau.

Zu diesem Lied:

Das Lied besingt eine spätabendliche Landschaft, besteht aus sieben Sätzen, die sieben Bilder darstellen. Das alles zusammen zeigt dem Leser ein herrliches dreidimensionales Naturbild.

钟 嗣 成　　**zhōng sì chéng**　（um 1279–um 1360）

Zhong Sicheng bemühte sich vergebens um eine Amtsstelle, dann setzte er sich lebenslang für die Interpretation der Lieder ein. Daneben schrieb er 7 lyrische Opern, und von ihm sind 59 Lieder und 2 Liederzyklen erhalten geblieben.

醉太平①

风流贫最好，村沙富难交。②
拾灰泥补砌了旧砖窑，开一个教乞儿市学。③
裹一顶半新不旧乌纱帽，穿一领半长不短黄麻罩，④
系一条半联不断皂环绦，做一个穷风月训导。⑤

① 醉太平 : das Lied „Die Trunkenheit in Ruhe und Frieden" ② 风流 : ein zwangloses Leben; 村沙 : dumm ③ 灰泥 : der Mörtel; 砌 [qì]: mauern; 砖窑 : der Ziegelofen; 市学 : die Privatschule ④ 乌纱帽 : der schwarze Seidenhut; 黄麻罩 : ein langes Jutegewand ⑤ 皂环绦 [tāo]: ein schwarzer Seidengürtel; 风月 : liederlich; 训导 : (hier) der Schulmeister.

Das Lied „Die Trunkenheit in Ruhe und Frieden"

Ich bin arm und finde das zwanglose Leben am besten,

Und mit den dummen Reichen kann ich schwer

umgehen,

Ich habe mit Mörtel und Ziegeln den alten Ziegelofen

renoviert,

So habe ich eine Privatschule für die armen Kinder

eingerichtet.

Ich trage einen halbneuen schwarzen Seidenhut,

Ein nicht genug langes Jutegewand habe ich an,

Und benutze einen fast zerrissenen Gürtel aus Seide.

Nun bin ich jetzt ein armer und liederlicher

Schulmeister.

Zu diesem Lied:

In der Yuan-Dynastie waren die meisten Intellektuellen der Han-Nationalität (汉族) arm. Ihre soziale Stellung war hinter der Stellung der Prostituierten. Hier zeigt das Lied ein Beispiel dafür. Durch die Ausdrücke „风流" und „风月" wird ihr zynisches Verhalten dargestellt.

骂玉郎过感皇恩采茶歌 ①

长江有尽愁无尽，空目断楚天云。②

人来得纸真实信，亲手开，在意读，从头认。③

织锦回文，带草连真。④

意诚实，心想念，话殷勤。⑤

佳期未准，愁黛常颦。⑥

怨青春，捱白昼，怕黄昏。⑦

叙寒温，问原因，断肠人寄断肠人。⑧

锦字香沾新泪粉，彩笺红渍旧啼痕。⑨

① das Lied „Schimpf auf den Ehemann" kombiniert mit dem Lied „Dank für die Gunst des Kaisers" und mit dem Lied „Teeblätter pflücken" ② 楚天 : der südliche Himmel ③ 纸 : der Brief; 认 = 辨认 : identifizieren ④ 织锦回文 : (hier) die Liebesbriefe schreiben; 带草连真 : mal nachlässig und mal ordentlich schreiben ⑤ 殷勤 : heiß und herzlich ⑥ 佳期 : Tag des Rendezvous; 愁黛 [dài] 常颦 [pín]: vor dem Liebeskummer die Brauen zusammenziehen und die Stirn runzeln ⑦ 怨青春 : unter dem Liebeskummer leiden; 捱白昼 : die Tageszeit schwer aushalten ⑧ 叙寒温 : sich um js. Wohlergehen kümmern; 原因 = 因缘 : vom Schicksal vorherbestimmte familiäre Bindungen (wegen des Reimes ist hier umgestellt); 断肠人 : der Liebeskummer bricht jm. das Herz ⑨ 锦字 : Liebesbriefe zwischen den Ehepartnern; 泪粉 : die Schminke mit Tränen gemischt; 彩笺红 :

der rote Briefbogen; 渍 [zì]: durchtränken; 啼痕 : Tränenspuren.

Das Lied „Schimpf auf den Ehemann" kombiniert mit dem Lied „Dank für die Gunst des Kaisers" und mit dem Lied „Teeblätter pflücken"

Der Yangtse-Fluss hat sein Ende, doch endlos ist meine Liebessehnsucht,

Ich warte sehnsüchtig auf eine Nachricht von der Geliebten aus dem Süden.

Endlich hat einer mir einen Brief von ihr mitgebracht,

Ich öffne ihn gleich, identifiziere ihre Handschrift und fange an, aufmerksam zu lesen.

Der Liebesbrief ist mal nachlässig und mal ordentlich geschrieben,

Sie schreibt ihre wahre Liebe zu mir und ihren Liebeskummer,

Ihre Worte sind heiß und herzlich.

Sie schreibt, dass sie den ganzen Tag die Stirn runzelt,

weil ich den Tag des Zusammenseins versäumt habe.

Sie leidet sehr unter dem Liebeskummer, hält schwer den Tag aus,

Und hat Angst vor dem Abend.

Sie kümmert sich auch um mein Wohlergehen,

Und spricht von unseren Bindungen, die vom Schicksal

vorherbestimmt sind.

Der Liebeskummer bricht ihr das Herz,

Sie sehnt sich nach mir, der unter dem gleichen

Kummer leidet.

Ihre Schriften sind gemischt mit Schminke und Tränen,

Und der rote Briefbogen ist befleckt mit alten

Tränenspuren.

Zu diesem Lied:

Das ist ein glückliches Liebeslied. Es ist ein Liederzyklus aus drei Liedern. Das erste Lied beschreibt des Mannes Sehnsucht nach seiner Geliebten; das zweite Lied (fängt mit dem Satz 织锦回文 an) stellt den Inhalt des Briefes von der Geliebten dar; das dritte Lied (beginnt mit dem Satz 叙寒温) beschreibt die Empfindungen des Mannes.

Ren Yu war ein Zeitgenosse vom Dichter Zhang Kejiu (张可久), von ihm sind 59 Lieder und 1 Liederzyklus erhalten geblieben.

金字经 ①

秋宵宴坐

秋夜凉如水，天河白似银，②
风露清清湿簟纹。③
论，半生名利奔。④
窥吟鬓，江清月近人。⑤

① 金字经 : das Lied „Das Goldensutra" ② 天河 : die Milchstraße ③ 簟 [diàn] 纹 : Bambusmatte ④ 论 : über etw. sprechen ⑤ 窥 : heimlich; 鬓 [bìn]: die Schläfenhaare.

Das Lied „Das Goldensutra"

Beim Festessen in einer Herbstnacht

Kalt wie das Wasser ist die Herbstnacht,

Weiß wie das Silber ist die Milchstraße,

Der Tau ist klar und benässt die Bambusmatte.

Ich spreche über die Bemühungen um Ruhm und

Reichtum in meinem ersten Halbleben,

Insgeheim bedauere ich meine grauen Schläfenhaare,

Da sehe ich: Der Mond nährt sich mir, und der Fluss ist

klar.

Zu diesem Lied:

Hier beschreibt der Autor, dass er sein erstes Halbleben umsonst verbracht hat. Jetzt will er mit grauen Haaren die Natur genießen. Hier offenbart er seine Lebensanschauung.

水仙子 ①

幽居 ②

小堂不闭野云封，隔岸时闻涧大舂， ③
比邻分得山田种。 ④

宦情薄归兴浓，想从前错怨天公。⑤

食禄黄齑瓮，忘忧绿酒钟，未必全穷。⑥

① 水仙子 : das Lied „Die Narzisse" ② 幽居 : das Einsiedlersleben
③ 舂 [chōng] = 舂米 : den Reis mit einem Stößel und einem Mörser
schälen ④ 比邻 : der Nachbar; 山田 : das Feld auf dem Berg ⑤ 宦情 :
das Interesse an der Karriere; 归兴 : der Wunsch für das Einsiedlersleben;
怨天公 : sich über den Himmel beklagen ⑥ 黄齑 [jī]: einfache Kost;
绿酒 : selbst hergestellter Wein; 全穷 : ganz kümmerlich.

Das Lied „Die Narzisse"

Das Einsiedlersleben

Die Tür meines kleinen Hauses ist nicht geschlossen,

aber ist verhüllt von den Wolken,

Ich höre, dass man am anderen Ufer des Baches den

Reis mit dem Stößel und Mörser schält,

Ich habe von dem Nachbarn ein Stück Ackerfeld auf

dem Berg bekommen und bestelle es.

Mein Interesse an der Karriere ist geschwächt,

Und der Wunsch für das Einsiedlersleben ist verstärkt,

Da denke ich, dass ich mich früher falsch klagte über

den Himmel.

Jetzt esse ich einfache Kost und vertreibe mit dem

selbst hergestellten Wein den Kummer,

So bin ich jetzt auch nicht ganz kümmerlich.

Zu diesem Lied:

Hier beschreibt der Autor sein Einsiedlersleben und den Grund dazu. Jetzt lebt er von seinen Händen.

Wu Xiyi war ein Zeitgenosse vom Dichter Guan Yun-shi （贯云石）, sein Hauptthema war das Leben in der Abgeschiedenheit. Von ihm sind 47 lyrische Lieder erhalten geblieben.

清江引 ①

秋居 ②

白雁乱飞秋似雪，清露生凉夜。③

扫却石边云，醉踏松根月。④

星斗满天人睡也。⑤

① 清江引: das Lied „Der klare Fluss" ② 秋居: im Herbst ③ 扫却: wegfegen ④ 石边云: (hier) Nebeldunst an den Steinen; 松根: am Stamm der Kiefer; 月: (hier) Schatten des Mondes ⑤ 人: (hier) ich; 也: (hier: Hilfswort).

Das Lied „Der klare Fluss"

Im Herbst

Am Himmel fliegen die weißen Wildgänse

wie Schneeflocken,

Der klare Tau macht die Nacht frostig.

Der Tau ist klar und benässt die Bambusmatte.

Der Wind fegt den Nebeldunst von den Steinen weg,

Im Rausch betrete ich an der Kiefer den Mondschatten.

Unter dem Himmel mit vollen Sternen gehe ich schlafen.

Zu diesem Lied:

Das Lied beschreibt das ruhige Einsiedlersleben.

天净沙 ①

闲题 ②

楚云 ③ 飞满长空，湘江 ④ 不断流东。

何事离多恨冗？⑤

夕阳低送，小楼数点残鸿。⑥

① 天净沙 : das Lied „Der klare Himmel" ② 闲题 : in der Muße

geschrieben ③ 楚云 : südliche Wolken ④ 湘江 : der Xiang-Fluss, liegt in der Provinz Hunan (湖南) ⑤ 离多恨冗 : viel Heimweh und Kummer; 冗 [rǒng]: viel ⑥ 残鸿 : die zurückbleibenden Wildgänse.

Das Lied „Der klare Himmel"

In der Muße geschrieben

Am ganzen Himmel fliegen die südlichen Wolken,

Und der Xiang-Fluss fließt ständig nach Osten.

Was bringt mir so viel Heimweh?

Selbst die Abendsonne begleitet vor meinem kleinen

Gebäude die zurückbleibenden Wildgänse.

Zu diesm Lied:

Hier beschreibt der Autor sein Heimweh und vergleicht sich selbst mit den zurückbleibenden Wildgänsen, die noch von der Abendsonne begleitet werden. Aber er kann nur einsam auf die Wolken und den Fluss schauen.

赵 显 宏　　zhào xiǎn hóng

Zhao Xianhong war ein Dichter der lyrischen Lieder, von ihm sind 20 Lieder und 2 Liederzyklen erhalten geblieben.

满庭芳 [1]

牧

闲中放牛，天连野草，水接平芜。[2]

终朝饱玩江山秀，乐以忘忧。[3]

青蒻笠西风渡口，绿蓑衣暮雨沧州。[4]

黄昏后，长笛在手，吹破楚天秋。[5]

[1] 满庭芳 : das Lied „Der Hof mit vollen Blumen" [2] 水接平芜 [wú]: im Wasser wachsen Pflanzen [3] 终朝 : den ganzen Tag; 饱玩 : (umgangssprachlich) bewundern; 江山 : die Landschaft [4] 青蒻 [ruò] 笠 : Hut aus grünen Rohrkolbenblättern; 蓑 [suō] 衣 : Regenumhang aus Stroh; 沧 [cāng] 州 : (hier) am Ufer [5] 楚天 : der südliche Himmel.

Das Lied „Der Hof mit vollen Blumen"

Vieh weiden

In der Freizeit weide ich Rinder und stehe da:

Das Gras wuchert bis zum Himmelsrand.

Im Wasser wachsen überall Pflanzen.

Den ganzen Tag bewundere ich die schöne Landschaft,

Da vergesse ich Kummer und Gram.

Mit dem Hut aus Rohrkolbenblättern stehe ich im

Westwind an der Überfahrtsstelle,

Mit dem Regenumhang aus Stroh weile ich im

Abendregen am Ufer.

Nach der Abenddämmerung blase ich auf der Flöte,

Und bis zum südlichen Herbsthimmel dringen die

Töne.

Zu diesem Lied:

Das Lied schildert ein idyllisches Bild. Angesichts der realen Welt sucht der Dichter in der Natur nach einem beruhigenden Leben.

清江引 ①

情 ②

夜长怎生得睡着？万感紫怀抱。③

伴人瘦影儿 ④，惟有孤灯照。

长吁气一声吹灭了。⑤

① 清江引：das Lied „Der klare Fluss" ② 情：(hier) die Liebessehnsucht
③ 紫 [yíng] 怀抱：das Herz bedrücken ④ 伴人：die Partnerin der
einsamen Öllampe ⑤ 吁气：seufzen; 吹灭：die Lampe abblasen.

Das Lied „Der klare Fluss"

Liebessehnsucht

Wie kann ich in der langen Nacht einschlafen?

Allmögliche Gefühle bedrücken mir das Herz.

Ich bin eine Partnerin der einsamen Öllampe, die

meinen mageren Schatten wirft.

Ich seufze einmal tief,

Und blase die Lampe aus.

Zu diesem Lied:

Es ist ein kummervolles Liebeslied. Die Frau sehnt sich nach ihrem Mann und kann in der langen Nacht nicht einschlafen. Sie leidet unter dem Liebeskummer, und deshlab ist sie mager geworden, dies hat der Autor indirekt geschildert.

Song Fanghu lebte in der späteren Zeit der Yuan-Dynastie, war ein Dichter der lyrischen Lieder, von ihm sind nur 13 Lieder und 5 Liederzyklen erhalten geblieben.

水仙子 ①

隐者 ②

青山绿水好从容，将富贵荣华撇过梦中。③
寻着个安乐窝胜神仙洞，繁华景不同。④
忒快活别是个家风。饮数杯酒对千竿竹，⑤
烹七碗茶靠半亩松，都强如相府王宫。

① 水仙子 : das Lied „Die Narzisse" ② 隐者 : Einsiedler ③ 从容 : geruhsam; 撇 [piē]: wegwerfen; 富贵荣华 : Reichtum und Ruhm ④ 安乐窝 : ein behagliches Nest; 洞 = 洞府 : Götterpalast; 繁华 : belebt ⑤ 忒 [tuī]: (dialektal) sehr; 快活 : Fröhlichkeit; 家风 : Haussitte.

Das Lied „Die Narzisse"

Der Einsiedler

Blaue Berge und grüne Gewässer sind für mich als
Einsiedler geruhsam,
So habe ich Reichtum und Ruhm im Traum gelassen.
Mein behagliches Nest ist viel gemütlicher als
Götterpalast,
Es ist ganz anders als die belebte Welt.
Die freie Fröhlichkeit ist meine Haussitte,
Vor dem Bambushain trinke ich Wein,
Den Tee koche ich am Kieferwald,
Das alles ist mir angenehmer als in des Kanzelers
Residenz und in des Kaisers Palast.

Zu diesem Lied:

Mit diesem Lied zeichnet der Dichter sein Einsiedlersleben.
Hier ist die Abgeschiedenheit nicht wie bei anderen Dichtern nur
als Abwendung von der realen Welt dargestellt, sie ist mit der
Herrschaft der Yuan-Dynastie (Kanzler und Kaiser) gegenüber
gestellt, es ist eine direkte Anprangerung. In dieser Hinsicht hat
der Autor mehr gewagt.

清江引 ①

托咏 ②

剔秃圞一轮天外月，③

拜了低低说：

是必常团圆，休着些儿缺，④

愿天下有情底都似你者。⑤

① 清江引 : das Lied „Der klare Fluss" ② 托咏 : das Loblied auf die Hoffnung ③ 剔秃圞 [tī tū luán]: vollrundlich, (hier) der Vollmond, er ist das Symbol für das Familienzusammensein, so hat China das Mondfest am 15. August des Mondkalenders ④ 拜 : anbeten; 休 : nicht; 缺 : (hier) nicht vollständig ⑤ 有情底 : die Liebenden; 底 = 的 .

Das Lied „Der klare Fluss"

Das Loblied auf die Hoffnung

Am fernen Himmel hängt der Vollmond,

Ich bete ihn an und sage leise:

Möge er immer ganz voll sein,

Und nie unvollständig, damit die Familien

zusammenkommen.

Ich wünsche, dass die Liebenden in der ganzen Welt

unter dem Vollmond zusammentreffen.

Zu diesem Lied:

Hier wird die Sehnsucht einer Frau nach ihrem Mann beschrieben. Der Autor nimmt den Vollmond als Anlass und schafft eine weibliche Figur, um seinen Hauptgedanken darzustellen: man soll nicht nur an das eigene Glück denken, sondern auch das der anderen.

Liu Tingxin (Geburts- und Sterbedatum unbekannt), von ihm sind 39 Lieder und 7 Liederzyklen erhalten geblieben.

朝天子 [1]

赴约 [2]

夜深深静悄，明朗朗月高，小书院无人到。[3]
书生今夜且休睡着，有句话低低道：[4]
半扇儿窗棂，不须轻敲，我来时将花树儿摇。[5]
你可便记着，便休要忘了，影儿动咱来到。

[1] 朝天子 : das Lied „Die Audienz" [2] 赴约 : zum Rendezvous gehen
[3] 书院 : (hier) die Studierstube [4] 书生 : der Studierende [5] 窗棂
[líng]: (hier) das Fenster; 摇 : schütteln.

Das Lied „Die Audienz"

Zum Rendezvous gehen

Die tiefe Nacht ist still,

Der helle Mond hängt hoch am Himmel,

Niemand kommt in das Studierzimmer,

Eine junge Frau sagt leise zu ihrem lesenden Geliebten:

Schlaf heute nicht,

Und lass das Fenster halb offen!

Wenn ich komme, brauche ich nicht zu klopfen,

Da schüttele ich nur den blühenden Baum.

Merke dir das!

Wenn der Baum schwingt, da bin ich schon da.

Zu diesem Lied:

Es ist ein Liebeslied. Hier wird die Umgangssprache verwendet, das ist ein Merkmal des lyrischen Liedes in der Yuan-Zeit.

折桂令 ①

隐居 ②

护吾庐绿树扶疏，竹坞独居，举目须臾。③

鹭宿芙渠，乌居古木，兔浴枯薄。④

夫与妇壶沽绿醑，主呼奴釜煮鲈鱼。⑤

俗物俱无，蔬辅锄蔬，书屋读书。⑥

① 折桂令 : das Lied „Einen Lorbeerbaumzweig abbrechen" ② 隐居 : in der Abgeschiedenheit leben ③ 吾庐 [lú]: meine Hütte; 扶疏 : üppig; 竹坞 [wù]: eine mit Bambus gewachsene Mulde; 须臾 [yú]: im Nu, zu jeder Zeit ④ 鹭 [lù]: der Reiher; 芙渠 [qú]: die Lotosblume; 乌 : der Rabe; 兔 [fú]: Wildente; 薄 : der Rohrkolben ⑤ 沽 [gū]: kaufen; 绿醑 [xǔ]: guter Wein; 釜 [fǔ]: der Kochtopf; 鲈 [lú] 鱼 : der Flussbarsch ⑥ 俗物 : die gesellschaftlichen Konventionen; 蔬辅 : der Gemüsegarten; 锄 [chú] 蔬 : Unkraut jäten.

Das Lied „Einen Lorbeerbaumzweig abbrechen"

In der Abgeschiedenheit leben

Die üppigen grünen Bäume schützen meine Hütte,

Ich wohne abgeschieden in der mit Bambus
gewachsenen Mulde,

Zu jeder Zeit habe ich einen schönen Ausblick.

Die Reiher übernachten zwischen den Lotosblumen,

Die Raben nisten auf den alten Bäumen,

Und die Wildenten schwimmen zwischen den
gewelkten Rohrkolben.

Meine Frau und ich kaufen mit dem Krug guten Wein,

Und lassen den Diener den Flussbarsch kochen.

Allen gesellschaftlichen Konventionen bleibe ich fern,

Ich jäte mal im Gemüsegarten Unkraut,

Und lese mal im Studierraum.

Zu diesem Lied:

Der Autor beschreibt sein abgeschiedenes Leben, aber ohne Entbehrungen, er hat sogar einen Diener, die Gartenarbeit ist nur eine Abwechslung. Es ist nur ein passiver Widerstand gegen die Herrschaft von den Mongolen. Denn die soziale Stellung der damaligen Literaten ist hinter der Stellung der Prostituierten.

Es ist noch zu bemerken, dass hier in jedem Satz der Innenreim verwendet ist, das ist eine metrische Leistung. Z.B.:

Satz 1: 护 吾 庐 绿 树 扶 疏；
（hù wú lú lǜ shù fú shū）

Satz 2: 竹 坞 独 居；
（zhú wù dú jū）

Satz 3: 举 目 须 臾 usw.
（jǔ mù xū yú）

查 德 卿　　**zhā dé qīng**　（1311–1320）

Zha Deqing wirkte in der Regierungszeit des Kaisers Ren Zong（仁宗）der Yuan-Dynastie. Sein Hauptthema war das Leben des Einsiedlers, von ihm sind 22 Lieder erhalten geblieben.

柳营曲 [1]

江上

烟艇闲，雨蓑干，渔翁醉醒江上晚。[2]
啼鸟关关，流水潺潺，乐似富春山。[3]
数声柔橹江湾，一钩香饵波寒。[4]
回头贪兔魄 [5]，失意放渔竿。看，流下蓼花滩。[6]

① 柳营曲 : das Lied „Das Lager unter den Weiden" ② 艇闲 : das Boot liegt vor Anker; 蓑 [suō]: der Regenumhang aus Palmbast ③ 关关 : (Vögel) zwitschern; 潺潺 [chán]: (das Wasser) murmelt; 富春山 : der Fuchun-Berg, liegt im Kreis Tonglu（桐庐县）, Provinz Zhejiang（浙江）, dort war früher ein Einsiedlerort ④ 柔橹 : leise rudern ⑤ 兔魄 : der Mond ⑥ 蓼 [liǎo] 花 : der Knöterich.

Das Lied „Das Lager unter den Weiden"

Auf dem Fluss

Das Boot liegt im Rauchdunst,

Sein Regenumhang ist schon getrocknet,

Erst am Abend ist der Fischer aus der Trunkenheit

nüchtern.

Die Vögel zwitschern, der Fluss murmelt,

Der Fischer fühlt sich fröhlich, als wäre er am Fuchun-

Berg.

Er rudert leise das Boot in eine Bucht,

Er wirft den Angelhaken mit duftendem Köder in den

kalten Strom.

Im Rückblick bewundert er den Mond,

Da rutscht ihm der Angel aus der Hand,

Da sieht er: Der Angel schwimmt in die Knöteriche an

der Sandbank.

Zu diesem Lied:

Hier beschreibt der Autor das Leben eines Einsiedlers in Gestalt eines Fischers. Der Fluss heißt auch Fuchun（富春江）, so denkt der Autor gleich an den Fuchun-Berg, den schönen Ort für den Einsiedler.

一半儿 ①

春情 ②

自调花露染霜毫, ③

一种春心无处托, ④

欲写又停三四遭。 ⑤

絮叨叨, 一半儿连真一半儿草。 ⑥

① 一半儿: halb und halb ② 春情: die Liebessehnsucht ③ 调: (hier) die Tusche reiben; 霜毫: der Pinsel ④ 春心: die Liebessehnsucht ⑤ 遭: (hier) Mal ⑥ 絮叨叨: geschwätzig; 真: (hier) ordentlich; 草: (hier) nachlässig.

Das Lied „Halb und halb"

Liebessehnsucht

Ich habe mit den Tautropfen der Blumen die Tusche gerieben,

Und tauche den Pinsel darin,

Ich kann meine Liebessehnsucht schwer ausdrücken,

So habe ich das Schreiben einige Male unterbrochen,

Schließlich habe ich geschrieben viel Geschwätziges,

Halb ordentlich und halb nachlässig.

Zu diesem Lied:

Es ist ein Liebeslied. Ein Mädchen sehnt sich nach ihrem Geliebten und schreibt einen Brief an ihn. Da sie unter dem Liebeskummer leidet, kann sie nicht ordentlich schreiben.

Tang Shi lebte am Ende der Yuan-Dynastie und am Anfang der Ming-Dynastie（明朝）, war ein kleiner Kreisbeamter, nach dem Untergang der Yuan-Dynastie führte er ein unstetes Leben. Er schrieb zwei lyrische Opern, und seine Lieder sind im Band „Pinsel-Blumen" （《笔花集》）gesammelt.

庆东原 ①
京口夜泊 ②

故园一千里，孤帆数日程。③
倚篷窗自叹漂泊命。④
城头鼓声，江心浪声，山顶钟声。
一夜梦难成，三处愁相并。⑤

① 庆东原 : das Lied „Die Festveranstaltung des Dongyuan-Gebiets"
② 京口 : die Stadt Jingkou, heute Zhenjiang（镇江）, Provinz Jiangsu
（江苏）; 夜泊 : das Boot liegt in der Nacht vor Anker ③ 故园 :
die Heimat ④ 篷窗 : das Fenster eines Planenboots; 漂泊命 : das

Schicksal eines unsteten Lebens ⑤ 三处 : gemeint die Trommel-, Wellen- und Glockenschläge.

Das Lied „Die Festveranstaltung des Dongyuan-Gebiets"

Vor der Stadt Jingkou liegt das Boot in der Nacht vor Anker

Tausend Li weit liegt die Heimat,

Mit dem Boot bis dahin muss ich mehrere Tage fahren.

Ich lehne mich an das Fenster des Planenboots und

bedauere mein unstetes Schicksal.

Da stören mich die Trommelschläge des Stadttorturms,

die Wellenschläge des Flusses und die Glockenschläge

des Bergklosters.

All diese Töne lassen mich die ganze Nacht nicht

einschlafen,

Und stimmen mich noch mehr kummervoll.

Zu diesem Lied:

Im Allgemeinen ist eine Heimatreise freudebringend, aber hier nicht. Denn er führt ein unstetes Leben, und seine Zukunft ist auch ungewiss.

天净沙 ①

闲居杂兴 ②

近山近水人家，带烟带雨桑麻，③
当役当差县衙。④
一犁两耙，自耕自种生涯。⑤

① 天净沙：das Lied „Der klare Himmel" ② 闲居杂兴：müßige Fröhlichkeit ③ 桑 [sāng]: der Maulbeerbaum; 麻 [má]: der Hanf ④ 当役当差：ein kleiner Beamter; 县衙 [yá]: die Kreisbehörde ⑤ 犁 [lí]: der Pflug; 耙 [pá]: die Egge; 自耕自种：das Feld selbst anbauen; 生涯 [yá]: leben, der Lebensunterhalt.

Das Lied „Der klare Himmel"

Müßige Fröhlichkeit

Mein Haus liegt in der Nähe von Fluss und Berg,

Im Regen und Nebel sind die Maulbeerbäume und
Hanffelder.

Ich war ein kleiner Beamter in der Behörde des Kreises.

Jetzt habe ich einen Pflug und zwei Eggen,

Da lebe ich frei und unterhalte den Haushalt durch
Selbstkultivierung.

Zu diesem Lied:

Hier beschreibt der Autor sein Leben als Einsiedler, er fühlt sich jetzt frei und ungezwungen.

Das Lied besteht aus fünf Sätzen, bzw. aus 28 Wortzeichen; der durchgehende Reim „a" ist hier verwendet. Es sind 14 Dinge genannt, und vier Sätze haben das gleiche Satzschema, aber der Klang ist nicht eintönig.

Shang Ting, war ein hoher Hofbeamter, wegen Krankheit trat er vom Amt zurück. Von ihm sind 19 Lieder erhalten geblieben.

潘妃曲 ①

戴月披星担惊怕，久立纱窗下，等候他。②
蓦听得门外地皮儿踏，③
只道是冤家，原来风动荼蘼架。④

① 潘妃曲：das Lied „Kaiserliche Konkubine Pan" ② 戴月披星：unter dem Mond und den Sternen；担惊怕：beunruhigt；纱窗：das Gazefenster ③ 蓦 [mò]：plötzlich；地皮儿踏：Geräusch von Schritten ④ 冤 [yuān] 家：(hier) der Geliebte；荼蘼 [tú mí]：eine Art Zierstrauch mit duftenden Weißblüten；架：das Gestell.

Das Lied „Kaiserliche Konkubine Pan"

Unter dem Mond und den Sternen stehe ich beunruhigt

am Gazefenster,

Und warte schon lange auf meinen Geliebten.

Plötzlich höre ich Geräusch von Schritten vor der Tür,

Da glaube ich, dass er gekommen ist,

Ach, das Gestell der Ziersträucher schwankt im Wind.

Zu diesem Lied:

Es ist ein sehnsuchtsvolles Liebeslied. Ein Mädchen wartet in der Nacht auf ihren Geliebten. Aber er ist nicht gekommen. Sie leidet sehr darunter.

王恽　　**wáng yùn**　（1227—1304）

Wang Yun, war kaiserlicher Zensor（监察御史）, von ihm sind 41 Lieder erhalten geblieben.

平湖乐 [1]

采菱人语隔秋烟，波静如横练。[2]
入手风光莫流转。[3]
共留连，画船一笑春风面。[4]
江山信美，终非吾土。[5]问何日是归年？

[1] 平湖乐 : das Lied „Freude auf dem Pinghu-See" [2] 采菱人 : die Wassernuss-Sammlerin; 秋烟 : der Herbstdunst; 横练 : die quer liegende Seide [3] 入手 : was man da hat; 风光 : (hier) der schöne Anblick; 莫流转 : nicht vergehen [4] 共留连 : aufhalten und bewundern; 画船一笑 : die Schönheit auf dem Vergnügungsboot lacht [5] 信美 : wirklich herrlich; 吾土 : meine Heimat.

Das Lied „Freude auf dem Pinghu-See"

Wir hören durch den Herbstdunst die Stimme der

Wassernuss-Sammlerinnen,

Die Wasserfläche des Sees ist wie dünne Seide glatt.

Wir möchten diesen schönen Anblick aufhalten,

Möge er nicht vergehen!

Die Schönheit auf dem Vergnügungsboot lacht

erfreulich,

Die Landschaft hier ist wirklich herrlich,

Aber sie ist schließlich nicht meine Heimat.

Ich frage mich: Wann komme ich heim?

Zu diesem Lied:

Der Autor fährt mit einem Vergnügungsboot auf dem klaren See, eine Schönheit ist dabei. Die schöne Landschaft erweckt sein Heimweh, aber es ist ungewiss, wann er in die Heimat zurückkommen kann. Nun ist die fröhliche Stimmung ins Heimweh umgewandelt.

陈草庵　　**chén cǎo ān**　（1245–1320）

Chen Cao'an war kaiserlicher Zensor, von ihm sind 26 Lieder erhalten geblieben.

山羊坡 [1]

叹世 [2]

晨鸡初叫，昏鸦争噪。

那个不去红尘闹？[3]

路遥遥，水迢迢，功名尽在长安道。[4]

今日少年明日老。

山，依旧好；人，憔悴了。[5]

① 山坡羊: das Lied „Die Ziegen auf dem Berghang" ② 叹世: Groll auf diese Welt ③ 红尘: der aufgewirbelte Staub, (hier) die blühende Stadt ④ 遥遥: sehr weit; 迢迢: sehr weit entfernt; 功名: amtliche Würden; 长安: (hier) die Hauptstadt ⑤ 憔悴 [qiáo cuì]: schwach und matt.

Das Lied „Die Ziegen auf dem Berghang"

Groll auf diese Welt

Am Morgen krähen die Hähne,

Am Abend krächzen die Raben.

Wer geht nicht in die blühende Stadt?

Und die amtlichen Würden zu erlangen, muss einer

nicht scheuen,

Den weiten und mühsamen Weg zu Land und zu

Wasser in die Hauptsatdt.

Heute ist er noch jung, morgen wird er schon alt.

Der Berg bleibt immer wie einst,

Aber er ist schon schwach und matt.

Zu diesem Lied:

In der Yuan-Dynastie (1271−1368) gab es nur zwei Male kaiserliche Prüfungen. Das Lied beschreibt die zweite Prüfung im Jahr 1315. Es zeigt des Autors Sympathie für die Prüflinge.

冯子振　　　**féng zǐ zhèn**（1251–1384）

Feng Zizhen, war Hof-Beamter, auch Kalligraf. Von ihm sind 44 Lieder erhalten geblieben.

鹦鹉曲 [1]

野渡新晴 [2]

孤村三两人家住，终日对野叟田父。[3]

说今朝绿水平桥，昨日溪南新雨。

碧天边云归岩穴，白鹭一行飞去。[4]

便芒鞋竹杖行春，问底是青帘舞处。[5]

[1] 鹦鹉 [yīng wǔ] 曲：das Lied „Papagei" [2] 野渡：die freie Überfahrtsstelle; 新晴：der Himmel hat sich aufgeklärt [3] 野叟田父：einfache Bauern [4] 白鹭 [lù]: der Seidenreiher [5] 芒鞋：die Strohschuhe; 行春：der Ausflug im Frühling; 底是：wo; 青帘：die blaue Weinschild-Fahne; 舞：flattern.

Das Lied „Die Papagei"

Über der freien Überfahrtsstelle hat sich der Himmel
aufgeklärt

In dem entlegenen Dorf stehen ein paar Bauernhäuser,

Ich begegne täglich den alten einfachen Bauern.

Sie sagen: Heute überschwemmt das Bachwasser den
Steg,

Gestern hat es südlich des Baches wieder geregnet.

Ich sehe: In der Ferne schweben die Wolken vom
blauen Himmel in die Felsengrotte,

Eine Reihe Seidenreiher fliegen in die Ferne.

Nun gehe ich in den Strohschuhen und mit einem
Bambusstock zu einem Frühlingsausflug,

Und frage, wo es eine Weinstube gibt.

Zu diesem Lied:

Hier beschreibt der Autor sein Einsiedlerleben.

周文质　　　**zhōu wén zhì**　(？ -1334)

Zhou Wenzhi, auch Maler, von ihm sind 40 Lieder und 5 Liederzyklen erhalten geblieben.

折桂令 ①
过多景楼 ②

滔滔春水东流，天阔云休，树渺禽幽。 ③
山远横眉，波平消雪，月缺沉钩。 ④
桃蕊红妆渡口，梨花白点江头。 ⑤
何处离愁，人别层楼，我宿孤舟。 ⑥

① 折桂令 : das Lied „Einen Lorbeerbaumzweig abbrechen" ② 过多景楼 : vorbei am Ausblick-Hochhaus, dieses Hochhaus liegt in einem Kloster der Stadt Zhenjiang (镇江), Provinz Jiangsu (江苏), auf diesem Gebäude kann man die Landschaft herum ausblicken ③ 树渺 [miǎo]: die Bäume stehen im Dunst; 禽幽 : die Vögel sind still ④ 横眉 : wie die Brauen einer Schönheit; 波平 : die Wellen haben sich gelegt; 消雪 : keine schneeweißen Gischten werfen; 月缺 : die

Mondsichel; 沉钩 : sich im Wasser widerspiegeln ⑤ 桃蕊 [ruǐ]:
die Pfirsichblüten; 红妆 : etwas rot schmücken; 点 = 点缀 [zhuì]:
verzieren ⑥ 人别 : (hier) Abschied von der Geliebten; 层楼 : das
Hochhaus; 宿 : übernachten.

Das Lied „Einen Lorbeerbaumzweig abbrechen"
Vorbei am Ausblick-Hochhaus

Das reißende Frühlingswasser strömt nach Osten,

Am breiten Himmel schweben die Wolken hin,

Die Bäume stehen im Dunst, die Vögel sind still.

Die fernen Berge sehen aus wie die Brauen der
Schönheit,

Die Wellen haben sich gelegt und werfen keine
schneeweißen Gischten,

Und die Mondsichel hat sich im Wasser
widergespiegelt.

Die Pfirsichblüten schmücken die Überfahrtsstelle rot,

Und das Ufer ist von den weißen Birnenbaumblüten
verziert.

Woher kommt der Abschiedsschmerz?

Bei dem Abschied von der Geliebten im Hochhaus.

Jetzt muss ich einsam übernachten in dem kleinen Boot.

Zu diesem Lied:

Der Autor fährt auf dem Yangtse bei der Stadt Zhenjiang und schreibt dieses Lied. Die ersten acht Sätze beschreiben die herrliche Landschaft des Frühlings, aber die letzten drei Sätze schildern seinen Abschiedsschmerz und seine Einsamkeit. Diese plötzliche Gegenüberstellung hat eine starke Wirkung.

Wang Heqing war ein Zeitgenosse des Dramatikers Guan Hanqing（关汉卿）, aber starb früher als dieser. Von ihm sind 21 Lieder und ein Liederzyklus erhalten geblieben.

一半儿 ①

题情 ②

鸦翎般水鬓似刀裁，小颗颗芙蓉花额儿窄。③
待不梳妆怕娘左猜。④
不免插金钗，一半儿蓬松一半儿歪。⑤

① 一半儿: das Lied „Halb und halb" ② 题情: die Liebessehnsucht ③ 鸦翎: die Rabenfedern; 水鬓 [bìn]: die glänzenden Schläfenhaare; 小颗颗: sehr klein; 芙蓉花: ein lotosförmiger Schmuck ④ 梳妆 [zhuāng]: Toilette machen; 左猜: der Argwohn ⑤ 金钗 [chāi]: die Goldhaarnadel; 蓬松: der Haarknoten ist locker.

Das Lied „Halb und halb"

Die Liebessehnsucht

Sie hat glänzende rabenschwarze Haare,

Ihre Schläfen sind so ordentlich wie mit Messer

geschnitten,

Ein kleiner lotosförmiger Schmuck macht ihr die

schöne Stirne schmal.

Sie will keine Toilette machen, aber sie tut es, weil sie

den Argwohn der Mutter fürchtet.

Sie steckt eine Goldhaarnagel in den Haarknoten,

Aber diese macht den Knoten halb schräg und halb

locker.

Zu diesem Lied:

Der Titel zeigt, dass es ein Liebeslied ist. Ein Mädchen leidet unter der Liebessehnsucht. Sie hat keine Lust, Toilette zu machen, dennoch tut sie es, um ihr Geheimnis vor der Mutter zu verbergen. Es ist zu bemerken, dass es im Text kein Wort von der Liebe gibt.

Cao De war ein provinzialer Beamter, von ihm sind 18 Lieder erhalten geblieben.

折桂令 ①
江头即事 ②

问城南春事何如？
细草如烟，小雨如酥。③
不驾巾车，不拖竹杖，不上篮舆。④
著二日将息蹇驴，索三杯分付奚奴。⑤
竹里行厨，花下堤壶。⑥
共友联诗，临水观鱼。⑦

① 折桂令：das Lied „Einen Lorbeerbaumzweig abbrechen" ② 江头即事：eine Notiz am Fluss ③ 如酥 [sū]：(hier) hübsch ④ 巾车：die Kutsche; 篮舆 [yú]: die Sänfte aus Bambus ⑤ 蹇 [jiǎn] 驴：der hinkende Esel; 索：(hier) kaufen; 奚奴：der Diener ⑥ 行厨：kochen; 堤壶：Wein trinken ⑦ 联诗：dichten; 临水：(hier) am Ufer.

Das Lied „Einen Lorbeerbaumzweig abbrechen"

Eine Notiz am Fluss

Wie ist der Frühling südlich der Stadt?

Die zarten Gräser sind dort vom Dunst verhüllt,

Und es rieselt hübsch.

Ich fahre nicht mit der Kutsche,

Ich gehe mit dem Stock.

Ich benutze auch nicht die Sänfte aus Bambus.

Ich werde den hinkenden Esel zwei Tage schonen,

Nun lasse ich den Diener Wein holen.

Ich koche im Bambushain und trinke zwischen den

Blumen.

Die Freunde und ich dichten zusammen,

Wir sitzen am Ufer und schauen, wie die Fische im

Wasser schwimmen.

Zu diesem Lied:

Hier beschreibt der Autor einen Ausflug im Frühling. Er geht zu Fuß hin, kocht dort, er trifft dort Freunde, dichtet mit ihnen zusammen und erfreut sich am Anblick der Natur. Da fühlt er sich mit selbst zufrieden. Das Lied zeigt eine Seite des Beamtenlebens. Zur Ausdrucksweise: Hier werden Satzpaare (auf Chinesisch: 对仗 oder 对偶) verwendet. Der 2. und der 3. Satz sind ein Satzpaar; der 7. und der 8. Satz bilden auch ein Satzpaar, und die letzten 4 Sätze stehen auch in 2 Satzpaaren. All dies zeigt des Autors Schreibfertigkeit.

He Xicun (Geburts- und Sterbedatum unbekannt), von
ihm sind 17 Lieder und ein Liederzyklus erhalten geblieben.

小桃红 ①

客船晚烟 ②

绿云冉冉锁清湾，香彻东西岸。③
官课今年九分办。④
厮追攀，渡头买得新鱼雁。⑤
杯盘不干，⑥ 欢欣无限，忘了大家难。

① 小桃红 : das Lied „Die kleine rote Pfirsichblüte" ② 客船晚烟 :
das Passagierschiff im Abenddunst ③ 绿云 : grüne Baumkronen; 冉
冉 [rǎn]: allmählich; 锁 : (hier) umschließen; 香彻 : der Blumenduft
erfüllt ... ④ 官课 : die Steuern; 九分 : neunzig Prozent; 办 : (hier)
zahlen ⑤ 厮 [sī] 追攀 [pān]: eilig einander benachrichtigen; 渡头 :
die Überfahrtsstelle; 雁 : (hier) Wildfleisch ⑥ 不干 : (hier) voll sein.

Das Lied „Die kleine rote Pfirsichblüte"

Das Passagierschiff im Abenddunst

Die grünen Baumkronen schließen allmählich die klare
Bucht um,

Der Blumenduft erfüllt die beiden Ufer.

In diesem Jahr zahlt man neunzig Prozent Steuern,

Diese Nachricht wird schnell verbreitet.

An der Überfahrtsstelle kauft man zur Feier Fisch und
Wildfleisch.

Die Gläser und Teller sind voll,

Es herrscht große Freude,

Da vergisst man die Plage und Nöte.

Zu diesem Lied:

Hier zeigt der Autor seine Sympathie für die Bauern, die von
den schweren Steuern belastet sind. Sie feiern schon, wenn sie
10 Prozent Steuern weniger zahlen dürfen. Und der letzte Satz
sagt, was ihr Alltag ist.

(von den unbekannten Autoren)

清江引 ①
咏所见 ②

后园中姐儿十六七，见一双蝴蝶戏。

香肩靠粉墙，玉指弹珠泪。③

唤丫鬟赶开他别处飞。④

① 清江引：das Lied „Der klare Fluss" ② 咏所见：Lob über den Anblick ③ 香肩：die zarte Schulter; 粉墙：die weiße Mauer; 玉指：der feine Finger; 弹珠泪：sich die Tränen wegwischen ④ 丫鬟 [huán]: die Dienerin.

Das Lied „Der klare Fluss"

Lob über den Anblick

Im Hintergarten ist ein Mädchen von sech- bis siebzehn

Jahren,

Sie sieht ein Paar Schmetterlinge miteinander spielend
gaukeln.

Sie lehnt ihre zarte Schulter an die weiße Mauer,

Und wischt sich mit dem feinen Finger die Tränen weg.

Dann ruft sie die Dienerin, die sollte die Schmetterlinge
wegscheuen.

Zu diesem Lied:

Der Anblick des spielenden Schmetterlingspaars erregt den
Liebeskummer des Mädchens so stark, dass sie weint. Aber im
Text steht kein Wort von dem Liebeskummer. Das muss sich
der Leser hineindenken, dies ist die eigenartige Ausdrücksweise
dieses Liedes.

醉太平 ①

堂堂大元，奸佞专权。②

开河变钞祸根源，惹红巾万千。③

官法滥，刑法重，黎民怨，人吃人，钞买钞，何曾见? ④

贼做官，官做贼，混愚贤。⑤ 哀哉可怜! ⑥

① 醉太平 : das Lied „Die Trunkenheit in Ruhe und Frieden" ② 堂堂 : riesig; 大元 : die große Yuan-Dynastie; 奸佞 [nìng]: die Schmeichler und Kriecher ③ 开河 : im Jahr 1351 sind zweihunderttausend Bauern zum Frondienst einberufen, um den alten Unterlauf des Huanghe-Flusses (黄河) auszugraben, sie wurden sehr grausam behandelt; 变钞 : im Jahr 1289 wurden die ersten Banknoten ausgegeben, so wurden die Preise hochgetrieben; 祸根源 : diese Missgriffe sind die Ursachen des Unheils; 惹 [rě]: verursachen; 红巾 : die aufständischen Bauern tragen rote Kopftücher ④ 黎 [lí] 民 : die Volksmassen; 钞买钞 : im Jahr 1350 wurden neue Banknoten herausgegeben, und beim Wechsel musste man die Selbstkosten bezahlen ⑤ 混愚贤 : die Dummheit und die Tugendhaftigkeit miteinander verwechseln ⑥ 哉 [zāi]: (Hilfswort für Interjektion).

Das Lied „Die Trunkenheit in Ruhe und Frieden"

Die Staatsmacht der riesigen Yuan-Dynastie liegt in
den Händen der Schmeichler und Kriecher.
Die Ausgrabung des alten Unterlaufs vom Huanghe-
Fluss und die Ausgabe der Banknoten waren die
Missgriffe, die
Den Aufstand der zehntausend Bauern mit roten
Kopftüchern verursachten.
Die Beamten sind rücksichtslos, und das Strafgesetz

wird willkürlich missbraucht,

All dies erregt bei den Volksmassen Groll und Hass.

Wann hat man gesehen, dass ein Mensch einen

Menschen frisst und man die Selbstkosten der neuen

Banknoten bezahlen muss?

Der Dieb wird ein Beamter, ein Beamter wird Dieb,

Die Dummheit und die Tugendahaftigkeit werden

miteinander verwechselt.

Das ist doch traurig und schrecklich!

Zu diesem Lied:

Es ist ein populäres Lied, das die mongolische Herrschaft offen anprangert. Der Autor muss daher unbekannt bleiben. Das Lied zeigt schon den Untergang der Yuan-Dynastie (1271–1368).

Es gibt zahlreiche Lieder von den unbekannten Autoren, in diese Auswahl sind nur zwei davon aufgenommen.

参考书目 Literatur

1. 《元曲三百首》，[民国] 卢前、任讷选编，北京燕山出版社，2001。

2. 《元曲三百首》，吉林出版集团，2001。

4. 《唐诗三百首·宋词三百首·元曲三百首》，杨永胜、何红英主编，南海出版公司，2014。

5. 《元曲三百首》, 思履主编，中国华侨出版社，2013。

图书在版编目（CIP）数据

中华经典古诗词三百首：德语译注本／谭余志选编、译注. —— 上海：上海三联书店，2024．11． —— ISBN 978-7-5426-8699-2

Ⅰ. I222

中国国家版本馆CIP数据核字第202463KG50号

中华经典古诗词三百首：
德语译注本

选编译注 ／ 谭余志
主　　编 ／ 吴声白　虞龙发　庄　雯
责任编辑 ／ 王　赟
装帧设计 ／ 徐　徐
监　　制 ／ 姚　军
责任校对 ／ 吴声白

出版发行 ／ 上海三联书店
　　　　　 (200041) 中国上海市静安区威海路755号30楼
邮　　箱 ／ sdxsanlian@sina.com
联系电话 ／ 编辑部：021-22895517
　　　　　 发行部：021-22895559
印　　刷 ／ 上海展强印刷有限公司

版　　次 ／ 2024年11月第1版
印　　次 ／ 2024年11月第1次印刷
开　　本 ／ 787mm×1092mm　1/32
字　　数 ／ 450千字
印　　张 ／ 25.375
书　　号 ／ ISBN 978-7-5426-8699-2 / I·1910
定　　价 ／ 168.00元

敬启读者，如本书有印装质量问题，请与印刷厂联系021-66366565

中华经典
古诗词三百首
德语译注本

宋词百首

HUNDERT CIS
AUS DER SONG-ZEIT

SONGCI YIBAISHOU

谭余志 选编、译注

上海三联书店

本书编委会

主　编
吴声白　虞龙发　庄　雯

总审校
吴声白

编　委（按拼音字母排序）
韩帛均（德国）　王　磊　吴声白　虞龙发　庄　雯

Vorwort

Das Ci（词）ist eigentlich ein Liedertext, der nach einer Melodie（曲牌）geschrieben ist. Im Unterschied zum Gedicht besteht das Ci aus den Sätzen von ungleicher Länge und basiert auf einem tonalen Muster. Diese neue lyrische Form entstand in der Tang-Dynastie (618–907), entwickelte sich in der Zeit der Fünf Dynastien und Zehn Reiche (907–979) weiter und erlebte in der Song-Dynastie (960–1279) ihre Blüte. Damals wurde das Ci gesungen, nicht rezitiert.

Stilistisch sind die Cis in der Song-Dynastie in zwei Gruppen unterteilt: „nett und zurückhaltend"（婉约派）und „kraftvoll und erhaben"（豪放派）. Die erste Gruppe konzentriert sich auf die Thematik des Persönlichen wie Liebe, Abschied, Heimat usw. Ihre Hauptvertreter sind Liu Yong（柳永）und Li Qingzhao（李清照）; die zweite Gruppe behandelt die

Themen wie den Kampf gegen die fremden Eindringlinge, Kriegsunheil des Volkes, Kapitulantentum der Obrigkeit usw. Ihre Hauptvertreter sind Su Shi (苏轼) und Xin Qiji (辛弃疾).

Es gibt insgesamt 826 Ci-Melodien bzw. 2306 Variationen. Nach der Anzahl der Schriftzeichen sind die Cis in drei Gruppen unterteilt:

1. Die Kurze Melodie (auf Chinesisch heißt es 小令) hat 16-58 Schriftzeichen;

2. Die mittlere Melodie (auf Chinesisch 中调) hat 59 bis 90 Schriftzeichen;

3. Die lange Melodie (auf Chinesisch 长调) hat mehr als 91 Schriftzeichen. Das längste Ci ist „Der Gesang des Pirols" (《莺啼序》), das 240 Schriftzeichen hat.

Im Allgemeinen interessiert sich der Leser nicht für die Anzahl der Schriftzeichen, sondern sieht zuerst, aus wie vielen Teilen das Ci besteht. Wenn das Ci nur einen Teil hat, dann ist es eine einteilige Melodie, auf Chinesisch heißt es „eintönig" (单调); wenn das Ci aus zwei Teilen besteht, dann heißt es eine zweiteilige Melodie, auf Chinesisch „doppeltönig" (双调). Diese Form wird am häufigsten verwendet, ihr Vorderteil heißt auf Chinesisch 上片 oder 上阙 [què], und ihr Unterteil heißt 下片 oder 下阙. Nach der Anzahl der Schriftzeichen kann diese zweiteilige Melodie eine kurze, mittlere oder lange Melodie sein. Wenn das Ci aus drei Teilen besteht, dann heißt es eine dreiteilige Melodie, auf Chinesisch 三叠 („叠 " bedeutet „Wiederholung", d. h. die Melodie des ersten Teils wird hier wiederholt.); wenn das Ci vier Teile hat, dann ist es eine vierteilige Melodie (四 叠), diese Form kommt sehr selten vor.

Unsere kleine Auswahl ist vor allem für die deutschsprachigen Freunde gedacht, die sich für Chinas klassische Literatur interessieren oder Chinesisch lernen. Die ausgewählten Cis sind vor allem aus dem in China sehr verbreiteten Auswahlband *Dreihundert Cis aus der Song-Dynastie* (《宋词三百首》) genommen worden. Unsere Übersetzung dient vor allem als Hilfe zum Verstehen des Originals.

Zum Schluss hoffen wir, dass diese Auswahl den ausländischen Freunden einen Überblick über die chinesische klassische Literaturgattung Ci geben kann.

目 录 Inhalt

辛弃疾   Xin Qiji

柳永 **Liu Yong**

暗香——辛亥之冬，余载雪诣石湖。止既月，授简索句，且征新声，作此两曲，石湖把玩不已，使工伎隶习之，音节谐婉，乃名之曰《暗香》《疏影》

Nach der Melodie „An Xiang" –Im Winter des Jahres 1191 besuchte ich den Dichter Shi Hu im Schnee und blieb einen Monat bei ihm. Er gab mir Schreibpapier und forderte mich auf, Cis zu schreiben und neue Melodien zu komponieren. So habe ich zwei Cis geschrieben. Er fand sie sehr schön und ließ einen Musiker und ein Singmädchen üben. Die beiden Melodien sind wohlklingend. So nannte er die eine „Heimlicher Duft" und, die andere „Spärlicher Schatten".

Hundert Cis aus der Song-Zeit

苏 轼　**sū shì**（1037–1101）

Su Shi, Beiname Su Dongpo（苏东坡）, der bedeutendste Dichter der Song-Dynastie, hat in Lyrik und Prosa Hervorragendes geleistet. Er wird als Li Bai（李白）der Song-Dynastie genannt. In der Ci-Dichtung gilt er als Schöpfer des kraftvoll-erhabenen Stils（豪放派）. Von ihm sind über 340 Cis erhalten geblieben, seine literarischen Werke umfassen sieben Bände, und von seinen Gedichten sind 2700 erhalten geblieben.

Er bestand 1057 die Kaiserliche Prüfung und bekleidete dann hohe Ämter in der Hauptstadt. Wegen seiner Opposition gegen die überhasteten Reformmaßnahmen des Kanzlers Wang Anshi（王安石）wurde er zuerst nach Hangzhou（杭州）, dann nach Mizhou（密州）und schließlich nach Huangzhou（黄州）degradiert. Mit 60 Jahren wurde er auf die Insel Hainan（海南岛）verbannt. Im Jahr 1101 wurde er von dem neuen Kaiser Hui Zong（徽宗）begnadigt. Auf dem Heimweg starb er in der Stadt Changzhou（常州）, Provinz Jiangsu（江苏）。

念奴娇 ① · 赤壁怀古 ②

大江东去，浪淘尽，千古风流人物。③
故垒西边，人道是，三国周郎赤壁。④
乱石穿空，惊涛拍岸，卷起千堆雪。⑤
江山如画，一时多少豪杰。⑥

遥想公瑾当年，小乔初嫁了，雄姿英发。⑦
羽扇纶巾，谈笑间，樯橹灰飞烟灭。⑧
故国神游，多情应笑我，早生华发。⑨
人生如梦，一尊还酹江月。⑩

① 念奴娇 : die Melodie „Niàn Nú Jiāo" (Die Sängerin Nian Nu ist nett) ② 赤壁 : der Rote Felsen am Nordufer des Yangtses in Huangzhou (黄州) heute ist es Kreis Huanggang (黄冈县) , Provinz Hubei (湖北). Im Jahr 1082 besuchte der Dichter diesen Roten Felsen und schrieb dieses Ci, aber inhaltlich bezieht es sich auf die Schlacht beim anderen Roten Felsen, der sich am Südufer des Yangtse im Kreis Jiayu (嘉鱼), Provinz Hubei (湖北) befindet. Zwischen diesen beiden Felsen liegen 250 Kilometer. In dieser Schlacht hat der Heerführer Zhou Yu (周瑜) vom Reich Wu (吴国) die Truppen des Kanzlers Cao Cao (曹操) vom Reich Wei (魏国) besiegt; 怀古 : über die Vergangenheit nachsinnen ③ 大江 : (hier) Yangtse; 淘尽 : wegspülen; 千古 : seit jeher; 风流人物 : Prominenz ④ 故垒 [lěi]: alte Festungsüberreste; 三国 : die Drei

Reiche: Wei（魏）, Shu（蜀）und Wu（吴）in der Zeit 220–265; 周郎: Zhou Yu（周瑜）, mit 24 Jahren wurde er schon Heerführer des Reiches Wu ⑤ 乱石穿空: die steilen Felsen ragen in den Himmel empor; 雪: weißer Schaum ⑥ 一时: in jener Zeit; 豪杰: Held ⑦ 公瑾 [jǐn]: Beiname von Zhou Yu; 小乔: Name von Zhou Yus Frau; 雄姿英发: heroische Haltung ⑧ 羽扇: ein Fächer aus Gansfedern; 纶 [guān] 巾: Kopftuch aus schwarzer Seide; 樯橹 [qiáng lǔ]: Mast und Ruder: (hier) Kriegsschiffe gemeint ⑨ 故国: (hier) der alte Ort; 神游: besuchen; 多情: die volle Empfindsamkeit; 华发: graues Haar ⑩ 一樽 [zūn]: ein Becher Wein; 酹 [lèi]: den Wein auf den Boden oder in den Strom gießen, um jm. zu opfern.

Nach der Melodie „Nian Nu Jiao"
Am Roten Felsen über die Vergangenheit nachsinnen

Der große Strom fließt stürmisch gen Osten
Und nimmt seit jeher so viele Prominenzen mit sich fort.
Westlich davon liegen die alten Festungsüberreste,
Man sagt, er sei der Rote Felsen,
Hier hat der Heerführer Zhou Yu vom Wu-Reich
den Kanzler Cao Cao des Wei-Reiches besiegt.
Die steilen Felsen ragen in den Himmel empor,
Die wilden Wellen peitschen das Ufer,

Und werfen schneeweißen Schaum hervor,

Die Landschaft hier ist bilderreich,

Darum wetteiferten so viele Helden in jener Zeit.

Ich denke zurück an den damaligen Heerführer Zhou:

Er vermählte sich mit der jüngeren schönen Qiao gerade,

Da war er heldenhaft und voller Kraft.

Er trug ein schwarzes Kopftuch aus Seide

und hielt in der Hand einen Fächer aus Gansfedern.

Bei einer heiteren Unterhaltung ließ er Caos Kriegsflotte

zur Asche werden.

Heute besuche ich den alten Ort.

Es sollte mich lächeln machen, dass die Empfindsamkeit

mir das Haar grau macht.

Oh, wie ein Traum ist das Leben!

Lass mich den Becher heben

Und auf den Fluss und Mond trinken!

Zu diesem Ci:

Es ist ein berühmtes Ci des Autors, geschrieben im Jahr 1082, nachdem er nach Huangzhou degradiert worden war. Sein kraftvoller, erhabener Stil wird hier gezeigt. Er denkt darüber nach, wie einer sein Leben verbringen sollte.

江城子 ① · 密州出猎 ②

老夫聊发少年狂，左牵黄，右擎苍，③
锦帽貂裘，千骑卷平冈。④
为报倾城随太守，亲射虎，看孙郎。⑤

酒酣胸胆尚开张。鬓微霜，又何妨！⑥
持节云中，何日遣冯唐？⑦
会挽雕弓如满月，西北望，射天狼。⑧

① 江城子：die Melodie „Jiang Cheng Zi" (Die Stadt Jiangcheng)
② 密州：Mizhou, heute Kreis Zhucheng (诸城县), Provinz Shandong
(山东), der Autor war nach der Degradierung dort Gouverneur; 出猎：
auf die Jagd gehen ③ 老夫：Selbstnennung eines Alten; 聊 [liáo]: vorerst;
少年狂：jugendlicher Hochmut; 黄：(hier) ein gelber Jagdhund;
擎 [qíng]: hochhalten; 苍 [cāng]: der Falke ④ 锦帽：Haut aus
Brokat; 貂裘 [diāo qiú]: Rock mit Marderfellfutter; 卷 [juǎn]:
(hier) stürmisch reiten; 平冈：ein flacher Hügel ⑤ 为报：um jm. zu
danken; 倾城：so viele Menschen aus der Stadt; 随：(auf die Jagd)
mitkommen; 太守：Stadtgouverneur; 亲：selbst, eigenhändig; 孙郎：
gemeint der König Sun Quan (孙权) des Reiches Wu (吴国), er
verwundet auf einer Jagd mit einer Lanze einen Tiger ⑥ 酒酣 [hān]:
den Wein nach Herzenslust trinken; 胸胆：der Mut; 尚：noch; 开张：
stärken; 鬓 [bìn]: die Schläfe; 霜：(hier) grau werden; 妨：hindern

⑦ 持 : halten; 节 : fahnenartiger Gegenstand, den der kaiserliche Gesande als Bestätigung seiner Identität hält; 云中 : Ortsname, der Ort liegt heute in der Inneren Mongolei; 遣 [qiǎn]: senden; 冯唐 : Name eines alten Beamten beim Han-Kaiser Wen Di (汉文帝 , Regierungszeit von 119–157 v.u.Z.), damals war Wei Shang (魏尚) Guoverneur von 云中 , er hat große Siege im Kampf gegen die Invasionen vom Reich Xia (夏) errungen. Aber wegen kleiner Missgriffe wurde er hart bestraft, und Feng Tang (冯唐) riet dem Kaiser, ihn zu begnadigen. Der Kaiser war einverstanden und schickte Feng Tang nach 云中 , um den Fall zu erledigen. Hier vergleicht sich der Autor mit Wei Shang und will an die Front gehen und gegen die Eindringlinge kämpfen ⑧ 会 : (hier) werden; 挽 [wǎn]: (den Bogen) spannen; 雕 [diāo] 弓 : ein mit Muster bemalter Bogen; 满月 : den Bogen voll spannen ; 西北望 : nach der nordwestlichen Grenze schauen; 射天狼 : den Hundsstern abschießen, gemeint die Eindringlinge.

Nach der Melodie „Jiang Cheng Zi"
Die Jagd in Mizhou

Ich will vorerst einmal hochmütig sein wie ein Junge,

Mit der linken Hand führe ich den gelben Jagdhund,

Und mit der rechten halte ich den Falken.

Ich trage den Hut aus Brokat und den Rock mit

Marderfellfutter,

Und den vielen Mitkommenden aus der Stadt zu
danken, werde ich wie der König Sun vom Wu-Reich
den Tiger eigenhändig schießen.

Den Wein habe ich nach Herzenslust getrunken,
So bin ich noch mehr ermutigt.
Meine Schläfen sind schon etwas grau geworden,
Aber das wird mich nicht hindern, an die Front zu ziehen.
Wann wird Herr Feng Tang von Seiner Majestät zu mir
geschickt?
Dann spanne ich den bemalten Bogen voll,
schaue nach Nordwesten
und schieße den Hundsstern hernieder.

Zu diesem Ci:

Hier zeigt der Autor seinen starken Kampfwillen gegen die
Eindringlinge, trotz des Alters und der Degradierung. Dieses Ci ist
wieder ein typisches Beispiel für seinen kraftvollen, erhabenen Stil.

定风波 ①
——三月七日沙湖道中遇雨，雨具先去，同行皆狼狈，
余独不觉 ②。已而遂晴，故作此 ③

莫听穿林打叶声，何妨吟啸且徐行。④

竹杖芒鞋轻胜马，谁怕？⑤

一蓑烟雨任平生。⑥

料峭春风吹酒醒，微冷，⑦

山头斜照却相迎。⑧

回首向来萧瑟处，归去，⑨

也无风雨也无晴。

① 定风波：die Melodie „Ding Feng Bo" (Beim Sturm und Regen ruhig bleiben) ② 沙湖：Ortsname, der Ort liegt südlich von Huangzhou (黄州), Provinz Hubei (湖北). Nach der Degradierung war der Autor dort ein kleiner Beamter.; 道中：auf dem Rückweg von Shahu (沙湖)；雨具：Regenschutzzeug; 先去：der Diener ist mit den Regenschutzzeugen vorausgegangen; 同行：die Mitgehenden; 狼狈 [bèi]: in Verlegenheit geraten; 余：ich ③ 已而：nach einer Weile; 作：schreiben; 此：dieses Ci ④ 莫：nicht; 叶：Baumblatt; 声：Geräusch; 何妨：warum nicht; 吟啸 [yín xiào]: ein Gedicht hersagen; 且 [qiě]: auch noch; 徐行：geruhsam gehen ⑤ 芒 [máng] 鞋：Strohschuhe ⑥ 蓑 [suō]: Regenumhang aus Stroh oder Palmblatt; 烟雨：Regen und Nebel; 任 = 任凭 [píng]: trotz ⑦ 料峭 [qiào]: kalt ⑧ 斜照：die Strahlen der Abendsonne ⑨ 萧瑟 [xiāo sè]: Geräusch von Wind und Regen.

Nach der Melodie „Ding Feng Bo"

—Am 7. März war ich auf dem Rückweg vom Shahu, da regnete es plötzlich. Aber der Diener war mit den Regenschutzzeugen schon vorausgegangen, so war es den Mitgehenden peinlich, aber es hatte mich nicht gestört. Nach einer Weile schien wieder die Sonne. Nun schrieb ich dieses Ci.

Ich kümmere mich nicht um den Regen, der auf die Baumblätter laut prasselt.

Ruhig gehe ich weiter und sage Gedichte laut her.

Der Bambusstock und die Strohschuhe sind besser als Pferde,

Vor wem habe ich Angst?

Bei Regen und Nebel gehe ich durch das ganze Leben mit einem Strohregenumhang.

Der kalte Frühlingswind hat mich aus dem Rausch gebracht,

da fühle ich mich etwas kalt,

Vom Berggipfel her grüßen mich aber die Sonnenstrahlen.

Nun blicke ich zurück nach dem Regenort,

Dann setze ich den Rückweg fort,

und achte nicht auf den Regen oder die Sonne.

Zu diesem Ci:

Der Leser merkt bestimmt den Widerspruch: Im Geleitwort steht der Satz „Der Diener war mit den Regenschutzzeugen schon vorausgegangen". Da hat man keine Schutzzeuge gegen den Regen mehr. Aber im Text kommt der „Regenumhang" vor. Zu erklären ist, dass der Autor hier seine Lebensanschauung indirekt darstellt. Angesichts der politischen Intrigen will sich der Autor aus dem öffentlichen Leben zurückziehen. Er meint, der Regenumhang (ein einfaches Leben) sei besser als die Karriere (Pferd). Wenn er sich zurückzieht, dann geht ihn das Auf und Ab im Amtsleben nichts an. Dieses Ci schrieb der Autor 1082 als Degradierter.

临江仙 ① · 夜幕临皋 ②

夜饮东坡醒复醉，归来仿佛三更。③
家童鼻息已雷鸣。
敲门都不应，倚杖听江声。

长恨此身非我有，何时忘却营营？④
夜阑风静縠纹平。⑤

小舟从此逝，江海寄余生。⑥

① 临江仙：die Melodie „Lin Jiang Xian" (Eine Fee am Fluss)
② 临皋 [gāo]: Ortsname, der Ort liegt im Bezirk Huangzhou (黄州)
am Yangtse, Su Shis Wohnhaus ist dort ③ 东坡：Ortsname, dort hat
der Autor ein Landhaus, daher ist sein Beiname Dongpo (东坡)；
醒: sich ernüchtern; 仿佛 [fǎngfú]: ungefähr; 三更：die dritte Nachtwache
in fünf Doppelstunden eingeteilt; ④ 营营：Ruhm und Reichtum ⑤ 夜
阑 [lán]: in tiefer Nacht; 縠纹 [hú wén]: das Wasser kräuselt sich ⑥ 逝
[shì]: fort, fortfahren; 寄 = 寄托：anvertrauen; 余生：der Rest des
Lebens.

Nach der Melodie „Lin Jiang Xian"
Heimkehr um Mitternacht nach Lingao

In Dongpo habe ich nachts getrunken,

Kaum nüchtern, schon wieder trunken.

In der Mitternacht bin ich heimgekommen,

Und habe an das Tor gepocht.

Der junge Diener schnarcht donnernd und nichts gehört.

Nun habe ich mich auf meinen Stock gestützt und dem

Fluss zugehört.

Ich bedauere immer, dass der Leib nicht mein Eigen ist,

Wann werde ich all das von Ruhm und Reichtum

vergessen?

Es ist tiefe Nacht, der Wind hört auf:

Und die Wellen legen sich auch.

Ach, ich wollte mit einem kleinen Boot von hier fort,

Und dem Fluss und Meer den Rest meines Lebens

anvertrauen.

Zu diesem Ci:

Das vorige Ci schreibt der Autor im März 1082, dieses im September. Beides zeigt, dass der Autor sich nach der Degradierung aus dem Amtsleben zurückziehen wollte. Aber schließlich ist er diesen letzten Weg nicht gegangen.

卜算子 ① · 黄州定慧院寓居作 ②

缺月挂疏桐，漏断人初静。③
时见幽人独往来，缥缈孤鸿影。④

惊起却回头，有恨无人省。⑤
拣尽寒枝不肯栖，寂寞沙洲冷。⑥

① 卜算子 : die Melodie „Bu Suan Zi" (Der Wahrsager) ② 黄州 : Huangzhou, heute ist es Huanggang (黄冈), Provinz Hubei (湖北), der Autor wurde als Degradierter dorthin versetzt, wohnte in der Dinghui-Lehranstalt (定慧院) ③ 缺月 : die Mondsichel; 桐 = 梧桐 : die Platane; 漏断 : die Wasseruhr hört auf ④ 幽人 : ein einsamer Mann, gemeint: der Autor selbst; 缥缈 [piāo miǎo]: verschwommen; 孤鸿 : eine einsame Schwanengans ⑤ 惊起 : aufgeschrocken sein; 省 [xǐng]: (hier) verstehen ⑥ 拣 : aussuchen; 栖 [qī]: sich niedersetzen; 沙洲冷 : kalte Sandbank.

Nach der Melodie „Bu Suan Zi"
Geschrieben in der Dinghui-Lehranstalt in Huangzhou

Die Mondsichel hängt hoch über spärlichen Platanen,

Die Wasseruhr hört auf, und es herrscht Stille.

Keiner sieht mich hier hin- und hergehen,

Wie eine einsame Schwanengans,

die in dem Dunst verschwimmt.

Sie ist aufgeschrocken und blickt um,

Niemand versteht ihren Kummer.

Sie sucht alle kalten Zweige heraus und will sich

auf keinen davon niedersetzen,

Lieber lässt sie sich auf die verlassene, kalte Sandbank nieder.

Zu diesem Ci:

Hier vergleicht sich der Autor mit einer einsamen Schwanengans. Es zeigt, dass er sich nach der Degradierung auch nicht nachgibt und an seinem Standpunkt festhält.

江城子 ① · 乙卯正月二十日夜记梦 ②

十年生死两茫茫。不思量，自难忘。③
千里孤坟，无处话凄凉。④
纵使相逢应不识，尘满面，鬓如霜。⑤

夜来幽梦忽还乡。小轩窗，正梳妆。⑥
相顾无言，惟有泪千行。⑦
料得年年肠断处；明月夜，短松冈。⑧

① 江城子：die Melodie „Jiang Cheng Zi" (Die Fluss-Stadt) ② 乙卯 [yǐ mǎo]: im Jahr 1075; 正 [zhēng] 月：Januar; 记：schreiben ③ 十年：10 Jahre (nach dem Tod der Frau des Dichters); 茫茫 [máng]:

unendlich weit; 思量 : an jm. denken ④ 孤坟 [fén]: ein einsames Grab;
凄凉 [qī liáng]: traurig ⑤ 纵 [zòng] 使 : wenn auch; 不识 : nicht
erkennen ⑥ 轩 [xuān] 窗 : Kammerfenster; 梳妆 [zhuāng]: Toilette
machen ⑦ 相顾 [gù]: einander sehen ⑧ 料得 : es wird sicher sein ;
肠断 : der Schmerz bricht jm. das Herz; 处 : (hier) das Grab gemeint;
短松冈 [gāng]: kleiner Fichtenhügel.

Nach der Melodie „Jiang Cheng Zi"
Geschrieben nach dem Traum von meiner
verstorbenen Frau in der Nacht des 20. Januar 1075

Dein Tod hat uns unendlich weit getrennt, unterdessen
sind schon zehn Jahre verflossen.

Wenn auch ich nicht immer an dich denke,

Habe ich nie deine Liebe vergessen.

Dein einsames Grab liegt tausend Meilen von hier
entfernt,

Wo kann ich um dich trauern?

Wenn wir uns doch mal wiedersehen würden,

Dann könntest du mich nicht mehr erkennen,

Denn mein Gesicht ist von der Reise voll bestaubt,

Und meine Schläfen sind schon grau.

In der Nacht träumte ich vage von dir in der Heimat:

Du sitzt am Kammerfenster,

Und machst du dich vor dem Spiegel zurecht.

Wir sehen uns schweigend an,

Doch die Tränen fließen uns ohne Unterlass,

Wenn ich beim hellen Mond an dein Grab denke, das

Auf dem kleinen Fichtenhügel liegt,

Da bricht der Schmerz mir das Herz jedes Mal.

Zu diesem Ci:

Die Frau des Dichters ist mit 27 gestorben, die beiden haben 10 Jahre zusammengelebt.

Hier zeigt der Dichter die wahren Gefühle für seine Frau.

水调歌头 ①

——丙辰中秋，欢饮达旦，大醉，作此篇，兼怀子由 ②

明月几时有？把酒问青天。③

不知天上宫阙，今夕是何年？④

我欲乘风归去，又恐琼楼玉宇，高处不胜寒。⑤

起舞弄清影，何似在人间？⑥

转朱阁，低绮户，照无眠。⑦

不应有恨，何事长向别时圆？⑧

人有悲欢离合，月有阴晴圆缺，此事古难全。^⑨

但愿人长久，千里共婵娟！^⑩

① 水调歌头 : die Melodie „Shui Diao Ge Tou" (Der Gesang auf dem Fluss) ② 丙辰 : im Jahr 1076; 中秋 : das Mondfest am 15. August des Mondkalenders; 达旦 : bis Tagesanbruch ; 兼怀 : gleichzeitig denken; 子由 : Name des jüngeren Bruders vom Dichter ③ 把酒 : den Weinbecher heben ④ 宫阙 [què]: Himmelspalast ⑤ 琼楼玉宇 : Gebäude aus schöner Jade; 琼 [qióng]: schöne Jade; 宇 : (hier) Gebäude ⑥ 人间 : irdische Welt ⑦ 转 : (hier) der Mond geht um (das rote Hochhaus); 朱阁 : das rote Hochhaus; 绮 [qǐ] 户 : geschnitztes Fenster; 无眠 : ein Schlafloser ⑧ 恨 : ärgerlich; 别时圆 : der Mond rundet sich ,wenn sich die Menschen voneinander verabschieden ⑨ 此事 : gemeint das Zusammensein der Familienangehörigen; 古 : seit jeher; 难全 : schwer zu verwirklichen ⑩ 人长久 : (hier) die innigen Gefühle immer im Herzen bewahren; 婵娟 [chán juān]: der helle Vollmond.

Nach der Melodie „Shui Diao Ge Tou"

—Am Mondfest des Jahres 1076 trank ich die ganze Nacht hindurch, war betrunken und schrieb dieses Ci und gleichzeitig dachte ich an den jüngeren Bruder Zi You.

Wann erscheint ein solcher Vollmond?

Ich hebe den Weinbecher und frage den blauen Himmel:

Welches Datum ist heute im Himmelspalast?

Ich möchte mit dem Wind dorthin fliegen,

Aber ich fürchte mich vor der Kälte im Himmelspalast

aus Jade.

Da tanze ich lieber unter dem Mondlicht auf der Erde,

Und lasse meinen Schatten mit mir drehen,

Es ist doch schöner auf Erden!

Der Mond geht um das rote Hochhaus,

Sein Licht dringt durch die geschnitzten Fenster herein

Und lässt mich nicht einschlafen.

Oh Mond, du hast doch mit niemandem Ärger, aber

warum rundest du dich,

wenn sich die Menschen voneinander verabschieden?

Ach, der Mensch hat Abschiedsschmerz oder

Wiedersehensfreude, und der Mond ist auch mal hell

oder dunkel, voll oder halb,

Seit jeher ist die Vollkommenheit schwer zu erlangen.

Ich wünsche nur, dass wir die innigen Gefühle im

Herzen bewahren,

wenn wir auch tausend Meilen voneinander entfernt sind,

So fühlen wir uns unter demselben Vollmond wie

beisammen!

Zu diesem Ci:

Dieses Lied schrieb der Dichter im Jahre 1076, damals war er Präfekt im Mizhou（密州知府）, Provinz Shandong（山东）. Es wird das beste Lied auf das Mondfest genannt. Hier werden die innigen Gefühle der Familienangehörigen gepriesen.

木兰花① · 次欧公西湖韵②

霜余已失长淮阔，空听潺潺清颍咽。③
佳人犹唱醉翁词，四十三年如电抹。④

草头秋露流珠滑，三五盈盈还二八。⑤
与余同是识翁人，惟有西湖波底月。⑥

① 木兰花: die Melodie „Mu Lan Hua" (Die Blüten der Lilienmagnolie)
② 次：(hier) nach; 欧公：verehrter Herr Ouyang; 欧 = 欧阳修: Ouyang Xiu, Ouyang ist ein Familienname aus zwei Schriftzeichen（复姓）; 公：verehrte Anrede für die älteren Männer (Näheres über Ouyang Xiu s. seine kurze Biografie); 西湖韵：die Reime des Cis von Ouyang Xiu über den Westsee im Verwaltungsbezirk Yingzhou（颍州，heute Fuyang（阜阳）, Provinz Anhui（安徽）, Ouyang Xiu war 1049 dort Präfekt und schrieb einige Cis über den Westsee, eins davon ist das《木兰花》:

西湖南北烟波阔，风里丝簧声韵咽。

舞余裙带绿双垂，酒入香腮红一抹。

杯深不觉琉璃滑，贪看六幺花十八。

明朝车马各西东，惆怅画桥风与月。

Hier sieht der Leser das gleiche Reimschema in den beiden Cis. ③ 霜余: nach dem Schneefall; 长淮 = 淮河: Huai-Fluss, fließt südlich von Yingzhou (颍州) vorbei; 失阔 [kuò]: nicht mehr grandios sein; 潺潺 [chán]: murmelnd; 颍 = 颍水: Ying-Fluss, ein Nebenfluss des Huai-Flusses, entspringt aus der Provinz Henan (河南); 咽 = 呜咽: schluchzend ④ 佳人: (hier) das Singmädchen (歌伎); 醉翁: Beiname von Ouyang Xiu; 词: Ouyang Xiu《木兰花》gemeint (s. oben); 四十三年: vor 43 Jahren hat Ouyang Xiu das Ci《木兰花》geschrieben; 如电抹: die Zeit verfließt so schnell wie Blitzlicht ⑤ 流珠: zwei rollende Perlen; 滑: (hier) abtropfen; 三五 = 3 × 5: der 15. Tag des Monats; 盈盈 [yíng]: es ist Vollmond; 还二八 = 2 × 8: am 16. Tag des Monats beginnt der Mond sich abzunehmen ⑥ 余: ich.

Nach der Melodie „Mu Lan Hua"
Nach den Reimen des Cis „Mu Lan Hua" vom verehrten Herrn Ouyang

Nach dem Schneefall ist der Huai-Fluss nicht mehr grandios,

Ich höre den Klaren Ying-Fluss murmelnd hinfließen.

Das Singmädchen singt noch das Ci „Mu Lan Hua",
das Herr Ouyang vor 43 Jahren schrieb,

Die Zeit verfließt so schnell wie das Blitzlicht.
Die herbstlichen Reiftropfen rollen wie Perlen von den
Gräsern herab.
Und am 15. des Monats ist es Vollmond, und gleich am
16. Tag nimmt er sich schon ab.
Wer kennt wie ich noch Ouyang, den verehrten Herrn?
Nur der Mond unter des Wetsees Wellen.

Zu diesem Ci:

Das Ci schrieb der Autor im Jahr 1091, da war er Präfekt von
Yingzhou. Er stand mit Ouyang Xiu in engem Kontakt und war
auch dessen Schüler. Mit diesem Ci gedenkt er seines Lehrers.

浣溪沙 ①

籁籁衣巾落枣花 ②，
村南村北响缲车。③
牛衣古柳卖黄瓜。④

酒困路长惟欲睡，⑤

日高人渴漫思茶。⑥

敲门试问野人家。⑦

① 浣溪沙：die Melodie „Huan Xi Sha" (Am Bach Gaze waschen)
② 簌簌 [sù]: einer nach dem anderen; zahlreich; 衣巾: Kleidung und Kopftuch; 枣花：Dattelbüten ③ 缫 [sāo]: Seidenfäden von Kokons abhaspeln; 车: Werkzeug ④ 牛衣：schlichte Kleidung ⑤ 酒困：Rausch ⑥ 漫：unwillkürlich ⑦ 野：fremd.

Nach der Melodie „Huan Xi Sha"

Zahlreiche Dattelblüten fallen mir auf das Kopftuch und die Kleidung.
Überall im Dorf höre ich den Lärm davon, dass man Seidenfäden von Kokons abhaspelt.
Ein schlicht gekleideter Mann verkauft Gurken unter einer alten Weide.

Ich bin schläfrig infolge des langen Weges und des Rausches.
Unter der Sonne und dem Durst möchte ich unwillkürlich Tee trinken.

Nun klopfe ich an die Tür eines fremden Hauses.

Zu diesem Ci:

Das Ci schildert eine sommerliche Dorfszene. Es zeigt, dass der Dichter auch mit dem einfachen Volk Kontakt hat. Zu bemerken ist, dass hier Volkssprache gebraucht wird, was in der Tang-Lyrik nicht der Fall war.

辛弃疾　　**xīn qì jí**　(1140−1207)

Xin Qiji, nahm als Jugendlicher freiwillig am Kampf gegen die Eindringlinge des Jin-Reichs teil, dann war er Beamter auf der provinziellen Ebene und trat immer energisch für den Kampf gegen die fremden Besatzer. So wurde er mit 42 Jahren von der kapitulierenden Obrigkeit seines Amts enthoben. Seine letzten 20 Jahre verbrachte er auf dem Land. Von ihm sind über 600 Cis erhalten geblieben, stilistisch sind seine Werke kraftvoll und erhaben. Er und Su Shi（苏轼）sind Hauptvertreter dieser Richtung.

破阵子 ① · 为陈同甫赋壮词以寄 ②

醉里挑灯看剑，
梦回吹角连营。③
八百里分麾下炙，
五十弦翻塞外声，④
沙场秋点兵。⑤

马作的卢飞快，

弓如霹雳弦惊。⑥

了却君王天下事，

赢得生前身后名。⑦

可怜白发生！

① 破阵子：die Melodie „Po Zhen Zi" (Die Kampfformation stürzen)
② 陈同甫：Beiname vom Ci-Dichter Chen Liang (陈亮 , s. seine
Biografie) , war Freund des Autors; 赋：(hier) schreiben; 壮词：
ein ermutigendes Ci ③ 挑灯：den Lampendocht putzen; 梦回：im
Traum wieder an die Front kommen; 吹角连营：die Signalhörner
tönen aus den Kasernenreihen ④ 分：verteilen; 麾 [huī] 下：die
Untergebenen, Soldaten; 炙 [zhì]: gebratenes Fleisch; 五十弦：
verschiedene Instrumente; 翻：(hier) spielen; 塞 外 声：kraftvolle
Marschlieder ⑤ 沙场：das Schlachtfeld; 点兵：eine Truppenparade
abnehmen ⑥ 的卢：Name eines bockigen und schnellen Pferdes;
霹雳：der Donner; 弦惊：schreckenerregende Bogensehnen ⑦ 了
却：vollenden; 天下事：(hier) das vom Feind besetzte Hoheitsgebiet
befreien; 赢得生前身后名：Ruhm vor und nach dem Tod erwerben.

Nach der Melodie „Po Zhen Zi"
Ein ermutigendes Ci, geschickt an Herrn Chen Tongpu

In Trunkenheit putze ich den Lampendocht, um das Schwert genau anzusehen,
Im Traum komme ich wieder an die Front, die Signalhörner tönen überall aus den Kasernen.
An der hundert Kilometer langen Front bekommen die Soldaten als Belohnung Braten,
Da spielen verschiedene Instrumente kraftvolle Marschlieder, auf dem Schlachtfeld findet eine herbstliche Truppenparade statt.

Die Kampfpferde sausen blitzschnell,
Die Bogensehnen klingen schreckenerregend wie die Donner.
Ich will für seine Majestät das vom Feind besetzte Hoheitsgebiet zurückerobern,
Und für mich selbst will ich Ruhm vor und nach dem Tod erwerben.
Leider sind mir die Haare schon grau geworden!

Zu diesem Ci:

Im Jahr 1161 entfesselte das Jin-Reich den Aggressionskrieg gegen die Südsong-Dynastie. Der Autor nahm an einer aufständischen Bauerntruppe in der Provinz Shandong (山东) teil. Im Ci werden seine kämpferischen Erlebnisse wiedergegeben. Der Autor möchte damit seinen Freund ermutigen. Aber er selbst kann im Alter nicht mehr mitkämpfen, was ihn sehr bedrückt.

水龙吟 ① · 登建康赏心亭 ②

楚天千里清秋，水随天去秋无际。③

遥岑远目，献愁供恨，玉簪螺髻。④

落日楼头，断鸿声里，江南游子。⑤

把吴钩看了，阑干拍遍，无人会，登临意。⑥

休说鲈鱼堪脍，尽西风，季鹰归未？⑦

求田问舍，怕应羞见，刘郎才气。⑧

可惜流年，忧愁风雨，树犹如此！⑨

倩何人唤取，红巾翠袖，揾英雄泪？⑩

① 水龙吟 [yín]: die Melodie „Shui Long Yin" (Das Wasserdrachen-Lied) ② 登 : steigen; 建康 : Stadtname, heute heißt es Nanjing (南

京）；赏心亭：Name des Ausblick-Turmes auf der Stadtmauer von Jiankang ③ 楚天：allgemein für den südlichen Himmel, in der alten Zeit gehörte das Gebiet südlich des Yangtse dem Reich Chu（楚）; 清秋：kühler Herbst; 水：(hier) Yangtse; 无际：kein Ende ④ 遥岑 [cén]：die Berge in der Ferne; 远目：ausblicken; 献愁：jm. Kummer bereiten; 供恨：Groll erregen; 玉簪 [zān]：Haarnadel aus Jade; 螺髻 [luó jì]：Haarknoten, (hier) Berggipfel gemeint ⑤ 断鸿：eine einsame Wildgans; 游子：Wanderer, hier gemeint: der Dichter selbst ⑥ 吴钩：das im Wu-Gebiet hergestellte Schwert, Wu-Gebiet lag im Süden der heutigen Provinz Jiangsu（江苏）; 阑干：Geländer; 会：(hier) verstehen; 登临意：Warum ich den Tuum bestiegen habe ⑦ 休说：nicht von et. sprechen; 鲈 [lú] 鱼：Flussbarsch; 脍 [kuài]：schmackhaft; 季鹰 [yīng]：Beiname von Zhang Han（张翰）, ein hoher Beamter in der Jin-Dynastie（晋朝 265–420）, beim Herbstwind dachte er an die Delikatesse Flussbarsch in der Heimat, da gab er sein Amt auf und kehrte in die Heimat zurück ⑧ 求田问舍：sich Grundstück und Haus anschaffen; 刘郎：hier ist der Kaiser des Reiches Shu（蜀 222–263）Liu Bei（刘备）gemeint; 才气：begabt; es bezieht sich auf eine Episode: Liu Bei sagte einmal zu seinem Beamten Xu Si（许汜）: Du willst dir nur Grundstück und Haus anschaffen, ich verachte dich. ⑨ 流年：die Jahre vergehen schnell; 风雨 = 风雨飘摇：von Sturm und Regen geschüttelt; 树犹如此：selbst die Bäume altern auch dabei ⑩ 倩 [qiàn]：jn. bitten; 唤取：jn. herrufen; 红巾翠袖：eine Schöne gemeint; 揾 [wèn]：abwischen.

Nach der Melodie „Shui Long Yin"
Steigen auf den Ausblick-Turm der Stadtmauer von Jiankang

Unter dem südlichen Himmel breitet sich der kühle

Herbst in die Weite von tausend Meilen,

Der Yangtse fließt zum Himmelsrand, und die

herbstliche Stimmung nimmt kein Ende.

Ich blicke nach den fernen Berggipfeln aus, die

In der feindlichen Besatzungszone hochragen,

Sie sehen wie Haarknoten und Jadehaarnadeln aus,

Und erregen in mir Kummer und Groll.

Unter der Abendsonne stehe ich, ein Wanderer im

Süden, auf dem Turm der Stadtmauer,

Und höre das Schreien einer einsamen Wildgans.

Ich betrachte mein Schwert und klopfe mit ihm auf die

Geländer all,

Niemand versteht, warum ich den Turm bestiegen hab.

Nun will ich nicht vom schmackhaften Flussbarsch

sprechen,

Ich will nicht vom schmackhaften Flussbarsch spreche,

Ich will nicht wie Herr Ji Ying handeln.

Er gab sein Amt auf und ging zurück in die Heimat ,

Weil der Flussbarsch beim Westwind fett geworden war,

Ich will mir auch nicht an Herrn Xu Ji ein Bespiel nehmen,

Er schaffte sich nur Grundstück und Haus an

Und wurde vom klugen Kaiser Liu Bei verachtet.

Ich bedaure nur, dass meine Jahre in Sturm und Regen umsonst verflossen,

Und selbst die Bäume sind auch alt geworden.

Wer kann eine Schöne bitten, mir die bitteren Tränen abzuwischen mit den roten Seidenärmeln?

Zu diesem Ci:

Es ist ein Klagelied des Dichters darüber, dass er seinen patriotischen Kampfwillen nicht durchsetzen kann und es im Alter sehr bedauert. Der Dichter kritisiert hier indirekt die Politik der Südsong-Dynastie（南宋）gegenüber den Besatzern vom Jin-Reich（金国）.

西江月 ① · 遣兴 ②

醉里且贪欢笑，要愁那得工夫。 ③

近来始觉古人书，信著全无是处。④

昨夜松边醉倒，问松"我醉何如"。⑤
只疑松动要来扶，以手推松曰"去"！⑥

① 西江月：die Melodie „Xi Jiang Yue" (Der Mond über dem Westfluss) ② 遣兴：eine lustige Notiz ③ 贪欢笑：an Lustigkeit hängen; 工夫：Zeit ④ 始觉：erst jetzt verstehen; 古人书：die Bücher der alten Weisen; 无是处：nichts Nützliches ⑤ 醉何如：wie so betrunken sein ⑥ 扶：jm. auf die Beine helfen.

Nach der Melodie „Xi Jiang Yue"
Eine lustige Notiz

In der Trunkenheit hänge ich noch an Lustigkeit,
Und für den Kummer habe ich keine Zeit.
Erst in der letzten Zeit habe ich herausgekriegt:
Nichts Nützliches sind die Bücher der alten Weisen.

In der letzten Nacht lag ich im Rausch an einer Kiefer,
Sie fragte mich: „Wie hast du so betrunken?"
Und wollte mir auf die Beine helfen.

Da schob ich sie ab und sagte „Geh weg von mir!"

Zu diesem Ci:

Der dritte und vierte Satz ist auf die Obrigkeit der Südsong-Dynastie gerichtet, weil sie gegenüber den Eindringlingen aus dem Norden eine Kapitulationspolitik treibt und gleichzeitig die patriotischen Kräfte unterdrückt. Und diese Kritik kann der Dichter nur bei der Trunkenheit herausbringen.

鹧鸪天 ①

陌上柔桑破嫩芽，东邻蚕种已生些。②
平冈细草鸣黄犊，斜日寒林点暮鸦。③

山远近，路横斜，青旗沽酒有人家。④
城中桃李愁风雨，春在溪头荠菜花。⑤

① 鹧鸪天：die Melodie „Zhe Gu Tian" (Das Rebhuhn am Himmel)
② 陌 [mò]: der Pfad; 柔桑：die weichen Zweige des Maulbeerbaums; 破嫩芽：sprießen; 蚕种已生：die Eier der Seidenspinner sind schon gezüchtet ③ 平冈：ein flacher Hügel; 细草：zartes Gras; 鸣：(hier) muhen; 黄犊 [dú]: ein gelbes Kalb; 斜日：die untergehende Sonne; 寒林：frostiger Wald; 暮鸦：am Abend fliegen die Raben zu ihren

Nestern zurück; ④ 青旗 : eine blaue Ladenfahne; 沽 [gū] 酒 ; Wein kaufen; 有人家 : (hier) eine Weinstube ⑤ 愁风雨 : von Wind und Regen betrübt sein; 溪头 : am Bach; 荠 [jì] 菜 : Hirtentächelkraut (eine Art Wildgemüse mit weißen Blüten).

Nach der Melodie „Zhe Gu Tian"

Am Pfad sprießen die weichen Zweige des
Maulbeerbaumes,
Die Eier der Seidenspinner vom Ostnachbarn sind
schon gezüchtet.
Auf dem flachen Hügel frisst ein gelbes Kalb zartes
Gras und muht laut,
Bei der untergehenden Sonne fliegen viele Raben zu
ihren Nestern im frostigen Wald zurück.

Berge in der Ferne und Nähe, Wege sind quer und
schräg,
Eine blaue Ladenfahne zeigt eine Kneipe.
Die Pfirsich- und Pflaumenbäume in der Stadt sind von
Wind und Regen betrübt,
Da bringt der Frühling die Hirtentächelkräuter am Bach
zum Blühen.

Zu diesem Ci:

Wegen seiner patriotischen Haltung ist der Autor seines Amtes enthoben, dann lebt er auf dem Land. Und in der Natur findet er gelegentlich die innere Ruhe. Hier preist er den Frühling auf dem Land.

青玉案 ① · 元夕 ②

东风夜放花千树，更吹落，星如雨。③
宝马雕车香满路。④
凤箫声动，玉壶光转，一夜鱼龙舞。⑤

蛾儿雪柳黄金缕，笑语盈盈暗香去。⑥
众里寻他千百度，⑦
蓦然回首，那人却在，灯火阑珊处。⑧

① 青玉案：die Melodie „Qing Yu An" (Der mit Jade geschmückte Tisch) ② 元夕 = 元宵节：das Laternenfest am 15. des ersten Monats des Mondkalenders ③ 花千树：tausend bunte Laternen; 星如雨：am ganzen Himmel blitzen Feuerwerke ④ 宝马：Edelpferd; 雕 [diāo] 车：Wagen mit geschnitzten Mustern; 香满路：Duft auf der Straße verbreiten; ⑤ 凤箫 [xiāo]: die Langflöte aus Bambus, (hier) Musikinstrumente; 玉壶光转：der helle Mond zieht langsam nach Westen; 鱼龙舞：der Fisch-

und Drachentanz; ⑥ 蛾 [é] 儿 : Stirnschmuck; 雪柳 : Haarschmuck (Weidenrute mit weißen Seidenstreifen); 黄金缕 [lǚ]: Haarschmuck (Weidenrute mit goldfarbigen Seidenstreifen. All diese Schmuckstücke sind für das Laternenfest bestimmt.); 笑语盈盈 [yíng]: lustig sprechen und lachen; 暗香 : (hier) der Schminkenduft ⑦ 他 : (hier) sie; 千百度 : tausendmal; ⑧ 蓦 [mò] 然 : plötzlich; 阑珊 [lán shān]: kleiner werden.

Nach der Melodie „Qing Yu An"
Das Laternenfest

In der Nacht leuchten überall Laternen,

als ob der Ostwind tausend Blumen zum Blühen

gebracht hätte,

Am ganzen Himmel blitzen Feuerwerke,

als ob die Sterne gefallen wären.

Edelpferde und Wagen mit geschnitzten Mustern

verbreiten angenehmen Duft auf der Straße.

Die Musikinstrumente beginnen zu spielen,

der helle Mond zieht nach Westen langsam,

Und der Fisch- und Drachentanz werden vorgeführt in

der ganzen Nacht.

Die Frauen und Mädchen tragen allerei Schmuckstücke des Laternenfestes,

Sie gelen lachend dahin und hinterlassen Schminken duft.

Ich habe nach ihr überall in der Menge gesucht,

Plötzlich blicke ich zurück,

Da finde ich sie an der Stelle,

Wo nicht viel Licht scheint.

Zu diesem Ci:

Im ersten Teil beschreibt der Autor das fröhliche Laternenfest. Der zweite Teil zeigt seinen wahren Sinn: Er sucht in der Menge nach einer Schönheit, und schließlich hat er sie gefunden. Und diese Schönheit bedeutet auch sein Ideal.

Die letzten zwei Zeilen sind sehr bekannt geworden. Wenn einer mit großer Mühe oder jahrelang an etwas forscht oder an etwas arbeitet, dann kommt er plötzlich zu einem Erflog, da wird er diese zwei Zeilen nachsprechen.

念奴娇 ① · 书东流村壁

野棠花落，又匆匆过了，清明时节。②
划地东风欺客梦，一枕云屏寒怯。③
曲岸持觞，垂杨系马，此地曾经别。④

楼空人去，旧游飞燕能说。

闻道绮陌东头，行人曾见，帘底纤纤月。⑤
旧恨春江流不断，新恨云山千叠。⑥
料得明朝，尊前重见，镜里花难折。⑦
也应惊问：近来多少华发？⑧

① 念奴娇：die Melodie „Nian Nu Jiao" (Das Singmädchen Nian Nu ist nett) ② 野棠花：die Blüten des Wildzierapfels; 清明节：das Totenfest am 4. oder 5. April des Mondkalenders ③ 刬 [chàn] 地：ohne Grund; 云屏：der Wandschirm aus Glimmer ④ 觞 [shāng]: die Weinschale; 垂杨：die Trauerweide ⑤ 绮陌 [qí mò]: eine belebte Straße, das Rotlichtviertel gemeint; 纤纤月：gemeint: die zarten Füße ⑥ 旧恨：der alte Liebeskummer ⑦ 料得：vermutlich; 尊前：auf einem Festessen; 尊：das Weingefäß; 镜里花：nach der Redewendung; 镜花水月：(die Blumen im Spiegel und der Mond im Wasser,) man sieht etwas, aber kann nicht bekommen, es ist nur ein Wunschtraum ⑧ 华发：graues Haar.

Nach der Melodie „Nian Nu Jiao"
Geschrieben an die Mauer des Dorfes Dongliu

Die Blüten des Wildzierapfels sind gefallen,

Das Totenfest ist eilig vergangen.

Der Ostwind stört mir ohne Grund den Traum,

Die Kälte drängt durch den Wandschirm und macht

mich auf dem Kissen fröstelig.

An dem Krummufer band ich mein Pferd an einer

Trauerweide und trank mit ihr Wein.

Hier wanderten wir und nahmen Abschied voneinander.

Heute ist sie nicht mehr hier und das Hochhaus steht

leer,

Nur die Schwalben sprechen noch von unserer

damaligen Wanderung.

Ich habe gehört,

Die Vorbeigehenden hätten am östlichen Ende der

belebten Straße ihre zarten Füße unter dem Türvorhang

gesehen,

Mein alter Liebeskummer nimmt kein Ende,

wie der Frühlingsfluss immer dahin strömt,

Und der neue Kummer vermehrt sich immer,

wie sich tausend Berge aufhäufen.

Vermutlich werde ich sie mal beim Wein wieder treffen.

Da wäre sie nur eine Blume im Spiegel,

die ich nicht pflücken könnte.

Und sie würde mich erstaunt tragen:

Wie viele graue Haare hast du in der letzten Zeit bekommen?

Zu diesem Ci:

Über das Thema Liebe hat der Autor viele Cis geschrieben, dieses Ci ist ein Beispiel dafür.

Zum Andenken an seine frühere Geliebte, ein Singmädchen, hat der Autor im Jahr 1187 das Ci geschrieben, er hofft, später sie noch mal zu treffen, da würde er schon graue Haare haben. Er leidet immer noch unter dieser Liebe.

柳永　　**liǔ yǒng**　（um 987-1053? ）

Liu Yong, im Jahr 1034 bestand er die kaiserliche Prüfung, dann war ein kleiner Beamter, wegen der misslungenen Karriere verkehrte er vielmehr in den Freudenhäusern und schrieb für die Singmädchen zahlreiche Cis, von denen viele sehr populär geworden sind. Man sagte, an jedem Brunnen würden Liu Yongs Cis gesungen. Er schuf und förderte die lange Melodie（长调）, diese Form wurde auch langsames Ci（慢词）genannt.

蝶恋花 ①

伫倚危楼风细细，望极春愁，黯黯生天际。②
草色烟光残照里，无言谁会凭阑意。③

拟把疏狂图一醉，对酒当歌，强乐还无味。④
衣带渐宽终不悔，为伊消得人憔悴。⑤

① 蝶恋花：die Melodie „Die Lian Hua" (Die Schmetterlinge verlieben sich in die Blüten) ② 伫倚 [zhù yǐ]: an et. lange stehen; 危 [wēi]: (hier) hoch; 细细 : (hier) sanft; 望极 : in die Weite schauen; 春愁 : (hier) Liebeskummer; 黯黯 [àn]: finster, trübe; 天际 : Himmelsrand ③ 草色 : grüne Gräser; 烟光 : Rauchdunst; 残照 : Abend-sonnenlicht; 无言 : schweigen; 谁会 : wer kann.... verstehen? 凭阑意 : warum am Geländer stehen ④ 拟 [nǐ] 把疏狂 : zügellos sein wollen, Gefühlen freien Lauf lassen wollen; 图一醉 : um mal betrunken zu sein; 强 (hier) : zwingend; 乐 (hier) : wird einer mager; ⑤ 衣带渐宽 : die Gewänder werden locker, d.h. vor Liebeskummer wird einer mager; 伊 [yī]: (hier) sie; 消得 : sich abmagern; 憔悴 [qiáo cuì]: abgemagert sein, schwach und matt.

Nach der Melodie „Die Lian Hua"

Beim sanften Wind stehe ich einsam am Geländer des hohen Hauses,

Und schaue in die unendliche Weite,

Da breitet sich mein Liebeskummer bis zum dunklen Himmelsrand weit aus.

Bei Abendsonnenlicht und vor grünen Gräsern und Rauchdunst schweige ich,

Wer könnte verstehen, warum ich am Geländer stehe?

Nun will ich einmal zügellos sein;

Und versuche in Trunkenheit meinen Gefühlen freien
Lauf zu lassen,

Doch der süße Wein und das schöne Lied können mich
nicht vom Liebeskummer befreien.

Ach, ich bereue nie, dass meine Gewänder locker
werden,

Für sie will ich gerne abgemagert sein.

Zu diesem Ci:

Es ist ein Schwur auf die Liebe. Die zwei letzten Sätze sind
sehr bekannt geworden, sie werden nicht nur für die Liebe
gebraucht, sondern auch für das Streben hin zu einem Ziel.

八声甘州 ①

对潇潇暮雨洒江天，一番洗清秋。②
渐霜风凄紧，关河冷落，残照当楼。③
是处红衰翠减，苒苒物华休。④
惟有长江水，无语东流。

不忍登高临远，望故乡渺邈，归思难收。⑤
叹年来踪迹，何事苦淹留。⑥

想佳人、妆楼颙望，误几回、天际识归舟。⑦

争知我、倚阑干处，正恁凝愁！⑧

① 八声：(hier) acht Reime: 秋, 楼, 休, 流 ; 收, 留, 舟, 愁 ; 甘州：ein Ortsname in Xinjiang (新疆) ; 八声甘州：die Melodie „Ba Sheng Gan Zhou" (Ganzhou in acht Reimen) ② 潇潇 [xiāo]: nieselnd: 一番：auf einmal ③ 凄紧：frostig; 关河：Berg und Fluss; 冷落：verlassen; 残阳：die untergehende Sonne ④ 是处：überall; 红衰翠减：die Blumen welken und die Blätter fallen: 苒苒 [rǎn]: langsam; 物华休：die Landschaft verfällt ⑤ 渺邈 [miǎo miǎo]: in der weiten Ferne ⑥ 淹留：lange Zeit in der Fremde bleiben ⑦ 佳人：Schönheit; 妆楼：Schminkkammer; 颙 [yóng] 望：in die Weite schauen; 天际：Himmelsrand ⑧ 争知：nicht wissen; 恁 [nèn]: so; 凝愁：kummervoll.

Nach der Melodie „Ba Sheng Gan Zhou"

Ich sehe: der nieselnde Regen fällt auf den Fluss,

Er hat die Herbstluft auf einmal frisch gespült.

Der frostige Wind ist kalt,

Die Umgebung ist still und verlassen,

Die untergehende Sonne scheint auf das Hochhaus.

Überall verwelken die Blumen und fallen die Blätter,

Und die Landschaft langsam verfällt.

Nur der Yangtse fließt schweigend nach Osten hinaus.

Ich kann nicht über Herz bringen, auf die Höhe zu steigen
und nach der fernen Heimat zu schauen,
Doch kann ich nicht unterdrücken den Wunsch nach
Hause.
Mit einem Seufzer bedauere ich meine jahrelangen
Wanderungen,
Und frage mich: Wozu bleibe ich so lange in der Fremde?
Ich sehne mich nach der Schönheit,
Sie schaut in der Schminkkammer in die Weite und
hat mehrmals das rückkehrende Schiff am Horizont
verkannt.
Sie weiß doch nicht, dass ich jetzt so kummervoll am
Geländer stehe!

Zu diesem Ci:

Es ist ein repräsentatives Ci von Liu Yong. Hier werden sein
Heimweh und die Sehnsucht nach der schönen Frau beschrieben,
es handelt sich um sein Hauptthema. Das ist eine lange Melodie
（长调，auch langsames Ci（慢词）genannt）. Diese Form ist von
ihm geschaffen und gefördert.

雨霖铃 ①

寒蝉凄切，对长亭晚，骤雨初歇。②

都门帐饮无绪，留恋处，兰舟催发。③

执手相看泪眼，竟无语凝噎。④

念去去，千里烟波，暮霭沉沉楚天阔。⑤

多情自古伤离别，更那堪，冷落清秋节！⑥

今宵酒醒何处？杨柳岸，晓风残月。⑦

此去经年，应是良辰好景虚设。⑧

便纵有千种风情，更与何人说？⑨

① 雨霖铃：die Melodie „Yu Lin Ling" (Berm starken Regen hört man Klingel schellen) ② 寒蝉 [chán]: Herbstzikade; 长亭：ein Postpavillon für eine längere Strecke ③ 都门：Hauptstadttor; 帐饮：Abschiedsessen in einem Zelt; 无绪：keine Stimmung; 兰舟：ein gut ausgerüstetes Schiff, hier ist der Schiffer gemeint; ④ 执手：die Hand drücken; 凝噎 [níng yè]: kein Wort herausbringen können ⑤ 暮霭 [mù ǎi]: Abenddunst; 楚天：der südliche Himmel ⑥ 更那堪：wie könnte man das ertragen!; 冷落：verlassen; 清秋节：Herbstzeit ⑦ 残月：Mondsichel ⑧ 经年：jahrelang; 良辰好景：glückliche zeit und herrliche Landschaft; 虚设：umsonst sein ⑨ 风情：Zuneigungen.

Nach der Melodie „Yu Lin Ling"

Abends am Postpavillon zirpen wehmütig die
Herbstzikaden,
Und der Regenschauer hört soeben auf.
Vor dem Hauptstadttor und in einem Zelt findet das
Abschiedsessen statt,
Dabei sind wir beide schlechter Laune.
Wir wollen uns nicht voneinander trennen,
Leider drängt der Schiffer mich, an Bord zu gehen.
Beim Händedruck sehen wir einander in die Augen
voller Tränen und können kein Wort herausbringen.
Da denke ich: Ich fahre weiter und tausend Meilen
weiter − Auf dem abenddunstverhangenen Strom und
unter dem breiten südlichen Himmel.

Von alters her haben die Liebenden beim Abschied
immer Leid,
Und die kalte und verlassene Herbstzeit trübt uns noch
mehr.
Wenn ich heute Nacht aus dem Rausch erwache,
Weiß ich nicht, wo ich bleibe.
Da sehe ich nur:

Die Weiden am Ufer und eine Mondsichel am Himmel.

Diesmal werde ich jahrelang in der Fremde sein,

Und die glückliche Zeit und die schöne Landschaft

werden mir fernbleiben.

Wem kann ich all meine innigen Zuneigungen sagen?

Zu diesem Ci:

Es ist ein kummervolles Abschiedslied eines Liebespaars, ein repräsentatives Ci von Liu Yong. Der erste Teil beschreibt den traurigen Abschied; der zweite Teil schildert, wie der Mann in der Fremde unter der Liebessehnsucht leidet.

采莲令 ①

月华收，云淡霜天曙。②

西征客、此时情苦。③

翠娥执手送临歧，轧轧开朱户。④

千娇面、盈盈伫立，无言有泪，断肠争忍回顾。⑤

一叶兰舟，便恁急桨凌波去。⑥

贪行色、岂知离绪．⑦

万般方寸，但饮恨，脉脉同谁语。⑧

更回首、重城不见，寒江天外，隐隐两三烟树。⑨

① 采莲令 : die Melodie „Cai Lian Ling" (Das Sammeln von den Samenkapseln des Lotos) ② 月华 : der Mond; 收 : untergehen; 云淡霜天 : weiße Wolken und frostiger Himmel; 曙 [shǔ]: Morgendämmerung ③ 西征客 : der nach Westen Abreisende; 情苦 : unter dem Abschiedsschmerz leiden ④ 翠娥 [cuì é]: (hier) die schöne Geliebte; 执手 : seine Hände halten; 送临歧 [qí]: zur Wegbiegung begleiten; 轧轧 [yà]: (Lautmalerei) knarrend; 朱户 : rot gestrichene Tür ⑤ 千娇面 : die berückende Schöne; 盈盈 [yíng]: zierlich; 伫 [zhù] 立 : unbeweglich dastehen; 断肠 : der Abschiedsschmerz bricht mir das Herz; 争忍 : wie ich es aushalten kann?; 回顾 : rückblicken ⑥ 一叶兰舟 : ein kleines Boot: 恁 [nēn] 急桨 : so eilig rudern; 凌 [líng] 波 : hohe Wellen ⑦ 贪行色 : (der Schiffer) will nur schnell fahren; 岂 [qǐ] 知 : woher wissen; 离绪 : Abschiedsschmerz ⑧ 万般方寸 : das Herz ist von voller Abschiedsschmerz bedrückt; 饮恨 : die Qual in sich tragen; 脉脉 [mò]: liebevoll ⑨ 重城 : Stadtmauer; 烟树 : Bäume im Rauchdunst.

Nach der Melodie „Cai Lian Ling"

Der Mond geht unter, der Himmel ist leicht bewölkt

und frostig,

und der Morgen dämmert.

Ich reise nach Westen ab, der Abschied bedrückt mich sehr.

Meine schöne Geliebte hält mir die Hände,

öffnet knarrend die rote Tür und begleitet mich zur Wegbiegung.

Meine Schönheit steht zierlich am Weg,

Sie findet kein Wort zum Abschied, und Tränen kommen ihr in die Augen.

Der Abschiedsschmerz bricht mir auch das Herz.

Wie kann ich es aushalten, nicht nach ihr zurückzuschauen?

Ich besteige ein kleines Boot, der Schiffer rudert eilig fort über die hohen Wellen.

Er will nur schnell fahren, weiß nichts von meinem Abschiedsschmerz.

Die Liebesqual drückt mir das Herz

Und ich muss darunter leiden.

Mit wem kann ich mich aussprechen?

Ich blicke mehrmals zurück und finde nicht mehr die Stadtmauer,

Nun sehe ich außer dem kalten Fluss und dem frostigen Himmel

Nur noch einige Bäume in Dunst und Rauch.

Zu diesem Ci :

Es ist wieder ein Liebesgedicht von Liu Yong, und Liebeskummer ist für ihn immer ein wichtiges Thema. Hier wird der Schmerz des Abschieds eines Liebespaars beschrieben. Der erste Teil schildert die traurige Abschiedsszene, der zweite Teil stellt den Liebeskummer des Mannes nach dem Abschied dar. Und die Naturbilder unterstützen die traurige Stimmung.

少年游 ①

长安古道马迟迟。高柳乱蝉嘶。②
夕阳鸟外，秋风原上，目断四天垂。③

归云一去无踪迹，何处是前期。④
狎兴生疏，酒徒萧索，不似去年时。⑤

① 少年游 : die Melodie „Shao Nian You" (Jugendliche Vergnügungen)
② 蝉嘶 : die Zikaden zirpen; ③ 鸟外 : die Vögel fliegen in die Ferne;
四天垂 : das Himmelszelt sinkt ④ 归云 : die ziehenden Wolken; 前期 :
die damaligen Verabredungen ⑤ 狎 [xiá] 兴 : Vergnügungslust; 萧索
[xiāo suǒ]: (hier) weniger werden.

Nach der Melodie „Shao Nian You"

Ich reite langsam auf dem alten Weg zur Hauptstadt
Chang'an,

Die Zikaden zirpen laut auf den hohen Weiden.

Die Abendsonne sinkt, und die Vögel fliegen in die Ferne.

Der Herbstwind fegt über die Ebene weit,

Ich blicke umher und sehe das Himmelszelt

niedersinken.

Die früheren Vergnügungen sind wie die ziehenden
Wolken spurlos verschwunden,

Wo kann ich die damaligen Verabredungen
wiederfinden?

Die Vergnügungslust fehlt mir,

Die Trinkfreunde werden immer weniger,

Und die jugendliche Vergnügungsbegeisterung ist
schon dahin.

Zu diesem Ci:

Diese Ci schreibt der Dichter im Alter, es ist ein Rückblick auf
sein Leben Der erste Teil beschreibt ein abendliches Herbstbild,
das seine melancholische Stimmung hervorhebt. Der zweite Teil

schildert, wie er seine Jugendzeit mit Vergnügungen verbracht hat.

夜半乐 ①

冻云黯淡天气，扁舟一叶，乘兴离江渚。②
渡万壑千岩，越溪深处。③
怒涛渐息，樵风乍起，更闻商旅相呼。④
片帆高举。泛画鹢、翩翩过南浦。⑤

望中酒旆闪闪，一簇烟村，数行霜树。⑥
残日下，渔人鸣榔归去。⑦
败荷零落，衰杨掩映，岸边两两三三，浣纱游女。⑧
避行客、含羞笑相语。⑨

到此因念，绣阁轻抛，浪萍难驻。⑩
叹后约丁宁竟何据。⑪
惨离怀，空恨岁晚归期阻。⑫
凝泪眼、杳杳神京路。断鸿声远长天暮。⑬

① 夜半乐 : die Melodie „Ye Ban Yue" (Musik in der Mitternacht)
② 黯 [àn] 淡 : dunkel; 扁舟一叶 : ein kleines Boot; 乘兴 : gutgelaunt;
江渚 [zhǔ]: Insel in einem Fluss ③ 壑 [hè]: Kluft; 岩 [yán]: Felsenwand;

溪深处：eine Stelle, wo das Wasser tief ist ④ 樵风：Brisenwind; 乍 [zhà]: plötzlich ⑤ 鹢 [yì]: eine Art Wasservogel, in der alten Zeit wurde ein Schiff mit diesem Vogel gemalt, man sagte, dass dieser Vogel Glück bringt; 画鹢：ein mit dem Wasservogel gemaltes Schiff, (hier) das Schiff gemeint; 翩翩 [piān]: leicht und schnell; 南浦：Name einer Überfahrtsstelle ⑥ 酒旆 [pèi]: Ladenfahne einer Weinstube; 闪闪：glitzern; 一簇 [cù]: ein Haufen ⑦ 鸣榔 [láng]: mit einem Stock gegen die Bootsseite schlagen ⑧ 败荷：die gewelkten Lotos; 衰杨：alte Weiden; 浣 [huàn] 纱：Gaze waschen ⑨ 避行客：die Vorbeigehenden meiden ⑩ 到此因念：angesichts dieser Szene an jn. denken; 绣阁 [xiù gé]: Wohngebäude für junge Frauen, hier ist die Frau des Dichters gemeint; 轻抛：leichtfertig zurücklassen; 浪萍难驻：wie eine Wasserlinse von den Wellen umhergetrieben sein ⑪ 后约：der Termin für Wiederzusammensein; 丁宁：jm. et. wiederholt einschärfen ⑫ 惨离怀：die Trennung macht mich traurig; 空恨岁晚：bedauerlicherweise ist so viel Zeit umsonst vergangen ⑬ 杳杳 [yǎo]: sehr weit entfernt sein; 神京：die Hauptstadt; 断鸿：eine einsame Wildgans.

Nach der Melodie „Ye Ban Yue"

Die winterlichen Wolken ziehen am dunklen Himmel hin,
Ich bin auf ein kleines Boot gestiegen.
Gutgelaunt fahre ich ab von der Flussinsel.
Das Boot fährt vorbei an vielen Felsenwänden und

Klüften,

Und weiter über eine Tiefwasserstelle.

Allmählich legen sich die tobenden Wellen.

Und plötzlich weht ein Rückenwind,

Da höre ich Rufstimmen von einem Handelsschiff.

Mein Boot fährt nun mit hohem Segel schnell und leicht

an der Überfahrtsstelle Nanpu vorbei.

In der Ferne glitzern die Werbefahnen einer Kneipe,

Dort im Rauchdunst liegt ein Dorf,

Noch stehen einige Reihen frostige Bäume dort.

In der Abenddämmerung fährt ein Fischer auf seinem

Boot heim, und klopft dabei mit einem Stock an die

Bootsseite,

Die alten Weiden werfen auf die verwelkten Lotos

Schatten, am Ufer waschen einige junge Frauen die Gaze.

Ihr Blick meidet die Vorbeigehenden,

Sie schämen sich und reden lachend miteinander.

Angesichts dieser Szene denke ich daran:

Wie ich meine Frau einfach zugelassen habe und wie ich

gleich einer Wasserlinse von Wallen herumgetrieben bin,

Warum habe ich den Termin für unser

Wiederzusammensein versäumt

Und nicht auf ihre wiederholte Einschärfung gehört?

Die Trennung stimmt mich kummervoll,

Bedauerlicherweise ist so viel Zeit verflossen,

Aber die Rückkehr ist immer verhindert.

Mit Tränen schaue ich nach dem weit entfernten Weg
zur Hauptstadt,

Da höre ich eine einsame Wildgans am Himmel Klagen.

Zu diesem Ci:

Es ist eine neue Art Ci, besteht aus drei Teilen, wird als langes Ci bezeichnet. Diese Form ist eine neue Schöpfung von Liu Yong.

Dieses Ci beschreibt eine Bootsfahrt. Der erste Teil schildert die Landschaft am Fluss, der zweite Teil zeigt das fröhliche Leben von den einfachen Leuten und der dritte Teil schildert des Dichters kummervolle Sehnsucht nach seiner Frau.

欧阳修　　**ōu yáng xiū**　（1007–1072）

Ouyang Xiu, Ouyang ist ein Familienname aus zwei Schriftzeichen（复姓），er wirkte lange Jahre in hohen Stellen am Hof mit und erhob scharfe Anklagen gegen die Missstände, im Alter nahm er als Vizekanzler（参知政事）Stellung gegen die Reformen des Kanzlers Wang Anshi（王安石）. Er hat Hervorragendes in Prosa und Lyrik geleistet, von ihm sind 88 Cis erhalten geblieben.

采桑子 ①

轻舟短棹西湖好，②
绿水逶迤，芳草长堤，③
隐隐笙歌处处随。④

无风水面琉璃滑，⑤
不觉船移，微动涟漪，⑥
惊起沙禽掠岸飞。⑦

① 采桑子 : die Melodie „Cai Sang Zi" (Die Maulbeeren pflücken)
② 棹 [zhào]: Ruder; 西湖 : der Westsee in Yingzhou (颍州) Provinz
Anhui (安徽) ③ 逶迤 [wēi yí]: in Windungen verlaufen; 芳草 :
Blumen und Gräser ④ 笙 [shēng]: ein Blasinstrument mit einem
Mundstück und 13-19 orgelpfeifenartig angebrachten Flöten, Schalmeien
⑤ 琉璃滑 : glatt wie Glas ⑥ 涟漪 [lián yī]: sich kräuseln ⑦ 沙禽 :
Vögel auf Sand.

Nach der Melodie „Cai Sang Zi"

Es ist schön, dass man ein leichtes Boot mit einem
kurzen Ruder auf dem Westsee dahinfährt,
Das grüne Wasser verläuft in Windungen,
Auf dem langen Damm wachsen Blumen und Gräser,
Man hört da und dort Musik von Schalmeien und
Gesänge.

Wenn es nicht weht, ist die Oberfläche des Sees so glatt
wie Glas,
So merkt man nicht, wie sich das Boot bewegt und wie
sich der See kräuselt.
Da werden die Vögel auf dem Sand aufgeschreckt,
Sie fliegen über das Ufer hinweg.

Zu diesem Ci:

Der Dichter hat 10 Cis nach dieser Melodie über den Westsee von Yingzhou geschrieben, zu jedem davon einen anderen Blickwinkel genommen. Wir haben hier das erste ausgewählt, es beschreibt das Bootfahren auf dem Westsee.

采桑子

群芳过后西湖好，①
狼藉残红。飞絮濛濛。②
垂柳阑干尽日风。③

笙歌散尽游人去，
始觉春空，垂下帘栊。④
双燕归来细雨中。⑤

① 群芳过后 : alle Blumen sind verblüht ② 狼藉 [jí]: durcheinander; 残红 : die gefallenen Rotblüten; 飞絮 [xù]: fliegende Weidenkätzchen; 濛濛 [méng]: nieselnd ③ 阑 [lán] 干 : Geländer; 尽日 : den ganzen Tag ④ 帘栊 [lóng]: Gardine ⑤ 细雨 : Nieselregen.

Nach der Melodie „Cai Sang Zi"

Alle Blumen sind verblüht, da zeigt der Westsee noch ein schönes Bild:

Die gefallenen Rotblüten liegen überall auf dem Boden,

Die Weidenkätzchen schweben im Nieselregen,

Und an den Geländern wiegen sich die zarten Weidenruten im Wind.

Musik und Gesang klingen aus, die Besucher zerstreuen sich,

Da merke ich erst, der Frühling ist dahin.

Ich schließe die Gardine,

Und sehe ein paar Schwalben im Nieselregen zurückfliegen.

Zu diesem Ci:

Es ist das vierte aus den zehn Cis des Dichters über den Westsee, hier wird die Landschaft des Frühlingsendes beschrieben. Und am Schluss werden seine Ruhe und Sorglosigkeit gezeigt.

蝶恋花①

庭院深深深几许？②
杨柳堆烟，帘幕无重数。③
玉勒雕鞍游冶处，楼高不见章台路。④

雨横风狂三月暮，⑤
门掩黄昏，无计留春住。⑥
泪眼问花花不语，乱红飞过秋千去。⑦

① 蝶恋花：die Melodie „Die Lian Hua" (Die Schmetterlinge verlieben sich in die Blüten) ② 深深：(Adjektiv) tief; 深：(Verb) tief sein; 几许：wie viel ③ 堆烟：Rauchdunst; 帘幕：Vorhang; 无重数：nicht aufzählen können ④ 玉勒 [lè]: der Zügel mit Jadeschmuck; 雕鞍 [diāo ān]: der Sattel mit Schnitzereien; 玉勒雕鞍：die prachtvolle Pferdkutsche gemeint; 游冶 [yě] 处：die Vergnügungsstätte; 章台路：eine Straße in der Hauptstadt Chang'an der Han-Dynastie, dort war es das Rotlichtviertel ⑤ 雨横风狂：Sturm und Regen; 三月暮：Märzende ⑥ 无计：nicht können ⑦ 乱红：die fallenden Rotblüten; 秋千：Schaukel.

Nach der Melodie „Die Lian Hua"

Wie tief ist der Hinterhof?

Die Weiden schwingen sich im Rauchdunst,

Und verhüllen wie unzählige Vorhänge den Hof.

Vor der Vergnügungsstätte halten prachtvolle

Pferdekutschen,

Von den Hochhäusern gehindert sehe ich nicht

den Weg meines Mannes zum Rotlichtviertel.

Am Märzende herrscht Regen und Sturm.

Abends schließe ich die Tür.

Ich weiß keine Mittel, um den Frühling aufzuhalten.

Mit Tränen frage ich die Blüten,

Aber sie schweigen und fallen durcheinander

und fliegen über die Schaukel dahin.

Zu diesem Ci:

Hier wird der Liebeskummer einer Frau geschildert. Ihr Mann
führt ein ausschweifendes Leben, sie leidet darunter, selbst die
Blumen haben keine Sympathie für sie.

浪淘沙 ①

把酒祝东风。且共从容。②

垂杨紫陌洛城东。总是当时携手处，游遍芳丛。③

聚散苦匆匆 ④。此恨无穷。

今年花胜去年红。可惜明年花更好，知与谁同？

① 浪淘沙：die Melodie „Lang Tao Sha" (Die Wellen spülen den Sand weg) ② 从容：nicht eilen ③ 紫陌 [zǐ mò]: Straßen im Vorort; 洛城：die Hauptstadt Luoyang (洛阳)；芳丛：die Blumen ④ 匆匆 [cōng]: hastig, eilig.

Nach der Melodie „Lang Tao Sha"

Ich spreche einen Toast auf den Ostwind aus,

Und bitte ihn, bei uns zu verweilen.

Unter den Trauerweiden spazierten wir immer damals

Hand in Hand

durch die Straßen im östlichen Vorort der Hauptstadt,

Und sahen uns die Blumen überall an.

Leider ist das Zusammensein immer zu kurz,

was mich sehr traurig stimmt.

Die Blumen sind in diesem Jahr schöner als im vorigen

Jahr,

Sie werden im nächsten Jahr noch prächtiger.

Aber ich weiß nicht: Mit wem werde ich diese Pracht

wohl genießen?

Zu diesem Ci:

Es ist ein sentimentalisches Liebeslied, eine Erinnerung an die glückliche Vergangenheit. Die Blumen werden immer schöner, aber das glückliche Zusammensein der Menschen ist ungewiss. Diese Gegenüberstellung bringt eine starke Wirkung.

诉衷情 [1]

清晨帘幕卷轻霜，呵手试梅妆。[2]
都缘自有离恨，故画作远山长。[3]
思往事，惜流芳，易成伤。[4]
拟歌先敛，欲笑还颦，最断人肠。[5]

[1] 诉衷情：die Melodie „Su Zhong Qing" (Dem Herzen Luft machen)
[2] 帘幕：der Vorhang；呵 [hē] 手：in die Hände hauchen；梅妆：eine Art Frisur mit Blüten der Winterkirsche [3] 都缘：nur wegen；离恨：der Abschiedsschmerz；远山：(metaphorisch) die Brauen der Frau [4] 流芳：die Zeit vergeht schnell；成伤：traurig stimmen [5] 拟 [nǐ]：planen；敛 [liǎn]：eine ernste Miene aufsetzen；颦 [pín]：die Brauen zusammenziehen；断人肠：das bricht einem das Herz.

Nach der Melodie „Su Zhong Qing"

Am Morgen habe ich den Vorhang aufgerollt,

Draußen liegt ein leichter Frost.

Ich hauche in die Hände,

Und versuche eine Frisur mit Blüten der Winterkirsche

zu gestalten,

Nur wegen des Abschiedsschmerzes schminke ich mir

die Brauen lang.

Wenn ich mich erinnere an die Vergangenheit,

Da bedauere ich, dass meine schöne Zeit schon dahin

verflossen ist, das stimmt mich traurig.

Vor dem Singen muss ich erst eine ernste Miene

aufsetzen,

Und bevor ich lächele, ziehe ich zusammen die Brauen,

das bricht mir das Herz.

Zu diesem Ci:

Hier beschreibt der Autor das Schicksal eines Singmädchens und zeigt Mitleid mit ihr.

李 清 照　**lǐ qīng zhào**　（1084−um1155）

Li Qingzhao, eine berühmte Ci-Dichterin, stammte aus einer Beamtenfamilie, und ihr frühgestorbener Mann war ein Spezialist für Inschriften auf Bronzen und Steintafeln (金石学者). Ihre Themen waren vor allem Liebe und Kriegsunheil. Sie hatte die Nordsong-Dynastie miterlebt.

凤凰台上忆吹箫 [①]

香冷金猊，被翻红浪，起来慵自梳头。[②]
任宝奁尘满，日上帘钩。[③]
生怕离怀别苦，多少事、欲说还休。
新来瘦，非干病酒，不是悲秋。[④]

休休！这回去也，千万遍《阳关》，也则难留。[⑤]
念武陵人远，烟锁秦楼。[⑥]
惟有楼前流水，应念我、终日凝眸。[⑦]
凝眸处，从今又添，一段新愁。

① 凤凰台上忆吹箫 : die Melodie „Die Erinnerung an das Langflötenspiel auf dem Phönix-Stein"; 箫 : Langflöte aus Bambus ② 香 : (hier) Räucherwerk; 猊 = 狻猊 [suān ní]: Fabeltier; 金猊 : ein fabeltierförmiges Räucherfass aus Bronze; 被 : Bettdecke; 慵 [yōng]: faul, matt ③ 任 : (hier) lassen; 宝奁 [lián]: das Putzkästchen (einer Frau); 帘钩 : der Vorhanghaken ④ 病酒 : zu viel getrunken haben ⑤ 《阳关》: das Abschiedslied „Yangguan" ⑥ 武陵人 : ihr Mann; 秦楼 : ihr Wohnhaus gemeint: ⑦ 应念我 : mit mir Mitleid haben müsste; 凝眸 [níng móu]: starren.

Nach der Melodie „Erinnerung an das Langflötenspiel auf dem Phönix-Stein"

Das Räucherwerk brennt im Bronzefass aus,

Die rotseidene Bettdecke ist wie Wellen hingeworfen.

Nach dem Aufstehen bin ich zu faul, mich zu schminken,

Und lasse den Staub auf dem Putzkästchen liegen.

Die Sonne klettert schon auf den Vorhangshaken.

Ich fürchte mich vor dem Abschied:

Jedes Mal will ich dir vieles sagen und lasse es doch ungesagt.

Seit Neuestem bin ich mager geworden,

Aber nicht deswegen, dass ich zu viel getrunken habe,

Oder der Herbst mich traurig gestimmt hat.

Lass das! Du bist diesmal sowieso ausgereist,

Obwohl ich tausendmal das Abschiedslied *Yangguan*

gesungen habe,

Konnte ich dich auch nicht aufhalten.

Ich denke an dich in der weiten Ferne,

Und der Rauchdunst verhüllt unser einsames Haus.

Nur der Bach vor dem Haus müsste mit mir Mitleid

haben,

Denn ich starre ihn den ganzen Tag an.

Nun in den alten Abschiedskummer kommt ein neues

Stück Qual.

Zu diesem Ci:

Hier wird die Sehnsucht einer Frau nach ihrem Mann beschrieben, das ist auch eine Lebenswiderspiegelung der Dichterin selbst, denn ihr Mann war immer auf der Expedition.

醉花阴 ① · 九日 ②

薄雾浓云愁永昼，瑞脑消金兽。③

佳节又重阳，玉枕纱厨，半夜凉初透。④

东篱把酒黄昏后，有暗香盈袖。⑤
莫道不销魂，帘卷西风，人比黄花瘦。⑥

① 醉花阴 : die Melodie „Zui Hua Yin" (Trunkenheit im Schatten der Blumen) ② 九日 = 重 [chóng] 阳节 : Chongyang-Fest (der 9. September des Mondkalenders), hier ist der Titel des Cis ③ 永昼 [zhòu]: den ganzen Tag; 瑞脑 : das Dufträuchermittel; 消 : (hier) brennen; 金兽 : ein tierförmiges Räucherfass aus Bronze ④ 重阳 = 重阳节 : Chongyang-Fest; 玉枕 : Kopfkissen aus Porzellan; 纱厨 : Seidenmoskitonetz; 凉初透 : kühl werden ⑤ 东篱 [lí]: die Chrysanthemen am östlichen Zaun; 暗香 : der Duft der Chrysanthemen ⑥ 销魂 : (hier) überwältigen ⑦ 帘卷西风 = 西风卷帘 ; 黄花 : Chrysanthemen.

Nach der Melodie „Zui Hua Yin"
Chongyang-Fest

Leichter Nebel und schwere Wolken stimmen mich den ganzen Tag betrüblich,

Das Dufträuchermittel brennt im Bronzefass allmählich.

Es kommt das Chong Yang-Fest wieder,

Ich liege im seidigen Moskitonetz auf dem Porzellan-

Kissen,

Erst in der Mitternacht wird es mir kühl.

Bei der Abenddämmerung trinke ich am östlichen Zaun,
dort wachsen Chrysanthemen,

Der Duft von den Blüten dringt in meine Ärmel.

Man sollte nicht sagen, dass mich diese Szene nicht
überwältigt.

Wenn der Westwind den Vorhang aufbläst,

Da siehst du: Ich bin viel schlanker geworden als eine
Chrysantheme.

Zu diesem Ci:

Hier wird die Liebessehnsucht einer Frau geschildert, aber
kein direktes Wort dazu.

渔家傲 [①] · 记梦

天接云涛连晓雾，星河欲转千帆舞。 [②]
仿佛梦魂归帝所。 [③]
闻天语，殷勤问我归何处？ [④]

我报路长嗟日暮，学诗谩有惊人句。⑤

九万里风鹏正举。⑥

风休住，蓬舟吹取三山去。⑦

① 渔家傲 : die Melodie „Yu Jia Ao" (Fischerstolz) ② 云涛 : die Wolken wallen; 星河 : der Himmel-Fluss (eigentlich ist es sie Milchstraße); ③ 帝所 : der Palast des Himmelsherrn ④ 天语 : der Himmelsherr fragt; 殷勤 : die Fürsorge ⑤ 嗟 [jiē]: seufzen; 谩有 : selten ⑥ 鹏 [péng]: der Roch (Märchenvogel); 正举 : zum Himmel fliegen ⑦ 三 山 : im alten Mythos gab es im Ost meer drei Feenberge: Penglai (蓬 莱), Fangzhang (方丈) und Yingzhou (瀛洲) .

Nach der Melodie „Yu Jia Ao"
Traumnotiz

Im Traum sehe ich:

Die Wolken wallen am Himmel,

Und mischen sich mit dem Morgennebel.

Im Himmelsfluss tanzen tanzende Segel.

Mir scheint, als ob ich zum Himmelsherrn gekommen

wäre,

Er fragt mit Fürsorge, wohin ich gehe.

Ich antworte:

Mein Weg ist lang und seufze, dass sich der Abend schon nähert.

Ich lerne dichten, aber verwunderte Verse kommen selten heraus.

Der große Roch fliegt mit dem Wind neunzigtausend Meilen weit,

Bitte höre du Wind nicht auf!

Bringe mein Boot in Richtung auf die drei Feenberge!

Zu diesem Ci:

Die Dichterin hat den Untergang der Nordsong-Dynastie miterlebt und dabei viel gelitten. Sie phantasiert, um sich von den Kriegsleiden zu befreien. Selbst der Himmelsherr zeigt ihr Fürsorge, und sie fliegt mit dem Wind nach den drei Feenbergen, aber es ist nur ein Traum.

一剪梅 [①]

红藕香残玉簟秋，[②]
轻解罗裳，独上兰舟。[③]
云中谁寄锦书来？雁字回时，月满西楼。[④]

花自飘零水自流，⑤

一种相思，两处闲愁。⑥

此情无计可消除，才下眉头，却上心头。⑦

① 一剪梅：die Melodie „Yi Jian Mei" (Einen Zweig der Winterkirsche abschneiden) ② 红藕 [ǒu]= 荷花：die Lotosblume; 香残：welken; 玉簟秋：die Bambusmatte ist kalt ③ 罗裳：der Seidenrock; 兰舟：ein Vergnügungsboot ④ 锦书：der Liebesbrief; 雁字：die Wildgänse bilden beim Fliegen eine Zugformation wie das chinesische Wort „人" (der Mensch) ⑤ 自：(hier) nur ⑥ 两处闲愁：die beiden Liebenden leiden unter dem gleichen Liebeskummer ⑦ 消除：zerstreuen; 眉头：Brauen.

Nach der Melodie „Yi Jian Mei"

Die Lotosblumen sind verwelkt, die Bambusmatte ist kalt.
Leise lege ich den Seidenrock ab und steige allein auf das Vergnügungsboot.
Von wem bringen mir die Wildgänse den Liebesbrief?
Beim kückflug bilden sie am Himmel eine Formation,
Da scheint der Mond auf das ganze Westhochhaus.

Die Blumen werden welken, und der Fluss fließt nur

weiter hin,

Aber die beiden Liebenden leiden immer unter dem
gleichen Liebesschmerz.

Und dieser Schmerz kann nicht zerstreut werden,

Dies lässt mich zuerst die Brauen runzeln,

Dann bedrückt es mir das Herz.

Zu diesem Ci:

Kurz nach der Heirat ist ihr Mann zu einer Expedition gefahren.
Hier beschreibt die Dichterin ihren Liebeskummer.

声声慢 [1]

寻寻觅觅，冷冷清清，凄凄惨惨戚戚。[2]
乍暖还寒时候，最难将息。[3]
三杯两盏淡酒，怎敌他、晚来风急。
雁过也，正伤心，却是旧时相识。[4]

满地黄花堆积。憔悴损，如今有谁堪摘？[5]
守着窗儿，独自怎生得黑？[6]
梧桐更兼细雨，到黄昏、点点滴滴。[7]
这次第，怎一个愁字了得！[8]

① 声声慢 : die Melodie „Sheng Sheng Man" (Die Stimme wird immer langsamer) ② 寻寻觅觅 [mì]: sehr zerstreut sein; 冷冷清清 : kalt und einsam; 凄 [qī] 凄惨 [cǎn] 惨 : sehr traurig; 戚戚 [qī]: kummervoll ③ 咋暖还寒 : bald warm bald kalt; 将息 : die Gesundheit pflegen ④ 雁过也 : (Nachrichten) bringende Wildgänse sind schon vorbeigeflogen; 旧时相识 : mir früher bekannt sein, gemeint: die Wildgänse brachen mir früher Nachrichten ⑤ 黄花 : Chrysanthemen; 憔悴损 : gewelkt und gefallen; 谁堪摘 : Wer möchte hier die Blumen pflücken? ⑥ 独自怎生得黑 : wie könnte ich alleine bis zum Abend bleiben? ⑦ 梧桐 [wú tóng]: Platane ⑧ 这次第 : diese traurige Szene; 了得 : zusammenfassen.

Nach der Melodie „Sheng Sheng Man"

Ich bin zerstreut, einsam, kummervoll und sehr traurig,

Es ist bald warm, bald kalt, es ist schwer, die Gesundheit zu pflegen.

Wie könnte ich mit ein paar Bechern Wein gegen den kalten Abendwind wirken?

Die Wildgänse sind schon ohne Nachrichten vorbeigeflogen,

Sie sind mir doch bekannt von früher,

Dies bedrückt mir das Herz sehr.

Die Blüten der Chrysanthemen liegen haufenweise auf dem Boden – gewelkt und gefallen.

Wer möchte hier die Blumen pflücken?

Am Fenster sitze ich, wie könnte ich alleine bis zum Abend bleiben?

Draußen rauschen die Platanen im Rieselregen.

Und am Abend fallen von den Platanen noch Regentropfen,

Ach, diese traurige Stimmung lässt sich mit dem Wort „Kummer" nicht zusammenfassen!

Zu diesem Ci:

Die Dichterin hat den Untergang der Nordsong-Dynastie (北宋) miterlebt, die Familie ist nach Süden geflohen, dann hat sie ihren Mann verloren. So ist sie in die traurige Einsamkeit geraten und kann sich nicht davon loslösen. Hier beschreibt sie ihre ausweglose Stimmung. Es ist ein berühmtes Ci von ihr. Es ist einmalig, dass ihre traurige Stimmung am Anfang durch sieben Wortpaare dargestellt ist.

武陵春 ①

风住尘香花已尽，日晚倦梳头。②

物是人非事事休，欲语泪先流。③

闻说双溪春尚好，也拟泛轻舟。④
只恐双溪舴艋舟，载不动许多愁。⑤

① 武陵春 : die Melodie „Wu Ling Chun" (Der Frühling in Wuling)
② 尘香 : die Erde ist mit Blütenduft gemischt; 花已尽 : alle Blüten sind gefallen; 倦 [juàn]: müde sein ③ 物是人非 : die Umgebung bleibt wie früher, aber die Menschen sind mir fremd; 事事休 : jede Sache hört auf ④ 双溪 : Ortsname, der Ort liegt im Kreis Jinhua (金华) , Provinz Zhejiang (浙江) ⑤ 舴艋 [zé měng] 舟 : ein kleines Boot.

Nach der Melodie „Wu Ling Chun"

Der Wind hört auf, alle Blüten sind abgefallen, die Erde ist mit Blütenduft gemischt,

Am Abend bin ich müde, um mir die Haare zu kämmen.

Die Umgebung ist wie früher,

aber die Menschen sind mir fremd,

Alles ist verloren gegangen,

ehe ich davon sprechen möchte, kommen mir die Tränen,

Ich habe gehört, der Frühling sei in Shuangxi schön,

Ich möchte dort Boot fahren.

Aber ich fürchte, dass das kleine Boot

meinen ganzen Kummer tragen könnte.

Zu diesem Ci:

Die Autorin schrieb das Ci im Jahr 1135. Sie weilte im Kreis Jinhua（金华）Provinz Zhejiang（浙江）, um sich vor den Eindringlingen vom Jin-Reich（金国）zu schützen. 1126 war der Untergang der Nordsong-Dynastie, 1129 starb ihr Mann, jetzt lebte sie allein in einer fremden Umgebung. Dieses Ci ist eine Widerspiegelung ihrer traurigen Stimmung.

周邦彦　　**zhōu bāng yàn**（1056–1121）

Zhou Bangyan, Musiktheoretiker, war einmal Leiter des kaiserlichen Musikamts und Kreis-Beamter, im Schaffen der Cis hatte er Erfolg, als Musiker bevorzugte er das Metrum. Er schuf auch neue Melodien. Von ihm sind über 200 Cis überliefert.

蝶恋花 ① · 早行 ②

月皎惊乌栖不定，更漏将残，轳辘牵金井。③
唤起两眸清炯炯，泪花落枕红绵冷。④

执手霜风吹鬓影，去意徊徨，别语愁难听。⑤
楼上阑干横斗柄，露寒人远鸡相应。⑥

① 蝶恋花 : die Melodie „Die Lian Hui" (Die Schmetterlinge verlieben sich in die Blüten) ② 早行 : am Frühmorgen weggehen ③ 月皎 [jiǎo]: helles Mondlicht; 乌 : der Rabe; 栖 [qī] 不定 : nicht auf einem Baum nisten; 更 = 打更 : Nachtstunden erklingen, 漏 = 漏壶 : die Wasseruhr;

残 : (hier) zu Ende gehen; 轆轤 [lì lù]: das Brunnenrad; 牵 (hier) den Wassereimer hochziehen; 金井 : das Brunnengeländer mit Verzierung ④ 眸 [móu]: die Pupille; 炯炯 [jiǒng]: strahlend, leuchtend; 泪花 : Tränentropfen; 红绵 : ein rotes Seidenkissen ⑤ 执手 : jn. Hand in Hand geleiten; 徊徨 [huái huáng]: zögern; 愁 : (hier) nicht wollen ⑥ 斗柄 : der 5., 6. und 7. Stein im Großen Bär, sie sehen zusammen wie ein Stiel aus; 露塞 : kalter Tau.

Nach der Melodie „Die Lian Hua"
Am Frühmorgen weggehen

Der Mond strahlt helles Licht,

Die Raben sind aufgeschreckt und fliegen hin.

Die Nacht ist bald vorbei,

Das Geräusch des Brunnenrades hat meine Geliebte aufgeweckt.

Ihre Pupillen strahlen glänzend,

Und das kalte Rotseidenkissen ist von ihren Tränen genässt.

Hand in Hand geleite ich sie,

Der kalte Wind streichelt ihr die Schläfenhaare.

Sie zögert sehr, sich von mir zu trennen.

Und will das Abschiedswort nicht hören.

Der Große Bär steht schon schräg über dem Geländer.

Sie ist beim kalten Morgentau weggegangen,

und ich höre nur noch die Hähne krähen.

Zu diesem Ci:

Hier wird der schwere Abschied von der Geliebten geschildert. Das ist ein beliebtes Motiv. Zu bemerken ist das Reimpaar auf -ing und die gleiche Anzahl der Schriftzeichen in den zwei Teilen.

苏幕遮 ①

燎沉香，消溽暑。②

鸟雀呼晴，侵晓窥檐语。③

叶上初阳干宿雨，④

水面清圆，一一风荷举。⑤

故乡遥，何日去？

家住吴门，久作长安旅。⑥

五月渔郎相忆否？

小楫轻舟，梦入芙蓉浦。⑦

① 苏幕遮：die Melodie „Su Mu Zhe", aus der Stammsprache des Gebiets Qiuci（龟兹）in der Westgrenze, heute gehört es zum Autonomen Gebiet Xingjiang（新疆）② 燎：anzünden; 沉香：duftende Rauchermittel; 消溽（rù）署：feuchte Schwüle vertreiben ③ 侵晓：frühmorgens; 窥檐 [kuī yán] 语：auf dem Dachvorsprung spähen und zwitschern ④ 叶：Lotusblätter; 宿雨：Regentropfen von der Nacht ⑤ 举：sich hochhalten ⑥ 吴门：die Stadt Suzhou（苏州）, Provinz Jiangsu（江苏）; 长安：die Hauptstadt der Song-Dynastie, Bianjing（汴京）gemeint, (heute ist die Stadt Kaifeng（开封）, Provinz Henan) ⑦ 小楫 [jí]:ein kleines Ruder; 芙蓉浦：Fluss mit voller Lotosblumen.

Nach der Melodie „Su Mu Zhe"

Ich zünde die duftenden Räuchermittel an,

um die feuchte Schwüle zu vertreiben.

Die Vögel freuen sich über das heitere Wetter,

Frühmorgens spähen und zwitschern sie auf dem

Dachvorsprung.

Die aufgehende Sonne trocknet die nächtlichen

Regentropfen auf den Lotosblumen.

Die Wasseroberfläche ist klar, und

die Lotosblätter richten sich mit dem Wind auf.

Meine Heimat liegt in der Ferne,

Wann werde ich zurückgehen?

Meine Familie wohnt in Wumen,

Aber ich bin schon lange in der Hauptstadt.

Erinnert sich der Fischer in der Heimat noch daran?

Einmal hat er mich mit einem leichten Kahn dorthin

gerudert, wo es viele Lotosblumen gegeben hat.

Zu diesen Ci:

Hier zeigt der Autor seine Unzufriedenheit mit seinem Amtsleben. Angesichts des Naturbildes bekommt er das Heimweh. Da erinnert er sich an ein fröhliches Erlebnis mit dem Fischer.

西河 ① · 金陵怀古 ②

佳丽地，南朝盛事谁记？③
山围故国绕清江，髻鬟对起。④
怒涛寂寞打孤城，风樯遥度天际。⑤

断崖树，犹倒倚，莫愁艇子曾系。⑥
空余旧迹郁苍苍，雾沉半垒。⑦
夜深月过女墙来，伤心东望淮水。⑧

酒旗戏鼓甚处市？想依稀、王谢邻里。⑨

燕子不知何世，入寻常、巷陌人家，⑩

相对如说兴亡，斜阳里。⑪

① 西河：die Melodie,, Xi He" (Der Westfluss) ② 金陵：die Stadt Jinling, heute ist es die Stadt Nanjing (南京)；怀古：über die Vergangenheit nachsinnen ③ 佳丽地：ein herrlicher Ort, gemeint ist die Stadt Jinling；南朝：die Süd-Dynastie (420−589 v.u.Z.), es gab nacheinander vier Reiche: Song (宋), Qi (齐), Liang (梁) und Chen (陈)；盛世：die Blütezeit ④ 故国：(hier) die alte Hauptstadt Jinling；清江：(hier) der klare Yangtse-Fluss；髻鬟 [jì huán]: der Haarknoten, hier sind die Berggipfel gemeint；对起：gegenüber hervorragen ⑤ 风樯：mit vollen Segeln；天际：der Himmelsrand ⑥ 断崖：ein steiler Felsen；犹：noch；莫愁：Name eines Singmädchens in Jinling, der See im Westen von der heutigen Stadt Nanjing (南京) heißt Mochou-See (莫愁湖)；艇子：ein leichtes Boot；系：anbinden ⑦ 空余：nur erhalten bleiben；郁苍苍：dunkelgrüne Bäume；半垒：die verfallenen Festungen；雾沉：vom dichten Nebel eingehüllt sein ⑧ 女墙：Zinnen auf der Stadtmauer；淮水 = 秦淮河：Qinhuai-Fluss, mitten in der Stadt Jinling, dort war eine öffentliche Vergnügungsstätte ⑨ 酒旗：hier ist Weinkneipe gemeint；戏鼓：Schaubühne；依稀：schlecht erkennbar；王谢：王导 und 谢安：die beiden waren Kanzler der Dongjin-Dynastie (东晋 , 317−420 v.u.Z.), ihre Residenzen waren in Jinling；邻里：Wohnhäuser von gewöhnlichen Leuten ⑩ 燕子：nach dem Gedicht

„Schwarzuniform-Gasse" (乌衣巷) von Liu Yuxi (刘禹锡) aus der Tang-Zeit, dort stehen die Sätze: "旧时王谢堂前燕，飞入寻常百姓家。" (Die Schwalben, die früher ihre Neste in den Vorhallen der Residenzen von den Kanzlern Wang und Xie bauten, fliegen jetzt in die Wohnhäuser der gewöhnlichen Menschen); 何世 : welches Zeitalter; 入 = 飞入 : in … fliegen; 巷陌 [mò]: Gasse ⑪ 相对 : gegenüber; 兴亡 : Auf- und Untergang der Dynastien.

Nach der Melodie „Xi He"
In Jinling über die Vergangenheit nachsinnen

Jinling ist ein herrlicher Ort! Wer erinnert sich noch an die Blütezeit der Süd-Dynastie?

Die alte Hauptstadt ist von Bergen umgeben,

Und der Yangtse-Fluss strömt um sie,

Die Gipfel ragen wie Haarknoten gegenüber hervor.

Die starken Wellen peitschen die verlassene Stadtmauer,

Die Schiffe fahren mit vollen Segeln zum Himmelsrand fort.

Die Bäume hängen am Felsen herunter,

Das leichte Boot mit dem Singmädchen Mo Chou war

hier angebunden.

Heute bleiben nur noch die alten Spuren: die dunkelgrünen Bäume und die verfallenen Festungen, eingehüllt vom dichten Dunst.

In tiefer Nacht scheint über die Zinnen der Stadtmauer der Mond,

Traurigen Herzens schaue ich nach Qinhuai-Fluss im Osten.

Wo sind die früheren Weinkneipen und Schaubühnen noch geblieben?

Ich erinnere mich vage an die Residenzen der Kanzler Xie und Wang.

Und an die Schwalbennester in ihren Vorhallen.

Die Schwalben kennen nicht das heutige Zeitalter,

Sie fliegen in die gewöhnlichen Wohnhäuser in den Gassen, und sprechen bei untergehender Sonne

von dem Auf-und Untergang der Dynastien.

Zu diesem Ci:

Aus den geschichtlichen Erfahrungen ahnte der Dichter schon den Untergang der Nordsong-Dynastie (北宋 , 960–1127 v.u.Z.).

解语花① · 上元②

风销焰蜡，露浥红莲，花市光相射。③

桂华流瓦，纤云散，耿耿素娥欲下。④

衣裳淡雅，看楚女、纤腰一把。⑤

箫鼓喧，人影参差，满路飘香麝。⑥

因念都城放夜。望千门如昼，嬉笑游冶。⑦

钿车罗帕。相逢处，自有暗尘随马。⑧

年光是也。唯只见、旧情衰谢。⑨

清漏移，飞盖归来，从舞休歌罢。⑩

① 解语花 : die Melodie „Jie Yu Hua" (Das Verstehen von den Blumen) ② 上元 = 元宵节 : das Laternenfest am 15. Januar des Mondkalenders ③ 风销焰蜡 : der Wind lässt die tiefroten Kerzen flackern; 浥 [yì]: benässen; 红莲 : rote Lotoslaternen; 花市 : (hier) die bunten Laternen ④ 桂华 : die Mondstrahlen; 纤 [xiān] 云 : die leichten Wolken; 耿耿 [gěng]: (der Himmel ist) lichtvoll; 素娥 : die Mondfee ⑤ 淡雅 : schlicht und fein; 楚女 : eine Schönheit aus dem Chu-Reich (楚国), im Allgemeinen sagt man „南国佳人" (eine Schönheit aus dem Süden); 纤腰 : feine Taille ⑥ 参 (cēn) 差 : ungleich; 香麝 [shè]= 麝 香 : der Moschus ⑦ 因念 : sich an et. erinnern; 放夜 : das nächtliche Ausgehverbot aufheben; 游冶 (yě): sich amüsieren ⑧ 钿 [diàn] 车 : der Prunkwagen; 罗帕 : das Taschentuch aus Seide, gemeint: die schönen

Frauen; 暗尘随马 : die Wagen werfen Staub ⑨ 年光是也 : es ist eine

fröhliche Szene jedes Jahres; 衰谢 : vorbei sein ⑩ 清漏 : die Wasseruhr;

清漏移 : gemeint: es ist tiefe Nacht ⑩ 飞 : schnell; 盖 : Wagendach;

飞盖 : mit dem Wagen schnell fahren; 从 : (hier) lassen; 舞休歌罢 :

nach Lust und Laune tanzen und singen.

Nach der Melodie „ Jie Yu Hua"
Das Laternenfest

Der Wind lässt die tiefroten Kerzen flackern,

Der Tau benässt die roten Lotoslaternen,

Auf dem Fest leuchten die bunten Laternen aufeinander.

Die Mondstrahlen fallen auf die Ziegeldächer,

Die leichten Wolken schweben fort,

Und die Mond-Fee möchte vom lichtvollen Himmel

herunterkommen.

Die Schönheiten hier im Süden sind schlicht und schön

angekleidet,

und ihre feine Taille ist reizend.

Die Flöten und Trommeln spielen laut,

Die Schatten der Menschen sind ungleich lang,

Und die Moschus-Schminke duftet auf der ganzen Straße.

Nun erinnere ich mich an das Laternenfest in der Hauptstadt,

da war das nächtliche Ausgehverbot aufgehoben.

Die Laternen an den tausend Türen leuchteten, wie es Tag wäre,

Die Menschen lachten und amüsierten sich lustig.

Die Prunkwagen mit schönen Frauen trafen sich,

Am Treffpunkt wurde Staub aufgeworfen.

Das Laternenfest ist eine fröhliche Szene jedes Jahres,

aber meine alte Lust ist vorbei.

Es ist schon tiefe Nacht,

Ich fahre mit meiner Kutsche schnell nach Hause,

Und lasse die anderen weiter tanzen und singen nach Lust und Laune.

Zu diesem Ci:

Angesichts des fröhlichen Laternenfestes vom Ort erinnert sich der Autor an sein gleiches Erlebnis in der Hauptstadt, wo er Hof-Beamter war. Jetzt gerät er in die Missstimmung, weil er alt geworden ist.

少年游 ①

并刀如水，吴盐胜雪，纤手破新橙。②
锦幄初温，兽烟不断，相对坐调笙。③

低声问：向谁行宿？城上已三更。④
马滑霜浓，不如休去，直是少人行！⑤

① 少年游: die Melodie „Shao Nian You" (Jugendliche Vergnügungen)
② 并 [bìng] 刀 : das Messer aus Bingzhou (并州), heute die Stadt Taiyuan (太原), Provinz Shanxi (山西), dieses Messer ist sehr scharf; 吴盐 : das Salz aus dem Gebiet der Mündung des Yangtse-Flusses, früher gehörte das Gebiet dem Reich Wu (吴国 , 222–280 v.u.Z.); 纤手 : die zarten Finger; 橙 [chéng]: die Orange ③ 锦幄 [wò]: der Bettvorhang aus Brokat; 兽烟 : der Duft aus dem tierförmigen Räucherfass; 调笙 [shēng]: die Schalmei spielen ④ 向谁行宿 : bei wem übernachten; 三更 : die dritte Doppelstunde, die Nacht ist in fünf Doppelstunden geteilt, (hier) die Mitternacht ⑤ 霜浓 : vereisen; 不如休去 : lieber nicht gehen; 直是 : eben, gerade; 少人行 : auf der Straße ist es keine Seele zu sehen.

Nach der Melodie „Shao Nian You"

Das Messer aus Bingzhou ist sehr scharf,

Das Salz aus dem Gebiet Wu ist weißer als der Schnee,

Ihre zarten Finger schälen eine neue Orange ab.

Der Bettvorhang aus Brokat ist eben warm,

Und aus dem tierförmigen Räucherfass kommt der Duft

ständig,

Er sitzt ihr gegenüber und spielt die Schalmei,

Sie fragt leise: „Bei wem wirst du übernachten?"

Dann fügt sie hinzu:

Der Stadtmauerturm hat schon die Mitternacht

geschlagen,

Dein Pferd würde rutschen, auf der vereisten Straße,

Es wäre besser, dass du nicht gehst,

Und draußen ist es eben keine Seele zu sehen!

Zu diesem Ci:

Es ist wieder ein Liebes-Ci, inhaltlich ist es allgemein. Zu bemerken ist, dass die Darstellungsweise etwas anders als in den übrigen Liebes-Cis ist. Hier fängt der Autor mit dem Wort „Messer" an, das kaum zu einem Liebesci passt, doch leiten „das Messer" und „das Salz" die Wortgruppe „ihre zarten Finger" ein, und danach erscheinen die Umgebung und die Rollen. Im zweiten Teil äußert die Frau den sinnlichen Wunsch, dass er bei ihr übernachten [möge], und zur Bestärkung bringt sie noch drei Gründe an.

晏殊　　yàn shū　（991–1055）

Yan Shu war ein chinesischer Staatsmann, Dichter, Kalligraph und eine literarische Figur der Song-Dynastie. Mit sieben Jahren nahm er mit Erfolg an der Prüfung für Wunderkinder teil. Er hatte eine erfolgreiche Beamtenlaufbahn bis zum Kanzler. In der Ci-Dichtung war er der Hauptvertreter in der Nordsong-Dynastie（北宋）. Die Dichter Ouyang Xiu（欧阳修）und Fan Zhongyan（范仲淹）waren seine Schüler. Zu seinen Lebzeiten hatte Yan Shu über 10.000 Ci-Gedichte komponiert, aber die meisten sind verloren gegangen. Von den übrigen, „Gedicht der Perle und Jade"（《珠玉词》）, von denen 136 Gedichte erhalten geblieben sind, gilt als eines seiner bemerkenswertesten Werke.

浣溪沙 ①

一曲新词酒一杯，去年天气旧亭台。

夕阳西下几时回？

无可奈何花落去，似曾相识燕归来。

小园香径独徘徊。②

① 浣溪沙 [huàn xī shā]: die Melodie „Huan Xi Sha" (am Bach Gaze waschen) ② 香径 : der blumige Pfad; 徘徊 [pái huái]: auf- und abgehen.

Nach der Melodie „Huan Xi Sha"

Ich höre ein neues Ci und trinke dabei einen Becher Wein,

Das Wetter und der Pavillon sind wie im letzten Jahr.

Und wann kehrt die Abendsonne zurück?

Gegenüber dem Verblühen der Blumen bin ich ratlos,

Doch fliegen die Schwalben zurück, die mir so vertraut erscheinen.

Ich gehe einsam auf dem blumigen Gartenpfad auf und ab.

Zu diesem Ci:

Es ist ein bekanntes Ci. Hier beschreibt der Autor indirekt seine Gedanken über das Verfließen der Zeit, und der Leser kann die melancholische Stimmung des Autors aus den Naturbildern erfassen. Die zwei Sätze „无可奈何花落去，似曾相识燕归来" sind als populäre Aussagen in die Alltagssprache eingegangen.

玉楼春 ①

绿杨芳草长亭路。年少抛人容易去。②
楼头残梦五更钟，花底离愁三月雨。③

无情不似多情苦。一寸还成千万缕。④
天涯地角有穷时，只有相思无尽处。

① 玉楼春：die Melodie „Yu Lou Chun" (Jade-Gebäude im Frühling)
② 长亭路：Abschiedsweg；年少：der junge Mann ③ 楼头：(hier)
Turm der Stadtmauer；残梦：vager Traum；五更：die 5. Nacht-
Doppelstunde (gegen 4 Uhr morgens)；钟：die Turmglocke；底 = 的
[de]: (Attributendung) ④ 一寸：chinesische Längenmaßeinheit；千万
缕 [lǚ]: (hier) völlige Verwirrung.

Nach der Melodie „Yu Lou Chun"

Am Abschiedsweg wachsen grüne Weiden und Gräser.
Der junge Mann ist einfach verlassen und hat mich im
Stich gelassen.
Ich habe des Nachts vage von ihm geträumt,
doch die Turmglocke hat mich aufgeschreckt.
Die Blumen verwelken im Märzregen,

und der Abschiedsschmerz trübt mein Herz.

Die Liebe bringt mir mehr Kummer als die
Gefühllosigkeit.
Eine leichte Liebesregung versetzt mich schon in
völlige Verwirrung.
Der Himmelsrand hat seine Grenzen,
Doch meine Sehnsucht nach Liebe ist grenzenlos.

Zu diesem Ci:

Hier wird der Liebeskummer einer Frau geschildert. Yan Shu war ein Meister dieser Art von Ci.

清平乐 ①

红笺小字，说尽平生意。
鸿雁在云鱼在水，惆怅此情难寄。②

斜阳独倚西楼，遥山恰对帘钩。③
人面不知何处，绿波依旧东流。

① 清平乐 : die Melodie „Qing Ping Yue" (Die klare und einfache

Musik) ② 鸿雁 : Wildgans; 鱼 : Fisch; Wildgans und Fisch bedeuten „Kurier" oder „Bote"; 惆怅 [chóu chàng]: schwermütig ③ 帘钩 : Gardinenhaken ④ 人面 : (hier) Schönheit.

Nach der Melodie „Qing Ping Yue"

Auf rotem Briefpapier habe ich mit kleiner Schrift all meine Liebessehnsucht niedergeschrieben.

Die Wildgänse fliegen hoch oben in den Wolken,

die Fische schwimmen tief unten im Gewässer,

Doch ich kann ihnen meinen Brief nicht anvertrauen,

Nun bin ich sehr traurig.

Unter der Abendsonne stehe ich einsam am Geländer des Westturms,

Der ferne Berg schaut gerade auf den Gardinenhaken.

Ich weiß nicht, wo meine Schönheit jetzt bliebe,

Das grüne Flusswasser fließt immer noch nach Osten.

Zu diesem Ci:

Es ist ein trauriges Liebes-Ci. Es fängt mit dem Schreiben des Liebesbriefes an (das „rote Briefpapier" ist für den Liebesbrief bestimmt, und mit „kleiner Schrift" kann man viel mehr auf das Papier schreiben). Dann findet er keinen Boten, was ihn sehr traurig stimmt. Die letzte Strophe bedeutet, dass seine Liebessehnsucht endlos ist, wie das Flusswasser.

踏莎行 ①

祖席离歌，长亭别宴。香尘已隔犹回面。②
居人匹马映林嘶，行人去棹依波转。③

画阁魂消，高楼目断。斜阳只送平波远。④
无穷无尽是离愁，天涯地角寻思遍。⑤

① 踏莎行 : die Melodie „Ta Suo Xing" (über das Zypergras gehen)
② 祖席 : Abschiedsfest; 长亭 : der Postpavillon für eine längere Strecke; 香尘 : Staub mit Blumenduft gemischt; 犹 : noch immer; 回面 : zurückblicken ③ 居人 : der zurückbleibende Mann; 行人 : die weggehende Geliebte; 棹 [zhào]: Ruder, (hier) das Schiff gemeint; 依波转 : das Schiff wird von den Wellen getrieben ④ 画阁 : prachtvolles Hochhaus; 魂消 : der Abschiedsschmerz stimmt mich sehr trübselig; 目断 : in die Ferne blicken ⑤ 寻思 : sich nach jm. sehnen; 遍 : überall.

Nach der Melodie „Ta Suo Xing"

Auf dem Abschiedsfest wurden Lieder gesungen,

und im Postpavillon wurde zum Abschied noch Wein
getrunken,

Durch den mit Blumenduft gemischten Staub blickte
ich zurück zu dir.

Mein Pferd wieherte im Waldschatten,

Dein Schiff wurde von den Wellen fortgetragen.

Schweren Abschiedsschmerzens habe ich den
prachtvollen Turm bestiegen, um zu dir in der Ferne zu
blicken,

Aber ich sehe nur: Die Abendsonne begleitet die
flachen Wellen.

Mein endloser Abschiedskummer betrübt mich,

Auch wenn du im entferntesten Winkel der Erde weilst,
verzehre ich mich dennoch nach dir.

Zu diesem Ci:

Es ist ein trauriges Abschiedslied. Der erste Teil schildert die
schmerzhafte Abschiedsszene. Der zweite Teil beschreibt seine
unstillbare Liebessehnsucht nach ihr.

晏几道　　**yàn jǐ dào**　(1038–1110)

Yan Jidao, Sohn von Yan Shu (晏殊), war ein berühmter Ci-Dichter. Er bekleidete nur kleine Ämter. Seine Thematik war die Gefühlswelt. Von ihm ist eine Sammlung erhalten geblieben.

生查子 ①

关山魂梦长，鱼雁音尘少。②
两鬓可怜青，只为相思老。③

归梦碧纱窗，说与人人道。④
真个别离难，不似相逢好。⑤

① 生查子 : die Melodie „Sheng Zha Zi" (eigentlich heißt es 生楂子 : Roher Weißdorn), es besteht aus 8 Sätzen, je 5 Schriftzeichen
② 关山 : Pass und Berg; 魂梦长 : immer von meiner Frau träumen; 鱼雁 : Fisch und Wildgans, gemeint: „Kurier" oder „Bote"; 音尘 : Nachricht ③ 鬓 [bìn]: Schläfe; 可怜 : (hier) lieblich; 青 : (hier)

schwarz; 只为 : nur wegen; 老 : (hier) grau ④ 归 : heimkommen;
傍 : an; 碧纱窗 : Fenster mit grüner Seide; 人人 : (hier) die Geliebte
⑤ 真个 : wirklich.

Nach der Melodie „Sheng Zha Zi"

Ich träume in der fernen Fremde immer von meiner Frau,

Und ich bekomme sehr selten von ihrer Nachricht.

Meine Schläfen waren schön schwarz,

Aber von Liebeskummer sind sie nun grau geworden.

Nach der Rückkehr werde ich mit ihr am Fenster sitzen,

Dann sage ich ihr:

„Das Trennen bringt nur Kummer und Leid,

Am liebsten ist mir, dass wir für immer

zusammenbleiben."

Zu diesem Ci:

Die Liebe ist ein allgemeines Thema in der Song-Zeit. Im
ersten Teil wird die Liebessehnsucht des Mannes nach seiner
Frau beschrieben. Der zweite Teil schildert das Zusammensein
des Paares. Hier werden der Liebeskummer und das glückliche
Zusammensein gegenübergestellt.

思远人 ①

红叶黄花秋意晚，千里念行客。②
飞云过尽，归鸿无信，何处寄书得？③

泪弹不尽临窗滴。就砚旋研墨。④
渐写到别来，此情深处，红笺为无色。⑤

① 思远人 : die Melodie „Si Yuan Ren" (Die Sehnsucht nach dem Geliebten in der Ferne) ② 红叶 : rote Ahornblätter; 黄花 : gelbe Chrysanthemenblüten; 秋意晚 : später Herbst; 千里念行客 : sich nach dem tausend Meilen entfernten Geliebten sehnen ③ 归鸿 : die zurückgeflogene Wildgans (hier ist der Bote gemeint); 书 : (hier) Brief ④ 泪弹 : Tränen; 砚 [yàn]: Tuschstein; 旋研墨 : Tusche reiben ⑤ 别来 : seit dem Abschied; 此情深处 : wie sehr unter dem Liebeskummer leiden; 红笺 [jiān]: rotes Briefpapier; 无色 : entfärben.

Nach der Melodie „Si Yuan Ren"

Es ist Spätherbst. Rot sind die Ahornblätter,
gelb blühen die Chrysanthemen,
Ich sehne mich nach meinem Geliebten,
der tausend Meilen weit entfernt weilt.
Alle Wolken sind zerflossen,

Und die zurückgekehrte Wildgans bringt mir keine
Nachricht von ihm,

Wohin soll ich nun meinen Brief schicken?

Ich sitze am Fenster, kann mir nicht alle Tränen
abwischen,

Sie fallen auf den Tuschestein,

nun lassen meine Tränen die Tusche entstehen.

Mit tränennasser Tusche schreibe ich ihm,

wie sehr mich der Liebeskummer seit dem Abschied
leiden lässt,

Meine Tränen entfärben das Rot des Briefpapiers.

Zu diesem Ci:

Hier wird der Liebeskummer einer Frau beschrieben. Die
Ausdrücke wie „mit tränennasser Tusche schreiben" und „die
Tränen entfärben das Rot des Briefpapiers" beeindrucken den Leser.

虞美人 ①

曲阑干外天如水。昨夜还曾倚。②
初将明月比佳期。长向月圆时候、望人归。③

罗衣著破前香在。旧意谁教改？ [4]
一春离恨懒调弦。犹有两行闲泪、宝筝前。 [5]

① 虞美人 : die Melodie „Yu Mei Ren" (Der Klatschmohn) ② 曲阑
干 : das gewundene Geländer; 天如水 : der Himmel ist klar wie Wasser;
倚 [yǐ]: sich (an das Geländer) lehnen ③ 佳期 : Zusammensein mit
dem Geliebten ④ 罗衣 : das Seidenkleid; 著破 : (das Kleid) abtragen;
前香在 : der eigentliche Duft ist noch da; 旧意 : (hier) die eigentliche
Liebe ⑤ 一春 : im ganzen Frühling; 离恨 : der Abschiedsschmerz; 懒
调弦 : zu träge sein, um die Zithersaiten zu stimmen; 宝筝 [zhēng]:
die kostbare Zither.

Nach der Melodie „Yu Mei Ren"

Vor dem gewundenen Geländer ist das Flusswasser
blau wie der Himmel,

In der vorigen Nacht lehnte ich an das Geländer und
sehnte ich mich nach ihm.

Am Anfang verglich ich den Mond mit dem glücklichen
Zusammensein,

Und bei jedem Vollmond wartete ich auf ihn.

Das Seidenkleid habe ich abgetragen, doch sein Duft
bleibt noch immer,

Wer kann mir dazu verhelfen, die Liebe zu ihm zu vergessen?

Den ganzen Frühling bedrückt mich der Liebeskummer,

Dann bin ich zu träge, um die Zithersaiten zu stimmen,

Und meine Tränen fallen vor dem kostbaren Instrument.

Zu diesem Ci:

Es wird der bittere Liebeskummer einer Frau beschrieben. Der erste Teil schildert die Hoffnung auf das Wiedersehen. Und der zweite Teil beschreibt ihr Liebesleid.

临江仙 ①

梦后楼台高锁，酒醒帘幕低垂。②

去年春恨却来时。③

落花人独立，微雨燕双飞。④

记得小蘋初见，两重心字罗衣。⑤

琵琶弦上说相思。⑥

当时明月在，曾照彩云归。⑦

① 临江仙 : die Melodie „Lin Jiang Xian" (eine Fee am Fluss)

② 楼台高锁 : das Hochhaus ist verschlossen; 酒醒 : aus dem Rausch nüchtern werden ③ 恨 : (hier) Abschiedsschmerz; 却来时 : (der Abschiedsschmerz) befällt mich wieder ④ 落花 : die Blüten fallen ⑤ 小蘋 [píng]: Name eines Singmädchens; 双重 : doppelschichtig; 心字罗衣 : ein tief geschnittenes Seidenkleid ⑥ 琵琶 [pí pɑ]: eine Art Laute mit vier Saiten; 相思 : die Liebessehnsucht ⑦ 彩云 : das Singmädchen gemeint.

Nach der Melodie „Lin Jiang Xian"

Ich bin aus dem Traum erwacht und finde den Turm verschlossen,

Aus dem Rausch erwacht sehe ich nun nüchtern den heruntergelassenen Vorhang.

Der traurige Abschied von der schönen Sängerin Xiao Ping im letzten Frühling bedrückt mich erneut.

Jetzt stehe ich allein unter den fallenden Blüten

Und im Rieselregen fliegen die Schwalben paarweise umher.

Ich erinnere mich noch an das erste Treffen mit ihr,

Sie trug ein tiefgeschnittenes Seidenkleid,

Sie spielte die Pipa und sang dabei ein Liebeslied.

Der damalige helle Mond ist wieder da,

Der hatte damals den Heimweg der Schönheit

beschienen.

Zu diesem Ci:

Der Dichter besucht den ehemaligen Aufenthaltsort, da findet er sein geliebtes Singmädchen Xiao Ping nicht mehr. Er sieht nur den geschlossenen Turm. Nun erinnert er sich an das erste Treffen mit ihr. Seine Stimmung ist melancholisch.

秦 观　　**qín guān**　（1049-1100）

Qin Guan, ein bekannter Ci-Dichter, wurde von Su Shi（苏轼）sehr geschätzt. Im Jahr 1085 bestand er die kaiserliche Prüfung und wurde dann amtlicher Geschichtsschreiber am Kaiserhof. Wegen seiner konservativen Ansichten wurde er mehrfach degradiert. Es sind zwei Sammlungen seiner lyrischen Werken erhalten geblieben.

减字木兰花 ①

天涯旧恨，独自凄凉人不问。②
欲见回肠，断尽金炉小篆香。③

黛蛾长敛，任是春风吹不展。④
因倚危楼，过尽飞鸿字字愁。⑤

① 减字木兰花 : die Melodie „Die Lilienmagnolie mit Wortreduzierung", eigentlich ist es ein Musikantenlied aus der Tang-Zeit（唐代）aus acht Sätzen, mit je sieben Schriftzeichen. Für das Ci sind im 1., 3., 5., 7. Satz je drei Schriftzeichen reduziert ② 天涯 [yá]: am Ende der Welt; 恨 : unter dem Liebeskummer leiden; 凄凉 : einsam und traurig; 人不问 : keiner kümmert sich um mich ③ 回肠 : mir das Herz brechen; 断尽 : (hier) ausbrennen; 金炉 : das goldene Weihrauchfass; 篆 [zhuàn] 香 : die Weihrauchspirale ④ 黛蛾 [dài é]: schwarze Brauen; 敛 [liǎn]: runzeln; 任 [rèn] 是 : selbst, sogar; 不展 : nicht entfalten ⑤ 倚 : sich an et. lehnen; 危楼 : das Hochhaus; 过尽飞鸿 : die Wildgänse sind vorbeigeflogen.

Nach der Melodie „Die Lilienmagnolie mit Wortreduzierung"

Du weilst am Ende der Welt, so leide ich ständig unter
Einsamkeit und Liebeskummer,
Und keiner kümmert sich um mich.
Ich sehe die Weihrauchspirale im Rauchfass so
ausbrennen, wie der Liebeskummer mir das Herz bricht.

Vor der Liebesqual runzele ich immer die Brauen,
Selbst der Frühlingswind kann sie nicht entfalten.
Ich lehne mich betrübt an das Hochhaus,
Und sehe: Die Wildgänse sind dahingeflogen, sie haben
mir statt einer Nachricht nur Bekümmernisse gebracht.

Zu diesem Ci:

Hier wird der schwere Liebeskummer einer Frau beschrieben. Sie gerät schon in die Verzweiflung. Niemand hilft ihr, selbst der Frühlingswind auch nicht, schließlich bringen ihr die Wildgänse nur Bekümmernisse.

八六子 ①

倚危亭。恨如芳草，萋萋刬尽还生。②
念柳外青骢别后，水边红袂分时，怆然暗惊。③

无端天与娉婷。夜月一帘幽梦，春风十里柔情。④
怎奈向，欢娱渐随流水，素弦声断，翠绡香减，⑤
那堪片片飞花弄晚，蒙蒙残雨笼晴。⑥
正销凝，黄鹂又啼数声。⑦

① 八六子: die Melodie „Ba Liu Zi" (acht Sätze mit jeweils sechs Schriftzeichen); im ersten Teil gibt es zwei Sätze mit jeweils sechs Schriftzeichen, und im zweiten Teil gibt es sechs Sätze mit jeweils sechs Schriftzeichen ② 危亭: ein hoher Pavillon; 恨: (hier) Liebeskummer; 芳草: die Gräser; 萋萋 [qī]: wuchernd; 刬尽: vernichten ③ 念: sich an ... erinnern; 青骢 [cōng]: ein graues Pferd; 水边红袂 [mèi]: rote Ärmel mit Randverzierung, (hier) die Frau im Rotgewand; 分时: sich trennen; 怆 [chuàng] 然 : trauervoll; 暗惊 : im Stillen vor Schreck Herzklopfen haben ④ 无端 : ohne Grund; 天与 : vom Himmel gegeben; 娉婷 [pīng tíng]: schöne Gestalt; 帘 : der Seidenvorhang; 幽梦 : süßer Traum; 十里 = 十里长街 : die belebteste Straße ⑤ 怎奈向 : leider; 翠绡香减 : der Duft des Seidenhandtuches verschwindet ⑥ 那堪 [kān]: nicht ertragen; 弄 : (hier) fallen; 蒙蒙 [méng]: nieselnd; 笼 [lóng]: verdunkeln ⑦ 销 = 销魂 : sehr traurig; 凝 [níng]= 凝思 : tief nachsinnen; 黄鹂 [lí]: der Pirol.

Nach der Melodie „Ba Liu Zi"

Ich lehne mich an den hohen Pavillon,

Und gerate in den Liebeskummer, der wie das

wuchernde Gras nach der Vernichtung immer wieder

wächst.

Da erinnerte ich mich an die Abschiedsszene:

Damals stand ich an einer Weide,

mit meinem grauen Pferd,

und ich sah sie im Rotgewand weggehen.

Da fällt es mir traurig ein: Das war schon lange her,

Nun habe ich im stillen Herzklopfen vor Schreck.

Ohne Grund hat ihr der Himmel die schöne Gestalt

geschaffen,

Ich habe mit ihr hinter dem Seidenvorhang süß
geträumt,

Und genoss ihre Zärtlichkeit, die mich erfreute wie der
Frühlingswind und die Szene der belebtesten Straße.

Leider, mir ist diese Wonne wie Fluss abgeflossen,

Die Saiten des Instruments sind abgebrochen,

Und das grüne Seidenhandtuch hat den Duft verloren.

Der Abendwind hat die fallenden Blüten überallhin
geweht,

Der Nieselregen hat den Himmel verdunkelt.

Da sinne ich traurig nach,

Und das Pirolrufen betrübt mich noch mehr.

Zu diesem Ci:

Der Dichter hatte einmal Verhältnis mit einem Singmädchen.
Hier ist seine melancholische Sehnsucht nach ihr.

满庭芳 [①]

山抹微云，天连衰草，画角声断谯门。[②]
暂停征棹，聊共引离尊。[③]
多少蓬莱旧事，空回首、烟霭纷纷。[④]

斜阳外，寒鸦万点，流水绕孤村。⑤

销魂！当此际，香囊暗解，罗带轻分。⑥
谩赢得、青楼薄幸名存。⑦
此去何时见也？襟袖上、空惹啼痕。⑧
伤情处，高城望断，灯火已黄昏。⑨

① 满庭芳：die Melodie „Man Ting Fang" (Der Hof ist voller Blumen)
② 山抹微云：weiße Wolken schweben über den Berg; 天连衰草：
das welke Gras verbreitet sich bis zum Himmelsrand; 画角声断：das
Hornsignal hört auf; 谯 [qiáo] 门：der Wachturm auf dem Stadttor
③ 征棹 [zhēng zhào]：das Rudern; 聊 [liáo]：eben nur, bloß; 共：
zusammen; 引离尊：den Abschiedswein trinken ④ 蓬莱 [péng lái]：
(hier) Name eines Freudenhauses; nach einem Mythos: Penglai-Berg
im Ostmeer, dort wohnen Feen; 旧事：die vergangenen Ereignisse;
空回首：es war alles umsonst; 烟霭 [ǎi] 纷纷：Rauch- und Nebeldunst
⑤ 寒鸦万点：unzählige Raben ⑥ 销魂：(hier) der Abschiedsschmerz
bricht mir das Herz; 当此际：in diesem Augenblick; 香囊 [náng]：
Duft-Täschchen; damals trugen die Männer bei sich die Duft-
Täschchen; diese werden manchmal als Geschenk verwendet; 暗
解：heimlich lösen; 罗带：man macht mit einem Seidenband einen
herzförmigen Knoten, es ist ein Symbol für die Liebe; 轻分：(hier)
die Liebenden werden so leicht getrennt ⑦ 谩 [màn]：geringschätzig;
青楼：das Freudenhaus; 薄幸名：Weiberheld ⑧ 襟 [jīn]：Vorderteil

eines Kleidungsstücks; 空惹 [rě]: (hier) unwillkürlich; 啼痕 : Tränen
⑨ 伤情处 : der Abschiedsschmerz bedrückt mich; 高城 : die hohen
Stadtmauern; 望断 : nicht mehr sehen.

Nach der Melodie „Man Ting Fang"

Die weißen Wolken schweben über den Berg,

Das welke Gras verbreitet sich bis zum Himmelsrand,

Das Signalhorn des Wachturms auf dem Stadttor hört

auf zu blasen.

Ich lasse das Schiff nicht abfahren und trinke mit ihr

den Abschiedswein.

Da erinnere ich mich an die vergangenen Ereignisse im

Freudenhaus,

All das ist schon im Rauch- und Nebeldunst

verschwunden.

Jetzt sehe ich unzählige Raben am abendlichen Himmel

fliegen

Und den Fluss um das einsame Dorf fließen.

In diesem Augenblick bricht der Abschiedsschmerz mir

das Herz!

Ich löse heimlich mein Dufttäschchen und reiche es ihr

als Abschiedsgeschenk,

Und die Liebenden sind so leicht getrennt.

Ich bin umsonst Weiberheld gewesen,

das Liebesglück ist mir unbeständig.

Jetzt gehe ich, wann werde ich sie wiedersehen?

Meine Tränen fallen unwillkürlich auf die Brust und
Ärmel.

Die hohen Stadtmauern sehe ich nicht mehr,

Nur die Lichter flackern in der Abenddämmerung.

Zu diesem Ci:

Der Verfasser wurde wegen seiner konservativen Ansichten degradiert. Er musste aus der Hauptstadt weggehen. Hier wird sein Abschied von einem geliebten Freudenmädchen beschrieben. Im ersten Teil wird der Abschiedsschmerz durch die Naturbilder dargestellt. Und der zweite Teil schildert sein ausschweifendes Leben. Und darin wird auch sein Misserfolg in der Beamtenlaufbahn widergespiegelt. So ist er schweren Herzens in die Ungewissheit weggefahren.

阮郎归 ①

湘天风雨破寒初。深沉庭院虚。②

丽谯吹罢小单于。迢迢清夜徂。③

乡梦断，旅魂孤。峥嵘岁又除。④
衡阳犹有雁传书。郴阳和雁无。⑤

① 阮郎归 : die Melodie „Ruan Lang Gui" (Die Rückkehr von Herrn Ruan); 郎 [láng]: Herr (Anrede für Männer) (Nach einer Sage: Herr Ruan Zhao (阮肇) und Liu Chen (刘晨) sammelten im Tiantai-Berg (天台山) Heilkräuter. Dort trafen sie zwei Feen und blieben bei ihnen ein halbes Jahr. Als sie heimkamen, entdeckten sie, dass in der Heimat schon zehn Generationen gewechselt sind.) ② 湘 [xiāng]: Kurzname für die Provinz Hunan (湖南) ; 破 : brechen; 虚 [xū]: (hier) einsame Stille ③ 丽谯 [qiáo]: ein geschmückter Turm auf dem Stadttor; 小单 [chán] 于 : Name eines Liedes aus der Tang-Zeit; 迢 迢 [tiáo]: weit, (hier) lang; 徂 [cú]: vorbei, zu Ende ④ 乡梦断 : aus dem Traum von der Heimat erwachen; 旅魂孤 : einsam in der Fremde; 峥嵘 [zhēng róng] 岁 : ein stürmisches (oder außergewöhnliches) Jahr; 除 : (hier) vorbei ⑤ 衡阳 [héng yáng]: Stadt in der Provinz Hunan (湖南); 雁传书 : die Wildgänse bringen Nachrichten; 郴阳 [chēn yáng]: Stadt südlich von der Stadt Hengyang.

Nach der Melodie „Ruan Lang Gui"

Im Gebiet Xiang brechen der Wind und Regen erst die

Kälte des Winters,

In dem tiefen Hof herrscht einsame Stille.

In dem geschmückten Turm auf dem Stadttor ist das

Spielen des Liedes „Xiao Chan Yu" beendet,

Und die lange, kalte Nacht wird gleich zu Ende.

Ich bin aus dem Traum von der Heimat erwacht,

Da überfällt mich die Einsamkeit in der Fremde,

Es ist wieder ein stürmisches Jahr vorbei.

In der Stadt Hengyang bekam ich noch Nachrichten

von der Heimat, aber jetzt in Chenyang keine.

Zu diesem Ci:

Der Dichter schrieb dieses Ci im Jahr 1097 in der Stadt
Chenyang. Nach der Degradierung war er zuerst in der Stadt
Hengyang, dann in Chenyang. Das Ci ist eine Klage über sein
Schicksal.

陆游　　lù yóu　　（1125–1210）

Lu You, ein patriotischer Lyriker in der Südsong-Zeit（南宋）, war Beamter mit mittlerem Rang und ein kräftiger Befürworter gegen die Besatzer vom Jin-Reich im Nordgebiet, war auch einige Zeit an der Front im Militäramt. Schließlich wurde er abgesetzt. Die letzten 20 Jahre verbrachte er in seiner Heimat. Von ihm sind 9138 Gedichte und 130 Cis erhalten geblieben.

卜算子 [1] · 咏梅

驿外断桥边，寂寞开无主。[2]
已是黄昏独自愁，更著风和雨。[3]

无意苦争春，一任群芳妒。[4]
零落成泥碾作尘，只有香如故。[5]

① 卜算子 : die Melodie „Bu Suan Zi" (der Wahrsager) ② 驿 [yì]: Poststation ③ 更著 : dazu noch ④ 群芳 : alle anderen Blumen; 妒

117

[dù]: beneiden ⑤ 碾 [niǎn]: zertreten; 香如故 : der Duft bleibt.

Nach der Melodie „Bu Suan Zi"
Ode an die Winterkirsche

Draußen vor der Poststation an der verfallenen Brücke,

Blüht einsam eine herrenlose Winterkirsche.

Traurig ist sie allein am dunklen Abend,

Und leidet dazu noch unter Regen und Wind.

Sie will den Frühling nicht für sich allein halten,

Doch wird sie von allen anderen Blumen beneidet.

Wenn ihre Blüten gefallen sind und zu Staub zertreten,

Bleibt ihr Duft dennoch weiter.

Zu diesem Ci:

Lebenslang kämpfte der Dichter gegen die Besatzer im Nordgebiet, aber wurde von der Kollaborateure unterdrückt und verdrängt. In dieser Ode vergleicht er sich mit der Winterkirsche und zeigt somit seine Standhaftigkeit.

诉衷情 ①

当年万里觅封侯，匹马戍梁州。②
关河梦断何处？尘暗旧貂裘。③

胡未灭，鬓先秋，泪空流。④
此生谁料，心在天山，身老沧洲！⑤

① 诉衷情 : die Melodie „Su Zhong Qing" (seinem Herzen Luft machen) ② 觅 [mì]: versuchen; 封侯 : sich amtliche Würden erwerben; 匹马 : auf dem Pferd; 戍 [shù]: die Grenze schützen; 梁州 : Liangzhou, heute Stadt Hanzhong (汉中市) , Provinz Shaanxi (陕西) ③ 关河 : Pass und Flussfestung; 梦断 : der Traum ist hin; 尘暗 : bestaubt sein; 貂裘 : die Uniform aus Zobelpelz ④ 胡 : die Besatzer von Jin-Reich (金国) gemeint; 未灭 : nicht besiegt sein; 鬓先秋 : die Schläfen sind grau geworden ⑤ 谁料 : wer ahnt; 天山 : Tianshan-Gebirge, in der Provinz Xinjiang (新疆) , hier gemeint: die nordwestliche Grenze von Südsong (南宋); 沧州 [cāng zhōu]: am Fluss oder am See (kein Ortsname), hier gemeint: am Spiegelsee (镜湖) im Kreis Shaoxing (绍兴) Provinz Zhejiang (浙江) , der Dichter wohnte in seinen letzten Jahren dort.

Nach der Melodie „Su Zhong Qing"

Vor vielen Jahren versuchte ich, mir in der Ferne von
zehntausend Meilen die amtliche Würden zu erwerben,
Auf dem Pferde schützte ich die Grenze vor Liangzhou.
Wohin sind meine Kämpfe an den Bergpässen und
Flussfestungen verschwunden — wie Traum?
Und meine alte Uniform aus Zobelpelz ist schon voller
Staub.

Die Besatzer aus dem Jin-Reich sind noch nicht
geschlagen, aber ich habe schon graue Schläfen,
Nun vergieße ich vergebens Tränen.
Eigentlich will ich mit ganzem Herzen an der Front
Tianshan kämpfen,
Leider habe ich nicht geahnt, dass ich meine letzten
Jahre am Spiegel-See verbringen werde.

Zu diesem Ci:

Es zeigt hier die Standhaftigkeit des Dichters gegen die fremden
Besatzer. Und er klagt, dass er im Alter aus diesem militärischen
Kampf ausgeschlossen worden ist.

钗头凤 ①

红酥手，黄縢酒，满城春色宫墙柳。②
东风恶，欢情薄，一怀愁绪，几年离索。③
错、错、错！

春如旧，人空瘦，泪痕红浥鲛绡透。④
桃花落，闲池阁，山盟虽在，锦书难托。⑤
莫、莫、莫！⑥

① 钗头凤: die Melodie „Chai Tou Feng" (Die Haarnadel mit Phönix-Verzierung) ② 红酥 [sū] 手: rote, zarte Hände; 黄縢 [téng] 酒 = 黄封酒: gelber Reiswein; 宫墙柳: Weiden an der Gartenmauer ③ 东风恶: der böse Ostwind, gemeint: die Mutter des Dichters; 欢情: glückliche Ehe; 薄: (hier) nicht mehr; 一怀愁绪: kummervoll; 离索: nach der Trennung einsam leben ④ 人空瘦: umsonst abgemagert sein; 红: (hier) rote Schminke; 浥 [yì]: nässen; 鲛绡 [jiāo xiāo]: dünnes Seidenhandtuch ⑤ 闲池阁: Teich und Pavillon des Gartens sind verlassen; 山盟: die Schwüre auf ewige Liebe; 锦书: Liebesbrief; 托: (hier) schicken ⑥ 莫: (hier) nein.

Nach der Melodie „Chai Tou Feng"

Deine rote, zarte Hände schenken mir gelben Reiswein

ein,

Der Frühling herrscht in der ganzen Stadt, und an den Gartenmauern gedeihen grüne Weiden.

Der böse Ostwind hat unsere glückliche Ehe weggefegt,

Dann bin ich immer voller Kummer.

Seit der Trennung lebe ich einsam.

Das ist falsch, falsch, nochmals falsch!

Der Frühling bleibt immer schön wie früher, aber du bist vor Kummer mager geworden,

Die Tränen nässen dein Seidenhandtuch mit roter Schminke.

Die Pfirsichbäume verblühen,

und verlassen sind der Pavillon und Teich.

Obwohl mein Schwur auf ewige Liebe noch bleibt,

Doch einen Liebesbrief darf ich dir nicht schicken.

Das ist nein, nein, nochmals nein!

Zu diesem Ci:

Es ist ein traurige Liebes-Ci. Lu Yous erste Frau war seine Cousine namens Tang Wan （唐琬）, das Paar liebte sich sehr, aber die Schwiegermutter war mit Tang Wan nicht zufrieden und zwang die beiden, sich zu trennen. Nach Jahren trafen die beiden zufällig im Shen-Garten（沈园）in der Stadt Shaoxing（绍兴），Provinz Zhejiang（浙江）. Nun schrieb der Dichter dieses Ci an die Gartenwand.

渔家傲 ^① · 寄仲高 ^②

东望山阴何处是？往来一万三千里。^③
写得家书空满纸！流清泪，书回已是明年事。^④

寄语红桥桥下水，扁舟何日寻兄弟？^⑤
行遍天涯真老矣！愁无寐，鬓丝几缕茶烟里。^⑥

① 渔家傲 : die Melodie „Yu Jia Ao" (Der Fischerstolz) ② 寄仲高 : an den Vetter Zhong Gao ③ 山阴 : Ortsname, heute ist Stadt Shaoxing（绍兴），Provinz Zhejiang（浙江），dort ist die Heimat von Lu You ④ 家书 : Brief nach Hause ⑤ 红桥 : die rote Brücke in Lu Yous Heimat ⑥ 寐 [mèi]: schlafen; 鬓 [bìn] 丝 : graue Schläfen.

Nach der Melodie „Yu Jiao Ao"
An den Vetter Zhong Gao

Ich schaue nach Osten. Wo liegt meine Heimat Shanyin?

Hin und her muss man dreizehntausend Li zurücklegen.

Ich habe den Brief nach Hause ganz vollgeschrieben,

Die Antwort von dort kommt aber erst im nächsten Jahr,

Und das Heimweh hat mich zu Tränen gebracht.

Wann wird das Flusswasser unter der roten Brücke mit einem Boot mich zu dir führen?

Ich bin überall in der Welt gewandert,

Jetzt bin ich wirklich alt.

Vor Kummer kann ich nicht schlafen,

Nun sitze ich mit grauen Schläfen einsam beim Teekochen.

Zu diesem Ci:

Hier beschreibt der Dichter sein Heimweh und die Einsamkeit in der Fremde.

姜夔　　　jiāng kuí　（1155–1221）

Jiang Kui, Beiname: Bai Shi-Daoist（白石道人）. Er stammte aus einer Beamtenfamilie. Er versuchte einige Male vergeblich bei der kaiserlichen Prüfung und konnte kein Beamter werden. Lebenslang bemühte er sich um die Dichtung und leistete viel zur Entwicklung der Ci-Metrik. Seine Werke sind in den Bänden《白石道人诗集》,《白石道人歌曲》und《诗说》(über die Lyrik) gesammelt.

鹧鸪天 ① · 元夕有所梦 ②

肥水东流无尽期，当初不合种相思。③
梦中未比丹青见，暗里忽惊山鸟啼。④

春未绿，鬓先丝，人间别久不成悲。⑤
谁教岁岁红莲夜，两处沉吟各自知。⑥

① 鹧鸪天: die Melodie „Zhe Gu Tian" (Das Rebhuhn am Himmel).
② 元夕有所梦: es war im Traum in der Nacht des Laternenfestes ③ 肥

水 : Feishui-Fluss in der Provinz Anhui (安徽); 种相思 : das Liebesband knüpfen ④ 丹 [dān] 青 : chinesische Malerei; 忽惊 : plötzlich aufwecken ⑤ 鬓先丝 : meine Schläfen sind schon grau geworden ⑥ 红莲 : Laternenfest; 沉吟 : (hier) Liebessehnsucht.

Nach der Melodie „Zhe Gu Tian"
Es war Traum in der Nacht des Laternenfestes

Der Feishui-Fluss strömt nach Osten unendlich hin,
Damals sollten wir das Liebesband nicht knüpfen.
Im Traum sah ich dich nicht so klar wie in einer
Malerei,
Da hat mich plötzlich das Schreien der Bergvögel
aufgeweckt.

Der Frühling hat dem Baum und Gras noch kein
Grün gebracht, leider sind meine Schläfen schon grau
geworden,
Wenn die Menschen lange voneinander getrennt sind,
dann wird sich der Liebeskummer allmählich mildern.
Doch das Laternenfest jedes Jahres lässt uns aneinander
denken,
Da verstehen wir beide, was die Liebessehnsucht für

uns bedeutet.

Zu diesem Ci:

Der Autor verliebte sich in der Jugendzeit in ein Singmädchen. 20 Jahre lang erinnerte er sich immer an sie und widmete ihr 20 Cis. Dies hier schrieb er im Jahr 1197.

淡黄柳 ①

——客居合肥南城赤阑桥之西，巷陌凄凉，与江左异；惟柳色夹道，依依可怜。② 因度此阕，以纾客怀。③

空城晓角。吹入垂杨陌。④
马上单衣寒恻恻。⑤
看尽鹅黄嫩绿，都是江南旧相识。⑥

正岑寂。明朝又寒食。⑦
强携酒、小桥宅，怕梨花落尽成秋色。⑧
燕燕飞来，问春何在？唯有池塘自碧。⑨

① 淡黄柳 : die Melodie „Dan Huang Liu" (Die hellgelbe Weide), diese Melodie hat der Autor selbst geschaffen. Er schrieb zuerst den Text, dann die Melodie dazu ② 合肥 : die Stadt Hefei, Provinz

Anhui（安徽）; 赤阑桥 [chì lán qiáo]: Ortsname; 巷陌 [xiàng mò]: die Gasse; 凄 [qī] 凉 : verlassen und einsam; 江左 : südlich des Yangtse-Flusses; 惟 [wéi]: nur; 柳色夹道 : der Weg mit Weiden an den beiden Seiten; 依依可怜 : lieblich sein ③ 因度此阕 : So habe ich dieses Ci geschrieben; 以纾 [shū] 客怀 : um den Kummer in der Fremde zu mildern ④ 晓角 : die Signalhörner am Frühmorgen; 垂杨陌 : die Gasse mit Trauerweiden an beiden Seiten ⑤ 寒恻恻 [cè]: fröstelig ⑥ 鹅黄 : helles Gelb; 嫩绿 : zartes Grün ⑦ 岑寂 [cén jì]: einsam; 寒食 : Fastenzeit ⑧ 强 = 勉强 : als Notbehelf; 小桥宅 : (hier) Wohnort der Geliebten; 秋色 : eine herbstliche Öde ⑨ 自碧 : sich grün kräuseln.

Melodie „Dan Huang Liu"

—Als Gast wohne ich südlich von der Stadt Hefei und zwar westlich vom Ort Chilanqiao. Die Gasse ist verlassen und einsam, nicht wie eine Gasse südlich des Yangtse-Flusses. An beiden Seiten der Gasse wachsen Trauerweiden, die sehr lieblich sind. So habe ich dieses Ci geschrieben, um den Kummer in der Fremde zu mildern.

Am Frühmorgen tönen die Signalhörner über die stille Stadt,

Ihre Töne dringen in die Gasse, an deren beiden Seiten Trauerweiden wachsen.

Ich reite auf einem Pferd und habe wenig an,

so fühle ich mich fröstelig.

Überall sehe ich helles Gelb und zartes Grün,

Das alles ist mir bekannt wie an der Südseite des
Yangtse-Flusses.

Jetzt bin ich sehr einsam, dazu kommt morgen die
Fastenzeit noch,

Nun gehe ich mit einem Krug Wein zu meiner
Geliebten.

Da fürchte ich, dass all die Birnenblüten fallen und so
eine herbstliche Öde entsteht.

Nun kommen die Schwalben und fragen, wo der
Frühling bleibt.

Aber der Teich kräuselt sich grün und schweigt.

Zu diesem Ci:

Hier beschreibt der Autor seine Einsamkeit in der Fremde.
Er fürchtet sogar, dass ihm seine Geliebte auch keinen Trost
bringen würde. (Das Bild der „herbstlichen Öde" deutet darauf
hin.) Dieses Ci spiegelt die allgemeine unterdrückende Stimmung
der Literaten seit dem Untergang der Nordsong-Dynastie wider.

暗香 [1]

——辛亥之冬，余载雪诣石湖。[2] 止既月，授简索句，且征新声，作此两曲，石湖把玩不已，使工伎隶习之，[3] 音节谐婉，乃名之曰《暗香》《疏影》[4]。

旧时月色，算几番照我，梅边吹笛？
唤起玉人，不管清寒与攀摘。[5]
何逊而今渐老，都忘却春风词笔。[6]
但怪得竹外疏花，香冷入瑶席。[7]

江国，正寂寂，叹寄与路遥，夜雪初积。[8]
翠尊易泣，红萼无言耿相忆。[9]
长记曾携手处，千树压、西湖寒碧。[10]
又片片、吹尽也，几时见得？[11]

① 暗香：die Melodie „An Xiang" (Heimlicher Duft) ② 辛亥：(Jahresbezeichnung)1191; 余：ich; 载雪：beim Schnee; 诣 [yì]: besuchen; 石湖：Beiname des Dichters Fan Zhengda (范成大, s. seine kurze Biografie) ③ 止既月：einen Monat bleiben; 授简：Schreibpapier geben; 索句：fordern, Cis zu schreiben; 且 [qiě]: sondern noch; 征新声：verlangen, neue Melodien zu schaffen; 作此两曲：diese zwei Cis mit neuen Melodien geschrieben haben; 把玩不已：sehr schön finden; 工伎：Musiker und Singmädchen; 习之：üben ④ 音节谐婉：die zwei Melodien sind alle wohlklingend; 乃名之

曰《暗香》、《疏影》: So ist eine mit „Heimlicher Duft" benannt, die andere mit „Spärlicher Schatten". (Wir haben hier nur die erste aufgenommen.) ⑤ 玉人 : die schöne Geliebte; 不管清寒 : ungeachtet der Kälte; 攀摘 : die Blütenzweige der Winterkirsche abknicken ⑥ 何逊 [xùn]: Dichter aus der Süd-Dynastie (南朝 , 420−589 v.u.Z.) , er schrieb Gedichte über die Winterkirsche; 春风 : (hier) schöpferische Kraft; 词笔 : der Schreibpinsel ⑦ 怪得 : seltsam, erstaunlich; 疏花 : spärliche Blüten der Winterkirsche; 香冷 : zarter Duft; 瑶席 : Festessen ⑧ 江国 = 江南水乡 : gewässerreiches Gebiet südlich des Yangtse-Flusses; 正寂寂 [jì]: es herrscht Stille; 寄与路遥 : die Entfernung ist zu weit, dass ich die Blütenzweige der Winterkirsche nicht schicken kann ⑨ 翠尊易泣 : vor dem jadegrünen Weinbecher kommen mir leicht Tränen; 红萼 [è]: rote Blüten der Winterkirsche; 耿 [gěng]: aufrichtig; 相忆 : sich nach dir sehnen ⑩ 千树 : tausend Winterkirschen; 压 : (hier) hüten; 寒碧 : das kalte Wasser des Sees ⑪ 片片 : Blumenblätter; 见得 : sich wiedersehen.

Nach der Melodie „An Xiang"

──Im Winter des Jahres 1191 besuchte ich den Dichter Shi Hu im Schnee und blieb einen Monat bei ihm. Er gab mir Schreibpapier und forderte mich auf, Cis zu schreiben und neue Melodien zu komponieren. So habe ich zwei Cis geschrieben. Er fand sie sehr schön und ließ einen Musiker und ein Singmädchen üben. Die beiden Melodien sind wohlklingend. So nannte er die eine „Heimlicher Duft" und die andere „Spärlicher Schatten".

Früher spielte ich oft unter dem Mondlicht auf der
Flöte neben einer Winterkirsche.

Die Töne weckten meine schöne Geliebte auf,

Ungeachtet der Kälte knickten wir zusammen die
Blütenzweige ab.

Aber heute bin ich wie der Dichter He Xun schon
allmählich alt,

Und mir fehlt die schöpferische Kraft,

Mein Schreibpinsel ist auch beiseitegelegt.

Doch ist es mir erstaunlich:

Die spärlichen Winterkirschenblüten vor dem
Bambushain senden zarten Duft zu unserem Festessen,

Und erwecken in mir wieder das Interesse am
Schreiben.

Im gewässerreichen Gebiet südlich des Yangtse-Flusses
herrscht Ruhe und Stille,

Ach, zu weit ist es bis dorthin,

Und gestern Nacht ist der erste Schnee gefallen,

So könnte ich wegen des langen Wegs keine
Winterkirschenblüten schicken.

Angesichts des jadegrünen Weinbechers kommen mir
leicht Tränen,

Vor den schweigenden roten Blüten sehne ich mich
sehr nach dir.

Ich erinnere mich oft daran, dass wir Hand in Hand am
Westsee gingen,

Dort sahen wir tausend Winterkirschen mit vollen
Blüten den klaren grünen See hüten.

Vor mir fallen jetzt die Blüten zahlreich hernieder und
fliegen mit dem Wind dahin,

Wann werden wir uns wiedersehen?

Zu diesem Ci:

Angesichts der Winterkirsche erinnert sich der Autor an
seine frühere Geliebte und beschreibt seine Sehnsucht nach ihr.
Thematisch und inhaltlich ist es allgemein gehalten. Mit diesem
Ci wird gezeigt, dass der Autor selbst Melodien schaffen kann,
das kann nicht jeder Dichter.

扬州慢 [①]

淮左名都，竹西佳处，解鞍少驻初程。[②]
过春风十里，尽荠麦青青。[③]
自胡马窥江去后，废池乔木，犹厌言兵。[④]

渐黄昏，清角吹寒，都在空城。⑤

杜郎俊赏，算而今，重到须惊。⑥
纵豆蔻词工，青楼梦好，难赋深情。⑦
二十四桥仍在，波心荡，冷月无声。⑧
念桥边红药，年年知为谁生？⑨

① 扬州慢：die Melodie „Yang Zhou Man" (Die langsame Melodie Yangzhou) ② 淮左：südlich des Huai-Flusses (淮河)；名都：die berühmte Stadt Yangzhou；竹西：der Pavillon Zhuxi, eine Sehenswürdigkeit von Yangzhou；解鞍：den Sattel abschnallen；少驻：kurze Zeit bleiben；初程：zum ersten Mal kommen ③ 春风十里：(hier) die ehemalige blühende Stadt Yangzhou；荠麦：Wildweizen ④ 胡马窥 [kuì] 江：im Jahr 1160 sind die Eindringlinge des Jin-Reiches über den Huai-Fluss in die Südsong (南宋) eingefallen, dann haben sie sich in der Stadt Yangzhou stationiert und schließlich haben sie die Stadt ausgeplündert；废池：die verwüstete Stadt；犹厌：besonders abscheulich；言兵：von dem Kriegsunheil sprechen ⑤ 清角：das klägliche Wachthorn；寒：(hier) die Angst ⑥ 杜郎：Dichter Du Mu (杜牧【803−852】, ein bedeutender Dichter aus der Tang-Dynastie)；俊赏：bewundern；算：(hier) wenn；重到：wiederkommen；须惊：erschrecken müssen ⑦ 纵 [zòng]: obwohl；豆蔻 [kòu] 词工：schöne Cis über den Kardamom schreiben. Nach einem Gedicht vom Dichter Du Mu, er war im Jahr 834 in Yangzhou

Sekretär im Verwaltungsamt Huainan (淮南节度府掌书记) , im nächsten Jahr wurde er in die Hauptstadt Chang'an (长安) befördert. Als er Yangzhou verließ, widmete er einem Freudenmädchen das Gedicht „zum Abschied" (《赠别》) :

> 娉娉袅袅十三余，豆蔻梢头二月初。
>
> 春风十里扬州路，卷上珠帘总不如。

青楼 : das Freudenhaus: nach dem Gedicht „die Sehnung vertreiben" (《遣怀》). Im Jahr 842 kam Du Mu wieder einmal nach Yangzhou und erinnerte sich an das Freudenmädchen und zur Selbstkritik schrieb er das Gedicht 《遣怀》:

> 落魄江南载酒行，楚腰肠断掌中轻。
>
> 十年一觉扬州梦，赢得青楼薄幸名。

赋 [fù]: (hier) schreiben; 深情 : tiefe Traurigkeit ⑧ 二十四桥 = 红药桥 : die Rotpäonie-Brücke; 荡 : schwingen ⑨ 念 : denken; 红药 = 红芍 [sháo] 药花 : rote Päonie.

Nach der Melodie „Yang Zhou Man"

Yangzhou ist eine vielgerühmte Stadt, die südlich des Huai-Flusses liegt.

Der Pavillon Zhuxi ist eine Sehenswürdigkeit.

Hier habe ich den Sattel abgeschnallt und möchte kurze Zeit bleiben.

Ich gehe durch die ehemalige blühende Stadt und sehe

überall grüne Wildweizen.

Seit die Eindringlinge des Jin-Reiches zurückgezogen
sind,

spricht man angesichts der verwüsteten Stadt besonders
abscheulich von dem Kriegsunheil.

Es wird allmählich Abend,

Und das klägliche Wachthorn tönt beängstigend über
die leere Stadt.

Herr Dichter Du Mu hat die Stadt bewundert,

Wenn er heute wiederkommt, da muss er über die
Zerstörung erschrecken.

Obwohl er schöne Gedichte über Kardamome und
Freudenmädchen geschrieben hat,

Würde er seine tiefe Traurigkeit über die zerstörte Stadt
schwer zur Sprache bringen.

Die Rotpäonien-Brücke ist noch da,

In den Wellen des Flusses schwingt der kalte Mond
lautlos.

Ich denke an die Rotpäonien an der Brücke,

Für wen blühen sie Jahr für Jahr?

Zu diesem Ci:

Dieses Ci schrieb der Autor im Jahr 1176, die Stadt Yangzhou wurde 1160 von den Eindringlingen des Jin-Reiches zerstört. Der Autor hat hier in trauriger Stimmung seine patriotischen Gefühle offenbart. Er zitierte den Dichter Du Mu aus der Tang-Zeit, um die blühende Zeit der Stadt zu bestätigen.

张 先　　zhāng xiān　（990—1078）

1030 bestand Zhang Xian die kaiserliche Prüfung und wurde dann Beamter. Von ihm sind mehr als 160 Cis erhalten geblieben. Seine Themen konzentrieren sich auf Natur und Liebe.

千秋岁 ①

数声鶗鴂，又报芳菲歇。②
惜春更把残红折。雨轻风色暴，梅子青时节。③
永丰柳，无人尽日花飞雪。④

莫把幺弦拨，怨极弦能说。⑤
天不老，情难绝，心似双丝网，中有千千结。⑥
夜过也，东窗未白凝残月。⑦

① 千秋岁 : die Melodie „Qian Qiu Sui" (Zeit von tausend Jahren)
② 鶗鴂 [tí jué]= 杜鹃 : Kuckuck; 芳菲歇 : die Blumen welken ③ 惜
春 : vom verfließenden Frühling betrübt; 残红折 : die letzten Blüten

pflücken; 风色暴 : der Wind stürmt; 梅子青 : die Essigpflaumen werden grün ④ 永丰柳 : die Weiden in dem verlassenen Hof, ein Zitat aus dem Gedicht von Dichter Bai Juyi (白居易) aus der Tang-Zeit: „永丰西角荒园里 , 尽日无人属阿谁"; 花飞雪 : die Weidenkätzchen fliegen wie Schnee überallhin ⑤ 幺弦 [yāo xián]: die vierte Saite des Zupfinstruments Pipa (琵琶) , sie ist die dünnste Saite; 拨 [bō]: zupfen; 怨极 : großer Liebeskummer ⑥ 情难绝 : die Liebessehnsucht findet kein Ende; 双丝网 : ein Netz aus Seidenfäden; 千千结 : tausend Liebesknoten ⑦ 未白 : es dämmert noch nicht; 凝残月 : der untergehende Mond leuchtet noch.

Nach der Melodie „Qian Qiu Sui"

Der Kuckuck ruft mehrere Male und
Meldet damit, dass die Blumen verwelkt sind.
Ich bin vom verfließenden Frühling betrübt,
Und habe die letzten roten Blumen gepflückt.
Es regnet ein wenig, aber der Wind stürmt,
In dieser Zeit werden die Essigpflaumen grün.
In dem verlassenen Hof wachsen Weiden,
Und ihre Kätzchen fliegen den ganzen Tag wie Schnee
überallhin.

Die dünnste Saite des Pipas soll nicht gezupft werden,

Denn sie kann von meinem großen Liebeskummer erzählen.

Der Himmel wird nicht alt, und meine Liebessehnsucht nimmt auch kein Ende.

Mein Herz ist wie ein Netz aus Seidenfäden,

Darin gibt es tausend Liebesknoten.

Die Nacht ist vorüber,

In das Ostfenster scheint noch nicht das Morgenrot,

Noch leuchtet der untergehende Mond.

Zu diesem Ci:

Im ersten Teil beschreibt der Autor seine Betrübtheit über die letzten Tage des Frühlings. Die Naturbilder stimmen ihn melancholisch. Im zweiten Teil schildert er seinen starken Liebeskummer und wird davon so geplagt, dass er die ganze Nacht nicht schlafen kann.

菩萨蛮 ①

忆郎还上层楼曲，楼前芳草年年绿。②
绿似去时袍，回头风袖飘。③

郎袍应已旧，颜色非长久。

惜恐镜中春，不如花草新。④

① 菩萨蛮 : die Melodie „Pu Sa Man" (Der Buddha ist mächtig) ② 郎 : (hier) mein Mann; 楼曲 : Wendeltreppe; 芳草 : das Gras ③ 袍 [páo]: langes Gewand; 风袖飘 : die Ärmel flattern im Wind ④ 惜 : bedauern; 春 : Jugendfrische, Schönheit.

Nach der Melodie „Pu Sa Man"

Mit Sehnsucht nach meinem Mann besteige ich die
Wendeltreppe hinauf,
Vor dem Hochhaus ist das Gras schon wieder grün,
da erinnere ich mich daran:
Du trugst beim Abschied ein grünes Gewand,
Und als du zurückblicktest, flatterten deine Ärmel im
Wind.

Dein Gewand ist bestimmt alt, und die Farbe ist schon
längst verblasst.
Bedauerlicherweise fürchte ich mich,
in den Spiegel zu sehen,
Da würde ich entdecken, dass ich,

Nicht mehr so schön wie die Blumen bin.

Zu diesem Ci:

Hier wird die Sehnsucht einer Frau nach ihrem Mann beschrieben. Der Inhalt ist allgemein, bemerkenswert ist die Ausdrucksweise: das grüne Gras hat das grüne Gewand eingeleitet, dann ist das Gewand alt geworden, am Ende kommt es zum Alter der Frau. So wird hier die bittere Liebessehnsucht der Frau dargestellt.

天仙子 ①
——时为嘉禾小倅，以病眠，不赴府会 ②

水调数声持酒听，午醉醒来愁未醒。③
送春春去几时回？临晚镜，伤流景，往事后期空记省。④

沙上并禽池上暝，云破月来花弄影。⑤
重重帘幕密遮灯，风不定，人初静，明日落红应满径。⑥

① 天仙子：die Melodie „Tian Xian Zi" (Das Bilsenkraut) ② 嘉禾：die Stadt Jiahe, heute die Stadt Jiaxing (嘉兴), Provinz Zhejiang (浙江)；小倅 [cuì]: Kleinbeamter；府会：eine Sitzung der Präfektur ③ 《水调》：die Melodie „Shui" (das Wasser)；持酒：Wein trinken；愁未醒：der Kummer ist nicht ausgewichen ④ 临晚镜：am Abend in den Spiegel sehen；伤流景：über das Verfließen der Zeit trauern；

往事：vergangene Vorkommnisse; 后期：Verabredungen; 空记省：umsonst in der Erinnerung bleiben ⑤ 并禽：das Mandarinenentenpaar; 瞑 [míng]: Abenddämmerung; 云破月来：der Mond bricht durch die Wolken; 花弄影：die Blumen lassen ihre Schatten schwanken ⑥ 人初静：kaum regen sich ringsum noch Stimmen; 落红：die gefallenen Blüten; 满径：überall auf dem Gartenpfad liegen.

Nach der Melodie „Tian Xian Zi"

——Da war ich in der Stadt Jiahe als Kleinbeamter,

wegen einer Krankheit kam ich nicht zur Sitzung der Präfektur.

Ich höre die Melodie „Shui" und trinke Wein dabei,

dann habe ich mich betrunken.

Am Mittag bin ich aus dem Rausch erwacht,

aber der Kummer ist nicht ausgewichen.

Ich habe Abschied vom Frühling genommen,

Wann wird er zurückkommen?

Am Abend sehe ich in den Spiegel und bedauere über

das Verfließen der Zeit,

Da finde ich, dass die vergangenen Vorkommnisse und

Verabredungen nur umsonst in der Erinnerung bleiben.

Auf dem Sand am Teich liegt ein Mandarinenentenpaar

in der Abendsonne,

Der Mond bricht durch die Wolken,

Und die Blumen lassen ihre Schatten schwanken.

Ich habe die Doppelgardine zugezogen,

um das Lampenlicht zu verdecken,

Draußen weht der Wind,

und ringsum regen sich erst keine Menschenstimmen,

morgen werden gefallene Blüten überall auf dem

Gartenpfad liegen.

Zu diesem Ci:

Hier wird das langweilige Leben eines Kleinbeamten beschrieben. Der erste Teil zeigt, dass er versucht, die Langweile mit Wein zu vertreiben, aber es ist misslungen. Die Naturbilder im zweiten Teil haben ihm auch keinen Trost gebracht.

吴 文 英　　**wú wén yīng**　（1212-1272）

Wu Wenying, Beiname „Meng Chuang"（梦窗）, wollte nicht Beamter werden, verkehrt aber meist mit den hohen Beamten. Seine Werke sind in den „Manuskripten I-IV von Meng Chuang" gesammelt, von ihm sind 340 Cis erhalten geblieben. Inhaltlich und thematisch ist es bei ihm sehr beschränkt: hauptsächlich vom persönlichen Glück und Leid oder vom luxuriösen Leben der hohen Beamten.

风入松 [1]

听风听雨过清明，愁草瘗花铭。[2]
楼前绿暗分携路，一丝柳、一寸柔情。[3]
料峭春寒中酒，交加晓梦啼莺。[4]

西园日日扫林亭，依旧赏新晴。
黄蜂频扑秋千索，有当时、纤手香凝。[5]
惆怅双鸳不到，幽阶一夜苔生。[6]

① 风入松 : die Melodie „Feng Ru Song" (Der Wind weht durch die Kiefern) ② 清明 : das Totenfest am 4. Oder 5. April; 草 : (hier) entwerfen; 瘗 [yì]: in der Erde begraben; 瘗花铭 : die Inschrift über das Begräbnis der verblühten Blumen ③ 绿暗 : der Schatten der grünen Bäume; 分携 [xié]: Abschied; 柔情 : innige Zuneigung ④ 料峭 [qiào]: frostig; 中酒 : sich betrinken; 交加 : unordentlich; 啼莺 : der Pirol ruft ⑤ 黄蜂 : die Wespe; 秋千索 : die Seile der Schaukel; 频 [pín]: immer wieder; 纤手 : die zarte Hand; 香凝 [níng]: die duftende Creme ⑥ 惆怅 [chóu chàng]: schwermütig; 鸯 = 鸳鸯 [yuān yāng]: die Mandarinenente; 双鸳 : ein paar Schuhe, die mit Muster der Mandarinenenten gestickt sind, hier ist die Geliebte gemeint; 幽阶 : die stille Treppe.

Nach der Melodie „Feng Ru Song"

Bei Wind und Regen habe ich das Totenfest verbracht,
Mit vollem Kummer habe ich die Inschrift für das
Begräbnis der verblühten Blumen entworfen.
Vor dem Gebäude haben wir uns verabschiedet, dort
werfen die grünen Bäume schon Schatten,
Und jede Weidenrute erinnert mich an deine
Zärtlichkeit.
Ich habe mich betrunken, um die Frühlingskälte zu
vertreiben.

Der unordentliche Ruf des Pirols hat mich aufgeweckt.

Ich kehre täglich den Pavillon und die Bäume im
Westgarten,

Und bewundere wie immer das heitere Wetter nach
dem Regen.

Ich sehe die Wespen immer wieder auf die Seile der
Schaukel stürzen,

Denn an den Seilen haben deine zarten Hände Reste
der duftenden Creme hinterlassen.

Es stimmt mich sehr schwermütig,

dass du nicht gekommen bist,

Und über Nacht ist auf der stillen Treppe Moos
gewachsen.

Zu diesem Ci:

Hier beschreibt der Autor die Erinnerung an das glückliche
Zusammensein mit seiner Geliebten und sehnt sich vergebens
nach dem Wiedersehen. Dieses Ci ist thematisch und metrisch
ein typisches Beispiel für das Werk des Autors.

浣溪沙 ①

门隔花深梦旧游，② 夕阳无语燕归愁。③
玉纤香动小帘钩。④

落絮无声春堕泪，⑤ 行云有影月含羞。⑥
东风临夜冷于秋。⑦

① 浣溪沙 : die Melodie „Huan Xi Sha" (Am Bach die Gaze waschen)
② 旧游 (hier): ihr alter Hof ③ 归愁 : mit Kummer zurückfliegen
④ 玉纤 [xiān]: die feine Hand; 帘钩 : der Gardinenhaken ⑤ 落絮 :
die fallenden Weidenkätzchen; 堕泪 : Tränen vergießen ⑥ 月含羞 :
der Mond schämt sich, zu scheinen. ⑦ 临夜 : bei Nacht.

Nach der Melodie „Huan Xi Sha"

Im Traum komme ich zu ihr in den alten Hof,

Das Tor ist von Blumen dicht versperrt.

Die Abendsonne geht im Stillen unter,

die zurückfliegenden Schwalben sind kummervoll.

Vor dem Abschied hängt sie mit der duftenden Hand

den kleinen Gardinenhaken hoch.

Die Weidenkätzchen fallen geräuschlos, als ob der
Frühling Tränen vergieße.

Die ziehenden Wolken werfen dunkle Schatten,

Und der Mond schämt sich zu scheinen.

Bei Nacht weht auch noch der Ostwind,

er scheint kälter als Herbstwind zu sein.

Zu diesem Ci:

Hier erinnert sich der Autor an einen traurigen Abschied von
einer Schönen. Und in seinen Augen zeigt die Natur auch Mitleid
mit ihm.

莺啼序 ① · 春晚感怀 ②

残寒正欺病酒，掩沉香绣户。③

燕来晚、飞入西城，似说春事迟暮。④

画船载、清明过却，晴烟冉冉吴宫树。⑤

念羁情、游荡随风，化为轻絮。⑥

十载西湖，傍柳系马，趁娇尘软雾。⑦

溯红渐招入仙溪，锦儿偷寄幽素。⑧

倚银屏、春宽梦窄，断红湿、歌纨金缕。⑨

暝堤空，轻把斜阳，总还鸥鹭。⑩

幽兰旋老，杜若还生，水乡尚寄旅。⑪
别后访、六桥无信，事往花委，瘗玉埋香，几番风雨。⑫
长波妒盼，遥山羞黛，渔灯分影春江宿。⑬
记当时、短楫桃根渡，青楼仿佛，临分败壁题诗，
泪墨惨淡尘土。⑭

危亭望极，草色天涯，叹鬓侵半苧。⑮
暗点检、离痕欢唾，尚染鲛绡，亸凤迷归，破鸾慵舞。⑯
殷勤待写，书中长恨，蓝霞辽海沉过雁。
漫相思、弹入哀筝柱。⑰
伤心千里江南，怨曲重招，断魂在否？⑱

① 莺啼序：die Melodie „Ying Ti Xu" (Der Pirol ruft) ② 感怀：
zurückdenken ③ 病酒：die Kälte mit Wein vertreiben; 沉香：das
Adlerholz; 绣：(hier) sticken ④ 迟暮：zu Ende sein ⑤ 画船：das
Vergnügungsboot; 清明：das Totenfest am 4. oder 5. April des
Mondkalenders; 冉冉 [rǎn]: langsam, allmählich; 吴宫：(hier)
Beamtengebäude ⑥ 羁 [jī]: (hier) lange Zeit in der Fremde sein
⑦ 西湖：der Westsee in der Hauptstadt Lin'an（临安），heute die
Stadt Hangzhou（杭州）; 趁 [chèn]: (hier) bei; 娇尘软雾：staublose
Luft und feiner Nebel ⑧ 溯 [sù]: entlang; 红：rote Blumen; 渐 [jiàn]:
(hier) färben; 招入：in ... geführt werden; 仙溪：(hier) Wohnort der

Geliebten; 锦儿: Name eines Dienstmädchens von dem bekannten Freudenmädchen 杨爱爱; 幽素: tief im Inneren verborgene Gefühle ⑨ 银屏: der silberne Wandschirm; 断红: die fließenden Tränen; 歌 纨 [wán]: der Seidenfächer eines Singmädchens; 金缕 [lǚ]: Kleid mit Mustern aus Goldfäden ⑩ 暝 [míng]: Abenddämmerung; 鸥鹭 [lù]: Möwe und Reiher ⑪ 幽兰: die stille Orchidee; 旋: (hier) sehr schnell; 杜若: die Azalee ⑫ 六桥: auf dem Damm vom Westsee sind sechs Brücken gebaut, sie heißen: 映波 (Widerspiegelung der Wellen), 锁澜 (Sperrung der hohen Wogen), 望山 (Blick auf den Berg), 压堤 (Schutz des Damms), 东浦 (Ostufer) und 跨虹 (über dem Regenbogen). Der Damm und die sechs Brücken wurden von 苏轼 gebaut.; 无信: keine Nachricht von der Geliebten; 花委: die Blumen sind verblüht; 瘗 [yì]: in der Erde begraben; 瘗玉埋香: die gefallenen Blüten sind begraben und sind zur Erde geworden ⑬ 长波: der Augenglanz einer Schönheit; 黛 [dài]: die Brauen einer Schönheit ⑭ 短楫 [jí] 桃根渡 (也叫 "桃叶渡") : Es drückt im Allgemeinen aus: Abschied an der Überfahrtsstelle. Ursprünglich ist es nach einer Legende des großen Kalligrafen Wang Xianzhi (王献之【 344–386 】) aus der Dongjin-Dynastie (东晋 , 317–420) , Meister für kursorische Schnellschrift (草书) . Er hatte eine Nebenfrau namens Tao Ye (桃 叶) , deren Schwester hieß Tao Gen (桃根) . Einmal sang er Tao Ye zum Abschied an der Überfahrtsstelle das folgende Lied: „桃叶 复桃叶 , 渡江不用楫。但渡无所苦 , 我自迎接汝" . 青楼: das Freudenhaus; 临分: beim Abschied; 败壁: die rissige Wand; 泪 墨: die Tusche ist mit Tränen gemischt ⑮ 危亭: ein hoher Pavillon;

苎 [zhù]= 苎麻 : die Ramie, (hier) graues Haar gemeint ⑯ 暗点检 : schweigend nachzählen; 离痕 : Spuren der Abschiedstränen; 欢唾 : Kussspeichel beim glücklichen Zusammensein; 鲛绡 [jiāoxiāo]: Taschentuch aus Seide; 觯 [duǒ] 风 : ein Phönix mit herabhängenden Flügeln; 迷归 : sich beim Rückfliegen verirren; 破鸾 [luán]: ein zerbrochener Spiegel; 慵 [yōng] 舞 : keine Lust haben zu tanzen ⑰ 殷勤 : jn. hofieren; 长恨 : all innerer Kummer; 蓝霞 : der blaue Himmel; 辽海 : das breite Meer; 雁 : die Schwanengans; 漫相思 : die unendliche Liebessehnsucht; 筝 [zhēng]: die Zither ⑱ 重招 : wieder nach deiner Seele rufen.

Nach der Melodie „Ying Ti Xu"
An einen Frühlingsabend zurückdenken

Die verbleibende Frühlingskälte überfällt mich.

Ich trinke viel Wein, um die Kälte zu vertreiben.

Ich schließe die geschnitzte Tür aus Adlerholz fest.

Die verspäteten Schwalben fliegen in die Stadt West,

Sie zwitschern scheinbar vom Frühlingsende.

Die Vergnügungsboote haben das Totenfest bereits

hinter sich,

über den Bäumen des Beamtengebäudes herrscht

leichter Dunst.

Der Kummer aus dem Leben in der Fremde bedrückt
mich,
Möge dieser Kummer sich in leichte Weidenkätzchen
verwandeln und mit dem Wind davonfliegen!

In den vergangenen zehn Jahren besuchte ich immer
den Westsee.
In staubfreier Luft und feinem Nebel band ich mein
Pferd an eine Weide.
Du ließest dein Dienstmädchen mir heimlich einen
Brief über deine innigen Gefühle zukommen.
Ich ging entlang den Damm voller roter Blumen bis zu
deinem Wohnort.
Beim Abschied hast du dich an den silbernen
Wandschirm gelehnt und geklagt,
dass der Frühling lang und das Zusammensein kurz war.
Da strömten dir Tränen aus den Augen und nässten
dir deinen Fächer und dein Kleid mit Mustern aus
Goldfaden.
Bei der Abenddämmerung verließen die Besucher den
Seedamm,
und überließen den Möwen und Reihern den
abendlichen Westsee wieder.

Die Orchidee ist sehr schnell verblüht,

aber die Azalee blüht noch.

Ich verweile noch wasserreichen Gebiet.

Nach dem Abschied habe ich erneut die sechs Brücken

besucht.

Leider habe ich keine Nachricht von dir erhalten.

Du bist wie eine Blume,

die verblüht und begraben ist,

und noch unter Wind und Regen leidet.

Ich übernachte am Fluss,

die Lichter der Fischerboote funkeln.

Das klare Wasser des Flusses beneidet deinen

Augenglanz,

und die fernen blauen Berge schämen sich vor deinen

üppigen Brauen.

Ich erinnere mich an den Abschied an der

Überfahrtsstelle und auch daran, wo das Freudenhaus

liegt.

Beim Abschied habe ich ein Gedicht an die rissige

Wand geschrieben,

und die mit Tusche und Tränen geschriebenen

Schriftzeichen sind wohl schon vom Staub verdeckt.

Ich bin auf einen hohen Pavillon gestiegen und schaue

in die Ferne, wo sich die grünen Gräser bis zum

Himmelsrand erstrecken.

Meine Schläfen sind schon halb grau,

daher bin ich sehr sentimental.

Ich zähle die von dir hinterlassenen Sachen schweigend

nach,

Das Taschentuch aus Seide ist befleckt von deinen

Abschiedstränen und deinem Kussspeichel beim

glücklichen Zusammensein.

Jetzt ist mir so, als ob ich mich wie ein Phönix mit

herabhängenden Flügeln beim Rückflug verirrt hätte,

und als ob ich vor einem rissigen Spiegel keine Lust zu

tanzen hätte.

Ich habe dir all meine Herzensqual geschrieben.

Aber die Schwanengänse sind schon über das weite

Meer geflogen, sodass ich keinen Kurier mehr finde.

Ich zupfe die Saiten der Zither,

da klingt meine Herzensqual heraus.

Überall im Süden des Yangtse-Flusses fühle ich mich

stets kummervoll.

Meine traurige Musik möchte erneut nach deiner Seele

rufen.

Weilt deine Seele wohl in der Nähe?

Zu diesem Ci:

Es ist das längste Ci, bestehend aus vier Teilen bzw. 240 Schriftzeichen. Es ist eine Leistung des Autors zur Entwicklung der Formgestaltung des Cis.

Es schildert Freud und Leid einer Liebe zwischen einem Freudenmädchen und einem Literaten. Der 1. Teil dient als Einleitung. Im 2. Teil erinnert sich der Autor an das glückliche Zusammensein mit der Geliebten und an den traurigen Abschied. Im 3. Teil besucht er wieder den Westsee, um nach ihr zu suchen, leider vergeblich. Der 4. Teil bildet den Schluss. Er zählt die von ihr hinterlassenen Sachen nach und gerät dabei fast in Verzweiflung. Schließlich ruft er mit Musik nach ihrer Seele.

Fan Zhongyan war bekannter Politiker und Literat. Sein Motto war: „Man soll sich Sorgen machen früher als die ganze Welt; man soll sich freuen später als die ganze Welt." （先天下之忧而忧，后天下之乐而乐。）. 1015 bestand er die kaiserliche Prüfung, wurde 1043 Vizekanzler （参知政事）; als Grenzgouverneur hat er auch sehr viel für die Festigung der Nordwestgrenzen geleistet. In Lyrik und Prosa hat er auch Großes erzielt. Von ihm sind leider nur wenige Cis erhalten geblieben.

苏幕遮 [1]

碧云天，黄叶地，秋色连波，波上寒烟翠。
山映斜阳天接水，芳草无情，更在斜阳外。
黯乡魂，追旅思，夜夜除非，好梦留人睡。[2]
明月楼高休独倚，酒入愁肠，化作相思泪。[3]

[1] 苏幕遮 : die Melodie „Su Mu Zhe", aus der Stammsprache vom

Land Qiuci (龟兹), heute gehört es zum Autonomen Gebiet Xinjiang (新疆) ② 黯 [àn]: trübe; 乡魂: Heimweh; 追 : (hier) belästigen; 旅思: Bekümmernis in der Fremde ③ 休 : (hier): nicht .

Nach der Melodie „Su Mu Zhe"

Am blauen Himmel schweben weiße Wolken,

Gelbe Blätter fallen auf den Boden.

Der Herbst färbt die sanften Flusswellen,

Und über dem Fluss herrscht kalter Dunst.

Die Abendsonne wirft auf die Berge Strahlen ,

Und in der Ferne verbindet sich das Wasser mit dem Himmelsrande.

Aber die Gräser verstehen nichts von meinem Heimweh,

Sie wachsen noch üppig außerhalb des Abendsonnenscheins.

Das Heimweh macht mich trübe,

Der Aufenthalt in der Fremde bringt mir Kümmernis.

Nacht für Nacht kann ich nur gut schlafen,

Wenn ich von der Heimat träume.

Ich kann nicht beim Hellmond auf den Balkon steigen

Und am Geländer in Richtung Heimat schauen,

Dann werde ich bitter trauern.

Und der Wein wird mich zu Sehnsuchtstränen erregen.

Zu diesem Ci:

Mit Gefühl schreibt der Dichter hier, wie sehr die herbstliche Landschaft sein Heimweh erregt hat.

渔家傲①

塞下秋来风景异，衡阳雁去无留意。②
四面边声连角起。③
千嶂里，长烟落日孤城闭。④

浊酒一杯家万里，燕然未勒归无计。⑤
羌管悠悠霜满地。⑥
人不寐，将军白发征夫泪。⑦

① 渔家傲 : die Melodie „Yu Jia Ao " (Fischerstolz) ② 塞下 : an der Grenze; 异 : (hier) öde, anders als im Süden; 衡 [héng] 阳 : Stadt, in der Provinz Hunan (湖南); 雁 : Wildgans ③ 边声 : die klagende Stimme an der Grenze; 角起 : das Signalhorn beginnt zu tönen ④ 千嶂

[zhàng]: unzählige hohe Berge; 长烟: im breiten Rauchdunst; 孤城闭:
die einsame Stadt hat das Tor geschlossen ⑤ 浊酒: trüber Wein; 家万
里: die Heimat liegt zehntausend Meilen weit entfernt; 燕然: ein Berg
in der Mongolei, im Jahr 89 hat die Armee von der Donghan-Dynastie
(东汉) dort die Hunnen besiegt und ein Denkmal errichtet; 勒 [lè]:
(Inschrift auf einem Denkmal) einschnitzen; 燕然未勒: bedeutet hier:
den Sieg über den Feind noch nicht erringen; 归无计: wissen nicht,
wann heimkehren ⑥ 羌管: Tangutenflöte; 悠悠 [yōu]: ohne Ende
⑦ 寐 [mèi]: schlafen; 征夫: die einberufenen Grenzsoldaten.

Nach der Melodie „Yu Jia Ao"

Im Herbst herrscht an der Grenze eine weite, öde
Landschaft,
Selbst die Wildgänse wollen nicht hier bleiben und
nach Hengyang fliegen.
Wenn das Signalhorn tönt,
Da hört man in allen Richtungen unruhige Regungen.
Die einsame Stadt ist von unzähligen Bergen
umschlossen und vom breiten Dunst verhüllt,
Sie hat beim Sonnenuntergang das Stadttor geschlossen.

Bei einem Becher trüben Weins denke ich an die weit

entfernte Heimat,

Ohne den Sieg gegen den Feind kann ich nicht

heimkehren,

Die Tangutenflöte klagt ohne Unterlass, und der Reif

liegt überall,

Man kann nicht einschlafen.

Das Haar des Generals ist grau geworden,

Und vor Heimweh vergießen die Grenzsoldaten Tränen.

Zu diesem Ci:

Der Dichter hat das Ci im Jahr 1040 geschrieben, damals war er Grenzgouverneur an der Nordwestgrenze und kämpfte gegen die Eindringlinge aus dem Land Xixia（西夏）. Er schildert hier die Entbehrungen an der Grenze und das Heimweh. Es zeigt auch seine Sympathie für die Grenzschützer.

王安石　　**wáng ān shí**（1021—1086）

Wang Anshi war 9 Jahre lang Kanzler der Nordong-Dynastie, betrieb aktiv wirtschaftliche und politische Reformen, scheiterte jedoch am Widerstand des Adels und der Großgrundbesitzer. In der Prosa war er einer der acht Meister der Tang- und Song-Dynastie; in der Lyrik hat er auch viel erreicht, von ihm sind 24 Cis erhalten geblieben.

桂枝香 ① · 金陵怀古 ②

登临送目。正故国晚秋，天气初肃。③
千里澄江似练，翠峰如簇。④
归帆去棹残阳里，背西风、酒旗斜矗。⑤
彩舟云淡，星河鹭起，画图难足。⑥
念往昔、繁华竞逐。叹门外楼头，悲恨相续。⑦
千古凭高对此，谩嗟荣辱。⑧六朝旧事随流水，但寒烟、芳草凝绿。⑨至今商女，时时犹唱，后庭遗曲。⑩

① 桂枝香 : die Melodie „Gui Zhi Xiang" (Der Duft des Zimtbaums)

② 金陵 : Stadtname, heute die Stadt Nanjing (南京); 怀古 : über die alte Zeit nachsinnen ③ 登临 : eine Höhe besteigen; 送目 : in die Weite schauen; 故国 : (hier) die alte Hauptstadt, 金陵 gemeint, diese Stadt war die Hauptstadt von sechs Reichen; Ost-Wu (三国东吴), Jin (晋), Song (宋), Qi (齐), Liang (梁), Chen (陈); 初肃 [sù]: der Himmel wird erst klar ④ 澄 [dèng]: klar; 练 : (hier) ein weißes Seidenband; 簇 [cù]: sich zusammen drängen ⑤ 归帆去棹 : die Schiffe fahren ein und aus; 矗 [chù]:emporragen ⑥ 云淡 : (hier) von leichten Wolken gehüllt sein; 星河 : der Himmelfluss, (hier) Yangtse gemeint; 鹭 [lù]: der Seidenreiher; 画图难足 : es ist schwer zu malen ⑦ 繁华 : (hier) luxuriöses Leben; 竞逐 : um et. wetteifern; 门外 : vor dem Stadttor von Jinling: Im Jahr 589 erstürmten Sui-Truppen (隋朝 军队) das Tor der Hauptstadt Jinling vom Chen-Reich (陈国) und nahmen den letzten Chen-Kaiser (陈后主) gefangen.; 楼头 = 结绮楼 (Jieqi-Hochhaus), hier wohnte die kaiserliche Konkubine Zhang Lihua (张丽华), sie wurde von den Sui-Truppen getötet; 悲恨 : die Trauer um die Unterjochung des Reiches gemeint; 相续 : nacheinander ⑧ 千 古 : (hier) die historischen Überreste; 漫嗟 [jiē]: umsonst seufzen; 荣 辱 : (hier) Auf- und Untergang der Reiche ⑨ 六朝 : die sechs Reiche; 凝绿 : lebloses Grün ⑩ 商女 : Singmädchen; 犹 : noch;《后庭》=《玉 树后庭花》: „Die Blumen im Hinterhof", ein Lied vom letzten Chen-Kaiser, eine Klage über die Unterjochung seines Reiches.

Nach der Melodie „Gui Zhi Xiang"
In Jinling über die alte Zeit nachsinnen

Ich besteige die Höhe und schaue in die Weite,

Es ist der Spätherbst in der alten Hauptstadt.

Der Himmel wird erst klar und die Luft ist rein,

Der klare Yangtse-Fluss scheint wie ein weißes

Seidenband zu sein.

Die grünen Gipfel drängen sich nicht zusammen,

Die Schiffe fahren in der Abenddämmerung ein und aus,

Im Westwind flattern die Restaurantsfahnen auf.

Unter den leichten Wolken schweben auf dem Fluss die

Vergnügungsboote,

Die Seidenreiher fliegen aus dem silbernen Flusswasser

empor.

Es ist schwer, dieses schöne Bild zu erfassen.

Da erinnere ich mich an die Vergangenheit :

Hier strebte man nach Luxus und Prunk,

Es war tragisch: Als die Sui-Truppen das Tor der

Hauptstadt stürmten,

Da feierte der letzte Kaiser des Chen-Reiches noch mit

seiner Konkubine.

So folgte eine Tragödie nach der anderen.

Ich stehe hier vor den historischen Überresten,

Und bedauere den Auf- und Niedergang seiner sechs Reiche,

Diese sind mit dem Flusswasser verflossen,

Geblieben sind kalter Rauchnebel und leblose grüne Gräser,

Und bis heute singen die Singmädchen immer noch das Klagelied „Die Blumen im Hinterhof".

Zu diesem Ci:

Wang Anshi lebte im Alter unter dem Titel Herzog von Jing (荆国公) in der Stadt Jinling. Hier ist sein bekanntes Ci über die alte Hauptstadt. Im ersten Teil bewundert er die alte Stadt am Yangtse-Fluss, der zweite Teil zeigt seine Sorgen um die Zukunft der Song-Dynastie.

菩萨蛮 [①]

数间茅屋闲临水。窄衫短帽垂杨里。[②]
今日是何朝? 看予度石桥。[③]

梢梢新月偃，午醉醒来晚。 ④

何物最关情。黄鹂三两声。 ⑤

① 菩萨蛮 : die Melodie „Pu Sa Man" (Der Buddha ist mächtig)
② 数间茅屋 : (hier) das Landhaus mit Strohdach hat einige Zimmer;
临水 : am Fluss ; 垂杨 : die Trauerweide ③ 何朝 [zhāo]: welcher
Tag; 余 : ich ④ 梢 [shāo]: Wipfel; 月偃 [yǎn]: der Mond geht unter
⑤ 关情 : das Gefühl berühren; 黄鹂 [lí]: der Pirol.

Nach der Melodie „Pu Sa Man"

Mein Landhaus mit Strohdach hat einige Zimmer,

es liegt ruhig am Fluss.

Ich trage ein leichtes Hemd und einen flachen Hut,

und stehe im Schatten einer Trauerweide.

Welcher Tag ist heute?

Sieh mal, ich gehe über die Steinbrücke.

Der neue Mond geht über den Wipfeln unter,

Als ich aus dem Rausch vom Mittag erwache, ist es

schon spät.

Was wird die Gefühle der Menschen berühren?

Es sind die Rufe des Pirols.

Zu diesem Ci:

Im Alter lebte der Autor in der Stadt Jinling, er ließ im Vorort am Berg ein Landhaus mit Strohdach bauen. Hier beschrieb er sein Leben in diesem Landhaus.

李之仪　　**lǐ zhī yí**　（1035–1117）

Li Zhi yi, war nach dem Bestehen der kaiserlichen Prüfung im Jahr 1070 Annalist am Kaiserhof. In der Ci-Dichtung wurde er von Su Shi (苏轼) sehr geschätzt, er hatte einen schlichten Stil, von ihm ist eine Ci-Sammlung erhalten geblieben.

卜算子 ①

我住长江头，君住长江尾。②
日日思君不见君，共饮长江水。
此水几时休，此恨何时已。③
只愿君心似我心，定不负相思意。

① 卜算子 : die Melodie „ Bu Suan Zi" (Der Wahrsager) ② 长江 : Yangtse-Fluss; 君 = 你 : du ③ 休 : kein Wasser mehr; 恨 : (hier) die Liebessehnsucht; 已 : Ende.

Nach der Melodie „Bu Suan Zi"

Ich wohne am Oberlauf des Yangtse-Flusses,

Du wohnst an seinem Unterlauf.

Täglich sehne ich mich nach dir und bekomme dich

leider nicht zu Gesicht,

Doch trinken wir gemeinsam aus demselben Fluss.

Erst wenn der Fluss kein Wasser mehr führt,

Dann nimmt meine Sehnsucht nach dir ein Ende.

Ich wünsche mir nur: Du liebst mich wie ich dich,

Und dein Herz enttäuscht mich nicht.

Zu diesem Ci:

Sprachlich ist es einfach, und es klingt wie ein Volkslied. Es schildert die Sehnsucht einer Frau nach ihrem Geliebten.

谢池春 ① · 残寒销尽

残寒销尽，疏雨过，清明后。 ②
花径敛余红，风沼萦新皱。 ③
乳燕穿庭户，飞絮沾襟袖。 ④

正佳时，仍晚昼。著人滋味，真个浓如酒。⑤

频移带眼，空只恁、厌厌瘦。⑥不见又思量，见了还依旧。⑦
为问频相见，何似长相守？⑧
天不老，人未偶。且将此恨，分付庭前柳。⑨

① 谢池春：die Melodie „Xie Chi Chun" (Der Frühling am Xie-Teich)
② 疏雨：nieseln; 清明 = 清明节：das Totenfest am 4. oder 5. des vierten
Monats nach dem Mondkalender ③ 花径：der Pfad voller Blumen;
敛 [liǎn]: sammeln; 余红：die letzten roten Blumen; 沼：der Teich;
萦 [yíng] 新皱：neue Wellen werfen ④ 乳燕：junge Schwalben; 飞
絮：fliegende Weidenkätzchen; 沾：haften an...; 襟：Vorderteil eines
Kleidungsstücks ⑤ 晚昼 [zhòu]: die Abenddämmerung; 着人：fühlen
lassen ⑥ 移带眼：die Gürtelschnalle nach hinten legen; 空只恁 [nèn]:
umsonst so was tun; 厌厌 = 恹恹 [yān]: deprimiert ⑦ 思量：sich
sehnen; 依旧：sich wieder trennen müssen ⑧ 频 [pín]: oft; 长相守：
das ständige Zusammensein ⑨ 未偶：die Liebenden sind noch kein
glückliches Paar; 此恨：dieser Liebeskummer; 分付：überlassen.

Nach der Melodie „Xie Chi Chun"
Die restliche Frühlingskälte ist verschwunden

Die restliche Frühlingskälte ist verschwunden,
der Nieselregen hört auf,

Und das Totenfest ist vorbei.

Der Pfad ist voller Blumen,

welche die letzten roten Blüten tragen,

Der Wind wirft auf dem Teich neue Wellen.

Durch den Hof und die Tür fliegen die jungen

Schwalben,

Die fliegenden Weidenkätzchen haften mir an dem

Rockvorderteil und den Ärmeln.

Es ist die schönste Zeit,

leider ist es schon Abenddämmerung,

Nun fühle ich mich , als ob ich beim starken Wein

schweren Herzens Abschied vom Frühling nähme.

Ich muss die Gürtelschnalle mehrmals nach hinten legen,

Aber das tue ich umsonst,

denn ich werde immer magerer, was mich sehr betrübt.

Wenn ich dich nicht sehe, sehne ich mich immer nach

dir,

Wenn wir zusammen sind,

dann müssen wir uns wieder trennen.

So will ich fragen, was am besten sei:

Das gelegentliche Zusammentreffen oder das ständige

Zusammensein?

Der gefühllose Himmel wird nie alt,

und die Liebenden sind noch kein glückliches Paar,

Ich werde diesen Liebeskummer den Trauerweiden im

Vorhof überlassen.

Zu diesem Ci:

Am Anfang wird der Spätfrühling mit Bildern beschrieben, dann schreibt der Autor über sein unsagbares Gefühl beim Abschied vom Frühling. Im zweiten Teil wird seine Liebessehnsucht nach der Geliebten geschildert, schließlich wird keine glückliche Lösung gefunden.

Huang Tingjian, ein bekannter Ci-Dichter, wurde von Su Shi（苏 轼）sehr geschätzt. Nach dem Bestehen der kaiserlichen Prüfung war er Kreisbeamter, im Jahr 1086 war Chronist am Kaiserhof, 1094 Gouverneur von Yizhou（宜州）. Schließlich wurde er degradiert, dann wanderte er und widmete sich der Verslehre. Er war auch namhafter Kalligraf.

清平乐 [①] · 晚春 [②]

春归何处？寂寞无行路。[③]
若有人知春去处，换取归来同住。

春无踪迹谁知？除非问取黄鹂。[④]
百啭无人能解，因风飞过蔷薇。

[①] 清平乐：die Melodie „Qing Ping Yue" (Die klare und einfache Musik) [②] 晚春：Ende des Frühlings [③] 寂寞：(hier) still；无行路：

(hier) keine Spuren ④ 换取 : rufen; 同住 : zusammen sein ⑤ 黄鹂 [lí]: der Pirol; 百啭 [zhuàn]: hundertmal rufen; 蔷薇 [qiáng wēi]: die Rose.

Nach der Melodie „Qing Ping Yue"
Ende des Frühlings

Wohin mag der Frühling gegangen sein?

In der stillen Umgebung finde ich keine Spuren von ihm.

Wenn jemand sein neues Quartier weiß,

Dann sollte er ihn zurückrufen,

damit wir ihn bei uns noch weiter halten.

Wer weiß , wo er spurlos verschwand?

Da sollte man den Pirol fragen.

Er ruft hundertmal,

Aber niemand versteht ihn.

Dann fliegt er mit dem Wind über die Heckenrosen hin.

Zu diesem Ci:

Hier wird schweren Herzens der verflossene Frühling geschildert.

虞美人① · 宜州见梅作②

天涯也有江南信，梅破知春近。③

夜阑风细得香迟，不道晓来开遍向南枝。④

玉台弄粉花应妒，飘到眉心住。⑤

平生个里愿杯深，去国十年老尽少年心。⑥

① 虞美人 : die Melodie „Yu Mei Ren" (Der Klatschmohn) ② 宜州 : Yizhou, Provinz Sichuan (四川) ③ 江南信 : Botschaft aus dem Süden des Yangtse-Flusses: (hier) die Winterkirsche; 梅破 : die Winterkirsche blüht ④ 夜阑 [lán]: in tiefer Nacht; 风细 : leichter Wind; 迟 : säumig; 向南枝 : die Zweige an der sonnigen Seite ⑤ 玉台 : auf der grünen Höhe; 弄粉 : Blumenstaub verbreiten; 妒 [dù]: neidisch sein; 眉心处 : Stelle zwischen den Augenbrauen ⑥ 平生 : ganzes Leben; 个 [gè]: besonders; 杯深 : (hier) guter Wein gemeint; 国 : (hier) die Hauptstadt.

Nach der Melodie „Yu Mei Ren"
Über die Winterkirsche in Yizhou

Die Winterkirsche gibt es auch am Ende der Welt,

Ihre Blüten melden , dass sich der Frühling schon

nähert.

In tiefer Nacht bringt mir der leichte Wind ihren Duft
etwas spät,

Aber am frühen Morgen blühen alle Zweige an der
Sonnenseite.

Auf der grünen Höhe verbreiten ihre Blüten den
Blumenstaub,

darauf müssen die anderen Blumen neidisch sein,

Und der herrliche Duft hat sich bis zu mir verbreitet.

Lebenslang wünsche ich mir besonders,

dass es mir nicht fehlt an Wein,

Aber seit meinem Verlassen der Hauptstadt sind

schon zehn Jahre vergangen, und mein junges Herz ist
gealtert.

Zu diesem Ci:

Hier beschreibt der Autor die blühende Winterkirsche, am
Schluss spricht er von seinem Leben im Alter.

贺 铸　　**hé zhù**　（1063–1120）

He Zhu, war zuerst Offizier, dann Beamter, im Alter trat er vom Amt zurück und lebte in der Stadt Suzhou（苏州）. Seine Cis sind im Band „Die Cis vom Ostberg"（《东山词》）gesammelt.

捣练子 ①

砧面莹，杵声齐，②
捣就征衣泪墨题。③
寄到玉关应万里，戍人犹在玉关西。④

① 捣练子 : die Melodie „Dao Lian Zi" (Das Klopfen auf die weiße Seide beim Waschen) ② 砧 [zhēn]: Klopfstein (für die Wäsche); 莹 [yíng]: glänzen; 杵 [chǔ]: Klopfer (mit ihm klopft man auf die Wäsche) ③ 捣就 : fertig klopfen; 征衣 : Soldatenkleider; 泪墨题 : einen Brief mit Tränentusche schreiben ④ 玉门 = 玉门关 : Yumen-Pass（玉门关）, liegt im Kreis Dunhuang（敦煌）, Provinz Gansu（甘肃）; 戍 [shù] 人 : Grenzsoldaten; 犹在 : noch weit sein.

Nach der Melodie „Dao Lian Zi"

Der Klopfstein glänzt, das Klopfen auf die Wäsche ist rhythmisch,

Die Wäsche der Soldatenkleider ist fertig geklopft,

Und der Brief ist mit Tränentusche geschrieben.

Die Kleider und der Brief werden zum Yumen-Pass geschickt, zehntausend Meilen weit von hier,

Aber die Grenzsoldaten sind noch weiter westlich von dort stationiert.

Zu diesem Ci:

Hier schreibt der Autor, wie sich die Familienangehörigen nach den Grenzsoldaten sehnen und tun, was sie können.

青玉案 ①

凌波不过横塘路。但目送、芳尘去。②
锦瑟华年谁与度。③
月桥花院，琐窗朱户。只有春知处。④
飞云冉冉蘅皋暮。彩笔新题断肠句。⑤
若问闲情都几许。⑥

一川烟草，满城风絮。梅子黄时雨。⑦

① 青玉案 : die Melodie „Qing Yu An" (Die Tischplatte aus schwarzer Jade) ② 凌波 : anmutiger Gang einer Frau; 横塘 [héng táng]: Name eines Vororts von der Stadt Suzhou (苏州) , dort hat der Autor ein Landhaus; 芳尘 : (hier) der aufgewirbelte Staub ③ 锦瑟 [sè] 华年 : die schönen Jugendjahre ④ 月桥花院 : der Hof mit Brücke und Blumen; 琐 [suǒ] 窗 : geschnitzte Fenstergitter; 朱户 : eine rote Tür ⑤ 冉冉 [rǎn]: langsam; 蘅 [héng] = 杜蘅 : Mariengras; 皋 [gāo]: Flusssand; 暮 : am Abend; 断肠句 : Verse über schweres Liebesleid ⑥ 闲情 : (hier) Liebeskummer ⑦ 一川 : eine breite Ebene; 烟草 : Gras im Dunst; 风絮 : die Weidenkätzchen fliegen im Wind; 梅子黄雨时 : anhaltender Regen zur Zeit der Reife der Essigpflaumen (am Mittel- und Unterlauf des Yangtses).

Nach der Melodie „Qing Yu An"

Dein anmutiger Schritt ist nicht bis zum Hengtang gekommen,

Aber ich habe den aufgewirbelten Staub mit meinem Blick verfolgt.

Mit wem verbringst du deine schöne Jugend?

Du wohnst wohl in einem Hof, dort gibt es eine Bogenbrücke und viele Blumen.

Du sitzt wohl hinter den geschnitzten Fenstergittern
und einer roten Tür.
Nur der Frühling kennt deinen Wohnort.

Die Wolken fliegen am Abend langsam dahin,
Und auf dem Sand am Fluss wächst üppig das
Mariengras.
Ich schreibe Verse über mein schweres Liebesleid
nieder.
Wenn einer mich nach meinem Liebeskummer fragt,
Dann sage ich : Er ist wie das Gras , das auf einer
breiten Ebene wuchert und vom Rauchdunst verhüllt,
Wie die Weidenkätzchen, die mit dem Wind
herumfliegen in der ganzen Stadt,
Oder wie der anhaltende Regen,
der zur Reifezeit der Essigpflaumen prasselt.

Zu diesem Ci:

Hier beschreibt der Autor seine heimliche Liebe zu einer
schönen Frau, aber er hat keine Gelegenheit gefunden, sie näher
kennenzulernen. Er weiß sogar nicht, wo sie wohnt. Nun leidet er
darunter. Die Vergleiche am Schluss sind eigenartig.

晁补之　　*cháo bǔ zhī*　（1053–1110）

Chao Buzhi, im Jahr 1079, bestand die kaiserliche Prüfung. Zuerst war er Professor im kaiserlichen Erziehungsamt （国子监）, dann hoher Beamter im Ministerium der Riten （礼部）. Er wurde mehrmals degradiert, im Alter trat er vom Amt ab. Er war ein Schüler von Su Shi（苏轼）.

忆少年 ① ·别历下 ②

无穷官柳，无情画舸，无根行客。③
南山尚相送，只高城人隔。④

眷画园林溪绀碧。算重来、尽成陈迹。⑤
刘郎鬓如此，况桃花颜色。⑥

① 忆少年：die Melodie „Yi Shao Nian" （Die Erinnerung an die jungen Jahre) ② 别：Abschied；历下：Stadtname, heute die Stadt Jinan（济南), Provinz Shandong（山东) ③ 官柳：Weiden, die der Kaiser Yang der Sui-Dynastie（隋炀帝, seine Regierungszeit 606–

613) am Großen Kanal anpflanzen ließ; 画舸 [gě]: bunt gemaltes Vergnügungsboot; 无根 : heimlos ④ 人隔 : die Menschen versperren ⑤ 罨 (yǎn) 画 : buntfarbig; 绀 [gàn]: rotblau; 算 : (hier) vorhaben; 重来 : wiederkommen; 陈迹 : die Spuren aus der Vergangenheit ⑥ 刘郎 : Zitat aus einem Gedicht vom Dichter Liu Yuxi (刘禹锡) aus der Tang-Zeit: „玄都观里桃千树 , 尽是刘郎去后栽". 刘郎 bezeichnet den Dichter selbst. In diesem Ci liest es sich als „ich"; 鬓如此 : die Schläfen sind schon grau geworden; 况 : geschweige denn.

Nach der Melodie „Yi Shao Nian"
Abschied von der Stadt Lixia

Vor mir stehen unzählige Weiden und
Vergnügungsboote,
die die menschlichen Gefühle nicht kennen,
Ich bin ein heimatloser Reisender.
Der Südberg begleitet mich noch weiter,
Und die hohe Stadtmauer versperrt die anderen
Begleiter.

Der Park ist herrlich , und der blaue Bach ist fein.
Wenn ich später zurückkomme,
da bleiben nur die alten Spuren.

Meine Schläfen werden schon grau sein,

Und die Pracht der Pfirsichblüten ist längst vorbei.

Zu diesem Ci:

Der Autor war wie der Dichter Liu Yuxi degradiert. So hat er sich mit ihm gleichgestellt. Er schreibt hier über das Auf und Ab in der Beamtenschaft. Im ersten Teil wird der traurige Abschied beschrieben, zum Begleiten ist nur der Südberg da, und die Menschen bleiben fern, weil er degradiert war. Im zweiten Teil wird der Zeitablauf beschrieben, mit Beleg aus der Geschichte.

洞仙歌 ① · 泗州中秋作 ②

青烟幂处，碧海飞金镜 ③。永夜闲阶卧桂影。④
露凉时、零乱多少寒螿，⑤ 神京远，惟有蓝桥路近。⑥

水晶帘不下，云母屏开，冷浸佳人淡脂粉。⑦
待都将许多明，付与金尊，投晓共、流霞倾尽。⑧
更携取、胡床上南楼，看玉做人间，素秋千顷。⑨

① 洞仙歌 : die Melodie „Dong Xian Ge" (Das Lied der Grottenfee)
② 泗州 [sì zhōu]: Ortsname, in Provinz Jiangsu（江苏）; 中秋 = 中

秋节 : das Mondfest am 15. des achten Monats nach dem Mondkalender
③ 幂 [mì]: bedecken; 金镜 : der Mond ④ 闲阶 : leere Treppenstufen;
桂 : Lorbeerbaum ⑤ 零乱 : durcheinander; 寒螀 [jiāng] = 寒蝉 :
Herbstzikade ⑥ 神京 : die Hauptstadt Bianjing (汴京), heute ist die Stadt
Kaifeng (开封) , Provinz Henan (河南) ; 蓝桥 : (aus einer Legende)
gemeint: der Mondpalast oder der Mond ⑦ 水晶帘 : der Kristallvorhang;
云母屏 : der Wandschirm aus Glimmer:; 冷浸 : das kalte Mondlicht;
佳人 : eine Schönheit; 淡脂粉 : die leichte Schminke ⑧ 许多明 : viel
Mondlicht; 付与 : (hier) eingießen; 金尊 : Goldbecher; 投晓 : bei
der Morgendämmerung; 共 : zusammen mit…; 流霞 : (doppelsinnig)
a) der Götterwein; b) das Morgenrot ⑨ 胡床 : der Klappstuhl ⑩ 玉做
人间 : der Mond wirft sein jadeweißes Licht auf die irdische Welt; 素
秋千顷 : der klare Herbst verbreitet sich unendlich weit.

Nach der Melodie „Dong Xian Ge"
Geschrieben beim Mondfest in Sizhou

Zuerst herrscht der blaue Rauchdunst,

Dann steigt die goldene Mondscheibe aus dem blauen
Meer.

Die ganze Nacht liegt der Schatten des Lorbeerbaums
auf den leeren Treppenstufen.

Wenn der Tau kalt ist , dann zirpen viele Herbstzikaden
durcheinander.

Die Hauptstadt liegt weit entfernt,

Nur der Mond ist in der Nähe.

Der Kristallvorhang ist hochgerollt,

Der Wandschirm aus Glimmer ist ausgebreitet.

Die leichte Schminke der Schönheit wird vom kalten

Mondlicht gestreift.

Ich werde den Mondschein in den Goldbecher

eingießen

Und bei der Dämmerung zusammen mit dem

Morgenrot austrinken.

Dann nehme ich einen Klappstuhl und besteige das

südliche Hochhaus,

Da sehe ich : Der Mond wirft sein jadeweißes Licht auf

die irdische Welt,

Und der klare Herbst verbreitet sich unendlich weit.

Zu diesem Ci:

Das Mondfest ist immer eine Feier der Zusammenkunft einer Familie, so fängt der Autor mit dem Mond an, dann beschreibt er das glückliche Zusammensein mit seinen Geliebten und endet wieder mit dem Mond. Zu bemerken ist, dass das allgemeine Wort „Mond" im Text nicht vorkommt.

Chen Yuyi bestand 1113 die kaiserliche Prüfung, dann wurde er hoher Beamter, nach dem Untergang der Nordsong-Dynastie kam er nach Süden, hier hat er sich bis zum Vizekanzler（参知政事）emporgearbeitet. Er war ein namhafter Dichter, von seinen Cis ist leider nicht viel erhalten geblieben.

临江仙①

高咏楚词酬午日，天涯节序匆匆。②
榴花不似舞裙红。③
无人知此意，歌罢满帘风。④

万事一身伤老矣，戎葵凝笑墙东。⑤
酒杯深浅去年同。
试浇桥下水，今夕到湘中。⑥

① 临江仙：die Melodie „Lin Jiang Xian" (Einc Fee am Fluss)

② 《楚辞》: die Chu-Verse vom Dichter Qu Yuan (屈原 , um 340–
278 v.u.Z.) ; 酬 [chóu]: (hier) feiern; 午日 : das Maifest am 5. Mai
des Mondkalenders, es ist der Andenkentag an Qu Yuan, an diesem
Tag ertrank er im Miluo-Fluss (汨罗江), einem Nebenfluss vom
Xiang-Fluss (湘水) in Provinz Hunan (湖南); 天涯 [yá]: in der
Fremde; 匆匆 [cōng]: in der Eile ③ 榴 [liú] 花 : Granatapfelblüten
④ 此意 : (hier) meine Gefühle; 歌罢 : das Singen beenden ⑤ 戎葵
[róng kuí]: Stockrose ⑥ 湘 : Xiang-Fluss.

Nach der Melodie „Lin Jiang Xian"

Auf dem Maifest trage ich Chu-Verse laut vor,

In der Fremde fühle ich, dass Zeit schnell verfließt.

Die Granatapfelbaumblüten von hier finde ich nicht so
rot wie die Tanzröcke.

Doch niemand versteht meine Gefühle, ich beende
mein lautes Singen,

Und der Vorhang schüttelt sich im Wind.

All die Amtslast hat mich altern lassen,

So würden mich auch die Stockrosen am Ostzaun
lächerlich machen.

Im Becher gibt es so viel Wein wie im vergangenen Jahr.

Ich gieße ihn unter die Brücke, um des Dichters Qu
Yuan zu gedenken,

Der Wein wird am Abend bis in den Xiang-Fluss
gelangen.

Zu diesem Ci:

Das Ci schrieb der Autor anlässlich des Maifestes des Jahres 1129, da war er auf der Flucht in die Provinz Hunan. Mit diesem Ci will er des patriotischen Dichters Qu Yuan gedenken, hier zeigt er auch schweren Herzens, dass er schon gealtert ist.

临江仙 ①
——夜登小阁，忆洛中旧游

忆昔午桥桥上饮，坐中多是豪英。②
长沟流月去无声。③
杏花疏影里，吹笛到天明。
二十余年如一梦，此身虽在堪惊。④
闲登小阁看新晴。⑤
古今多少事，渔唱起三更。⑥

① 登：besteigen; 小阁：der kleine Pavillon; 洛中：in der Stadt Luoyang

(洛阳), Provinz Henan (河南); 游 : Ausflug ② 午桥 : Ortsname, es liegt südlich von Luoyang, eine Vergnügungsstätte; 坐中 : die Anwesenden; 豪英 : namhafte Persönlichkeiten ③ 长沟 : der lange Flusslauf; 流月 : das fließende Flusswasser mit dem widergespielten Mond ④ 二十余年 : über zwanzig Jahre, die ich in Luoyang verbracht habe; 堪 [kān] 惊 : doch der Schreck vor den Eindringlingen des Jin-Reichs sitzt noch in mir ⑤ 闲 [xián]: müßig; 新晴 : der Himmel wird wieder hell ⑥ 渔 : der Fischer.

Nach der Melodie „Lin Jiang Xian"

— Ich besteige den kleinen Pavillon in der Nacht und erinnere mich an einen Ausflug in Luoyang

Ich erinnere mich noch ans Weintrinken auf der Brücke in Wuqiao,

Unter den Anwesenden waren viele namhafte Persönlichkeiten.

Das Flusswasser mit dem widerspiegelten Mond floss still dahin.

Im Schatten der blühenden Aprikosenbäume blies man die Flöte bis zum Morgengrauen.

Die zwanzig Jahre sind wie im Traum verflossen,

Ich bleibe noch am Leben,

doch der Schreck vor den Eindringlingen sitzt immer noch in mir.

Müßig besteige ich den kleinen Pavillon,

Und schaue auf zum hellen Himmel in der Mondnacht.

Da höre ich : Die Fischer singen über die großen

Ereignisse von gestern und heute — in der Mitternacht.

Zu diesem Ci:

Hier erinnert sich der Autor an die früheren Vergnügungen und den Untergang der Nordsong-Dynastie. Jetzt ist er angesichts der verlorenen Hälfte des Reichs traurig und hilflos.

张 元 幹　　**zhāng yuán gàn**　（1091–1170）

Zhang Yuangan, sein Beiname war Lu Chuan（芦川）, er war hoher Beamter, trat für den Kampf gegen die Eindringlinge des Jin-Reichs ein, und wurde deshalb von den Kollaborateuren verdrängt. Er war Vorläufer der patriotischen Dichtung in der Südsong-Dynastie. Seine Werke sind in《芦川归来集》und《芦川词》gesammelt.

贺新郎 ① · 送胡邦衡谪新州 ②

梦绕神州路。③
怅秋风、连营画角，故宫离黍。④
底事昆仑倾砥柱，九地黄流乱注。⑤
聚万落、千村狐兔。⑥
天意从来高难问，况人情、老易悲难诉。⑦
更南浦，送君去。⑧

凉生岸柳催残暑。⑨ 耿斜河、疏星淡月，断云微度。⑩
万里江山知何处？回首对床夜语。⑪

雁不到、书成谁与。[12]

目尽青天怀今古，肯儿曹、恩怨相尔汝。[13]

举大白，听金缕。[14]

① 贺新郎 : die Melodie „He Xin Lang" (Dem Bräutigam gratulieren)
② 胡邦衡 : ein hoher Hof-Beamter, im November 1138 forderte er in einem Thronbericht, den Kanzler Qin Hui (秦桧) als Landesverräter zu enthaupten. Dann wurde Hu degradiert und nach Xinzhou (新州 , heute ist es Xinxing-Kreis (新兴县), Provinz Guangdong (广东) verbannt. Damals war der Autor in Fuzhou (福州), Provinz Fujian (福建), er schrieb dieses Ci und hat es an Hu Bangheng geschickt.
③ 神州 : im Allgemeinen bezeichnete es China, hier bezeichnet es das von den Eindringlingen besetzte Gebiet am Mittel- und Unterlauf des Huanghe-Flusses (黄河) ④ 怅 [chàng]: verärgern; 画角 : das Signalhorn; 故宫 : der ehemalige Kaiserpalast in der alten Hauptstadt Bianjing (汴京), heute ist es die Stadt Kaifeng (开封), Provinz Henan (河南); 离黍 [shǔ]: Getreide, (hier) verwahrlost ⑤ 底事 : was; 昆仑 = 昆仑山 : Kunlun-Berg, in der alten Zeit nannte man ihn als den höchsten Berg. Hier wird er mit der Nordsong Dynastie gleichgestellt.; 倾 : umstoßen; 砥 [dǐ] 柱 : die Hauptstütze; 九地 : überall; 黄流 : das Wasser des Huang-Flusses, (hier) die Eindringe gemeint; 乱注 : überall fließen, (hier) ihr Unwesen treiben ⑥ 万落 , 千村 : tausend Dörfer; 狐兔 : gemeint: die feindlichen Soldaten ⑦ 天意 : (hier) der Wille des Kaisers; 难问 : (hier) schwer verstehen; 况 : außerfem; 人情老

易：(hier) man wird die nationale Unterjochung leicht vergessen; 悲
难诉：diese Trauer ist schwer zu sagen ⑧ 更：noch müssen; 南浦：
Überfahrtsstelle Nanpu; 君：du (höfliche Anrede für einen Mann)
⑨ 凉生岸柳：die Weiden am Ufer spenden Kühle; 催残暑：die letzte
Sommerhitze vertreiben ⑩ 耿 [gěng]: hell; 斜：schräg; 河：(hier)
Milchstraße; 断云微度：die einzelnen Wolken schweben langsam hin
⑪ 万里江山知何处？：zwischen uns werden tausend Flüsse und Berge
liegen, wo wirst du sein?; 回首：sich erinnern ⑫ 雁：Schwanengans,
nach der alten Sage ist sie ein Briefkurier; 书成：der Brief ist fertig
geschrieben; 谁与：wem abgeben ⑬ 青天：der blaue Himmel, gemeint:
die großen Staatsangelegenheiten; 怀今古：sich um die Vergangenheit
und Gegenwart kümmern; 肯 [kěn]: wie können; 儿曹：unverständige
Kinder; 恩怨：Gunst und Groll; 尔汝 [rǔ]: du und du, (hier) du
und ich; ⑭ 大白：Weinglas; 金缕 = 金缕曲：die Melodie „Jin Lü"
(Goldfaden), es ist der andere Name der Melodie „He Xin Lang".

Nach der Melodie „He Xin Lang"
Abschied von Herrn Hu Bangheng, der degradiert
wurde und nach Xinzhou vebannt ist.

Im Traum sehe ich das vom Feind besetzte Gebiet am
Mittel- und Unterlauf des Huanghe-Flusses.
Es ärgert mich alles: Der Herbstwind, das Signalhorn
aus den feindlichen

Kasernen und die Verlassenheit des alten kaiserlichen Palastes.

Was hat die Hauptstütze des Staates umgestoßen?

Warum können die Eindringlinge überall ihr Unwesen treiben?

Und in tausend Dörfern trifft man jetzt feindliche Soldaten.

Der Wille Seiner Majestät ist schwer zu begreifen.

Man wird die nationale Unterjochung leicht vergessen,

Und diese Trauer ist schwer auszusprechen.

Nun werde ich dich zum Abschied zur Überfahrtsstelle Nanpu begleiten.

Die Weiden am Ufer spenden Kühle und vertreiben die letzte Sommerhitze.

Die schräg stehende Milchstraße glänzt hell,

Am Himmel sind spärliche Sterne und schwaches Mondlicht,

Und die einzelnen Wolken schweben langsam dahin.

Wo wirst du sein?

Zwischen uns werden tausend Berge und Flüsse liegen.

Ich erinnere mich an die nächtlichen Gespräche,

die wir in Betten nebeneinander führten.

Die Schwanengans kommt nicht. Wem soll ich den
Brief abgeben?

Wir betrachten die großen Staatsangelegenheiten und
kümmern uns um die Vergangenheit und Gegenwart.

Wir wollen nicht wie die unverständigen Kinder von
persönlicher Gunst und Groll sprechen,

Heben wir das Glas und hören die Melodie „Goldfäden"!

Zu diesem Ci:

Es ist ein berühmtes politisches Ci des Autors. Hier verteidigt
er mit Tatsachen die Unschuld des Verbannten. Wegen dieses
Cis wurde der Autor seines Amtes enthoben.

石州慢 ①

寒水依痕，春意渐回，沙际烟阔。②
溪梅晴照生香，冷蕊数枝争发。③
天涯旧恨，试看几许销魂？④
长亭门外山重叠。不尽眼中青，是愁来时节。⑤

情切，画楼深闭，想见东风，暗消肌雪。⑥
辜负枕前云雨，尊前花月。⑦

心期切处，更有多少凄凉，殷勤留与归时说。[8]
到得再相逢，恰经年离别。[9]

① 石州慢 : die Melodie „Shi Zhou Man" (Die langsame Melodie Shizhou), 石州 : Ortsname ② 寒水 : kaltes Flusswasser; 依痕 : Spuren hinterlassen; 沙际 : Sandufer; 烟阔 : breiter Rauchdunst ③ 溪梅 : Winterkirsche am Bach; 晴照 : unter der Sonne; 生香 : duften; 冷蕊 [ruǐ]: die raren Knospen; 争发 : miteinander wetteifern, um das Aufblühen ④ 天涯 : in der entferntesten Fremde; 旧恨 : (hier) unter Liebeskummer leiden; 几许 : so sehr; 销魂 : überwältigt von großer Liebessehnsucht ⑤ 不尽 : unendlich ⑥ 情切 : unter der Liebe leiden; 画楼 : Hochhaus; 东风 : (hier) Frühling; 暗消肌雪 : das schöne Gesicht ist dir unbemerkt bleich geworden ⑦ 辜负 [gū fù]: jm.et. nicht vergelten; 云雨 : (hier in der übertragenen Bedeutung) Liebesakt; 尊 = 樽 [zūn]: Weingefäß in alter Zeit ⑧ 心期切处 : mein Herz sehnt sich nach dir; 凄 [qī] 凉 : einsam und verlassen; 殷勤 : nett ⑨ 恰 [qià]: gerade; 经年 : ein ganzes Jahr.

Nach der langsamen Melodie „Shi Zhou Man"

Das kalte Flusswasser hat Spuren am Ufer hinterlassen,
Der Frühling kommt allmählich zurück,
Das sandige Ufer ist vom breiten Rauch und Nebeldunst
verhüllt.

Die Winterkirschen am Bach duften unter dem
Sonnenlicht,

Ihre raren Knospen eifern sich um das Aufblühen.

In der entferntesten Fremde leide ich unter dem
Liebeskummer,

Siehst du, wie ich so sehr von der Liebessehnsucht
nach dir überwältigt werde?

Vor dem Postpavillon stehen die Berge hintereinander,

Ich sehe nur das unendliche Blau,

Da kommt die Zeit des Liebesleides.

Du leidest auch unter dem Liebeskummer,

Und du hast dich im Hochhaus eingeschlossen.

Ich kann mir vorstellen, dass der Frühling deinen
Liebesschmerz so verstärkt,

dass dein schönes Gesicht unbemerkt bleich wird.

Ich bedauere , dass ich dir die Liebe auf dem Kissen und

Das glückliche Zusammensein beim Wein oder vor

Blumen unter dem Mond nicht vergolten habe.

Mein Herz sehnt sich nach dir,

Und ich leide auch noch unter der Einsamkeit und
Verlassenheit,

Das alles werde ich dir zu Hause nett erzählen,

Bis dahin wird gerade ein Jahr seit unserem Abschied vergangen sein.

Zu diesem Ci:

Nach der Amtsenthebung weilt der Autor in der Fremde. Das Ci ist an seine Frau gerichtet, daher kann er intime Ausdrücke wie die Liebe auf dem Kissen verwenden. Im Stil ist es vergleichbar mit dem Dichter Liu Yong（柳永）.

Yue Fei, kämpfte mit seiner Armee erfolgreich gegen die Eindringlinge des Jin-Reichs, leider wurde er durch die Intrigen des Landesverräters, des Kanzlers Qin Hui（秦桧）ins Gefängnis geworfen und schließlich ermordet. Erst im Jahr 1163 wurde er rehabilitiert und ihm der Titel „Militärische Ehrerbietigkeit"（武穆）verliehen, dann im Jahr 1195 der Titel „Fürst von E"（鄂王）（„鄂" ist der Kurzname der Provinz Hubei（湖北）. Sein Mausoleum liegt in der heutigen Stadt Hangzhou（杭州）am Westsee und wird gut gepflegt und viel besucht. Seine Schriften sind in einem Band gesammelt, von ihm sind nur drei Cis erhalten geblieben.

满江红 ①

怒发冲冠，凭栏处、潇潇雨歇。②
抬望眼、仰天长啸，壮怀激烈。③
三十功名尘与土，八千里路云和月。④
莫等闲、白了少年头，空悲切。⑤

靖康耻，犹未雪。臣子恨，何时灭？⑥
驾长车踏破、贺兰山缺。⑦
壮志饥餐胡虏肉，笑谈渴饮匈奴血。⑧
待从头、收拾旧山河，朝天阙。⑨

① 满江红：die Melodie „Man Jiang Hong" (Der Fluss färbt sich rot)
② 怒发冲冠：sich vor Zorn die Haare raufen；凭栏：am Geländer；
潇潇 [xiāo] 雨：der Rieselregen；歇 [xiē]: aufhören ③ 抬望眼：den
Kopf heben und in die Weite schauen；长啸 [xiào]: lange ausrufen；
壮怀：der Kampfwille zur Verstärkung des Reichs；激烈：sehr stark
④ 三十：dreißig Jahre；功名：amtliche Würden；尘与土：Staub und
Asche；八千里路：der Kampfweg von achttausend Meilen；云和月：
(hier) Entbehrungen und Schwierigkeiten ⑤ 莫等闲：nicht umsonst；
白了少年头：die jugendlichen Haare grau werden lassen；空悲切：
umsonst bereuen ⑥ 靖康耻：die Jingkang-Schmach：„Jingkang" ist
die Bezeichnung für die Regierungszeit des Song- Kaisers Qinzong
（钦宗）. Im zweiten Jingkang-Jahre (1127) wurde die Hautstadt
Bianjing（汴京）, heute die stadt Kaifeng（开封）, Provinz Henan（河
南）von den Eindringlingen des Jin-Reichs（金国）erobert, und die
zwei Song-Kaiser Hui Zong（徽宗）und Qin Zong（钦宗）wurden
gefangen genommen；未雪：die Schmach noch nicht rächen ⑦ 长
车：der Kampfwagen；踏破：erstürmen；贺兰山：Helan-Berg, liegt
zwischen Ningxia（宁夏）und der Inneren Mongolei（内蒙古）; das
Berggebiet war damals vom Feind besetzt；缺：(hier) der Pass ⑧ 胡

虏 [lǔ]: (hier) die Eindringlinge des Jin-Reichs; 匈奴 : gemeint die Eindringlinge des Jin-Reichs ⑩ 待从头 : aufs Neue; 收拾 : (hier) befreien; 旧山河 : das vom Feind besetzte Landesgebiet; 天阙 [què]: der Kaiserpalast.

Nach der Melodie „Man Jiang Hong"

Vor Zorn raufe ich mir die Haare ,

Am Geländer sehe ich den Rieselregen aufhören.

Ich hebe den Kopf zum Himmel auf,

Und rufe lange in die Weite hinaus,

Meine Brust ist voll von Kampfkraft geschwellt,

Was ich mit dreißig Jahren verdient habe,

bedeutet nur Asche und Staub,

Der zurückgelegte Kampfweg von achttausend Meilen

ist mir auch unbedeutend.

Man sollte die Jugend nicht umsonst verbringen,

Sonst würde man im Alter die grauen Haare bereuen.

Die Jingkang-Schmach ist noch nicht gerächt,

Dafür fühle ich mich als des Kaisers Diener immer

erniedrigt,

Wann werde ich davon befreit sein?

Ich werde mit dem Kampfwagen den Helanberg-Pass

erstürmen,

Und ich räche mich mit dem eisernen Kampfwillen.

Mit Hunger verzehre ich das Fleisch der Hunnen,

Und den Durst stille ich lachend mit deren Blut.

Ich werde das verlorene Territorium befreien,

Und Seiner Majestät die Siegesbotschaft melden.

Zu diesem Ci:

Es ist ein berühmtes patriotisches Ci, es ermutigt seit jeher die chinesische Nation im Kampf gegen die fremden Aggressionen. Sprachlich ist es willensstark und temperamentvoll.

小重山 ①

昨夜寒蛩不住鸣。惊回千里梦，已三更。②
起来独自绕阶行。人悄悄，帘外月胧明。③

白首为功名。旧山松竹老，阻归程。④
欲将心事付瑶琴。知音少，弦断有谁听。⑤

① 小重山 : die Melodie „Xiao Chong Shan" (Der kleine Doppelgipfel)

② 寒蛩 [qióng]: Herbstgrillen; 鸣 : zirpen; 惊回 : aufschrecken; 三更 : Mitternacht ③ 阶 : die Treppe; 人悄悄 : alle Leute schlafen, es herrscht die Stille; 月胧明 : der Mond scheint hell ④ 白首 : graue Haare; 功名 : amtliche Würden; 旧山 : die Berge in der Heimat; 阻归程 : die Heimkehr ist verhindert ⑤ 心事 : die Herzenssache; 付 : anvertrauen; 瑶琴 [zhēng]: die schöne Zither; 知音 : Musik verstehen; 弦断 : die Saiten zerreißen.

Nach der Melodie „ Xiao Chong Shan"

Gestern Nacht zirpten die Herbstgrillen ununterbrochen,

Sie hatten mich aus dem fernen Traum aufgeschreckt,

Es war schon Mitternacht.

Ich stand auf , ging alleine um die Treppe herum,

Es herrschte die Stille, die anderen schliefen fest,

Vor der Gardine schien der Mond hell.

Um der amtlichen Würden willen sind meine Haare schon grau,

Die Kiefern und Bambusse auf den Bergen der Heimat sind schon alt,

Meine Rückkehr ist immer verhindert.

Ich will meine Herzenssache der schönen Zither

anvertrauen,

Leider gibt es wenige , die meine Musik begreifen,

Wer hört noch mein Spiel , bis die Saiten zerreißen?

Zu diesem Ci :

Unter dem Druck von den Kapitulanten äußert Yue Fei hier indirekt seinen Kampfwillen gegen die feindliche Aggression.

朱 淑 真　　zhū shū zhēn　（etwa 1135 – etwa 1180）

Zhu Shuzhen stammte aus einer Beamtenfamilie, ihr Mann war ein spießbürgerlicher Kaufmann und verstand nichts von der Dichtung, und sie litt sehr unter dieser Ehe. So betitelte sie ihre Werksammlung mit dem „gebrochenen Herzen" (《断肠集》), von ihr sind 31 Cis erhalten geblieben.

生查子 ①

去年元夜时，花市灯如昼。②
月上柳梢头，人约黄昏后。③

今年元夜时，月与灯依旧。④
不见去年人，泪湿春衫袖。⑤

① 生查子 : die Melodie „Sheng Zha Zi", eigentlich heißt es 生楂子 (Der roher Weißdorn). Der Text besteht aus acht Sätzen mit je fünf Schriftzeichen ② 元夜 : in der Nacht des Laternenfestes am 15. Januar des Mondkalenders; 花市灯 : die bunten Laternen in den Straßen ③ 人

约 : ein Treffen mit dem Geliebten ausmachen ④ 依旧 : wie im Vorjahr
⑤ 春衫 : die Bekleidung für den Frühling.

Nach der Melodie „Sheng Zha Zi"

Es war das vorjährige Laternenfest,

Die bunten Laternen beleuchteten die Straßen hell wie
am Tag.

Der Mond stieg hoch über die Weidenwipfel,

Ich machte mit meinem Geliebten ein Treffen nach der
Abenddämmerung aus.

Es ist am diesjährigen Laternenfest,

Der Mond und die bunten Laternen sind gleich wie im
Vorjahr.

Leider ist jener vom vorjährigen Jahr nicht da,

Und meine Tränen haben mir die Ärmel nass gemacht.

Zu diesem Ci:

Hier schildert die Autorin die unglückliche Liebe eines Mädchens.
Der erste Teil über das Glück hebt das traurige Ende im zweiten
Teil hervor. Sprachlich ist es sehr schlicht.

蝶恋花 ①

楼外垂杨千万缕，欲系青春，少住春还去。②
犹自风前飘柳絮，随春且看归何处？③

绿满山川闻杜宇，便做无情，莫也愁人意。④
把酒送春春不语，黄昏却下潇潇雨。⑤

① 蝶恋花 : die Melodie „Die Lian Hua" (Die Schmetterlinge verlieben sich in die Blüten) ② 垂杨千万缕 [lǚ]: die tausend Weidenruten; 欲系青春 : den Frühling binden wollen; 少住 : eine Weile ③ 柳絮 [xù]: Weidenkätzchen ④ 杜宇 : Kuckuck; 便做 : wenn auch; 莫也 : keiner, der nicht ... ⑤ 潇潇 [xiāo] 雨 : es nieselt.

Nach der Melodie „Die Lian Hua"

Vor dem Hochhaus wehen tausend Weidenruten so,
Als ob sie den Frühling binden wollten.
Da zögert der Frühling eine Weile und geht dann
weiter.
Die Weidenkätzchen folgen ihm mit dem Wind,
Und möchten nachsehen, wohin er gegangen sei.

Man sieht überall grüne Berge und Flüsse,

Und hört den Kuckuck rufen.

Dies stimmt einen betrübt, wenn er auch gefühllos ist.

Ich hebe den Weinbecher zum Abschied vom Frühling,

Er schweigt, aber es nieselt in der Abenddämmerung.

Zu diesem Ci:

Angesichts des Verfließens des Frühlings ist die Dichterin sehr betrübt, sie kann den Frühling nicht aufhalten und muss sich von ihm verabschieden. Und der Frühling selbst ist gegenüber der gefühlvollen Dichterin auch traurig und findet kein Wort. Der letzte Satz kann dahin deuten , dass der Frühling mit Tränen weggegangen sei.

朱敦儒　　**zhū dūn rú**　（1081-1159）

Zhu Dunru war ein Hof-Beamter der Südsong-Dynastie (南宋), dann trat er von seinem Amt zurück. In seinen letzten Jahren widmete er sich der Dichtung. Seine Werke sind in den drei Bänden „Lieder des Reisigsammlers" (《樵歌集》) gesammelt.

相见欢 [①]

金陵城上西楼，倚清秋。[②]
万里夕阳垂地，大江流。[③]

中原乱，簪缨散，几时收？[④]
试倩悲风吹泪，过扬州。[⑤]

[①] 相见欢 : die Melodie „Xiang Jian Huan"(Die Freude beim Treffen)
[②] 金陵 : die Stadt Jinling, heute heißt es Nanjing (南京) ; 西楼 : der Turm auf dem westlichen Stadttor; 倚清秋 : an die Stadtmauer gelehnt schaue ich nach der klaren Herbstlandschaft. [③] 万里夕阳 :

die untergehende Sonne in der Ferne von tausend Meilen; 垂 [chuí]: sinken; 大江 : (hier) der Yangtse-Fluss. ④ 中原 : das zentrale Gebiet des Reiches , genau ist es das breite Gebiet am Mittel- und Unterlauf des Huanghe-Flusses (黄河) ; 乱 : gemeint: das Gebiet wurde von den Eindringlingen aus Jin-Reich (金国) besetzt; 簪缨 [zān yīng]: Bekleidungsschmuck, hier gemeint: Adlige und hohe Beamte; 散 : flüchten; 收 : (hier) wiedererobern ⑤ 试倩 [qiàn]: ich möchte bitten; 悲风 : der Herbstwind; 泪 : meine Tränen, gemeint: meine Traurigkeit und Anteilnahme; 过 : über; 扬州 : Stadtname: Yangzhou, Provinz Jiangsu (江苏) dorthin kommen oft die feindlichen Soldaten, hier gemeint: die unter der fremden Unterdrückung leidenden Landsleute.

Nach der Melodie „Xiang Jian Huan"

Ich besteige den Turm auf dem Weststadttor der Stadt Jinling,

Und lehne mich an die Stadtmauer und schaue nach der klaren Herbstlandschaft hin.

Da sehe ich, die Abendsonne geht in der Ferne von tausend Meilen unter,

Und der Yangtse-Fluss strömt dahin.

Die Eindringlinge besetzen das zentrale Gebiet,

Unsere Adligen sowie die hohen Beamten sind

geflüchtet.

Wann wird das Gebiet wiedererobert werden?

Ich möchte den Herbstwind bitten, meine Tränen zu den Landsleuten in der Stadt Yangzhou zu bringen.

Zu diesem Ci:

Hier zeigt der Autor seine Sympathie für die unter der fremden Unterdrückung leidenden Landsleute, und indirekt ist es auch eine Kritik an der Obrigkeit.

好事近 ① · 渔父词 ②

摇首出红尘，醒醉更无时节。③
活计绿蓑青笠，惯披霜冲雪。④

晚来风定钓丝闲，上下是新月。⑤
千里水天一色，看孤鸿明灭。⑥

① 好事近: die Melodie „Hao Shii Jin" (Ein freudiges Ereignis)
② 渔父 = 渔夫 : Fischer ③ 红尘 : die irdische Welt ④ 无时节 :
keine bestimmte Zeit ⑤ 蓑 [suō]: Regenumhang aus Palmbast; 笠 [lì]:
Regenhut aus Bambus ⑥ 惯披霜冲雪 : sich an Reif und Schnee
gewöhnen ⑦ 风定 : der Wind hört auf; 钓丝闲 : die Angel ruht; 上下 :

(hier) oben am Himmel und unten im Wasser ⑧ 孤鸿 : eine einsame Schwanengans; 明灭 : (hier) mal erscheinen, mal verschwinden.

Nach der Melodie „Hao Shi Jin"
Der Fischer

Ich sage kopfschüttelnd zu irdischer Welt nein,
Die Nüchternheit oder Trunkenheit kann bei mir jede Zeit sein.
Bei der Fischerei trage ich Umhang aus Palmbast und Hut aus Bambus,
Und ich bin gewöhnt an Schnee und Reif.

Am Abend hört der Wind auf, und meine Angel ruht auch,
Und der neue Mond erscheint am Himmel und spiegelt sich wider im Flusswasser.
In der weiten Ferne sind Wasser und Himmel von derselben Farbe,
Ich sehe eine einsame Schwanengans mal erscheinen.

Zu diesem Ci:

Hier beschreit der Autor das freie Leben des Fischers, damit will er zeigen, dass er mit dem Beamtenleben nicht zufrieden ist. So ist er selbst auch vom Amte abgetreten.

Fan Chengda, bestand im Jahr 1154 die kaiserliche Prüfung, dann hatte er eine erfolgreiche Beamtenlaufbahn, schließlich wurde er Vizekanzler（参知政事）. Er war ein berühmter Lyriker, schrieb Shi Hu（石湖居士）, seine Werke sind in den Bänden《石湖居士集》,《石湖词》und《吴船录》gesammelt.

忆秦娥 ①

楼阴缺，栏干影卧东厢月。②
东厢月，一天风露，杏花如雪。③

隔烟催漏金虬咽，罗帏暗淡灯花结。④
灯花结，片时春梦，江南天阔。⑥

① 忆秦娥: die Melodie „Yi Qin E" (Erinnerungen an die Frau Qin E)
② 楼阴缺 : die Außenseite des Hochhauses ist nicht vom Baumschatten bedeckt; 栏干影卧 : das Geländer wirft Schatten auf den Boden; 东厢

月 : der Mond scheint auf die Ostseite des Gebäudes ③ 一天风露 : es herrscht Wind und Tau ④ 隔烟 : im Rauch des Räuchergefäßes; 漏 : (hier) die Wasseruhr; 金虬 [qiú]: ein Drachen aus Bronze, das Wasser der Uhr fließt aus seinem Maul; 咽 [yè]: schluchzen; 罗帏 [wéi]: Bettvorhang; 黯 [àn] 淡 : es wird dunkel; 灯花结 : das Dochtende ist schon verkohlt ⑤ 片时 : eine kurze Zeit; 春梦 : der Frühlingstraum; 江南 : das Gebiet südlich vom Yangtse-Fluss; 天阔 [kuò]: der breite Himmel.

Nach der Melodie „Yi Qin E"

Die Außenseite des Hochhauses ist nicht vom
Baumschatten bedeckt,
Das Geländer wirft seinen Schatten auf den Boden,
Der Mond scheint auf die Ostseite des Gebäudes.
Es herrscht Wind und Tau,
Die Aprikosenblüten sehen wie Schneeflocken aus.

Im Rauch des Räuchergefäßes höre ich die Wasseruhr
schluchzen.
Hinter dem Bettvorhang wird es dunkel,
Das Dochtende der Lampe ist schon verkohlt,
Und im kurzen Frühlingstraum habe ich nur gesehen

Den breiten Himmel über dem Gebiet südlich vom
Yangtse-Fluss.

Zu diesem Ci:

Hier wird die Liebessehnsucht einer jungen Frau nach ihrem
Mann beschrieben, aber kein Wort ist direkt darüber. Im ersten
Teil heben die Naturbilder der Einsamkeit der Frau hervor. Und
im zweiten Teil wird die Szene in der Wohnung geschildert. Die
Wasseruhr schluchzt und zeigt damit das Mitleid, und sogar
im Traum hat sie ihren Mann nicht gesehen. Es ist ein früheres
Werk des Autors.

霜天晓角 ① · 梅 ②

晚晴风歇，一夜春威折。③
脉脉花疏天淡，云来去，数枝雪。④

胜绝，愁亦绝，此情谁共说？⑤
惟有两行低雁，知人倚，画楼月。⑥

① 霜天晓角：die Melodie „Shuang Tian Xiao Jiao" (Frostwetter
und Signalhörner am Frühmorgen) ② 梅：die Winterkirsche, hier ist es
der Titel ③ 春威：Frühlingsfrost；折：(hier) nachlassen ④ 脉脉 [mò]:

zärtlich und liebevoll; 花疏 : die spärlichen Blüten der Winterkirsche; 天淡 : der klare Himmel; 数枝雪 : die Winterkirschenblüten an den Zweigen sehen wie Schneeflocken aus ⑤ 胜绝 : dieser Anblick ist äußerst herrlich; 愁亦绝 : mein Kummer ist äußerst schwer ⑥ 低雁 : tief fliegende Schwanengänse; 知人倚 : wissen, dass ich mich ans Geländer gelehnt nach dir sehne; 画楼月 : das Hochhaus unter dem Mond.

Nach der Melodie „Shuang Tian Xiao Jiao" Winterkirsche

Am Abend hat sich der Himmel aufgeklärt und der Wind hört auf,
Gestern Nacht war der Frühlingsfrost sehr stark, heute lässt er nach.
Die spärlichen Winterkirschenblüten sind unter dem klaren Himmel zärtlich und liebevoll,
Hin und her ziehen die Wolken,
Und die Winterkirschenblüten an den Zweigen sehen wie Schneeflocken aus.

Dieser Anblick ist äußerst herrlich,
Und mein Kummer ist äußerst schwer.
Wem könnte ich es sagen?

Nur die zwei Reihen der tief fliegenden Schwanengänse sehen,

Wie ich mich im Mondlicht, gelehnt ans Geländer des Hochhauses, nach dir sehne.

Zu diesem Ci:

Thematisch und stilistisch ist es gleich wie im vorigen Ci. Hier ist nur das Naturbild geändert. Der Autor nimmt hier die dem Wind und Frost trotzenden Winterkirschenblüten als Vorbild und möchte zeigen, dass man sich in der Liebe auch so verhalten sollte.

張孝祥　　**zhāng xiào xiáng**（1132–1170）

Zhang Xiaoxiang bestand im Jahr 1154 die kaiserliche Prüfung, dann war er ministerialer Beamter, er unterstützte den Widerstandskampf gegen die Eindringlinge des Jin-Reichs, deshalb wurde er verdrängt. Von seinen Werken sind zwei Sammlungen erhalten geblieben, stilistisch sind seine Cis heroisch.

念奴娇① · 过洞庭②

洞庭青草，近中秋、更无一点风色。③
玉鉴琼田三万顷，着我扁舟一叶。④
素月分辉，银河共影，表里俱澄澈。⑤
悠然心会，妙处难与君说。⑥

应念岭表经年，孤光自照，肝胆皆冰雪。⑦
短发萧骚襟袖冷，稳泛沧浪空阔。⑧
尽挹西江，细斟北斗，万象为宾客。⑨
扣舷独啸，不知今夕何夕！⑩

① 念奴娇 : die Melodie „Nian Nu Jiao" (Das Singmädchen Nian Nu ist nett) ② 过洞庭 : die Fahrt über den Dongting-See, der See liegt in der Provinz Hubei (湖北) ③ 青草 : der Qingcao-See, liegt neben dem Dongting-See; 风色 = 风 ④ 玉鉴 [jiàn] 琼 [qióng] 田 : unter dem Mondlicht scheint der See wie ein Spiegel aus Jade zu sein; 顷 [qǐng]: (Flächenmaß) 6.666 Hektar; 着 : (hier) tragen; 扁舟 : ein kleines Boot; 一叶 : wie ein Blatt ⑤ 素月 : der helle Mond; 分辉 : Licht ausstrahlen; 银河 : die Milchstraße, der Himmelsfluss; 影 : die Widerspiegelung der Milchstraße und des Mondes im See; 表里 : am Himmel und im See; 澄澈 [chéng chè]: sehr klar ⑥ 悠然 : sorgenlos und behaglich; 心会 : verstehen; 妙处 : die Herrlichkeit; 君 = 你 ⑦ 应念 : sich erinnern; 岭表 : südlich des Wuling-Gebirges (五岭山脉), gemeint: die zwei Provinzen Guangdong (广东) und Guangxi (广西) ; 经年 : die vergangenen Jahre; 孤光 : das Mondlicht; 自照 : durchleuchten; 肝胆 : (hier) die Aufrichtigkeit oder mein Herz; 冰雪 : (hier) rein wie Eis und Schnee ⑧ 萧骚 [xiāo sāo]: spärlich werden; 襟 [jīn]: Vorderteil eines Kleidungsstücks; 稳泛 : sicher (auf dem See) fahren; 沧浪 : (hier) der See; 空阔 : unendlich breit ⑨ 挹 [yì]: schöpfen; 细斟 [zhēn]: sorgfältig eingießen; 北斗 : Großer Bär, hier als Becher; 万象 : alle Wesen der Natur ⑩ 扣舷 : an die Seitenwand des Bootes klopfen; 啸 [xiào]: ausrufen.

Nach der Melodie „Nian Nu Jiao"
Die Fahrt über den Tongting-See

Es ist Mitte des Herbstes,

Ich fahre über den Dongting-See.

Auf dem breiten See ist es windstill,

Mein kleines Boot fährt wie ein Blatt

Auf dem klaren und unendlichen Wasser.

In ihm spiegeln sich der helle Mond und die

Milchstraße wider.

Es herrscht am Himmel und im Wasser überall die

Klarheit,

Nun verstehe ich innerlich die Reinheit,

Aber ich kann dir nicht vermitteln diese Herrlichkeit.

Da erinnere ich mich an die Jahre jenseits des Wuling-

Gebirges,

Das helle Mondlicht durchleuchtet mein Herz, das so

rein ist wie Eis und Schnee.

Mit spärlichen Haaren und dünnen Ärmeln fühle ich

mich kalt,

Ich fahre das Boot sicher durch den breiten See.

Aus dem Westfluss schöpfe ich all das Wasser als Wein aus,

Und gieße es sorgfältig in den Großen Bär als Becher ein.

Ich lade alle Wesen der Natur als Gäste zum Trinken ein.

Da klopfe ich an die Seitenwand des Bootes und rufe laut:

Oh, ich kenne noch keine solche herrliche Nacht!

Zu diesem Ci:

Auf der Rückreise von einer Inspektion besuchte der Autor den Dongting-See. Hier ist sein Loblied auf den See, darin zeigt er auch sein reines Gewissen, ohne dies könnte er nicht so frei und heroisch sprechen.

六州歌头 ①

长淮望断，关塞莽然平。②

征尘暗，霜风劲，悄边声，黯销凝。③

追想当年事，殆天数，非人力；④

洙泗上，弦歌地，亦膻腥。⑤

隔水毡乡，落日牛羊下，区脱纵横。⑥

看名王宵猎，骑火一川明，⑦

笳鼓悲鸣，遣人惊。⑧

念腰间箭，匣中剑，空埃蠹，竟何成！⑨

时易失，心徒壮，岁将零，渺神京。⑩

干羽方怀远，静烽燧，且休兵。⑪

冠盖使，纷驰骛，若为情。⑫

闻道中原遗老，常南望翠葆霓旌。⑬

使行人到此，忠愤气填膺，有泪如倾。⑭

① 六州歌头 : die Melodie „Liu Zhou Ge Tou" (Das Lied auf die sechs Verwaltungsbezirke; sie heißen Yizhou (伊州), Liangzhou (梁州), Ganzhou (甘州), Shizhou (石州), Weizhou (渭州) und Dizhou (氐州) an der Westgrenze) ② 长淮 : Huai-Fluss (淮河), er fließt durch drei Provinzen: Henan (河南), Anhui (安徽) und Jiangsu (江苏); 望断 : in die Ferne schauen; 关塞 : Festungen an der Grenze. Der Huai-Fluss bildet die Grenze zwischen dem Südsong-Reich und dem Jin-Reich im Norden ③ 征尘暗 : an der Front wirbelt Staub; 霜风劲 : kalter Wind weht heftig; 悄边声 : es herrscht an der Front Stille; 黯销凝 : das stimmt mich schwermütig ④ 当年事 : gemeint: das Jin-Reich (金国) besiegte 1127 das Nordsong-Reich (北宋 , 960 −1127) und nahm zwei Kaiser gefangen; 殆 [dài]: fast; 天数 : Himmelswille; 非人力 : es liegt nicht in Menschenhand ⑤ 洙泗 : der Zhu- und Si-Fluss, die beiden Flüsse sind in Provinz Shandong (山东), sie fließen durch die Heimat von Konfuzius, den Kreis Qufu (曲阜); 弦歌地 : gemeint: der Ort, wo Konfuzius Vorlesungen hielt, und von Musik begleitet; 膻腥 [shān xīng]: Geruch nach Hammelfleisch ⑥ 隔水 : auf der anderen Seite des Huai-Flusses; 毡 [zhān] 乡 : ein

Wohngebiet voller Jurten; 区脱 : militärische Wachstationen ⑦ 名王 : (hier) Generäle aus dem Jin-Reich; 宵猎 : Jagd in der Nacht; 骑火一川明 : die Fackeln der Reiterei beleuchten den Huai-Fluss hell ⑧ 笳 [jiā]: ein flötenähnliches Instrument; 悲鸣 : jämmerlich klingen; 遣 [qiǎn]: lassen ⑨ 匣 [xiá]: Schwertscheide; 空 : umsonst; 埃 [āi]: bestauben; 蠹 [dù]: von den Motten zerfressen sein; 竟何成 ! : wie kann ich sie noch gebrauchen! ⑩ 时易失 : die Zeit ist nutzlos verflossen; 心徒壮 : mein hohes Ideal ist aussichtslos; 岁将零 : das Jahr wird bald zu Ende; 渺 [miǎo] 神京 : die Befreiung der Hauptstadt Bianjing (汴京) ist ungewiss; Bianjing ist heute die Stadt Kaifeng (开封), Provinz Henan (河南) ⑪ 干羽 : zwei Tanzmittel in der alten Zeit; 怀远 : dem Feind entgegenkommen (hier ist eine Kritik an der Kapitulantenpolitik des Kaiserhofes.); 静烽燧 [suì]: das Alarmfeuer an der Grenze erlöschen lassen; 且休兵 : die Waffen ruhen lassen ⑫ 冠 : zeremonielle Kopfbedeckung; 盖 : die Plane eines Wagens; 使 : die Gesandten; 纷驰骛 [wù]: eilig hinfahren; 若为情 : sich schämen müssen ⑬ 中原 : gemeint ist das von den Eindringlingen besetzte Gebiet; 遗老 : die im besetzten Gebiet bleibenden alten Leute; 翠葆 [bǎo]: die mit jadegrünen Federn geschmückte Wagenplane; 霓旌 [jīng]: die mit Wolkenmustern bestickte Fahne ⑭ 忠愤填膺 [yīng]: von gerechter Empörung gepackt sein; 泪如倾 [qīng]: Tränen stürzen aus den Augen.

Nach der Melodie „Liu Zhou Ge Tou"

Ich schaue nach dem Huai-Fluss in der Ferne,

Das Unkraut bewächst schon die Festungen.

An der Front wirbelt Staub, und ein kalter Wind weht heftig,

Es herrscht dort Stille, das alles stimmt mich schwermütig.

Ich erinnere mich an den feindlichen Einfall,

Das wäre aus dem Himmelswillen geschehen,

Und es hätte nicht in Menschenhand gelegen.

Am Zhu- und Si-Fluss war früher der Lehrort von Konfuzius,

Heute herrscht dort des Hammelfleisches Geruch.

Auf der anderen Seite des Huai-Flusses ist ein Wohngebiet voller Jurten,

Abends werden Kühe und Schafe heimgetrieben,

Und überall sind militärische Wachstationen einge richtet.

Man sieht die feindlichen Generäle in der Nacht jagen,

Und die Fackeln der Reiterei beleuchten den Huai-Fluss hell.

Dies alles lässt einen zurückschrecken.

Da denke ich an den Bogen und die Pfeile an meinem Gürtel und an das Schwert in der Scheide ,

Diese sind umsonst bestaubt und von Motten zerfressen.

Wie könnte ich sie noch gebrauchen!

Die Zeit ist nutzlos verflossen,

Mein hohes Ideal ist nicht in Erfüllung gegangen.

Das Jahr läuft bald zu Ende,

Und die Befreiung der alten Haupstadt Bianjing ist

noch ungewiss.

Der Kaiserhof will den Besatzern entgegenkommen mit

Tanz und Musik,

Und lässt das Alarmfeuer erlöschen und die Waffen

ruhen.

Die Gesandten fahren im Wagen mit den Plänen eilig hin,

Da muss sich einer schämen.

Ich habe gehört:

Die im besetzten Gebiet bleibenden Alten schauen immer

Nach des Kaisers Flaggen und Kampfwagen aus dem

Süden.

Dies veranlässt die Vorbeigehenden zur gerechten

Empörung,

Und Tränen stürzen ihnen aus den Augen.

Zu diesem Ci:

Das Südsong-Reich (1127 – 1279) unternahm 1163 und 1206

zwei Nordfeldzüge gegen das Jin-Reich, leider ohne Erfolg. Der Autor schrieb nach der Niederlage von 1163 dieses kritische Ci. Damals war er in der Stadt Nanjing (南京). Im ersten Teil beschreibt er den Zustand in dem vom Feind besetzten Gebiet nördlich vom Huai-Fluss; im zweiten Teil kritisiert er die Kapitulationspolitik des Kaiserhofes und klagt, dass er nicht am Kampf gegen die Besatzer teilnehmen kann.

Liu Kezhuang stammte aus einer Beamtenfamilie, in der Beamtenkarriere hatte er sich bis zum Staatssekretär（龙图阁大学士）emporgearbeitet. Er gehörte zum Kreis der patriotischen Ci-Dichter der Südsong-Dynastie, von ihm sind 130 Cis erhalten geblieben.

贺新郎^①·送陈子华赴真州^②

北望神州路。^③

试平章、这场公事，怎生分付。^④

记得太行山百万，曾入宗爷驾驭。^⑤

今把作、握蛇骑虎。^⑥

君去京东豪杰喜，想投戈、下拜"真吾父"。^⑦

谈笑里，定齐鲁。^⑧

两河萧瑟惟狐兔。^⑨

问当年、祖生去后，有人来否？^⑩

多少新亭挥泪客，谁梦中原块土。^⑪

算事业、须由人做。⑫

应笑书生心胆怯，向车中、闲置如新妇。⑬

空目送，塞鸿去。⑭

① 贺新郎: die Melodie „He Xin Lang" (Dem Bräutigam gratulieren)
② 陈子华: ein Freund des Autors, er ist als Gouverneur nach Zhenzhou
(真州), einem Verwaltungsbezirk, versetzt, es liegt nördlich vom
Yangtse-Fluss, heute ist es Kreis Yizheng (仪征县), Provinz Jiangsu
(江苏), damals war es die militärische Grenze zwischen dem Südsong-
Reich und dem Jin-Reich (金国) ③ 神州路: gemeint : das vom Jin-
Reich besetzte Nordhoheitsgebiet ④ 试: versuchen; 平章: überlegen;
这场公事: die Sache des Kampfes gegen die fremden Besatzer; 怎生分
付 ?: wie wird der Kampf geführt? ⑤ 太行山: die Gebirgskette Taihang
liegt an den Grenzen von den drei Provinzen Shanxi (山西), Henan (河
南) und Hebei (河北) ; 百万: eine Million Aufständische sammelten
sich im Taihang-Gebirge und kämpften gegen die Eindringlinge aus dem
Jin-Reich; 宗爷: General Zong Ze (宗泽) gemeint, er kämpfte
erfolgreich gegen die Eindringlinge; 驾驭 [yù]: unter dem Befehl (von
Zong Ze) ⑥ 把作 = 当作: jn./et. für ... halten; 握蛇骑虎: eine Schlange
in der Hand halten und auf einem Tiger sitzen. Hier zeigt es , dass die
Obrigkeit die aufständischen Bauertruppen für ein Hindernis in der
Durchsetzung ihrer Kapitulationspolitik hält ⑦ 君: (höfliche Anrede)
du; 京东: gemeint östlich von der Hauptstadt Bianjing (汴京) der
Nordsong-Dynastie (北宋) , heute die Stadt Kaifeng (开封), Provinz

Henan (河南); 豪杰 : gemeint: die gegen die Eindringlinge kämpfenden Bauerntruppen; 投戈 : die Waffen strecken; 真吾父 : ein Führer der Bauerntruppen namens Zhang Yong (张用) warb in der Provinz Jiangxi (江西) Soldaten, er bekam dazwischen einen Brief vom General Yue Fei (岳飞), beim Lesen sagte er, Yue Fei sei „wirklich mein alter Herr". Dann kam er mit seinen Truppen zu Yue Fei. ⑧ 谈笑里 : mühelos, mit spielerischer Leichtigkeit; 定齐鲁 : das Gebiet Qilu (heute Provinz Shandong (山东) befreien. In der Geschichte entstanden dort Staat Qi (齐国) und Staat Lu (鲁国)) ⑨ 两河 : gemeint: die beiden Seiten des Huanghe-Flusses (黄河); 萧瑟 [xiāo sè]: öde, verlassen; 惟 : nur ⑩ 祖生 = 祖逖 [tì]: er war General in der Dongjin-Dynastie (东晋), im Jahr 317 hat er im Nordfeldzug die Südseite des Huanghe-Flusses befreit. Hier sind die Generäle Yue Fei (岳飞) und Zong Ze (宗泽) gemeint ⑪ 新亭 : Ortsname, ein Ausflugsort, der südlich von der Hauptstadt der Dongjin-Dynastie Jiankang (建康) lag, 建康 heute ist die Stadt Nanjing (南京); 挥泪客 : die hohen Beamten kamen oft nach 新亭 zur Vergnügung, beim Festessen sprach man von dem verlorenen Hoheitsgebiet im Norden, da kamen bei vielen die Tränen; 中原 : das zentrale Gebiet am Mittel- und Unterlauf des Huanghe-Flussses (黄河); 块土 : ein Stück Territorium. Dieser Satz ist eine indirekte Kritik an den Herrschenden der Südsong-Dynastie ⑫ 算 = 盘算 : et. besprechen und planen ⑬ 书生 : gemeint der Autor selbst: ich als Stubengelehrter; 心胆怯 : innerlich feige; 向车中闭置 : sich im Wagen verbergen; 如新妇 : wie eine Braut ⑭ 寒鸿 : eine Schwanengans auf dem kalten Gebiet der Nordgrenze, gemeint: Chen Zihua (陈子华) .

Nach der Melodie „He Xin Lang"
Abschied von Herrn Chen Zihua, der nach Zhenzhou geht

Wir schauen nach dem Norden auf das verlorene Hoheitsgebiet.

Wir sollen uns überlegen, wie der Kampf gegen die fremden Besatzer geführt wird.

Wir erinnern uns noch an eine Million aufständischen Bauerntruppen im Taihang-Gebirge,

Sie kämpften unter dem Befehl des Generals Zong Ze gegen die Eindringlinge.

Aber heute halten die Herrschenden sie für eine Schlange in der Hand und einen unbändigen Tiger.

Du gehst zum Gebiet östlich von der alten Hauptstadt Bianjing,

Darauf werden sich die aufständischen Helden freuen.

Sie werden zu dir, ihrem wirklichen alten Herrn, kommen,

Dann wirst du mit spielerischer Leichtigkeit das Qilu-Gebiet befreien.

Die beiden Ufer des Gelbflusses sind jetzt öde,

dort ist die Welt der Hasen und Füchse.

Wir wollen fragen: Wer ist nach Herrn General Zong Ze

dorthin zum Kampf gegen die Eindringlinge gezogen?

Viele hohe Beamte weinen beim Festessen am

Ausflugsort Xinting,

wenn sie von diesem verlorenen Hoheitsgebiet sprechen.

Aber wer von ihnen hat mal von diesem Zentralgebiet

geträumt?

Wir sollten uns überlegen, wer die Sache des Kampfes

gegen die fremden Besatzer in die Hand nimmt.

Über mich als einen Stubengelehrten wird man lachen,

Ich bin innerlich feige und verberge mich im Wagen

wie ein Braut.

Du bist wie eine Schwanengans aus dem kalten Norden,

Ich sehe, du gehst fort.

Zu diesem Ci:

Hier kritisiert der Dichter indirekt die Kapitulationspolitik der Obrigkeit der Südsong-Dynastie und wünscht gleich seinem Freund viel Erfolg beim Kampf gegen die fremden Besatzer. Aber er bezeichnet sich selbst als feige, dies zeigt seine Bescheidenheit. Das Ci selbst zeigt schon sein patriotisches Verhalten und seinen Mut.

木兰花^①·戏林推^②

年年跃马长安市，客舍似家家似寄。^③
青钱换酒日无何，红烛呼卢宵不寐。^④

易挑锦妇机中字，难得玉人心下事。^⑤
男儿西北有神州，莫滴水西桥畔泪。^⑥

① 木兰花 : die Melodie „Mu Lan Hua" (Die Blüten der Magnolie)
② 戏: ein Scherz; 林推 = 林推官: Herr Lin ist Beamter in einem
Verwaltungsbezirk, ein Landsmann des Autors ③ 长安市 : hier gemeint:
die Hauptstadt Lin'an (临安) der Südsong-Dynastie, heute ist es die
Stadt Hangzhou (杭州); 客舍似家 : das Gasthaus für Zuhause halten;
家似寄 : das Zuhause ist zum Gasthaus geworden ④ 青钱 : Groschen
aus Bronze; 日无何 : den ganzen Tag nichts tun; 呼卢 : Glücksspiel; 寐
[mèi]: schlafen ⑤ 易挑 : leicht verstehen; 锦妇机中字 : zitiert aus den
„Biografien der verschiedenen Frauen aus der Zeit der Jin-Dynastie
(265−420)" (《晋·列女传》): eine Frau namens Su Hui (苏惠) webte
auf einem Stück Brokat ein rundlesendes Gedicht (回文诗) für ihren
Mann und offenbarte darin ihre innige Liebessehnsucht nach ihm; 难
得 : schwer herauskriegen; 玉人 : (hier) Freudenmädchen; 心下事 :
das wahre Vorhaben ⑥ 西北有神州 : gemeint: das Hoheitsgebiet im
Nordwesten ist noch nicht befreit; 水西桥 : die Shuixi-Brücke, dort
gab es viele Bordelle.

Nach der Melodie „Mu Lan Hua"
Ein Scherz mit Herrn Lin

Jahr für Jahr reiten Sie stolz auf einem Pferd in der
Hauptstadt herum,

Das Gasthaus ist für Sie wie ein Zuhause geworden,

und das Zuhause ist für Sie wie ein Gasthaus.

Mit Groschen kaufen Sie nur Wein,

sonst tun Sie nichts den ganzen Tag,

Und in der Nacht spielen Sie in der Spielhölle unter der

roten Kerze ohne Schlaf.

Sie können das rundlesende Gedicht Ihrer Frau leicht

verstehen,

Aber es fällt Ihnen schwer,

das wahre Vorhaben der Freudenmädchen

herauszukriegen.

Die Männer sind verpflichtet, das vom Feind besetzte

Hoheitsgebiet im Nordwesten zu befreien,

Sie sollten keine Tränen für die Dirnen auf der Shuixi-

Brücke vergießen.

Zu diesem Ci:

Der Autor nennt es einen Scherz, aber inhaltlich ist es sehr ernst gemeint. Er rät seinem Landsmann, sein ausschweifendes Leben aufzugeben und sich in den Kampf gegen die fremden Besatzer zu stellen.

回文诗 (das rundlesende Gedicht):

Wir möchten hier mit vier Beispielen zeigen, was ein „回文诗" ist:

Beispiel 1: Dichterin Wu Jiangxue (吴绛雪) aus der Qing-Dynastie (清朝) schrieb vier rundlesende Gedichte über die vier Jahreszeiten. Wir zitieren das zweite Gedicht „Über den Sommer" : 香莲碧水动风凉夏日长。

Es wird so gelesen: 香莲碧水动风凉，

水动风凉夏日长。

长日夏凉风动水，

凉风动水碧莲香。

So entsteht ein Kurzgedicht aus vier Sätzen mit je sieben Schriftzeichen (七言绝句).

Beispiel 2: Der große Dichter Su Shi (苏轼) schrieb folgendes Gedicht aus acht Sätzen mit je sieben Schriftzeichen

（七言律诗）：

<table>
<tr><td>

题金山寺

</td><td>

Man kann das Gedicht auch rückwärts lesen:

</td></tr>
<tr><td>

潮随暗浪雪山倾，

远浦渔舟钓月明。

桥对寺门松径小，

槛当泉眼石波清。

迢迢绿树江天晓，

霭霭红霞晚日晴。

遥望四边云接水，

碧峰千点数鸥轻。

</td><td>

轻鸥数点千峰碧，

水接云边四望遥。

晴日晚霞红霭霭，

晓天江树绿迢迢。

清波石眼泉当槛，

小径松门寺对桥。

明月钓舟渔浦远，

倾山雪浪暗随潮。

</td></tr>
</table>

so entsteht wieder ein ordentliches 七言律诗。

Beispiel 3: Dichter Zhu Tao（朱彝）aus der Qing-Dynastie schrieb das Ci《虞美人》(Der Klatschmohn)：

虞美人

孤楼倚梦寒灯隔，细雨梧窗逼。

冷风珠露扑钗虫，络索玉环，圆鬓凤玲珑。

肤凝薄粉残妆悄，影对疏栏小。

院空芜绿引香浓，冉冉近黄昏，月映帘红。

Man kann es rückwärts lesen, so entsteht wieder ein《虞美人》：

虞美人

红帘映月昏黄近，冉冉浓香引。

绿芜空院小栏疏，对影悄妆残粉薄凝肤。

珑玲凤鬓圆环玉，索络虫钗扑。

露珠风冷逼窗梧，雨细隔灯寒梦倚楼孤。

Es ist noch seltsamer, wenn man das Ci anderes liest, so entsteht ein Gedicht aus acht Sätzen mit je sieben Schriftzeichen (七律):

七律	Man kann es auch so lesen:
孤楼倚梦寒灯隔，	红帘映月昏黄近。
细雨梧窗逼冷风。	冉冉浓香引绿芜。
珠露扑钗虫络索，	空院小栏疏对影。
玉环圆鬓凤玲珑。	悄妆残粉薄凝肤。
肤凝薄粉残妆悄，	珑玲凤鬓圆环玉。

Beispiel 4:

Der berühmte Maler Feng Zikai (丰子恺) aus dem 20. Jahrhundert entdeckte ein Kurzgedicht aus vier Sätzen mit je fünf Schriftzeichen (五言绝句), das an einem alten Tuschstein (砚台) herum geschnitzt ist：

艳舞风流雾，

香迷月薄霞。

淡雨红幽树，

芳飞雪落花。

Es ist erstaunlich, dass man von jedem Schriftzeichen nach rechts oder nach links zu lesen beginnen kann, so entsteht je nachdem ein 五言绝句。

Zum Beispiel nehmen wir das Schriftzeichen „舞“:

Zuerst lesen wir es nach rechts:	Dann nach links:
舞风流零香，	舞艳花落雪，
迷月薄霞淡。	飞芳树幽红。
雨红幽树芳，	雨淡霞薄月，
飞雪落花艳。	迷香雾流风。

Dann nehmen wir das Schriftzeichen „风“:

Nach rechts:	Nach links:
风流雾香迷，	风舞艳花落，
月薄霞淡雨。	雪飞芳树幽。
红幽树芳飞，	红雨淡霞薄，
雪落花艳舞。	月迷香雾流。

Von dem Schriftzeichen „流“:

Nach rechts:	Nach links :
流雾香迷月，	流风舞艳花，
薄霞淡雨红。	落雪飞芳树。

幽树芳飞雪，　　　　　　　幽红雨淡霞，

落花艳舞风。　　　　　　　薄月迷香雾。

Insgesamt kann man 40 „五言绝句" daraus machen. Wenn der Leser daran Interesse hätte, könnte er selbst versuchen. Diese Sonderart eines Gedichts kann nicht jeder Dichter schaffen. Dazu muss man die Zauberkraft der chinesischen Sprache meisterhaft beherrschen.

史达祖　　**shǐ dá zǔ**　（1163−1220?）

Shi Dazu war 1203−1206 Sekretär beim Kanzler Han Tuozhou（韩侂胄）, Beiname Pu Jiang（浦江）. Seine Cis sind meistens Loblieder, gesammelt im Band *Die Cis von Pu Jiang*, von ihm sind 110 Cis erhalten geblieben.

双双燕[①] · 咏燕

过春社了，度帘幕中间，去年尘冷。[②]
差池欲住，试入旧巢相并。[③]
还相雕梁藻井，又软语商量不定。[④]
飘然快拂花梢，翠尾分开红影。[⑤]

芳径，芹泥雨润，爱贴地争飞，竞夸轻俊。[⑥]
红楼归晚，看足柳昏花暝。[⑦]
应自栖香正稳，便忘了天涯芳信。[⑧]
愁损翠黛双蛾，日日画阑独凭。[⑨]

① 双双燕: die Melodie „Shuang Shuang Yan" (Das Paar Schwalben)

② 春社 : früher brachte man beim Frühlingsäquinoktium (am 20. oder 21. März) der Erde ein Opfer dar. Und diese Zeremonie wurde Chun She (春社) genannt; 度 : (hier) fliegen; 帘幕 : Gardine und Vorhang; 坐冷 : (das Nest ist) bestaubt und kalt ③ 差池 : die ungleichmäßigen Federn der Flügel; 相并 : dicht nebeneinander ④ 相 : (hier) schauen; 藻 [zǎo] 井 : die abgesackte Decke; 软语 leise sprechen; 不定 : ohne Ergebnis ⑤ 飘然 : schwebend; 快拂 [fú]: schnell streicheln; 红影 : Schatten der roten Blumen ⑥ 芳径 : ein Pfad voller Blumen; 芹泥 : der Boden, auf dem Sellerien wachsen; 雨润 [rùn]: feucht; 爱 : gern; 贴地 : dicht an dem Boden; 争飞 : wetteifernd fliegen; 轻俊 : leicht und flink ⑦ 柳昏花暝 [míng]: Weiden und Blumen in der Abend-dämmerung ⑧ 栖香正稳 : süß und ruhig schlafen; 天涯芳信 : ein Liebesbrief aus der Ferne ⑨ 翠黛 [cuì dài]: grünschwarz; 双蛾 : Augenbrauen; 画阑 : ein gemaltes Geländer; 凭 [píng]: sich anlehnen.

Nach der Melodie „Shuang Shuang Yan"
Das Loblied auf die Schwalben

Nach dem Frühlingsäquinoktium sind die Schwalben wieder da,

Ein Paar Schwalben fliegen durch Gardine und Vorhang, und finden ihr Nest vom Vorjahr.

Es ist schon bestaubt und kalt.

Sie schwingen ihre Flügel aus ungleichen Federn,

fliegen ins Nest und sitzen dicht nebeneinander.

Sie schauen auf die geschnittenen Balken und

die abgesackte Decke,

Leise beraten sie was und kommen scheinbar

zu keinem Ergebnis.

Dann streichen sie schwebend über die Blumen,

Da spalten ihre jadegrünen Schwänze

den Schatten der roten Blüten.

Dort ist ein Pfad voller Blumen, herum ist die Erde

feucht, Die Schwalben fliegen gern wetteifernd dicht

am Boden, So führen sie ihre Flinkheit vor.

Nun haben die Schwalben die Weiden und Blumen in

der Abenddämmerung genug gesehen und fliegen in

das rote Gebäude zurück.

Dann schlafen die Schwalben ruhig und süß,

Leider haben sie vergessen, den Liebesbrief

auszuhändigen.

Vor Liebeskummer runzelt die Frau die schwarzen

Brauen,

Jeden Tag lehnt sie sich an das gemalte Geländer,

Und schaut sehnlich in die Ferne.

Zu diesem Ci:

Hier werden die Schwalben sehr lebendig beschrieben, aber am Schluss wird plötzlich der Blickwinkel auf eine unter dem Liebes kummer leidende Frau geworfen.

绮罗香^①·咏春雨

做冷欺花，将烟困柳，千里偷催春暮。^②
尽日冥迷，愁里欲飞还住。^③
惊粉重、蝶宿西园，喜泥润、燕归南浦。^④
最妨它、佳约风流，钿车不到杜陵路。^⑤

沉沉江上望极，还被春潮晚急，难寻官渡。^⑥
隐约遥峰，和泪谢娘眉妩。^⑦
临断岸、新绿生时，是落红、带愁流处。^⑧
记当日、门掩梨花，剪灯深夜语。^⑨

① 绮罗香 : die Melodie „Qi Luo Xiang" (Der duftende Brokat) ② 做冷 : der kalte Frühlingsregen; 欺花 : die Blumen schikanieren; 困柳 ; die Weiden verhüllen; 催 [cuī]: drängen; 春暮 [mù]: das Rückgehen des Frühlings ③ 冥 [míng] 迷 ; dunkel und verschwommen; 欲飞还住 : (der Regen) will mal rauschen und mal aufhören ④ 惊粉重 : die Schmetterlinge fürchten, dass der Regen ihre Flügel beschwert; 宿: (hier) sich niedersetzen; 喜泥润 : das Nest gern mit feuchter Erde bauen; 南

浦：die Überfahrtsstelle Nanpu ⑤ 妨 [fáng]＝妨害：gefährden；它：
(hier) Frühlingsteren；佳约：ein fröhliches Treffen；风流：(hier)
die Prominenzen；钿 [diàn] 车：der Prunkwagen；杜陵：Ortsname,
lag südlich von der Hauptstadt Chang'an (长安) der Tang-Dynastie,
dort war ein bekannter Ausflugsort ⑥ 沉沉：dunstig；望极：in die Ferne
schauen；急：drängen；官渡：die öffentliche Überfahrtsstelle ⑦ 隐
约：unklar；和泪：mit Tränen；谢娘：(hier) eine Schönheit；妩 [wǔ]:
anmutig ⑧ 断岸：das steile Ufer；新绿生：Bäume und Gräser grünen
aufs Neue；落红：die gefallenen Blumenblätter ⑨ 梨花：Birnenblüten；
剪灯：die Kerze putzen；夜语：in der Nacht mit jm. sprechen.

Nach der Melodie „Qi Luo Xiang"
Das Loblied auf den Frühlingsregen

Der kalte Frühlingsregen schikaniert die Blumen und
verhüllt mit Rauchdunst die Weiden,
Er drängt heimlich den Frühling, aus aller Welt
rückzugehen,
Der Frühlingsregen ist ganztags dunstig und
verschwommen,
Und er ist auch trübsinnig, so will er mal rauschen
und mal aufhören.
Die Schmetterlinge fürchten sich, dass der Regen
ihre Flügel beschwert,

So lassen sie sich im Westgarten nieder.

Die Schwalben bauen gern ihre Nester mit der feuchten
Erde,

So fliegen sie nach Nanpu zur Überfahrtsstelle.

Der Frühlingsregen gefährdet am schwersten,

dass die Prominenzen mit Prunkwagen

zum fröhlichen Treffen am Ausflugsort Duling fahren.

Der Fluss ist von schwerem Dunst verhüllt, ich schaue
in die Ferne.

Am Abend bin ich von der Frühlingsflut gedrängt,

Aber die öffentliche Überfahrtsstelle ist schwer zu finden.

In der Ferne stehen unklare Gipfel, sie sehen aus

wie die anmutigen Brauen einer Schönheit

mit Tränen in den Augen.

An dem steilen Ufer grünen die Bäume und Gräser
wieder,

dorthin fließen betrüblich die abgefallenen Blüten.

Da erinnere ich mich noch:

Einmal sah ich die Birnen im Hof voll blühen,

Und das Tor war geschlossen,

In der Nacht putzte ich die Kerze und tuschelte

mit meiner Schönen.

Zu diesem Ci:

Das Ci schildert den Frühlingsregen, aber ohne den Titel kann der Leser schwer verstehen, was hier beschrieben ist, denn im Text kommt das Wort „Frühlingsregen" nicht vor. Es ist ein stilistisches Merkmal des Autors. Und am Schluss ist der Blickwinkel auch gewechselt.

张 炎　　zhāng yán　　(1248–1320)

Zhang Yan war ein bekannter Ci-Dichter in der späten Zeit der Südsong-Dynastie, stammte aus der Familie eines hohen Beamten. Nach dem Untergang der Südsong-Dynastie wanderte er umher. Seine Cis beschreiben mehr die Trauer über den Reichsuntergang und sein eigenes Schicksal, seine Werke sind im Band *Weiße Wolken in den Bergen* (《山中白云》) gesammelt.

高阳台①·西湖春感②

接叶巢莺，平波卷絮，断桥斜日归船。③
能几番游？看花又是明年。
东风且伴蔷薇住，到蔷薇、春已堪怜。④
更凄然，万绿西泠，一抹荒烟⑤

当年燕子知何处？但苔深韦曲，草暗斜川。⑥
见说新愁，如今也到鸥边。⑦
无心再续笙歌梦，掩重门、浅醉闲眠。

246

莫开帘，怕见飞花，怕听啼鹃。⑧

① 高阳台 : die Melodie „Gao Yang Tai" (Der hohe Balkon) ② 西湖 : der Westsee, liegt in der Hauptstadt der Südsong-Dynastie Lin'an (临安), heute die Stadt Hangzhou (杭州); 西湖春感 : Frühlingsgemüt am Westsee ③ 接叶 : (hier) dichte Baumblätter; 巢莺 : die Pirole nisten ...; 絮 [xù]: Weidenkätzchen; 断桥 : Brückenname, die Brücke liegt im Norden des Westsees ④ 住 : bleiben; der Satz „到蔷薇…": wenn die Rosen blühen, dann ist die Frühlingslandschaft erbärmlich ⑤ 更凄然 : noch trauriger sein; 西泠 [líng]: Brückenname, die Brücke liegt im Nordwesten des Westsees ⑥ 燕子 : nach dem Gedicht《乌衣巷》vom Dichter 刘禹锡 aus der Tang-Zeit: „旧时王、谢堂前燕，飞入寻常百姓家". Es deutet hin auf den Verfall der Familien von den hohen Hof-Beamten; 苔深 : vom Moos dicht bedeckt sein; 韦曲 : Ortsname, der Ort liegt südlich von der Hauptstedt Chang'an (长安)der Tang-Dynastie, heute heißt es Xi'an (西安), Provinz Shaanxi (陕西). In „韦曲" wohnte damals die mächtige Familie Wei (韦), hier ist die verfallene Familie des Autors gemeint; 草暗 : die Unkräuter wuchern; 斜川 : Ortsname, der Ort liegt im Xingzi-Kreis (星子县), Provinz Jiangxi (江西), ein Ort für das Zusammentreffen der Literaten. Hier ist die alte Familienresidenz des Autors gemeint. ⑦ 见说 : man sieht, dass ...; 到鸥边 : das neue Leid hat auch die Möwen getroffen (Das deutet auf den Untergang der Südsong-Dynastie, und das alte Leid ist der Untergang der Nordsong-Dynastie.) ⑧ 帘 : Gardine; 飞花 : die fliegenden Blumenblätter; 啼鹃 : das Rufen des Kuckucks.

Nach der Melodie „Gao Yang Tai"
Frühlingsgemüt am Westsee

Die Pirole nisten in den dichten Baumblättern,

Die flachen Wellen fegen fort die Weidenkätzchen,

Und am Abend fährt mein Boot zurück an die

Duanqiao-Brücke.

Wie viele Male kann ich noch mit dem Boot fahren?

Um die Blumen anzuschauen,

muss ich noch ein Jahr lang warten.

Ostwind, du solltest die Rosen bleiben lassen!

Wenn sie verblühen,

dann ist die Frühlingslandschaft erbärmlich.

Es ist noch mehr trübseliger, dass der Rauchdunst die

im Grün stehende Xiling-Brücke verhüllt.

Wo sind die damaligen Schwalben geblieben?

Die ehemalige Residenz meiner Familie ist von

dichtem Moos bewachsen,

Und die Unkräuter wuchern dort,

wo die Literaten früher zusammentrafen.

Man sieht, dass der neue Kummer heute die Möwen

vom Westsee auch getroffen hat.

Ich habe keine Lust,

den Traum von Vergnügungen fortzusetzen,

Ich schließe mich im Haus ein und schlafe müßig und

leicht trunken.

Die Gardinen sollten zugezogen bleiben,

Denn ich fürchte mich vor den fliegenden Blumenblättern

und dem Kuckucksrufen.

Zu diesem Ci

Es ist ein repräsentatives Ci des Autors, geschrieben ist nach dem Untergang der Südsong-Dynastie. Am Anfang wird die Verlassenheit des Westsees beschrieben. Der zweite Teil stellt die Öde der alten Hauptstadt und den Verfall der Familie des Autors dar. Aber das alles darf er nicht offen sagen, er muss die Beispiele aus der Geschichte nehmen. Denn die Literaten waren unter Herrschaft der Mongolen sehr unterdrückt, ihre soziale Stellung war sogar hinter den Prostituierten. So kann sich der Leser vorstellen, warum er sich im Haus eingeschlossen hat und versucht, sich mit Wein zu trösten.

渡江云 ①
——山阴久客，一再逢春，回忆西杭，渺然愁思 ②

山空天入海，倚楼望极，风急暮潮初。③
一帘鸠外雨，几处闲田，隔水动春锄。④
新烟禁柳，想如今、绿到西湖。⑤
犹记得、当年深隐，门掩两三株。⑥

愁余。荒洲古溆，断梗疏萍，更漂流何处？⑦
空自觉、围羞带减；影怯灯孤。⑧
常疑即见桃花面，甚近来、翻笑无书。⑨
书纵远，如何梦也都无？⑩

① 渡江云：die Melodie „Du Jiang Yun" (Die Wolken ziehen über den Fluss) ② 山阴：die Stadt Shanyin ③ 两杭：die Stadt Hangzhou (杭州) liegt westlich von der Stadt Shanyin, so wird von Shanyin aus als Xihang genannt; 渺 [miǎo] 然：betrübt ③ 山空：die Berge ragen hoch; 望极：in die Ferne schauen; 暮潮：die Abendflut ④ 鸠 = 斑鸠：die Turteltaube; 闲田：das Brachfeld; 动春锄 [chú]：die Frühjahrsbestellung beginnt ⑤ 禁柳：die Weiden verhüllen; 西湖：der Westsee von der Stadt Hangzhou ⑥ 深隐：das Einsiedlerleben; 株：(hier) die Weide ⑦ 愁余：kummervoll; 荒洲：die öde Sandbank; 古溆 [xù]：das verfallene Ufer; 断梗：gebrochene Stängel; 疏萍：spärliche Wasserlinsen ⑧ 空：umsonst; 羞：sich schämen; 围带：der Gürtel; 减：(hier) locker; 怯：

sich fürchten ⑨ 常疑 : oft zweifeln; 桃花面 : nach einem Gedicht vom Dichter Cui Hu (崔护) aus der Tang-Zeit: „人面桃花相映红" . Hier gemeint: die Schönheit; 翻笑 : überhaupt.

Nach der Melodie „Du Jiang Yun"

—Ich lebe schon lange als Gast in der Stadt Shanyin, in jedem Frühling erinnere ich mich an die Stadt Hangzhou im Westen, da bin ich immer betrübt.

Die Berge ragen hoch, der Himmel reicht bis zum Meer.

Ich lehne mich an das Hochhaus und schaue in die Ferne,

Der starke Wind wirft hoch die Abendflut

Durch den Vorhang sehe ich:

es regnet, und die Turteltauben gurren,

Da liegen ein paar Brachfelder, und am anderen Ufer

Beginnen die Bauern schon mit der Frühjahrsbestellung.

Der neue Dunst verhüllt die Weiden, da denke ich;

Das Grün ist schon zum Westsee gekommen.

Ich erinnere mich an mein damaliges Einsiedlerleben von dort,

Da wachsen ein paar Weiden hinter meinem geschlossenen Tor.

Ich bin kummervoll. Vor mir: die öde Sandbank,

Das verfallene Ufer und die gebrochenen Stängel,

Und noch die schwimmenden Wasserlinsen,

Wohin fließen sie denn?

Ich spüre, dass mein Gürtel immer locker wird, aber

dagegen kann ich nichts tun,

Und ich fürchte mich, dass die einsame Lampe einen

immer mageren Schatten von mir wirft.

Ich zweifele oft, ob ich die Schönheit noch sehen kann,

In der letzten Zeit bekomme ich von ihr überhaupt

keinen Brief.

Gewiss muss ihr Brief einen langen Weg gehen,

Warum erscheint sie doch nicht in meinem Traum?

Zu diesem Ci:

Hier beschreibt der Autor seine Einsamkeit in der Fremde. Er vergleicht sich mit den gebrochenen Stängeln und den schwimmenden Wasserlinsen. Dazu kommt noch die hoffnungslose Liebessehnsucht nach der Schönheit, was ihm nur mehr Leid bringt.

林 逋　　lín bū　（967－1028）

Lin Bu, war lebenslang nicht willig, Beamter zu werden, er wohnte alleine auf dem Gu-Berg (孤山) am Westsee (西湖) von der Stadt Hangzhou (杭州), pflanzte Winterkirschen und züchtete Kraniche, 20 Jahre ging er nicht in die Stadt.

长相思 ①

吴山青，越山青，②
两岸青山相送迎。③
谁知离别情？④

君泪盈，妾泪盈，⑤
罗带同心结未成。⑥
江头潮已平。⑦

① 长相思: die Melodie „Chang Xiang Si" (Die lange Liebessehnsucht)

② 吴山: der Wu-Berg, liegt am Nordufer des Qiantang-Flusses (钱塘江) in der Stadt Hangzhou (杭州), das Gebiet gehörte in der alten

Zeit zum Wu-Land, daher kommt der Name; 越山 : der Yue-Berg liegt am Südufer des Qiantang-Flusses, in der alten Zeit gehörte er zum Yue-Land ③ 送迎 : verabschieden und begrüßen ④ 离别情 : Trennungsleid ⑤ 君 : du (höfliche Anrede); 妾 : ich (Selbstnennung einer Frau in der alten Zeit) ⑥ 罗带同心结 : ein herzförmiger Knoten aus Seidenband (bedeutet Liebesband) anknüpfen; 未成 : nicht gelingen ⑦ 潮已平 : die Flut ist gestiegen. Es bedeutet: das Schiff wird den Anker lichten.

Nach der Melodie „Chang Xiang Si"

Der Wu-Berg ist blau, der Yue-Berg ist blau,

Diese blauen Berge an den beiden Ufern

begrüßen und verabschieden die Liebenden.

Welcher Berg versteht unsere Bitterkeit bei der Trennung?

Dir stehen Tränen in den Augen.

Mir stehen Tränen in den Augen,

Weil das Anknüpfen des Liebesbandes nicht gelungen ist.

Die Flut ist gestiegen, dein Schiff wird gleich den

Anker lichten.

Zu diesem Ci:

Der Autor beschreibt hier eine tragische Liebe, aus Sicht der

Frau. Aber die Ursache ist nicht erwähnt, dies lässt den Leser nachdenken. Jedenfalls liegt es nicht an den beiden Liebenden.

Die Melodie kommt von einem Volkslied, die Wiederholung der Wörter und des Rhythmus zeigen hier die typischen Merkmale des Volksliedes.

宋祁　　sòng qí　（998–1061）

Song Qi (998–1061), 1024 bestand er die kaiserliche Prüfung, war Minister für Gewerbe und öffentliche Bauten (工部尚书), ein bekannter Historiker. Von ihm sind nur sechs Cis erhalten geblieben.

木兰花[①]

东城渐觉风光好，縠皱波纹迎客棹。[②]
绿杨烟外晓寒轻，[③]红杏枝头春意闹。[④]

浮生长恨欢娱少，肯爱千金轻一笑？[⑤]
为君持酒劝斜阳；且向花间留晚照。[⑥]

① 木兰花: die Melodie „Mu Lan Hua" (Die Magnolienblüten), auch „玉楼春" genannt ② 縠皱 [hú zhòu]: kreppartig; 棹 [zhào]: das Ruder; 客棹 : das Vergnügungsboot ③ 晓寒 : am frösteligen Morgen; 轻 : leicht schwingen ④ 红杏枝头春意闹 : die roten Aprikosenblumen blühen voller an den Zweigen und wetteifern mit der Frühlingspracht

⑤ 浮生 : im Leben; 肯 : willig sein; 一笑 : das Lachen einer Schönen
⑥ 斜阳 : die untergehende Sonne; 晚照 : Abendstrahlen.

Nach der Melodie „Mu Lan Hua"

Östlich der Stadt wird die Landschaft allmählich schöner,

Die krepppartigen Wellen locken die Vergnügungsboote.

Am frösteligen Morgen schwingen die Weidenruten

leicht in Dunst,

Die roten Aprikosenblumen blühen voller an den

Zweigen und wetteifern mit der Frühlingspracht.

Es ärgert uns, dass die Fröhlichkeit uns im Leben fehlt,

Warum sollten wir Wert auf Geld legen und das Lachen

einer Schönen aber unterschätzen?

Für dich möchte ich mit Wein die untergehende Sonne

überreden, dass sie ihre Abendstrahlen den Blumen

hinterlässt.

Zu diesem Ci:

Das Ci war schon zu Lebzeiten des Autors sehr populär. Er wurde scherzhaft als „Minister der roten Aprikosen" (红杏尚书) genannt, zwar in dem Satz „红杏枝头春意闹 ".

Im ersten Teil beschreibt der Autor die Frühlingslandschaft, im zweiten Teil rät er dem Leser, diese Herrlichkeit zu genießen, im Leben ist das Geld nicht alles.

王观　　**wáng guān**　（1035–1100）

Wang Guan bestand 1057 die kaiserliche Prüfung. dann war Kreisvorsteher, schließlich Mitglied der Kaiserlichen Akademie. Von ihm sind 28 Cis erhalten geblieben, in der Ausdrucksweise hat er etwas Neues hervorgebracht.

卜算子 [①] · 送鲍浩然之浙东 [②]

水是眼波横，山是眉峰聚。[③]
欲问行人去那边？眉眼盈盈处 [④]

才始送春归，又送君归去。[⑤]
若到江南赶上春，千万和春住。[⑥]

① 卜算子: die Melodie „Bu Suan Zi" (Der Wahrsager) ② 鲍浩然: ein Freund von Wang Guan; 之 : (hier) nach; 浙东 : Zhedong, das Ostgebiet von der Provinz Zhejiang (浙江) ③ 眼波 : glitzernde Augen einer Schönheit; 眉峰 : Augenbrauen einer schönen Frau ④ 眉眼盈盈处 : das Gebiet von vielen schönen Landschaften mit Flüssen und

Bergen ⑤ 才始 : eben ⑥ 江南 : südlich des Yangtse-Flusses; 千万 :
auf jeden Fall.

Nach der Melodie „Bu Suan Zi"
Abschied von Herrn Bao Haoran,
der nach Zhedong geht

Die Flüsse glitzern wie die Augen einer Schönheit,
Die Berge sind wie derer Brauen.
Ich möchte dich fragen, wohin du gehst,
Dorthin, wo es solche Flüsse und Berge gibt.

Ich habe eben vom Frühling Abschied genommen,
Und jetzt verabschiede ich mich von dir, du kehrst
heim.
Wenn du südlich des Yangtses den Frühling einholst,
Dann halte ihn unbedingt auf und erfreue dich seiner!

Zu diesem Ci:

Inhaltlich ist es allgemein gehalten, zu bemerken ist die
Ausdrucksweise: Der Vergleich am Anfang ist eigenartig, und
zum Ende hin ist die Phantasie gegenüber dem Frühling etwas
ganz Neues.

赵 令 畤　　**zhào lìng zhì**　（1051–1134）

Zhao Lingzhi stammte aus der Kaiserfamilie, hatte enge Beziehungen zum Dichter Su Shi (苏轼). Als Su Shi degradiert wurde, wurde er auch bestraft. Erst im Jahr 1131 wurde er vom Kaiser Gao Zong (高宗) rehabilitiert. Von ihm sind 30 Cis erhalten geblieben.

蝶恋花 ①

欲减罗衣寒未去，不卷珠帘，人在深深处。②
红杏枝头花几许？啼痕止恨清明雨。③

尽日沉烟香一缕，宿酒醒迟，恼破春情绪。④
飞燕又将归信误，小屏风上西江路。⑤

① 蝶恋花 : die Melodie „Die Lian Hua" (Die Schmetterlinge verlieben sich in die Blüten) ② 减 : (hier) ablegen; 罗衣 : das Seidenkleid; 寒未去 : die Frühlingskälte ist noch nicht vorbei; 不卷 : nicht aufrollen; 珠帘 : der Perlenvorhang; 深深处 : der tiefe Hinterhof ③ 啼痕 : mit

Tränen, 清明 : das Totenfest am 4. oder 5. des vierten Monats nach dem Mondkalender ④ 尽日 : der lange Tag; 沉香 : das Adlerholz; 烟一缕 [lǚ]: das Rauchwölkchen; 宿酒 : der Rausch von gestern Nacht; 醒迟 : sich sehr spät nach dem Trinken nüchtern werden; 恼破春情绪 : von der Liebesregung sehr geplagt sein ⑤ 飞燕 : in der alten Sage: die Schwalben können Nachrichten übermitteln; 误 : (hier) versäumen; 屏风 ; der Wandschirm.

Nach der Melodie „Die Lian Hua"

Ich möchte ablegen das Seidenkleid,

Aber die Frühlingskälte ist noch nicht vorbei.

Ich habe mich im tiefen Hinterhof eingeschlossen,

Und lasse den Perlenvorhang da hängen.

Wie viele rote Aprikosenblüten bleiben an den Zweigen noch?

Ich ärgere mich mit Tränen einzig über den gefühllosen Regen beim Totenfest.

Ich zünde das Adlerholz an, um die Tageszeit totzuschlagen,

Und starre ständig auf sein duftendes Rauchwölkchen.

Ich bin sehr spät aus dem Rausch der gestrigen Nacht

nüchtern geworden,

Ich bin von den Gefühlen der Liebe sehr geplagt.

Die Schwalben haben mir auch keine Nachricht von
der Zeit seiner Rückkehr mitgebracht,

Ich starre auf den kleinen Wandschirm, darauf ist der
lange Weg zum Westfluss gemalt.

Zu diesem Ci:

Hier wird die Liebessehnsucht einer jungen Frau nach ihrem
Mann beschrieben. Ihre Einsamkeit und ihr Liebeskummer sind
bildhaft dargestellt.

周 紫 芝　　**zhōu zǐ zhī**　（1082-1155）

Zhou Zizhi, Beiname: Shao Yin (少隐), andere Bezeichnung: buddhistischer Laienbruder Zhu Po（竹坡居士）, im Jahr 1131 bestand er die kaiserliche Prüfung, danach war er Annalist. Seine Cis sind im Band《竹坡词》gesammelt.

踏莎行 ①

情似游丝，人如飞絮，泪珠阁定空相觑。②
一溪烟柳万丝垂，无因系得兰舟住。③

雁过斜阳，草迷烟渚，如今已是愁无数。④
明朝且做莫思量，如何过得今宵去！⑤

① 踏莎行 : die Melodie „Ta Suo Xing" (über das Zypergras gehen)
② 情 : (hier) der Abschiedsschmerz; 游丝 : die vom Wind getragenen Spinnenfäden; 阁定 : stillstehen, unbeweglich; 相觑 [qù]: einander sehen ③ 丝 : (hier) die Ruten; 兰舟 : das buntbemalte Boot ④ 渚 [zhǔ]: die Sandbank ⑤ 思量 : denken; 今宵 : heute Nacht.

Nach der Melodie „Ta Suo Xing"

Der Abschiedsschmerz verwirrt uns so, als ob wir mit
dem Wind wie die Spinnenfäden flögen,
Wir beide sind so fassungslos wie die fliegenden
Weidenkätzchen,
Wir sehen uns unbeweglich mit Tränen an,
Die Weiden am Bach lassen ihre tausend Ruten
herunterhängen,
Diese können aber dein buntbemaltes Boot nicht halten.

Die Schwanengänse ziehen bei der Abenddämmerung
weiter fort,
Auf der vom Dunst verhüllten Sandbank sind die
Gräser verschwommen,
Jetzt bin ich von vollem Kummer geplagt.
Es mag sein, dass ich morgen nicht daran denke,
Aber wie könnte ich die heutige Nacht verbringen!

Zu diesem Ci:

Hier wird der Abschiedsschmerz beschrieben, und die
Nuturbilder bestärken die Abschiedsstimmung.

Chen Liang, bestand erst im Jahr 1193 die kaiserliche Prüfung, gleich danach wurde er zum Bezirksbeamten befördert, leider starb er im nächsten Jahr. Er befürwortete den Kampf gegen die fremden Besatzer.

水调歌头 ① · 送章德茂大卿使虏 ②

不见南师久，漫说北群空。③
当场只手，毕竟还我万夫雄。④
自笑堂堂汉使，得似洋洋河水，依旧只流东？⑤
且复穹庐拜，会向藁街逢。⑥

尧之都，舜之壤，禹之封，⑦
于中应有，一个半个耻臣戎！⑧
万里腥膻如许，千古英灵安在？磅礴几时通？⑨
胡运何须问，赫日自当中。⑩

① 水调歌头：die Melodie „Shui Diao Ge Tou" (Der Gesang auf

dem Fluss) ② 章德茂 [zhāng dé mào]: Name eines Beamten; 大卿 [qīng]: eine höfliche Anrede zu einem hohen Beamten: Exzellenz; 虏 [lǔ]: eine verächtliche Benennung für den Feind; 使虏 : (hier) zum Feindesland Jin (金) gesandt sein ③ 南师 : die Truppen der Südsong-Dynastie; 漫说 : nicht so meinen sollen; 北群空 ; unter den Pferden gibt es kein Edelpferd mehr. Nach einer Sage: ein Mann namens Bo Le (伯乐), der solche Pferde kennt, die an einem Tag tausend Meilen laufen können. Einmal war er in der Nordprovinz Hebei (河北) und hatte dort alle edlen Renner herausgesucht. Dann gab es dort kein schnelles Pferd mehr. Hier vergleicht der Autor die Pferde mit den Menschen. Der Satz bedeutet: Man sollte nicht meinen, dass die Südsong-Dynastie keine Talente hätte. ④ 当场只手 : vor mir sind Sie gerade eines von diesen Talenten. Hier ist eine Würdigung für den Herrn Gesandten; 毕竟 : jedoch, allenfalls; 万夫雄 : tausend Helden ④ 自笑 : es freut mich, dass …; 堂堂 : willensstark; 汉使 : Gesandter der Südsong-Dynastie; 洋洋河水 : der reißende Huanghe-Fluss (黄河); 流东 : nach Osten fließen ⑥ 且 = 姑且 : vorerst, vorläufig; 穹庐 [qióng lú]: die Jurte, hier ist der Königshof des Jin-Staates (金国) gemeint; 拜 : sich niederknien; 藁 (gǎo) 街 : es gab in der Hauptstadt der Han-Dynastie eine Straße namens Gao, dort wohnten vor allem Ausländer. Dieser Satz deutet drauf hin, dass die Hauptstadt des Jin-Staates eines Tages als Gefangener in die Hauptstadt der Südsong-Dynastie gebracht wird. ⑦ 尧 (yáo), 舜 [shùn], 禹 [yǔ]: die drei tugendhaften Häuptlinge des Han Stammes (汉族部落) in der Urgesellschaft Chinas; 都 , 壤 , 封 : jedes Wort

davon ist Hoheitsgebiet gemeint, Hier ist die Besatzungszone gemeint
⑧ 于中 : in der Besatzungszone; 耻臣戎 : es ist Schande, dass man vor
dem Feind kapituliert ⑨ 腥膻 [xīng shān]: Geruch nach Hammelfleisch;
如许 : so der Satz bedeutet: über das breite Gebiet herrschen die
Besatzer; 英灵 : die Seelen des für das Vaterland geopferten Helden;
安在 : wo geblieben sein; 磅礴 : heldenhaftes Verhalten, Heroismus;
几时通 : Wann wird der Heroismus gefördert werden? ⑩ 胡运 : das
Schicksal der Besatzer; 赫 [hè] 日 : die glänzende Sonne, (hier) die
Südsong-Dynastie gemeint; 自当中 : gerade am Mittag.

Nach der Melodie „Shui Diao Ge Tou"
Abschied von seiner Exzellenz Zhang Demao, der zum Feindesland Jin gesandt wird

Schon lange sind keine Truppen gegen die Besatzer
geschickt,

Aber man sollte damit nicht meinen, dass es

in der Südsong-Dynastie keine Talente gäbe,

Vor mir sind Sie gerade eines davon, schließlich haben
wir unzählige Helden.

Es freut mich, dass Sie ein willensstarker Gesandter sind,

Sie werden immer standhaft nach vorne streben,

Wie der reißende Huanghe-Fluss nach wie vor

nach Osten strömt.

Vorerst werden Sie sich vor dem Herrscher des Jin-
Staates niederknien,

Aber eines Tages werden Sie ihn als Gefangenen in
unserer Hauptstadt wiedersehen.

Das Hoheitsgebiet von Yao, Shun und Yu ist heute
vom Feind besetzt,

Dort gibt es bestimmt manche Leute, die

die Kapitulation als Schande halten.

Über dieses breite Gebiet herrschen nun die Besatzer!

Wo sind die Seelen der für das Vaterland geopferten
Helden?

Wann wird ihr Heroismus gefördert werden?

Man braucht nicht nach dem Schicksal der Besatzer zu
fragen,

Die Südsong-Dynastie steht im Schwung

wie die glänzende Sonne des Mittags.

Zu diesem Ci:

Der Autor schrieb im Jahre 1184 dieses kämpferische Ci, es
zeigt sein Verhalten gegenüber der Kapitulationspolitik der
Obrigkeit.

袁去华　　yuán qù huá　（1127?–1177 后）

Yuan Quhua (Geburts- und Sterbejahr unbekannt), im Jahr 1145 bestand er die kaiserliche Prüfung, daraufhin wurde er Kreisvorsteher. Von ihm sind 98 Cis erhalten geblieben.

剑器近 [1]

夜来雨。赖倩得、东风吹住。[2]
海棠正妖娆处，且留取。[3]

悄庭户。试细听、莺啼燕语。[4]
分明共人愁绪，怕春去。[5]

佳树，翠阴初转午。[6]
重帘未卷，乍睡起、寂寞看风絮。[7]
偷弹清泪寄烟波，见江头故人，为言憔悴如许。[8]
彩笺无数，去却寒暄，到了浑无定据。[9]
断肠落日千山暮。[10]

① 剑器近 : die Melodie „Jian Qi Jin" (Das Schwert in der Nähe)
② 赖 [lài]: sich auf jn. stützen; 倩 [qìng]: jn. bitten, etw. zu tun ③ 海
棠 = 海棠花 : Zierapfelblumen; 妖娆 : reizend; 且留取 : sogar die
Frühlingslandschaft aufhalten wollen ④ 悄 [qiāo]: still; 莺 [yīng]: der
Pirol ⑤ 分明 : offenbar; 共人 : wie die Menschen ⑥ 翠 [cuì] 阴 :
der Schatten des jadegrünen Baums ⑦ 乍睡起 : eben aus dem Bett
auf gestanden sein; 风絮 [xù]: die Weidenkätzchen fliegen mit dem Wind
⑧ 弹清泪 : sich die Liebestränen abwischen; 烟波 : das vom Dunst
verhüllte Flusswasser; 故人 : (hier) der vorherige Geliebte; 憔悴 [qiáo
cuì]: bleich und matt; 如许 : so ⑨ 彩笺 [jiàn]: (hier) Liebesbrief; 去
却 : außer; 寒暄 [xuān]: Höflichkeitsfloskeln; 到了 : (hier) schließlich;
浑 [hún] 无 : gar kein; 定据 : die genaue Nachricht („wann er kommt)
⑩ 断肠 : gebrochenen Herzens; 暮 = 暮霭 [ǎi]: Abenddunst.

Nach der Melodie „Jian Qi Jin"

In der Nacht regnet es.

Ich bitte den Ostwind, den Regen aufhören zu lassen.

Die Zierapfelblumen sind nach dem Regen sehr reizend,

Hoffentlich wird diese schöne Landschaft lange bleiben.

Es ist still im Hof,

Wenn man aufmerksam zuhört,

Da hört man die Pirole rufen und die Schwalben trillern.

Sie sind offenbar wie die Menschen betrübt und
fürchten, dass der Frühling dahingeht.

Die jadegrünen Bäume sind schön, ihre Schatten
drehen sich eben zum Mittag.

Der schwere Vorhang hängt nochimmer, ich bin aus
dem Bett aufgestanden,

Aus Langweile schaue ich auf die mit dem Wind
fliegenden Weidenkätzchen.

Ich wische mir heimlich die Liebestränen ab und
schicke sie dem dunstigen Flusswasser,

Damit sie meinen alten Geliebten am Flussufer
wiederfinden und ihm erzählen,

wie der Liebesschmerz mich bleich und matt macht.

Er hat mir so viele Liebesbriefe geschrieben,

Aber außer den Höflichkeitsfloskeln gibt es am Ende
keine genaue Nachricht, wann er wiederkommt.

Ich schaue gebrochenen Herzens auf die untergehende
Sonne und die vielen Berge,

die vom Abenddunst verschwommen sind.

Zu diesem Ci:

Hier wird der Liebesschmerz einer Frau beschrieben, thematisch und inhaltlich ist es allgemein. Zu bemerken ist, dass der Autor den Anfangsteil in zwei kurze Teile geteilt hat, so kann er verschiedene Aspekte hineinbringen. Es ist eine Leistung des Autors.

Liu Chenweng war nach dem Bestehen der kaiserlichen Prüfung Direktor einer höheren Lehranstalt. Angesichts der Kapitulationspolitik entschied er sich, keine amtliche Stelle zu übernehmen. Nach dem Untergang der Südsong-Dynastie widmete er sich ganz der Dichtung. Seine Cis enthalten viele patriotische Züge.

柳梢青 [①] · 春感

铁马蒙毡，银花洒泪，春入愁城。[②]
笛里番腔，街头戏鼓，不是歌声。[③]

那堪独坐清灯！想故国、高台月明。[④]
辇下风光，山中岁月，海上心情。[⑤]

[①] 柳梢青 : die Melodie „Liu Shao Qing" (Die Weiden grünen) [②] 铁马 Kampfpferde, (hier) die mongolische Kavallerie; 蒙毡 [zhān]: mit Filz auf dem Rücken; 银花 : (hier) die Laternenlichter beim Laternenfest am

15. des ersten Monats des Mondkalenders ③ 番月 : mit mongolischem Akzent; 不是歌声 : es sind keine Lieder, die ich hören will ④ 那堪 [kān]: wie kann ich es ertragen; 清灯 : schwaches Lampenlicht; 故国 : die untergegangene Dynastie; 高台 : Kaiserpaläste ⑤ 辇 [niǎn]: kaiserlicher Wagen; 辇下 : gemeint: die Hauptstadt Lin'an (临安), heute die Stadt Hangzhou (杭州); 山中岁月 : gemeint: mein Leben als Einsiedler in den Bergen; 海上 : gemeint: der letzte Kaiser der Südsong-Dynastie kämpft gegen die einfallenden Mongolen auf dem Südmeer weiter.

Nach der Melodie „Liu Shao Qing"
Gedanken über den Frühling

Beim Laternenfest reitet die mongolische Reiterei auf der Straße,

Die Laternenkerzen scheinen mir, als ob sie Tränen vergießen,

Der Frühling kommt in die kummervolle Stadt.

Die Flöten geben mongolische Töne,

Auf der Straße wird ein Theater vorgeführt mit Begleitung der Trommel.

Das alles klingt mir unmusikalisch.

Es ist mir unerträglich, einsam beim schwachen
Lampenlicht zu sitzen!
Unter dem hellen Mond denke ich unwillkürlich
an die untergegangene Dynastie und ihre Paläste,
an die Sehenswürdigkeiten der Hauptstadt,
und an mein Leben als Einsiedler in den Bergen,
Da denke ich auch an den Kampf gegen die Mongolen
auf dem Südmeer.

Zu diesem Ci:

Im Januar 1276 wurde die Hauptstadt Lin'an (临安 , heute
Hangzhou (杭州) von den Mongolen besetzt. Der alte Kaiser
Duan Zong (端宗), Name Zhao Xian (赵显) kapitulierte und
ließ seinen fünfjährigen Sohn Zhao Bing (赵昺) mit einem Teil
der Hof-Beamten und Generäle nach Süden fliehen. Das Kind
wurde zum Kaiser gekrönt und kämpfte weiterhin auf dem
Südmeer. Am 6. Februar 1279 wurde seine Flotte bei der Insel
Jashan (厓山) von den Mongolen eingekesselt. Um nicht gefangen
zu werden, sprang ein Hof-Beamter zusammen mit dem
achtjährigen Kaiser ins Meer, und die beiden ertranken. Das war
das Ende der Südsong-Dynastie.

So wissen wir, dass der Autor dieses Ci beim Laternenfest in
den Jahren 1277 oder 1278 geschrieben hat. Hier beschreibt der

Autor seine Trauer um den Untergang der Dynastie und die Sehnsucht nach der alten Zeit, am Schluss seine Sorgen um die Zukunft des Kampfes gegen die mongolischen Eindringlinge.

参考书目 Literatur

1. 《唐宋词一百首》，胡尝翼选注，中华书局，1961。

2. 《宋词三百首》，[清]上疆村民选编，军事谊文出版社，2008 第 3 次印刷。

3. 《宋词三百首》，[清]上疆村民编，崔钟雷主编，时代文艺出版社，2009。

4. 《唐诗三百首·宋词三百首·元曲三百首》，杨永胜、何红英主编，南海出版公司，2014 第 3 次印刷。

5. 《唐宋词名家词选》，龍榆生编选，上海古籍出版社，1978。

6. Günther Debon: Chinesische Lyrik aus drei Jahrtausenden, Verlag Lambert Schneider Heidelberg, 1988.

7. Ernst Schwarz: Chrysanthemen im Spiegel. Klassische chinesische Dichtungen, Verlag Rütten & Loening Berlin, 2. Auflage 1988.

中华经典
古诗词三百首
德语译注本

唐诗百首

HUNDERT GEDICHTE
AUS DER TANG-ZEIT

GESAMMELT UND ÜBERSETZT VON TAN YUZHI

谭余志 选编、译注

上海三联书店

本书编委会

主　编

吴声白　虞龙发　庄　雯

总审校

吴声白

编　委（按拼音字母排序）

韩帛均（德国）　王　磊　吴声白　虞龙发　庄　雯

Vorwort

Die Lyrik aus der Zeit der Tang-Dynastie (618−709) stellt die Blüte der chinesischen klassischen Lyrik dar. Es wirkten über zweitausend Dichter mit, sie haben die lyrischen Errungenschaften der früheren Dynastien übernommen, weiter gepflegt und neue Schöpfung dazu geschaffen. Von ihren lyrischen Werken sind fast fünfzigtausend Gedichte erhalten geblieben. Sie übten und üben immer noch großen Einfluss auf Chinas Lyrikentwicklung aus.

Unsere kleine Auswahl ist vor allem für die deutschsprachigen Freunde bestimmt, die sich für Chinas klassische Literatur interessieren oder Chinesisch lernen. Die ausgewählten Gedichte sind fast alle aus dem in China verbreiteten Auswahl-Band *Dreihundert Tang-Gedichte*《唐诗三百首》genommen worden. Unsere Übersetzungen dienen vor allem als Hilfe zum Verständnis des Originals.

Im Folgenden geben wir einen Überblick über die Formen der Tang-zeitlichen Gedichte.

1. 五言古诗 [wǔyán gǔshī]: Fünf-Wort-Verse im Alten Stil, es ist in der Länge und in Reimen ziemlich frei (s. 李白《月下独酌》/ 杜甫《望岳》/ 王维《渭川田家》).

2. 七言古诗 [qīyán gǔshī]: Sieben-Wort-Verse im Alten Stils (gelegentlich Fünf-Wort-Verse), und in der Länge und in Reimen ist es auch ziemlich frei. (s. 杜牧《过华清宫》/ 韩愈《山石》/ 白居易《琵琶行》).

3. 五言乐府 [wǔyán yuèfǔ]: Fünf-Wort-Musikantenlied, und in der Länge und in Reimen ist es ziemlich frei. (s. 李白《长干行》乐府 war eigentlich ein amtliches Konservatorium in der Han-Dynastie, in dem Volkslieder und Balladen vertont und gesammelt wurden. Die deutsche Übersetzung *Musikant* stammt von Ernst Schwarz, bei ihm liest man: in Neuem Musikant-Stil und die alten Musikant-Formen.

4. 七言乐府 [qīyán yuèfǔ]: Sieben-Wort-Musikantenlied (gelegentlich mit Drei, Fünf, Sechs oder Zehn-Wort), und in der Länge und in Reimen ist es auch ziemlich frei. (s. 杜甫《兵车行》/ 李白《将进酒》/ 王昌龄《出塞》).

5. 七言绝句乐府 [qīyán juèjù yuèfǔ]: das Musikantenlied aus nur vier Sätzen, je Sieben-Wort, und der 1., 2. und 4. Satz

müssen sich reimen. Es ist eine neue Gedichtform. (s. 李白
《清平调》/ 王维《渭城曲》/ 王昌龄《出塞》).

6. 五言绝句 [wǔyán juéjù]: das Kurzgedicht aus nur vier
Sätzen, je Fünf-Wort, der 2. und 4. Satz müssen sich reimen.
Es ist eine neue Schöpfung in der Tang-Zeit. (s. 王 之 涣
《登鹳雀楼》/ 刘长卿《送灵澈》/ 王建《新嫁娘》). Es
können der 1., 2.. und 4. Satz gereimt werden. (s. 孟浩然《春
晓》/ 李白《静夜思》/ 柳宗元《江雪》).

7. 五言律诗 [wǔyán lǜshi]: Fünf-Wort-gereimter Vers. Es
müssen sich der 2., 4., 6. und 8. Satz reimen, und im 2. und 3.
Satzpaar müssen Parallelismen (auf Chinesisch heißt es 对仗
oder 对偶) stehen. Diese neue Gedichtform ist in der Tang-
Zeit sehr verbreitet, denn bei der kaiserlichen Prüfung muss
man diese Art Gedicht schreiben. (s. 王维《过香积寺》/
孟浩然《过故人庄》/ 常建《题破山寺后禅院》).

8. 七言绝句 [qīyán juéjù]: Sieben-Wort-vierzeiliger Vers,
der 2. und 4. Satz müssen sich reimen. Diese Gedichtform
ist eine neue Schöpfung und sehr verbreitet. (s. 贺知章《回
乡偶书》/ 杜甫《绝句》). Es können auch der 1., 2. und 4.
Satz gereimt werden. (s. 王翰《凉州词》/ 岑参《逢入京使》.

9. 七言律诗 [qīyán lǜshi]: Sieben-Wort-gereimter Vers.
Es müssen sich der 2., 4., 6. und 8. Satz reimen, und im 2.
und 3. Satzpaar müssen auch Parallelismen stehen. Diese

Gedichtform ist auch eine neue Schöpfung und auch verbreitet in der Tang-Zeit. (s. 李白《登金陵凤凰台》/ 杜甫《闻官军收河南河北》/ 崔颢《黄鹤楼》/ 李商隐《无题》（相见时难别亦难）).

10. 词 [cí]: Ci ist eigentlich ein Liedertext, der nach einer bestimmten Melodie geschrieben werden muss. Eine der Besonderheiten dieser Art Gedicht ist, dass die Länge der Sätze nicht gleichmäßig ist, deshalb wird diese Gedichtform auch „Gedicht mit längeren und kürzeren Sätzen" genannt (长短句). Diese Gedichtform ist in der Tang-Zeit entstanden und hat sich in der Zeit der Song-Dynastie zur Blüte entwickelt. (s. 李白《菩萨蛮》/ 白居易《忆江南》/ 温庭筠《忆江南》).

Die vielfältigen Gedichtformen allein zeigen schon einigermaßen die Breite und Tiefe der Tang-zeitlichen Gedichte. Was diese klassische Lyrik erreicht hat, konnten die Dichter der nachfolgenden Dynastien nicht übertreffen. In diesem Sinne ist die Tang-Lyrik der Schlüssel zum Verstehen der klassischen chinesischen Lyrikkunst.

Zum Schluss hoffen wir, dass unsere Auswahl dem Leser einen Einblick in die Vielfältigkeit der Tang-Lyrik geben kann.

TAN Yuzhi

目 录 Inhalt

杜牧　Du Mu

李商隐　Li Shangyin

Hundert Gedichte aus der Tang-Zeit

Li Bai, ein großer romantischer Dichter der Tang-Zeit, besitzt hohe Einbildungskraft, sein Stil ist heroisch und holdselig. Sein lyrisches Werk umfasst 995 Gedichte, er wird als „göttlicher Dichter" (诗仙) gepriesen. Er steht mit Du Fu (杜甫) zu der Spitze der Dichter von der Tang-Zeit, die beiden werden zusammen als Li-Du (李杜) gerühmt.

Li Bai ist in der Provinz Sichuan (四川) aufgewachsen, mit 26 begann er mit seiner langen Wanderung, er hinterließ Spuren in den Provinzen Hebei (河北), Henan (河南), Jiangsu (江苏), Shanxi (山西), Anhui (安徽) und Zhejiang (浙江). In dieser Zeit dichtete er viel und wurde zu einem berühmten Dichter. Mit 43 kam er in die Hauptstadt Chang'an (长安 , heute Xi'an 西安) und wurde als Literat in die kaiserliche Akademie (翰林院) berufen. Nach zwei Jahren wurde er aus dem Hof verdrängt, weil er die Potentaten verachtete und die kaiserliche Favoritin Yang (杨贵妃) in seinem Gedicht *die Melodie „Qing Ping"* (《清平调》) angeblich erniedrigte. Dann wanderte er weiter zehn Jahre lang.

Im Jahre 755 entfesselte der Grenzgouverneur An Lushan

(安禄山) einen Putsch und besetzte im nächsten Jahr die Hauptstadt Chang'an. In dieser schweren Zeit wollte Li Bai seine Kraft für das Reich einsetzen und kam als Berater in die Armee des Prinzen Li Lin (李璘), um gegen die Putschisten zu kämpfen. Unglücklicherweise kam es zu einem Machtkampf zwischen dem Kaiser Su Zong (肃宗) und dem Prinzen, dabei wurde dieser getötet, so wurde Li Bai ins Gefängnis geworfen und im Jahre 759 in die Grenzprovinz Guizhou (贵州) verbannt, unterwegs wurde er aber begnadigt. Mit 62 starb der Dichter in Dangtu (当涂), Provinz Anhui.

静夜思

床前明月光，
疑似地上霜。
举头望明月，
低头思故乡。

Gedanken in der stillen Nacht

Vor meinem Bett ist das Mondlicht so weiß,

Dass ich vermeinte, auf dem Boden läge es Reif.

Ich erhob den Kopf und blickte auf zum Monde,

Ich sank den Kopf und dankte an das Heimatdorf.

Zu diesem Gedicht:

Es ist das einfachste Gedicht von Li Bai, das nur aus 20 Schriftzeichen (davon sind drei wiederholt) besteht, die alle aus der Umgangssprache sind. So ist es bis heute noch sehr populär. Der Dichter war fast lebenslang auf der Wanderung, da hatte er manchmal Heimweh, und das Gedicht spricht davon.

Diese klassische Kurzform heißt „五言绝句 ": vier Sätze, je fünf Schriftzeichen; der 2. und 4. Satz müssen sich reimen. Hier in diesem Gedicht ist der 4. Satz gereimt.

秋浦歌 ①

炉火照天地，
红星乱紫烟。②
赧郎明月夜，③
歌曲动寒川。④

① 秋浦 [Qiūpǔ]: Kreisname, heute ist es Kreis Guichi (贵池县) , Provinz Anhui (安徽). In der Tang-Zeit wurden damals in Qiupu

Silber und Kupfer gefördert. ② 红星 : (hier) Feuerfunken aus dem Kupferofen ③ 赧 [nǎn]: schamrot; 赧郎 : Vor dem Hüttenfeuer werden die Gesichter der Hüttenarbeiter rot ④ 川 : Kreis Qiupu hat einen Fluss, der auch Qiupu heißt.

Das Qiupu-Lied

Lodernde Flammen der Öfen spiegeln sich auf Erde und Himmel,

Rot erglühende Funken der Öfen greifen ineinander.

Die errötenden Gesichter der Arbeiter fügen der Mondnacht Glanz hinzu,

Ihre Arbeitslieder erschüttern das eiskalte Wasser des Flusses.

Zu diesem Gedicht:

Im Jahre 754 kam der Dichter Li Bai auf sei ner Wanderung nach Qiupu, hier schrieb er einen Gedichtzyklus von 17 Qiupu-Liedern, wir haben das 14. Lied aufgewählt. Dieser Zyklus zeigt seine Themenbreite. Das Thema über die Arbeiter finden wir kaum bei anderen Dichtern der Tang-Zeit, aus diesem Grund haben wir dieses Gedicht ausgewählt. Es ist ein „五言绝句". Hier im Gedicht hat der Dichter realistisch das damalige Kohlenbergwerk und den Arbeitselan der Hüttenarbeiter anschaulich beschrieben.

渡荆门送别

渡远荆门外，①

来从楚国游。②

山随平野尽，

江入大荒流。③

月下飞天镜，④

云生结海楼。⑤

仍怜故乡水，⑥

万里送行舟。⑦

① 荆门 = 荆门山：Jingmen-Berg, liegt am Südufer des Yangtse, Kreis Yidu (宜都) , Provinz Hubei (湖北), von hier aus fließt der Strom nach Osten in die Ebene ② 从 : (hier) nach; 楚国 : (hier) Provinz Hubei gemeint, in der Geschichte gehörte das Gebiet zum Land Chu ③ 大荒 : breiteste Ebene ④ 天境 : Mond-Widerspiegelung im Wasser ⑤ 海楼 = 海市蜃楼 : Fata Morgana ⑥ 怜 : (hier) lieben ⑦ 送 : begleiten

Abschied vom Jingmen-Berg auf der Schifffahrt

Mein Schiff fährt am Jingmen-Berg vorbei,

Da komme ich ins Gebiet des ehemaligen Chu-Landes.

Der Gebirgszug endet hier in der Ebene,

Und der Strom fließt in das weiteste Flachland.

Der Mond wirft seine Widerspiegelung in den Fluss,

Und die Wolken bilden am Himmel Fata Morgana.

Ich liebe das Flusswasser aus der Heimat,

Es begleitet zehntausend Meilen meine Schifffahrt.

Zu diesem Gedicht:

Das Gedicht schrieb der Dichter im Jahr 726, da begann er mit seiner jahrzehntelangen Wanderung. Dieses Gedicht gehört zu seinem Frühwerk und zeigt schon seinen Stil. Diese klassische Kurzform heißt auf Chinesisch „五言律诗": acht Sätze mit je fünf Schriftzeichen; der 2., 4., 6. und 8. Satz reimen sich, und im 2. und 3. Satzpaar stehen die Parallelismen: 山随 – 江入 / 平野 – 大荒 / 尽 – 流；月下 – 云生 / 天镜 – 海楼.

月下独酌

花间一壶酒，

独酌无相亲。①

举杯邀明月，②

对影成三人。③

月既不解饮，④
影徒随我身。⑤
暂伴月将影，⑥
行乐须及春。⑦
我歌月徘徊，⑧
我舞影零乱。
醒时同交欢，
醉后各分散。
永结无情游，⑨
相期邈云汉。⑩

① 独 : einsam; 酌 [zhuó]: trinken; 相亲 : (hier) Freunde ② 邀 [yāo]: (hier) einladen ③ 三人 : ich, mein Schatten, und der Mond ④ 既 [jì]: da ja; 不解饮 : nichts vom Wein verstehen ⑤ 徒 [tú]: umsonst ⑥ 将 : (hier) und ⑦ 行乐 : sich vergnügen; 须 : sollen; 及 : während ⑧ 徘徊 [pái huái]: hin und her gehen ⑨ 无情 = 忘情 : sich von den Gefühlen leiten lassen ⑩ 相期 : sich mit jm. verabreden; 邈 [miáo]: sehr fern; 云汉 : Milchstraße, hier bedeutet es „im Himmel".

Allein-Trunk im Mondschein

Inmitten duftender Blumen saß ich mit einem Krug Wein ohne Freunde, ganz allein.

Den Becher erhob ich, dabei lud' ich den Mond ein,

für diese Nacht als mein hoher Gast zu sein.

Da sind wir zu dritt: ich, der Mond und mein Schatten.

Da ja versteht der Mond aber nichts von mir,

und der Schatten hat mich auch umsonst begleitet.

Mond und Schatten begleiten mich einstweilen,

so kann ich nun mal den Frühling genießen.

Ich singe, da bewegt sich der Mond hin und her –

ich tanze, da hüpft mein Schatten noch mehr.

In der Nüchternheit geben wir gemeinsam Vergnügungen
nach,

In der Trunkenheit geht jeder von uns für sich selber.

Lasst uns auf der Wanderung von den Gefühlen leiten,

Und wir wünschen uns fern im Himmel zu treffen!

Zu diesem Gedicht:

Li Bai war immer auf der Wanderung, um nach seinem Lebensziel zu suchen, da fühlte er sich manchmal einsam. Dieses Gedicht spricht von dieser Einsamkeit. Es ist ein "五言古诗": Gedicht alten Stils aus Sätzen mit je fünf Schriftzeichen. Gegenüber dem „五言绝句" und „五言律诗" ist es hier in der Länge und im Reimen ziemlich frei.

长干行①

妾发初覆额，折花门前剧。②

郎骑竹马来，绕床弄青梅。③

同居长干里，两小无嫌猜。④

十四为君妇，羞颜未尝开。

低头向暗壁，千唤不一回。

十五始展眉，愿同尘与灰。⑤

常存抱柱信，岂上望夫台。⑥

十六君远行，瞿塘滟滪堆。⑦

五月不可触，猿声天上哀。⑧

门前迟行迹，一一生绿苔。⑨

苔深不能扫，落叶秋风早。

八月蝴蝶来，双飞西园草。

感此伤妾心，坐愁红颜老。⑩

早晚下三巴，预将书报家。⑪

相迎不道远，直至长风沙。⑫

① 长干行 : die Weise von Chang'an, ein Lied vom Musik-Amt (乐
府), eigentlich ist es ein Volkslied, dessen Merkmale: Jeder Satz
hat fünf Schriftzeichen, und in der Länge und im Reimen ist es
ziemlich frei, und das Thema ist vor allem die Liebe; 长干 ist der
Ortsname. Der Ort liegt südlich von der Stadt Nanjing (南京) am

Yangtse. ② 妾 [qiè]: ich (Selbstbenennung einer verheirateten Frau aus Bescheidenheit); 剧 : spielen ③ 床 : (hier) Bank ④ 无嫌猜 : keinen Argwohn kennen ⑤ 展眉 : mit dem Brauen das Gefühl zeigen; 尘与灰 : mit jm. auf Leben und Tod sein ⑥ 抱柱 : nach einer Überlieferung war ein junger Mann namens Wei Sheng (尾生), der sich mit einem Mädchen unter einer Brücke verabredete. Als sie sich verspätete und das Wasser stieg, umklammerte er einen Brückenpfahl und ertrank an dem ausgemachten Platz; 岂 [qí]: warum denn; 望夫台 : der Stein zum Ausschauen nach dem Ehemann; es wird auch 望夫石 oder 望夫山 genannt. Nach einer Überlieferung stand eine Frau auf dieser Stelle und schaute verharrt nach ihrem Mann, der in der Ferne war, und schließlich ist sie zu einem Stück Stein geworden ⑦ 瞿塘 [Qú táng]: Qutang-Xia (瞿塘峡), eine von den drei Schlachten des Yangtse; 滟 滪堆 [Yàn yù duī]: ein riesiges Riff in der Qutang-Schlacht, das in der Regenzeit vom Wasser überflutet wird und so sehr gefährlich für die Schiffer ist ⑧ 五月 : der 5. Monat des Mondkalenders, es ist die Regenzeit; 触 [chù]: (auf ein Riff) auflaufen; 猿声 : Affenschrei (in den drei Schlachten gibt es viele Affen) ⑨ 一一 : hier und dort ⑩ 此 : dies bezieht sich auf die Schmetterlinge, die paarweise fliegen; 坐 : (hier) deshalb ⑪ 早晚 : eines Tages; 三巴 : drei Orte–Bajun (八郡), Badong (巴东), Baxi (巴西)–eine allgemeine Bezeichnung für das östliche Gebiet der Provinz Sichuan (四川); 预 [yù]: vorher ⑫ 不道 远 : keinen langen Weg scheuen; 长风沙 : ein alter Ortsname, der Ort liegt östlich von der Stadt Anqing (安庆), Provinz Anhui (安徽), am Yangtse, dort ist die Strömung sehr reißend.

Die Weise von Chang'an

Das Haar fiel mir erst in die Stirn,

Ich pflückte Blumen vor der Tür zum Zeitvertreib.

Du kamst auf dem Bambuspferd geritten,

Und spieltest mit grünen Pflaumen neben unserer Bank.

Wir wohnten gemeinsam hier im Chang'an-Dorf,

Da waren wir klein und kannten keinen Argwohn.

Mit vierzehn Jahren war ich deine Frau,

Vor Scham wagte ich es nicht, dich anzublicken.

Ich hielt den Kopf zur dunklen Wand gesenkt,

Und sah mich nicht um, trotzdem du tausendmal rufst.

Mit fünfzehn zog ich mir die Brauen lang,

Mit dir wollte ich zu Staub und Asche werden;

du warst treu wie jener, der den Brückenpfahl

umklammerte,

Wie wäre ich auf den Stein zum Ausschauen nach dem

Ehemann gestiegen!

Als ich sechzehn war, da zogst du doch fort,

Und müsstest am Yangyu-Riff des Yangtse vorbei.

Im fünften Mond kann man so leicht daran zerschellen,

Und in den Himmel steigt dort klagend der Affenschrei.

Derweilen sind die Spuren deiner Schritte,

Vor unserm Tor von Moos dicht bedeckt.

Ich kann es nicht mehr wegfegen,

Die Blätter fallen im Herbstwind darauf nieder.

Im August fliegen die gelben Schmetterlinge,

Über das Gras im Westgarten paarweise hin und her.

Dieser Anblick bricht nur das Herz,

Und die rosa Wangen altern mir immer mehr.

Wenn du doch eines Tages mit dem Schiff zurückfährst,

Schick mir einen Brief zuvor nach Haus!

Und dich zu begrüßen, scheue ich keinen langen Weg,

Ich werde bis zum Changfeng-Sand gehen.

Zu diesem Gedicht:

Es ist ein altes Musikantenlied (乐府), eigentlich ist es ein Volkslied. Metrisch ist das Gedicht ziemlich frei, und jeder Satz besteht aus fünf Schriftzeichen. Thematisch zeigt es, dass der Dichter auch den einfachen Leuten seine Aufmerksamkeit schenkt. Hier wird die Treue der Frau gepriesen.

黄鹤楼送孟浩然之广陵 ①

故人西辞黄鹤楼，②
烟花三月下扬州。③
孤帆远影碧空尽，④
唯见长江天际流。⑤

① 黄鹤楼：der Turm zum Gelben Kranich liegt am Yangtse auf einer Anhöhe vor der Stadt Wuchang (武昌), Provinz Hubei; 孟浩然：Dichter (689−740); 之：(hier) nach; 广陵：Stadtname, auch Yangzhou (扬州) genannt, Provinz Jiangsu (江苏) ② 故人：alter Freund, hier der Dichter Meng Hao-ran gemeint; 辞：sich verabschieden ③ 烟花：Dunst und Blüte; 下：(hier) stromab ④ 碧空：blauer Raum; 尽：entschwinden ⑤ 唯：nur; 天际：Himmelsrand.

Am Turm zum Gelben Kranich gab ich dem Freund Meng Hao-ran das Geleit, als er nach Guangling fuhr

Am Turm zum Gelben Kranich sagte
der Freund auf Wiedersehen,
Es war ein dunstiger März; das Boot
fuhr ihn stromab gen Yangzhou hin.

Das vereinzelte Segel in der Ferne

entschwand im blauen Raum,

Ich sah nur den weiten Strom, zuletzt

münden in den Himmelsrand.

Zu diesem Gedicht:

Li Bai war mit dem Dichter Meng Haoran gut befreundet. Das Gedicht schildert ihren Abschied am Turm zum Gelben Kranich. Die Ausdrücke „Dunst" und „einsam" deuten einen Hauch vom Abschiedsweh zu, und der Strom würde den Dichter dem Freund bringen.

Der Form nach ist das Gedicht ein „七言绝句": vier Sätze mit je sieben Schriftzeichen; der 1., 2. und 4. Satz reimen sich.

望庐山瀑布（其二）①

日照香炉生紫烟，②
遥看瀑布挂前川。
飞流直下三千尺，
疑是银河落九天。③

① 庐山: Lushan-Berg, er liegt unweit von der Stadt Jiujiang（九江）, Provinz Jiangxi（江西）② 香炉 = 香炉峰: der weihrauchfassförmige

Gipfel des Lushan-Berges ③ 银河 : eine andere Bezeichnung der Milchstraße: der Silberstrom.

Den Wasserfall am Lushan-Berg betrachtend (II)

Unter der Sonne steigt ein purpurner Dunst um den Weihrauchfass-Gipfel empor,
Von der Ferne sehe ich einen starken Wasserfall hängen davor.
Die Wasser stürzen jäh dreitausend Fuß nieder,
Mir scheint, als falle der Silberstrom vom Neunten Himmel herunter.

Zu diesem Gedicht:

Das Kurzgedicht ist wieder ein „七言绝句", auch „七绝" genannt. Es zeigt typisch Li Bais romantischen Stil.

清平调三首（其二）①

一枝秾艳露凝香，②
云雨巫山枉断肠。③
借问汉宫谁得似？④

可怜飞燕倚新妆。⑤

① 清平调 : die Melodie „Qing Ping" (Klar und friedlich) ② 秾艳 : rote Pfingstrose ③ 云雨巫山 : Es bezieht sich auf eine Sage: Der König Chu (楚王) traf in einem Traum eine Fee im Berg Wushan, und ihm blieb nur Trauer. ④ 汉宫 : der Kaiserhof der Han-Dynastie (v. Chr. 206 − n. Chr. 220) ⑤ 可怜 : (hier) lieblich; 飞燕 : zuerst Hofdame, dann wurde Kaiserin vom Kaiser Cheng Di (成帝) der Han-Dynastie; später war sie wegen einer geschlechtlichen Affäre verdammt und beging Selbstmord; 倚新装 : mit neuer Bekleidung zeigt sie ihre Schönheit.

Drei Musikantenlieder „Qing Ping" (II)

Eine rote Pfingstrose trägt den duftenden Tau,

Das Treffen mit der Fee im Wushan-Berg war nur eine Trauer.

Könnte man mir sagen, wer wäre so schön wie diese Pfingstrose?

Nur die liebliche Fei Yan in ihrer neuen Garderobe.

Zu diesem Gedicht:

Das Gedicht ist ein „七言绝句乐府", entstand, als der Dichter in der Hauptstadt war. An einem Frühlingstag blühten die Pfingstrosen, und der Kaiser Xuan Zong (玄宗) kam mit der kaiserlichen Favoritin Yang (杨贵妃), um die Blumen zu betrachten und ließ Li Bai holen, dieser sollte gleich neue Lieder schreiben. Da schrieb Li Bai aus dem Stegreif drei Gedichte, die alle die Schönheit der kaiserlichen Favoritin preisen. Zuerst war sie sehr froh, nachher wurde sie aber sehr böse, weil man ihr hinterlistig sagte, dass der Vergleich mit der Kaiserin Feiyan für sie keine Preisung, sondern eine Erniedrigung sei. Die Folge war, dass Li Bai die Hauptstadt verlassen musste.

In Wirklichkeit wollte der Dichter die Schönheit der kaiserlichen Favoritin preisen. Mit der ersten Zeile vergleicht er sie mit einer roten Pfingstrose, von den vielen Blumen nimmt der Dichter nur „eine", die bezieht sich auf „sie", und diese Blume trägt den duftenden Tau. Und dieser Tau bedeutet die Gunst des Kaisers. Die zweite Zeile deutet darauf, dass der Kaiser Xuan Zong den Traum des Königs Chu verwirklicht. In der dritten und der vierten Zeile fragt der Dichter und antwortet selbst. Er vergleicht hier die kaiserliche Favoritin mit der Kaiserin Feiyan, womit die Favoritin auf den Kaiserin-Stand gehoben wurde. Man könnte sagen, dass der Dichter hier geschmeichelt hat. Und die sogenannte Erniedrigung war nur eine boshafte Auslegung.

永王东巡歌（其十一）①

试借君王玉马鞭，②
指挥戎虏坐琼筵。③
南风一扫胡尘静，④
西入长安到日边。⑤

① 永王：Prinz Li Lin（李璘），der sechzehnte Sohn des Kaisers
Xuan Zong（玄宗）der Tang-Dynastie, im Jahr 725 wurde ihm der
Titel „Prinz von Yong"（永王）verliehen. Im Jahr 755 putschte der
Grenzgouverneur An Lushan（安禄山），und der Prinz wurde im Jahr
756 zum Feldführer für die Ostfront ernannt, im nächsten Jahr marschierte
er mit seinen Truppen gegen die Putschtruppen. Unglücklicherweise
kam es zu einem Machtkampf zwischen ihm und seinem Bruder, dem
Kaiser Su Zong（肃宗），am Ende wurde der Prinz getötet, Li Bai
wurde ins Gefängnis geworfen. Der Dichter war beim Prinzen als
Berater nur drei Monate, in dieser Zeit schrieb er einen Zyklus von
elf Gedichten. Wegen des Falls des Prinzen Li Lin wurde Li Bai nach
Guizhou（贵州）verbannt, zum Glück wurde er dann begnadigt; 东巡：
Ostfeldzug ② 君王：(hier) Prinz Li Lin; 玉马鞭：Pferdepeitsche aus
Jade, hier ist das Symbol für den Kommandostab ③ 戎虏 [rónglǔ]:
(hier) die Putschtruppen schlagen; 琼筵 [qióngyán]: Festessen ④ 南
风：(hier) Die Armee von Prinzen Li gemeint, weil sie im Süden
stationiert war; 胡：(hier) die Putschtruppen gemeint ⑤ 长安：die

Hauptstadt der Tang-Dynastie, heute die Stadt Xi'an (西安); 日边 : (hier) an der Seite des Kaisers.

Die Lieder für den Ostfeldzug des Prinzen von Yong (XI)

Ich möchte von Eurer Durchlaucht leihen den Kommandostab,
Während des Festessens würde ich befehlen, die Putschtruppen zu schlagen.
Unsere Armee wird die Feinde restlos wegfegen,
Dann kehren wir westwärts nach Chang'an, um seiner Majestät den Sieg zu melden.

Zu diesem Gedicht:

Das Kurzgedicht ist ein „七言绝句", es gehört zum späteren Werk des Dichters. Das Gedicht wird der Armee Mut und Zuversicht geben. Hier bringt Li Bai seinen Willen zum Ausdruck, seine Kraft für das Reich einzusetzen. Leider ahnt er das tragische Ende nicht.

下江陵 ①

朝辞白帝彩云间，②
千里江陵一日还。③
两岸猿声啼不住，④
轻舟已过万重山。

① 下 : (hier) nach; 江陵 : Jiangling, eine Stadt, liegt am Yangtse, in der Provinz Hubei (湖北) ② 朝 : am Morgen; 辞 [cí]: sich verabschieden; 白帝 : Baidi, eine Stadt, liegt auf dem Baidi-Berg im Kreis Fengjie (奉节), Provinz Sichuan (四川) ③ 里 : ein Längenmaß, entspricht einem halben Kilometer. Damals sagte man, dass die Entfernung zwischen den beiden Städten Baidi und Jiangling eintausend Li seien, in Wirklichkeit nur 300 km, und in dieser Strecke fließt der Strom sehr schnell; 还 : zurück ④ 猿声啼 : die Affen schreien. In dieser Gegend gibt es an den Ufern des Yangtse viele Affen.

Stromab nach Jiangling

Am Morgen verabschiedete ich mich von der Baidi-Stadt,
die noch in bunten Wolken lag.
Nach Jiangling, tausend Li weit,
führt mich ein einziger Tag heimwärts.
Ehe noch verklungen an beiden Ufern

war der Schrei der Affen,

Glitt unser Boot schon

an zehnmal tausend Bergen vorbei.

Zu diesem Gedicht:

Wegen des Falls des Prinzen Li Lin wurde der Dichter im Jahr 759 nach Guizhou (贵州) verbannt. Unterwegs, als er die Stadt Baidi erreichte, erhielt er die Freudenbotschaft, dass er begnadigt wurde. Da fuhr er gleich mit dem Schiff zurück, zuerst nach Jiangling.

Aus diesem Anlass schrieb der Dichter dieses Kurzgedicht, es zeigt seine große Freude und seelische Erleichterung. Es ist ein „七言绝句", stilistisch ist es hier typisch für den Li Bai: romantisch, stürmisch und hochgemut.

登金陵凤凰台 ①

凤凰台上凤凰游,

风去台空江自流。

吴宫花草埋幽径, ②

晋代衣冠成古丘。 ③

三山半落青天外, ④

二水中分白鹭洲。 ⑤

总为浮云能蔽日，⑥

长安不见使人愁。⑦

① 金陵 : heute ist es die Stadt Nanjing (南京); 凤凰台 : Phönix-Stein, ein Berg, er liegt südwestlich von der Stadt Nanjing. Nach einer Sage weilten dort einmal Phönixe. ② 吴宫 : Hofpalast des Reiches Wu (222–280) ③ 晋代 : gemeint ist die Ostjin-Dynastie (东晋, 317–420); 衣冠 : Symbol für die Würdenträger; 丘 [qiū]: Grab ④ 三山 : Bergname, dort gibt es drei Gipfel ⑤ 白鹭洲 : Name der Insel im Yangtse, sie hat den Qinhuai-Fluss (秦淮河), der durch die Stadt Nanjing fließt und in Yangtse mündet, in Strömungen geteilt. ⑥ 浮云 : ziehende Wolken, eine Anspielung auf die Heuchler an der Seite des Kaisers ⑦ 长安 : die Hauptstadt, heute ist die Stadt Xian (西安), Provinz Shaanxi (陕西).

Auf dem Phönix-Stein

Auf dem Phönix-Stein weilten die Phönixe einmal,

Seit sie wegflogen, da fließt der Strom noch nur.

Auf stillen Pfaden im Hofpalast vom Wu-Reich

wuchern Gräser,

Die Würdenträger der Jin-Dynastie liegen schon längst

in den Gräbern.

Die drei Gipfel sind nur halb am weiten blauen Himmel

zu sehen,

Die Weißreiher-Insel teilte den Qinhuai-Fluss in zwei Strömungen.

Die ziehenden Wolken verdecken immer noch die Sonne,

Und es stimmt mich traurig, dass ich die Hauptstadt nicht sehe.

Zu diesem Gedicht:

Es ist ein „七言律诗", das Gedicht schrieb der Dichter im Jahr 761, im nächsten Jahr starb er. Hier sehen wir, dass er am Lebensende auch noch an das Reich dachte.

菩萨蛮 ①

平林漠漠烟如织 ②，
寒山一带伤心碧 ③。
暝色入高楼 ④，
有人楼上愁。

玉阶空伫立 ⑤，
宿鸟归飞急 ⑥。
何处是归程 ⑦？

长亭更短亭。

① 菩萨蛮 [pú sà mán]: Der Buddha ist mächtig. Diese in der Tang-Zeit entstandene neue Gedichtform heißt auf Chinesisch 词 [cí]. Die Besonderheit dieser Form ist, dass die Länge der Sätze ungleichmäßig ist. Eigentlich ist es ein Liedertext, geschrieben nach einer bestimmten Melodie. Diese Gedichtform kommt erst in der Zeit der Song-Dynastie (宋朝) zur Blüte. ② 平林 : der ferne Wald sieht wie eine Linie aus; 漠漠 [mò]: sehr breit; 织 : (hier) sich mischen ③ 寒山 : gefrostete Berge; 一带 : (hier) eine Kette; 碧 : dunkelgrün ④ 暝色 [míng]: die Abenddämmerung ⑤ 玉阶 : die weiße Treppe; 空 : (hier) umsonst; 伫 [zhù] 立 : lange stehen ⑥ 宿鸟 : die abends in die Nester zurückfliegenden Vögel; 急 : eilig ⑦ 归程 : Heimweg ⑧ 长 [cháng] 亭 : die Poststation für eine längere Strecke; 短亭 : die Poststation für eine kürzere Strecke. Diese Rasteinrichtung für die Postkuriere sieht wie ein Pavillon aus.

Nach der Melodie „Der Buddha ist mächtig"

Über dem fernen breiten Wald mischen sich Nebel und Rauch,

Die gefrostete dunkelgrüne Bergkette stimmt mich traurig.

Die Strahlen der Abendsonne scheinen in das hohe Haus,

Und das Heimweh muss ich bis zur Neige auskosten.

Kummervoll stehe ich lange auf der weißen Treppe,

Und sehe die Vögel eilig zurückfliegen in die Nester.

Wo ist mein Heimweg?

Die Reihe der Poststationen nimmt kein Ende.

Zu diesem Ci:

Der Dichter war fast lebenslang auf der Wanderung, das Ci spricht von seinem Heimweh. Die Naturbilder in der Umgebung verstärken seinen Kummer. Er sieht die Vögel schon in die Nester zurückfliegen und fragt sich, wo sein Heimweg ist. Diese Ungewissheit stimmt ihn noch mehr traurig.

将进酒 ①

君不见黄河之水天上来，奔流到海不复回。②

君不见高堂明镜悲白发，朝如青丝暮成雪。③

人生得意须尽欢，莫使金樽空对月。④

天生我材必有用，千金散尽还复来。

烹羊宰牛且为乐，会须一饮三百杯。⑤

岑夫子，丹丘生，将进酒，杯莫停。⑥

与君歌一曲，请君为我倾耳听。⑦

钟鼓馔玉不足贵，但愿长醉不愿醒。⑧

古来圣贤皆寂寞，惟有饮者留其名。⑨

陈王昔时宴平乐，斗酒十千恣欢谑。⑩

主人何为言少钱，径须沽取对君酌。⑪

五花马，千金裘，⑫

呼儿将出换美酒，与尔同销万古愁。⑬

① 将 [qiāng]: bitte ② 君 [jūn]: du (höfliche Anredeform) ③ 高堂 : die hohe Vorhalle; 青丝 : schwarzes Haar ④ 金樽 [zūn]: goldener Becher ⑤ 烹 [pēng]: kochen; 宰 [zǎi]: schlachten ⑥ 岑 [cén] 夫子 : Li Bais Freund namens 岑勋 [xūn]; 夫子 : (höfliche Anredeform) Meister; 丹丘生 : auch Li Bais Freund, sein Vollname heißt 元丹丘 ; 生 : Anredeform für die gleiche Generation ⑦ 君 : (hier) die beiden Freunde gemeint ⑧ 钟鼓 : Musikinstrumente für Festessen; 馔 [zhuàn] 玉 : Delikatessen ⑨ 圣贤 : die Heiligen und Weisen; 皆 [jiē]: alle ⑩ 陈王 : der Prinz von Chen, der jüngere Bruder (曹植) des Kaisers Wen Di (文帝曹丕) der Wei-Dynastie (魏朝 , 220–265); 平乐 = 平儿观 : Pingle-Kloster, eine Vergnügungsstätte; 恣 [zì]: nach Lust und Laune ⑪ 径须 : sollen nur; 沽 : kaufen ⑫ 五花台 : ein edles Pferd; 千金裘 [qiú]: ein kostbarer Pelz ⑬ 儿 : (hier) Diener; 与尔 : (hier) mit euch; 万古愁 : der zehntausendfache Gram.

Trinklied

Siehst du denn nicht

Die Wasser des Gelben Stromes vom Himmel
gekommen,

Jagen sie meerwärts und kehren nie mehr zurück!

Siehst du denn nicht

Dort in der Vorhalle den Spiegel

betrauern das graue Haar!

Es war morgens noch schwarz und abends war weiß
wie Schnee.

Lassen wir uns nach Herzenslust das Leben genießen,

So lassen wir den goldenen Becher nie unterm Mond
vorstehen!

Unsere angeborenen Gaben sollten wir doch nützen,

Die verschleuderten tausend Gulden werden wieder
gewonnen.

Zur Last werden Hammel und Rind geschlachtet und
gebraten,

Nun wollen wir auf einmal dreihundert Becher leeren.

Du, Meister Cen! Du, lieber Dan-qiu! Bitte, nicht
aufhören zu trinken!

Und hört ihr mir zu, ich möchte euch ein Lied singen.

Glocken, Trommeln und Delikatessen sind alles nichts
Wertes,

Ich will betrunken sein und nicht mehr nüchtern werden.

Die alten Weisen und Heiligen waren alle einsam,

Nur ein guter Trinker erfreut sich ewigen Ruhms,

Der Prinz von Chen gab einmal im Pingle-Kloster ein

Festessen,

Für die Vergnügung kostete allein ein Fass Wein

zehntausend Gulden.

Du, mein Gastgeber, warum sprichst du von dem

Mangel an Geld?

Nun besorge uns genug von Wein!

Mein edles Pferd, mein kostbarer Pelz

Lass du einen Diener gegen Wein eintauschen!

Ich will mit euch den tausendfachen Gram ertränken.

Zu diesem Gedicht:

Das Gedicht ist ein Musikantenlied, auf Chinesisch heißt es 乐 府 [Yuèfǔ], und metrisch ist es ziemlich frei. Dieses berühmte Trinklied schrieb der Dichter im Jahr 752, als er zusammen mit dem Meister Cen Xun den Freund Yuan Dan-qiu besuchte, und des Freundes Wohnort lag in der Nähe des Gelben Flusses, so begann das Lied mit dem Strom. Das Gedicht drückt auf einer Seite des Dichters Kummer über den Misserfolg der Karriere aus, und andererseits zeigt es, dass er auch nicht alles aufgeben wollte. Er glaubte immer daran, dass seine angeborenen Gaben Verwendung finden würden. Dieser innere Widerspruch begleitete den Dichter lebenslang, so versuchte er oft mit Alkohol diese Qual zu vergessen.

行路难

金樽清酒斗十千，①
玉盘珍馐值万钱，②
停杯投箸不能食，③
拔剑回顾心茫然。④
欲渡黄河冰塞川，⑤
将登太行雪满山。⑥
闲来垂钓坐溪上，⑦
忽复乘舟梦日边。⑧
行路难，行路难！
多歧路，今安在？⑨
长风破浪会有时，⑩
直挂云帆济沧海。⑪

① 金樽 [zūn]: ein goldenes Weingefäß; 斗 [dǒu]: Hohlmaß-Einheit = 1 Dekaliter; 十千: tausend Münzen ② 玉盘: der Teller aus Jade; 珍馐 [xiū]: die Delikatesse; 万钱: zehntausend Münzen ③ 投箸 [zhù]: die Essstäbchen zurücklegen ④ 拔剑: das Schwert ziehen; 回顾 : sich umsehen; 茫然 : verwirrt sein ⑤ 冰塞川 : der Fluss ist von Eis versperrt ⑥ 太行 = 太行 [háng] 山 : der Taihang-Berg, liegt in der Provinz Shanxi (山西) ⑦ 垂钓坐溪上 : an einem Bach angeln. Hier ist eine Anspielung auf den berühmten Militärberater Jiang Ziya (姜子牙) des Reiches Zhou (周) im 11. Jh. v.u.Z., er half den beiden Königen Wen und Wu (文王和武王) , das Reich zu gründen. Vorher angelte er am Wei-Fluss (渭水) in der Provinz Shaanxi (陕西), dort hatte ihn der König Wen getroffen. ⑧ 乘舟梦日边 : im Traum mit dem Schiff an der Sonne vorbeifahren. Hier ist eine Anspielung auf den namhaften Staatsmann Yi Yin (伊尹), er hat großen Beitrag zur Gründung des Reiches Shang (商) um das Jahr (1600 v.u.Z. geleistet, dann diente er nacheinander drei Königen. Nach einer Sage: Bevor er Staatsmann wurde, träumte er einmal, dass er mit dem Schiff an der Sonne vorbei gefahren war. ⑨ 今安在 ? Welchen Weg soll ich begehen? ⑩ 会有时 : der Tag wird kommen ⑪ 济 : (hier) überqueren; 沧海 : das große Meer.

Der Weg ist voll von Hindernissen

Der Wein in dem goldenen Becher kostet tausend Münzen,

Die Delikatesse auf dem Teller ist zehntausend Münzen wert.

Ich lege den Becher und die Essstäbchen zurück und

genieße sie nicht,

Nun ziehe ich das Schwert und sehe ich mich um, da
bin ich sehr verwirrt.

Ich will den Huanghe-Fluss überqueren, aber er ist vom
Eis versperrt;

Ich will auf den Taihang-Berg steigen, aber er ist vom
Schnee verdeckt.

In der müßigen Zeit angele ich am Bach,

Und ich bin auch im Traum mit dem Schiff an der
Sonne vorbeigefahren.

Der Weg ist voll von Hindernissen!

Und er hat noch viele Abwege. Ich frage mich:

Welchen Weg soll ich begehen?

Der Tag wird kommen, da werde ich beim starken Wind

Die Segel ziehen, die hohen Wellen brechen

Und das große Meer überqueren!

Zu diesem Gedicht:

Es ist ein „七言乐府". Im Jahr 744 wurde der Dichter wegen
der sogenannten Erniedrigung der kaiserlichen Favoritin Yang (杨
贵妃) aus der Hauptstadt verdrängt. Seine Freunde gaben ein
Abschiedsbankett, da schrieb der Dichter das Gedicht.

Das üppige Bankett stimmt ihn verwirrt. Die Sätze „黄河"

und „太行" beziehen sich auf die Hindernisse bei seiner Karriere, und die Sätze „垂钓" und „舟乘", d.h. die zwei historischen Persönlichkeiten, geben ihm noch Hoffnung. Die weiteren zwei Sätze besagen, dass er in der Zukunft noch viele Schwierigkeiten und Hindernisse zu beseitigen hat, und das letzte Satzpaar zeigt seinen Entschluss: Er wird für seine Ideale die ganze Kraft einsetzen.

长相思 [①]

长相思，在长安。[②]
络纬秋啼金井阑，[③]
微霜凄凄簟色寒。[④]
孤灯不明思欲绝，[⑤]
卷帷望月空长叹。[⑥]
美人如花隔云端，[⑦]
上有青冥之长天，[⑧]
下有渌水之波澜。[⑨]
天长地远魂飞苦，[⑩]
梦魂不到关山难。[⑪]
长相思，摧心肝。[⑫]

[①] 长相思 : die ständige Sehnsucht, ein Musikantenlied aus der

Han-Zeit ② 长安 : die Hauptstadt Chang'an, heute die Stadt Xi'an (西安) ③ 络纬 [luò wéi]: Laubheuschrecke; 金井阑 [lán]: das goldene Brunnengeländer ④ 凄凄 [qī]: kalt; 簟 [diàn]: die Bambusmatte ⑤ 思欲绝 : die Liebessehnsucht quält mich äußert ⑥ 卷帷 : die Gardine aufziehen ⑦ 美人如花 : die blumenschöne Geliebte ⑧ 青冥 [míng]: die Wolken ⑨ 渌 [lù] 水 : klares Wasser ⑩ 苦 : (hier) schwer ⑪ 关山难 : Hindernisse ⑫ 摧心肝 : das Herz brechen.

Ständige Sehnsucht

Ich sehne mich nach ihr ständig, sie ist in der Hauptstadt Chang'an.

Die herbstlichen Laubheuschrecken zirpen auf dem goldenen Brunnengeländer,

Der leichte Frost macht mir die Bambusmatte kalt.

Unter dem dunklen Lampenlicht quält mich die Sehnsucht äußerst.

Ich ziehe die Gardine auf, schaue auf den Mond und seufze tief auf.

Die Schönheit ist von den hohen Wolken versperrt.

Oben über den Wolken ist der blaue Himmel,

Und darunter sind die klaren Wasserwellen.

Der Himmel ist hoch, der Weg ist unendlich weit,

Meine Seele kann diese Hindernisse schwer beseitigen.

Selbst im Traum kann ich die Pässe und Berge nicht

passieren.

Die ständige Sehnsucht bricht mir das Herz aufs Tiefste.

Zu diesem Gedicht:

Es ist ein „七言乐府" aus der Han-Zeit. Der Dichter schrieb es, nachdem er aus dem Kaiserhof verdrängt worden war. Wörtlich ist dies ein Liebesgedicht. In Wirklichkeit wollte er dadurch seinen starken Kummer offenbaren, weil er seine Ideale nicht verwirklichen konnte.

杜 甫　　**dù fǔ**　（712–770）

Wie Li Bai war Du Fu ein großer Dichter, dessen Gedankengut des Realismus in einer Dichtung in der Tang-Zeit sich verkörperte, so dass man in China von „Li und Du" spricht. Dabei steht Li Bai als der ältere an erster Stelle, als größere wie Du Fu von vielen verehrt. Du Fu stammte aus einer alten Beamten- und Gelehrtenfamilie, hatte eine gute Erziehung, begann schon mit sieben Jahren Gedichte zu schreiben. Im Jahr 735 nahm er an der Staatsprüfung teil, fiel aber durch. Dann begann er mit der Wanderung in den Provinzen Henan (河南), Hebei (河北) und Shandong (山东). 744 traf er in Luoyang (洛阳) mit Li Bai zusammen. Diese Zeit wurde zu einem unvergesslichen Erlebnis für ihn. Du Fu versuchte zum zweiten Mal sein Glück bei der Staatsprüfung, aber er fiel wieder durch – infolge einer Intrige des Kanzlers Li Linfu (李林甫), der allen Talenten den Weg zu höheren Ämtern verlegte. Der Ehrgeiz hatte den Dichter so stark gepackt, dass er zehn Jahre in der Hauptstadt ausharrte, um durch die Dichtung sein Ziel zu erreichen. Schließlich wurde er ein kleiner Beamter. 755

brach der Putsch des Grenzgouverneurs An Lu-shan (安禄山) aus, 757 fiel die Hauptstadt, dann floh Du Fu in die Provinz Sichuan (四川), in der Stadt Chengdu (成都) wurde er Berater des Gouverneurs Yan Wu (严武); 765 starb der Gouverneur. Du Fu gab die Stellung auf und begab sich abermals auf die Wanderschaft. 768 fuhr er stromab, Endziel war die Stadt Chenzhou (郴州), Provinz Hunan (湖南), zu seinem Onkel mütterlicherseits, leider starb er unterwegs in einem Boot auf dem Xiang-Fluss (湘江).

Von seinem Werk sind mehr als 1400 Gedichte erhalten geblieben. Li Bai und Du Fu waren gut befreundet, die beiden Meister sind zusammen „Li-Du" gerühmt, und Li Bai ist als „göttlicher" (诗仙) und Du Fu als „heiliger Dichter" (诗圣) verehrt. Beide übten bzw. üben weiterhin großen Einfluss auf die chinesische Literatur.

望岳 ①

岱宗夫如何，齐鲁青未了。②
造化钟神秀，阴阳割昏晓。③
荡胸生层云，决眦入归鸟。④
会当凌绝顶，一览众山小。⑤

① 岳 [yuè]: (hier) Taishan-Berg (泰山) gemeint, der Hochberg in Ostchina, er liegt nördlich von Kreis Tai'an (泰安), Provinz Shandong ② 岱 [dài]: ein anderer Name vom Taishan-Berg; 宗 [zōng]: (Sippen-) Haupt; 岱宗 : heißt der Erste Hochberg, denn in China gibt es fünf Hochberge: Dongyue (东岳) – Taishan (泰山), Nanyue (南岳) – Hengshan (衡山), Xiyue (西岳) – Huashan (华山), Beiyue (北岳) – Hengshan (恒山), Zhongyue (中岳) – Songshan (嵩山); 夫 : Hilfswort; 齐鲁 : Qi-Reich und Lu-Reich, die beiden Reiche waren in der heutigen Provinz Shandong (山东), dieser Begriff wird allgemein geografisch gebraucht ③ 造化 : die Natur, der Schöpfer; 钟 : (hier) sammeln; 神秀 : Wunder und Schönheit; 阴阳 : Schatten- und Sonnenseite des Berges; 割 : teilen ④ 荡胸 : weitherzige Stimmung; 层 : (hier) mehrschichtig; 决眦 : mit möglichst großen Augen; 入 = 入 目 : sehen ⑤ 会当 : (ich werde) einmal ...; 凌 : (hier) besteigen.

Auf den Taishan-Berg schauend

Oh, Taishan, der Erste Hochberg, wie siehst du aus?

Dein unendliches Grün zieht sich über die Gebiete Qi und Lu hinaus.

In Dir verkörpert sich hier ein Wunder der Natur,

Du, der Berg, teilst dich in die dunkle und die helle Seite.

Die mehrschichtigen Wolken versetzen mich in weitherzige Laune,

Mit großen Augen versuche ich die zurückfliegenden
Vögel zu sehen.

Ich, der wird einmal den Berg besteigen,

Ich, der sieht auf dem Gipfel, wie klein

mir die umliegenden Berge erscheinen.

Zu diesem Gedicht:

Es ist ein „五言古诗". Diese Art Gedicht wird bei Du Fu weiter gepflegt. Der Dichter ist im Jahre 735 bei der Staatsprüfung durchgefallen, dann begann er mit der Wanderung. Im Jahre 737 weilte er in Shandong, hier hat er den Taishan-Berg nur am Fuß des Berges betrachtet und dieses Gedicht geschrieben, mit dem offenbarte der Dichter seinen Willen, den Karriere-„Gipfel" eines Tages zu besteigen.

春望

国破山河在，城春草木深。①
感时花溅泪，恨别鸟惊心。②
烽火连三月，家书抵万金。③
白头搔更短，浑欲不胜簪。④

① 国 = 国都 : (hier) die Hauptstadt Chang'an (长安); 破 : (hier) von den Putschtruppen besetzt; 山河 : die Berge und Flüsse des Landes; 草木深 : Bäume und Gräser wachsen üppig ② 感 = 伤感 : traurig; 时 = 时局 : die gegenwärtige Lage; 花溅泪 : vor den Blumen kommen mir die Tränen; 恨别 : beim traurigen Abschied; 鸟惊心 : der Vogelton erschreckt mich ③ 烽火 : (hier) der Krieg; 抵 : Wert haben ④ 搔 : kratzen; 浑欲 : einfach, gar; 胜 : (hier) halten; 簪 : Haarspange.

Angesichts des Frühlings

Die Hauptstadt ist gefallen, doch bleiben die Berge und Flüsse des Landes da,

Der Frühling ist gekommen, überall wuchert das Unkraut in der Stadt.

Angesichts der Lage bin ich traurig, vor den Blumen kommen mir die Tränen,

Beim traurigen Abschied von der Familie erschrecken mich die Vogeltöne,

Der Krieg tobt schon drei Monate,

Ein Brief von zu Hause ist mir tausend Gulden wert.

Beim Kratzen wird immer spärlicher mein graues Haar,

Es kann die Haarspange fast nicht mehr halten.

Zu diesem Gedicht:

Es ist ein „五言律诗". Die Parallelismen im 2. und 5. Satzpaar

sind: 感时－恨别, 花－鸟, 溅泪－惊心 / 烽火－家书, 三月－万金.

Im Jahr 756 wurde die Hauptstadt Chang'an von den Putschtruppen besetzt. Du Fu war gezwungen in Chang'an zu bleiben. 757 schrieb er mit voller Trauer dieses wirkungsvolle Gedicht.

登岳阳楼 ①

昔闻洞庭水, 今上岳阳楼。②
吴楚东南坼, 乾坤日夜浮。③
亲朋无一字, 老病有孤舟。④
戎马关山北, 凭轩涕泗流。⑤

① 登: besteigen; 岳阳楼: der Yueyang-Turm, er liegt am Dongting-See (洞庭湖) in der Stadt Yueyang, Provinz (湖南) ② 洞庭水: Dongting-See; 上: (hier) besteigen ③ 吴: Wu-Reich, es lag östlich vom Dongting-See; 楚: Chu-Reich, es lag westlich von dem See; 坼 [chè]: teilen; 乾坤 [qián kūn]: Sonne und Mond; 浮: auftauchen ④ 无一字: keine Nachricht; 老病: alt und krank, damals war der Dichter 57 alt und litt an der Lungenkrankheit; 戎 [róng] 马: (hier) Krieg gemeint, bezieht sich auf den Einfall vom Tufan-Volksstamm (吐蕃); 关山北: nördlich vom Guanshan-Berg, (hier) die Nordgrenze gemeint ⑤ 凭轩 [píng xuān]: an das Geländer gelehnt; 涕泗 [tì sì]:

Tränen und Nasenschleime.

Auf dem Yueyang-Turm am Dongting-See

Früher hörte ich viel Schönes vom Dongting-See,

Heute steige ich selber auf den Yueyang-Turm.

Der See bildet die Grenze zwischen dem Wu- und Chu-

Land,

Sonne und Mond gehen auf und unter am

Himmelsrand des Sees.

Von Verwandten und Freunden bekomme ich keine

Nachricht,

Nun bin ich alt und krank, und alleine auf dem Schiff.

Da denk' ich an den tobenden Krieg an der Nordgrenze,

Ach, gelehnt ans Turm-Geländer fließen mir die Tränen.

Zu diesem Gedicht:

Es ist auch ein „五言律诗", geschrieben im Jahr 768, da war der Dichter auf der Wanderung. Die ersten vier Sätze beschreiben ein unendliches Naturbild, die anderen vier Sätze stellen des Dichters Sorgen dar. Und der Dichter sorgt sich nicht nur um sein eigenes Schicksal, sondern auch um die Zukunft des Reiches.

梦李白（其二）

浮云终日行，游子久不至。①

三夜频梦君，情亲见君意。

告归常局促，苦道来不易。②

江湖多风波，舟楫恐失坠。③

出门搔白首，若负平生志。④

冠盖满京华，斯人独憔悴。⑤

孰云网恢恢，将老身反累。⑥

千秋万岁名，寂寞身后事。⑦

① 游子：der Wanderer, gemeint Li Bai; 不至：nicht kommen ② 告归：beim Abschied; 局促：eilig; 苦道：wiederholt sagen ③ 楫：Ruder; 恐：fürchten; 失坠：umkippen ④ 若：als ob; 负 = 辜负：enttäuschen ⑤ 冠盖：hohe Beamte gemeint; 京华：Hauptstadt; 斯人：(hier) Li Bai gemeint; 憔悴 [qiáo cuì]: kummervoll ⑥ 孰云：Wer sagt? ; 网恢恢：der Himmel ist gerecht; 将至：bald alt sein (damals war Li Bai 59 Jahre alt); 身：(hier) Li Bai gemeint; 反：aber; 累 [lèi]: unschuldig eingewickelt ⑦ 身后：nach dem Tod.

Von Li Bai träumend (II)

Die Wolken schweben immer am Himmel hin,

Du, Wanderer, kommst immer noch nicht.

Von dir drei Nächte hintereinander geträumt,

Dies zeigt unsere enge Verbundenheit.

Bei jedem Abschied warst du in der Eile,

Und klagste öfter, mich nicht einfach wieder zu treffen.

Flüsse und Seen werfen oft hohe Wellen,

Ich fürchte, dein Schiff würde umkippen.

Auf Wanderschaft kratz' du dir das Grauhaar,

als hätte dich dein Lebenswunsch enttäuscht.

Hohe Beamte sind in der Hauptstadt überall,

Nur du bleibst kummervoll und unbeachtet.

Man sagt, der Himmel sei gerecht,

Aber du bist unschuldig eingewickelt.

Dein Name geht wohl in die Geschichte ein,

Dies geschieht' nach deinem einsamen Ableben.

Zu diesem Gedicht:

Es ist ein „五言古诗", der Unterschied zum „五言律诗" besteht darin: in der Länge und im Reimen ist es ziemlich frei. Das Gedicht schrieb der Dichter, nachdem er von Li Bais Verbannung gehört hatte. Es ist eine indirekte Einschätzung für den Dichter Li Bai, und es zeigt auch die enge Freundschaft zwischen den beiden.

月夜忆舍弟 ①

戍鼓断人行，秋边一雁声。②
露从今夜白，月是故乡明。③
有弟皆分散，无家问死生。④
寄书长不达，况乃未休兵。⑤

① 舍弟：meine jüngeren Brüder, Du Fu hatte vier jüngere Brüder, sie waren im Kriegswirren voneinander getrennt ② 戍鼓 [shù gǔ]: die Wachturm-Trommel; 断人行：das nächtliche Ausgehverbot ankündigen; 秋边：die herbstliche Grenze ③ 从今夜：von heute Nacht an; 白：(hier) 白露：„Weißer Tau" (einer der 24 Jahreseinteilungstage des Mondkalenders, entspricht dem 7., 8. oder 9. September); hier ist das Wort „白露" umgestellt, um den Satzbau mit dem folgenden Satz gleichzustellen ④ 无家：Heimathaus wurde im Krieg zerstört ⑤ 长：(hier) immer; 况乃：geschweige denn; 未休兵：der Krieg tobt noch weiter, gemeint ist der Rebellionskrieg vom Grenzgouverneur An Lushan (安禄山).

In einer Mondnacht an die jungen Brüder denkend

Der Trommelschlag im Wachturm signalisiert das nächtliche Ausgehverbot,

Eine einsame Wildgans stößt einen Schrei aus, von der

herbstlichen Grenze.

Heute ist der Tag „Weißer Tau",

Der Mond am Heimathimmel scheint viel heller.

O junge Brüder, wo bleibt ihr jetzt wohl!

Wir haben schon kein Heimathaus mehr.

Euch erreichen meine Briefe nicht immer,

Und der Rebellionskrieg tobt noch weiter.

Zu diesem Gedicht:

Es ist ein „五言律诗", geschrieben im Jahr 759. Der Satz „月是故乡明" ist zu einem bleibenden Ausdruck für Heimweh geworden. Und das Gedicht spricht nicht nur vom Familienleid, sondern auch vom nationalen Unheil.

旅夜书怀 ①

细草微风岸，危樯独夜舟。②

星垂平野阔，月涌大江流。③

名岂文章著，官应老病休。④

飘飘何所似？天地一沙鸥。⑤

① 旅夜：nächtliche Schifffahrt; 书怀：Notiz vom Nachdenken
② 危樯：Mast ③ 涌 [yǒng]: aufsteigen, emporsteigen; 大江：(hier)

Yangtse ④ 名: Ruhm; 岂 [qǐ]: für eine rhetorische Frage; 著: bekannt sein; 休: vom Amt abtreten ⑤ 飘飘 [piāo piāo]: ein unstetes Leben führen; 何所似: womit kann es verglichen werden?; 沙鸥 [ōu]: Möwe.

Notiz vom Nachdenken bei einer nächtlichen Schifffahrt

Die zarten Gräser am Ufer wehen im leichten Wind,

Mein Schiff mit einem hohen Mast fährt einsam in der Nacht.

Die Sterne hängen tief im weiten Raum,

Die Widerspiegelung des Mondes im Yangtse-Fluss blitzt auf.

Hat mir die Dichtung wirklich Ruhm gebracht?

Doch muss ich vom Amte abtreten, krank und alt.

Womit könnte mein unstetes Leben verglichen werden?

Es gleicht einer einsamen Möwe am breiten Himmel.

Zu diesem Gedicht:

Es ist ein „五言律诗", geschrieben im Jahr 765, auf einer Schifffahrt in seiner letzten Wanderschaft, es ist ein Rückblick auf sein unstetes Leben. Trotz aller Bemühungen scheiterte seine Beamtenlaufbahn, und am Lebensende fühlte er sich nur einsam und traurig.

石壕吏 ①

暮投石壕村，有吏夜捉人。②

老翁逾墙走，老妇出门看。③

吏呼一何怒，妇啼一何苦！④

听妇前致词：三男邺城戍。⑤

一男附书至，二男新战死。⑥

存者且偷生，死者长已矣！⑦

室中更无人，惟有乳下孙。⑧

有孙母未去，出入无完裙。⑨

老妪力虽衰，请从吏夜归。⑩

急应河阳役，犹得备晨炊。⑪

夜久语声绝，如闻泣幽咽。⑫

天明登前途，独与老翁别。⑬

① 石壕 [háo]: Dorfname, das Dorf lag im Kreis Shaan (陕), Provinz Henan (河南); 吏 [lì]: Beamter ② 暮 [mù]: am Abend; 投 = 投宿 [tóu sù]: ein Nachtquartier suchen ③ 逾 [yú]: über etw. hinwegkommen ④ 一何 : so sehr; 苦 : (hier) klagen ⑤ 致词 : sagen; 邺 [yè] 城 : Ortsname, der Ort liegt heute im Kreis Anyang (安阳) , Provinz Henan (河南); 戍 [shù]: verteidigen, schützen ⑥ 附书至 : einen Brief mitbringen lassen; 新 : (hier) vor kurzer Zeit ⑦ 存者 : (hier) der am Leben bleibende Sohn; 偷生 : das Dasein fristen; 长已矣 : aus sein für immer ⑧ 无人 : (hier) keine Männer; 惟 : nur; 乳下孙 : ein Säugling =

der kleine Enkel ⑨ 孙母 : die Mutter des Enkels; 完裙 : ein ordentlicher Rock ⑩ 老妪 [yù]: die alte Frau; 从 : (hier) mit; 归 : (hier) hingehen ⑪ 河阳 : Ortsname, es ist der heutige Kreis Meng (孟), Provinz Henan (河南); 役 : Frontdienst leisten; 犹得 : rechtzeitig sein; 备晨炊 : das Frühstück zubereiten ⑫ 夜久 : tiefe Nacht; 泣幽咽 : ein Schluchzen ⑬ 登前途 : den Weg fortsetzen.

Rekrutenjagd im Dorf Shihao

Am Abend fand ich Quartier im Dorfe Shihao.

Hinter mir kam einer, der Rekruten jagt.

Der Alte floh über die Mauer,

Seine alte Frau ging zur Tür.

Die Beamten schrien sie zu und fluchten,

Die Alte weinte und klagte.

Da hörte ich, was sie sagte:

„Drei Söhne schützen die Stadt Yecheng,

Einer hat geschrieben, dass zwei Brüder gefallen sind.

Der am Leben bleibende Sohn fristet das Dasein dahin,

Und mit den Gefallenen ist es für immer aus.

Es gibt keine Männer zu Hause,

Nur noch einen Säugling, den kleinen Enkel.

Seine Mutter ist noch da,

Doch hat sie fürs Ausgehen keinen ordentlichen Rock.

Ich bin zwar alt und schwach,

Möchte gleich mit Euch in dieser Nacht nach Heyang

gehen,

Und kann am Morgen dort das Frühstück für die

Truppen kochen."

Dann hörte ich keine Worte,

Nur ein Schluchzen kam mir ins Ohr.

Am nächsten Morgen nahm ich nur von dem Alten

Abschied,

Und setzte meinen Weg fort.

Zu diesem Gedicht:

Es ist ein „五言古诗", ein repräsentatives Gedicht von Du Fu. Das Gedicht entstand im Kampf gegen den militärischen Putsch vom Grenzgouverneur An Lushan (安禄山). Es schildert Leid und Not des Volkes in den Kriegswirren, und sprachlich ist es sehr einfach.

兵车行 ①

车辚辚，马萧萧，行人弓箭各在腰。

耶娘妻子走相送，尘埃不见咸阳桥。②

牵衣顿足阑道哭，哭声直上干云霄。③

道旁过者问行人，行人但云点行频。④

或从十五北防河，便至四十西营田。⑤

去时里正与裹头，归来头白还戍边。⑥

边庭流血成海水，武皇开边意未已。⑦

君不闻，汉家山东二百州，千村万落生荆杞。⑧

纵有健妇把锄犁，禾生陇亩无东西。⑨

况复秦兵耐苦战，被驱不异犬与鸡。⑩

长者虽有问，役夫敢申恨？⑪

且如今年冬，未休关西卒。⑫

县官急索租，租税从何出？

信知生男恶，反是生女好。⑬

生女犹得嫁比邻，生男埋没随百草。⑭

君不见，青海头，古来白骨无人收。⑮

新鬼烦冤旧鬼哭，天阴雨湿声啾啾。⑯

① 行：(hier) die Weise, ein altes Musikantenlied, je Satz mit sieben Schriftzeichen, auf Chinesisch heißt es „七言乐府". Aber Du Fu hat hier mit Sätzen aus fünf, sechs und sogar zehn Schriftzeichen das Thema erweitert, daher nennt man diese Weise ein neues Musikant-Lied (新乐府) ② 咸阳桥：die Xianyang-Brücke, sie lag westlich von der Stadt Chang'an, auf dem Wei-Fluss (渭水) ③ 干：(hier) durchbrechen; 云霄 : der Himmel ④ 云 : (hier) sagen: 点行 : neue Rekruten an die Front schicken; 频 [pín]: wiederholt ⑤ 北方河 : schützen das Gebiet nördlich vom Gelben Fluss; 营田 : die Grenzsoldaten roden und ackern ⑥ 里正 : in der Tang-Dynastie bildeten hundert Familien eine Einwohnergruppe (一里), der Leiter hieß amtlich „Lizheng" (里正); 裹头 : das Kopftuch binden; 戍边 : die Grenze schützen ⑦ 边庭 : an der Grenze; 武皇 : der Kaiser Wu Di der Han/Dynastie, (hier) eine Anspielung auf den Kaiser Xuan Zong der Tang-Dynastie (唐玄宗) ; 开边 : neue Gebiete erobern ⑧ 汉家 : Han-Dynastie, (hier) Tang-Dynastie gemeint; 山东 : östlich vom Huashan-Berg (华山) ; 荆杞 : Disteln und Dornen, gemeint: von Unkraut überwachert ⑨ 纵 : wenn auch; 陇 = 壠 : die Furcht; 无东西 : ungerade ⑩ 况复 : noch dazu; 秦兵 : Soldaten aus dem Gebiet Qin (heute das Gebiet der Provinz Shaanxi (陕西); 被驱 : getrieben werden ⑪ 申恨 : klagen ⑫ 休 = 修整 : eine Kampfpause einlegen; 关西卒 : die Soldaten im westlichen Gebiet des Hangu-Passes (函谷关) in Provinz Shaanxi (陕西) ⑬ 信知 : wirklich wissen ⑭ 埋没 : begraben ⑮ 青海头 : am Qinghai-See (青海湖) in Provinz Qinghai; 白骨 : Totengebeine ⑯ 烦冤 : bitter klagen; 啾啾 [jiū jiū]: (hier:) schluchzen.

Die Soldaten mit Kriegswagen ziehen hinaus

Die Kriegswagen rattern fort, die Pferde wiehern laut,
Die Soldaten marschieren hinaus mit Bogen und Pfeilen.

Väter und Mütter, Weiber und Söhne begleiten sie hin,

Die Xianyang-Brücke wird verhüllt vom aufgewirbten Staub.

Die Begleitenden fassen die Kleider der Soldaten,

Sie stampfen vor Wut die Erde und weinen bitterlich laut,

Und ihre Klage steigt in den Himmel empor.

Ein Fußgänger fragt, was da geschehe, und bekommt die Antwort:

Neue Rekruten sind wieder ausgeschickt,

Mit fünfzehn ist einer zum Schutz des Nordgebiets vom Gelben Fluss gezogen,

Wo er mit vierzig noch kämpfen, roden und ackern soll,

Bei seiner Einberufung kann er das Kopftuch noch nicht richtig binden,

Nach der Rückkehr muss er noch mit grauem Haar an die Westgrenze ziehen.

An den Grenzen ist viel zu viel Blut geflossen,

Doch will der Kaiser Wu Di die Eroberung noch nicht beenden.

Ihr habt doch gehört:

Auf den weiten Feldern östlich des Huashan-Berges wuchert nur Unkraut;

Unsere Weiber ziehen wohl den Pflug, dennoch sind

die Furchen krumm in Form.

Und wir Soldaten aus dem Gebiet Qin sind stark und hart,

So sind wir wie Hunde und Hähne aufs Schlachtfeld

gejagt.

Obwohl Ihr fragt, wagen wir Soldaten nicht zu klagen,

In diesem Winter werden die Soldaten im Westen des

Hangu-Passes keine Kampfpause haben.

Die Kreisbeamten drängen auf die Steuern,

Woher nehmen wir die Abgaben?

Wahrlich, besser ist es Töchter zu haben,

Die dann irgendeinen Nachbarn heiraten;

Und die Söhne würden in Steppengras begraben sein.

Ach, wenn Ihr nur wüsstet:

Seit jeher liegen am Qinghai-See bloß die

Totengebeine,

Niemand gräbt sie ein.

Und an den grauen Regentagen,

Da weinen die alten Gespenster klagend,

Und die neuen schluchzen jämmerlich.

Zu diesem Gedicht:

Es ist ein „七言乐府", geschrieben im Jahr 755, hier kritisiert
der Dichter die Kriegspolitik des Kaisers Xuan Zong der Tang-

Dynastie, dieser führte in den Jahren 713 – 756 Expansionskriege. Das Gedicht beschreibt, welche verheerenden Katastrophen diese Politik dem Volk gebracht hat.

绝句四首（其三）①

两个黄鹂鸣翠柳，②
一行白鹭上青天。
窗含西岭千秋雪，③
门泊东吴万里船。④

① 绝句 [jué jù]: Kurzgedicht mit vier Zeilen, jede Zeile hat sieben Schriftzeichen, und die 2. und 4. Zeile müssen sich reimen. Auf Chinesisch heißt es „七言绝句", auch „七言" genannt. ② 翠 [cuì]: grün ③ 西岭 [lǐng]: Westberg, (hier) Minshan-Berg（岷山）gemeint, ein Schneegebirge westlich von der Stadt Chengdu（成都）, Provinz Sichuan（四川）④ 泊：ankern; 东吴：Wu-Reich im Osten, (hier) geografisch gemeint: aus dem weiten Osten.

Vier Kurzgedichte (III)

Ein Paar Goldpirole singen im Grün der Weiden,

Ein Zug weißer Reiher schwingen sich im blauen

Himmel empor.

Durchs Fenster seh ich das Schneegebirge Minshan,

Und ein Schiff aus dem weiten Osten ankert vor dem Tor.

Zu diesem Gedicht:

Das Gedicht schrieb der Dichter im Jahr 764, in dieser Zeit wohnte er in einem eigenen Haus mit Strohdach, er nannte es „Strohhaus" （草堂）, es lag in der Stadt Chengdu, hier genoss er einigermaßen Ruhe und hat solche Naturbilder geschrieben. Leider dauerte es nur über ein Jahr. Es ist zu bemerken, dass der Dichter im Gedicht Parallelismen verwendet.

闻官军收河南河北 ①

剑外忽传收蓟北，②
初闻涕泪满衣裳。
却看妻子愁何在，③
漫卷诗书喜欲狂。
白日放歌须纵酒，
青春作伴好还乡。④
即从巴峡穿巫峡，⑤
便下襄阳向洛阳。⑥

① 收 : befreien; 河南 : südlich vom Gelben Fluss, gemeint ist das Gebiet von der Osthauptstadt Luoyang (东部洛阳); 河北 : das Nordgebiet der Provinz Hebei (河北省北部) ② 剑外 : südlich von der Stadt Jianmen (剑门) in der Provinz Hebei, das Stützpunktgebiet der Putschisten von An Lushan (安禄山) ③ 却看 : rückblicken ④ 青春 : (hier) Frühling ⑤ 即 : sofort; 巴峡、巫峡 : zwei Schluchten des Yangtse ⑥ 襄阳 [xiāngyáng]: die Stadt in der Provinz Hubei (湖北).

Die Befreiung des Südgebiets vom Gelben Fluss und des Nordgebiets von der Provinz Hebei

Als ich die Nachricht über die Befreiung des
Nordgebiets von der Provinz Hebei hörte,
Da war ich vor Freude ganz in Tränen aufgelöst.
Rückblickend sah ich: meine Frau und Kinder sind
auch völlig vom Kummer befreit,
Nun rollte ich mit großer Wonne meine Gedichte ein.
Tag süber wurde es mit Liedern und Schmaus gefeiert,
Und der Frühling wird uns in die Heimat zurück begleiten.
Sogleich durchqueren wir die Ba-Schlucht und die
Wu-Schlucht,
Dann hinunter nach Xiangyang und weiter nach
Luoyang.

Zu diesem Gedicht:

Es ist ein Gedicht, geschrieben im Jahr 763, danach war der Dichter mit seiner Familie in Zizhou (梓州), heute ist es: Kreis Santai (三台), Provinz Sichuan (四川).

Es ist Du Fus erstes Gedicht über den Ausbruch seiner Freude, und es zeigt auch, dass ihm das Schicksal des Reichs am Herzen liegt.

登高 ①

风急天高猿啸哀，

渚清沙白鸟飞回。②

无边落木萧萧下，③

不尽长江滚滚来。

万里悲秋常作客，④

百年多病独登台。⑤

艰难苦恨繁霜鬓，⑥

潦倒新停浊酒杯。⑦

① 登高 : auf eine Höhe steigen: der 9. September des Mondkalenders ist das Chongyang-Fest (重阳节), an diesem Tag steigt man auf eine Höhe, um die Natur zu genießen ② 渚清 [zhǔ qīng]: Fluss-Insel; 飞回 : herumfliegen ③ 落木 : Baumblätter; 萧萧 [xiāo]: rasselnd ④ 万里 : (hier) sehr weit entfernt von der Heimat; 悲秋 : angesichts des

Herbstes traurig sein; 常作客: stetig in der Fremde sein ⑤ 百年: (hier) lebenslang oder im Alter; 登台 = 登高: auf eine Plattform ⑥ 苦恨: Lebensnöte; 繁霜鬢 [bìn]: viel graues Haar ⑦ 潦 [liáo] 倒: mit seinen Bemühungen gescheitert sein; 新: vor kurzem.

Auf eine Höhe gestiegen

Stürmischer Wind, hoher Himmel, klagender Affenschrei,

Um die Fluss-Insel aus weißem Sand fliegen die Vögel herum.

Unzählige Baumblätter fallen rasselnd herunter,

Der endlose Yangtse wälzt sich strömend her.

Tausend Meilen entfernt von der Heimat und angesichts des Herbstes bin ich traurig,

So besteige ich, alt und krank, die Höhe allein.

Die schwierigen Zeiten und Lebensnöte machen mir das Haar graulich,

Und die gescheiterten Bemühungen und Krankheit zwingen mich, den Wein aufzugeben.

Zu diesem Gedicht:

Es ist ein „七言律诗". Angesichts des Herbstes klagt der Dichter um sein Schicksal, geschrieben auf dem Chongyang-Fest des Jahres

767. Es ist zu bemerken, dass in jedem Satzpaar Parallelismen verwendet sind.

丽人行 ①

三月三日天气新，长安水边多丽人。②
态浓意远淑且真，肌理细腻骨肉匀。③
绣罗衣裳照暮春，蹙金孔雀银麒麟。④
头上何所有，翠微匐叶垂鬓唇。⑤
背后何所见，珠压腰衱稳称身。⑥
就中云幕椒房亲，赐名大国虢与秦。⑦
紫驼之峰出翠釜，水精之盘行素鳞。⑧
犀箸厌饫久未下，鸾刀缕切空纷纶。⑨
黄门飞鞚不动尘，御厨络绎送八珍。⑩
箫鼓哀吟感鬼神，宾从杂遝实要津。⑪
后来鞍马何逡巡，当轩下马入锦茵。⑫
杨花雪落覆白苹，青鸟飞去衔红巾。⑬
炙手可热势绝伦，慎莫近前丞相嗔！⑭

① 丽人 : Schönheiten; 行 : die Weise, eine Art vom Musikantenlied (乐府) ② 三月三日 : der 3. März des Mondkalenders, an diesem
Tag macht man Ausflug und feiert dabei; 长安 : die Hauptstadt der

Tang-Dynastie; 水边 : gemeint ist das Natur-Gedicht am Qujiang-Fluss (曲江) südlich der Hauptstadt ③ 态浓 : stark geschminkte Gestalten; 意远 : feine Miene; 淑且真 : tugendhaft und erhaben; 肌理细腻 [xì nì]: zarte Haut; 骨肉匀 [yún]: ausgewogene Gestalt ④ 绣 [xiù]: sticken; 罗 [luó]: Seidenstoff; 照 : (hier) glänzen; 蹙 [cù]: (hier) sticken; 金 : (hier) goldenes Garn; 银 : (hier) silbernes Garn; 麒麟 [qí lín]: Qilin (ein chinesisches Fabeltier, Symbol für Glück) ⑤ 翠微 : dünner Jadeit; 匎 [hé] 叶 : Haar-Schmuck; 鬓 [bìn]: Schläfe; 唇 [chún]: (hier) Rand ⑥ 腰衱 [jié]: Gürtel; 稳称身 : jm. gut passen ⑦ 就中 : in; 云幕 : ein mit Wolken bemaltes Zelt; 椒房亲 : (hier) die Schwester der kaiserlichen Favoritin Yang (杨贵妃); 赐名 : ein vom Kaiser verliehener Titel; 大国虢 [guó] 与秦 : ein Titel heißt: „Hofdame von Guo", der andere Titel heißt „Hofdame von Qin"; 虢 und 秦 waren Fürstentümer von der Zhou-Dynastie (周朝 , 11 – 8. Jh. v.u.Z.) ⑧ 紫驼之峰 : Fleisch vom Kamelstock, eine Delikatesse; 翠釜 [fǔ]: jadegrüner Kochtopf; 水精 = 水晶 : Kristall; 行 : (hier) auftischen; 素鳞 : weiße Fische ⑨ 犀 [xī] 箸 : Essstäbchen aus Hörnern des Nashorns; 厌饫 : kein Appetit; 久未下 : lange nicht zugreifen; 鸾 [luán] 刀 : Messer mit Glöckchen; 缕 [lǚ] 切 : fein schneiden; 空纷纶 [lún]: umsonst getan ⑩ 黄门 : die Eunuchen; 不动尘 : ohne Staub aufwirbeln; 御厨 : kaiserliche Küche; 络绎 [yì]: ununterbrochen; 送 : liefern; 八珍 : acht erlesene Delikatessen ⑪ 箫 [xiāo]: die Langflöte; 哀吟 : empfindsam singen; 感 : berühren; 宾从 : Gäste und Gefolge; 杂遝 [tà]: im Gewirr; 实要津 : die Hauptstraße versperren ⑫ 后来 : verspätet; 鞍马 : Reiter, hier ist der Kanzler Yang Guo-zhong (杨国忠)

gemeint; 何逡 [qūn] 巡 : (hier) wie ostentativ herbei galoppieren; 当轩 [xuān]: vor der prachtvollen Kutsche; 入锦茵 : einen seidigen Teppich betreten ⑬ 杨花雪落 : die Pappelkätzchen fallen wie Schnee; 覆白苹 : Die Pappelkätzchen verdecken die Wasserlinsen; 青鸟 : ein Vogel, der Botschaft bringt; 红巾 : (hier) rote Girlanden am Baum ⑭ 炙 [zhì] 手可热 : anmaßend; 绝伦 : unvergleichlich, äußerst; 慎莫近前 : Vorsicht, sich nicht nähern; 丞 [chéng] 相 : der Kanzler; 嗔 [chēn]: ärgerlich werden.

Die Weise von den Schönheiten

Am 3. März ist das Wetter schön,

Am Qujiang-Fluss südlich von der Hauptstadt finden sich viele Schönheiten.

Sie sind strahlend schön und würdevoll,

Und haben zarte Haut und ausgewogene Gestalt.

Im späten Frühling glänzen ihre gestickten Seidengewände, an denen gestickt sind silberne Fabeltiere Qilin und goldene Pfauen.

Was tragen sie auf dem Haupt?

Haarschmucke aus Jadeit hängen bis zu den Schläfen.

Was sieht man auf ihren Rücken?

Die mit Perlen geschmückten Gürtel passen gut ihnen.

In einem mit Wolken bemalten Zelt sind zwei
Schwestern von der kaiserlichen Favoritin,
Die eine trägt den Titel „Hofdame von Guo",
die andere „Hofdame von Qin".
Das Kamelstock-Fleisch ist aus dem jadegrünen
Bronze-Kochtopf,
Die gekochten Weiß-Fische sind mit Kristall-Teller
aufgetischt,
Die Schönheiten mögen sie nicht mehr und rühren
lange nicht die Essstäbchen,
So sind die Leckerbissen umsonst so fein zubereitet.
Die Eunuchen galoppieren herbei, ohne Staub
aufzuwirbeln,
Die kaiserliche Küche liefert ununterbrochen erlesene
Delikatessen.
Die rührseligen Langflöten- und Trommeltöne berühren
die Götter und Geister,
Die vielen Gäste und Gefolge versperren im Gewirr
den Straßenverkehr.
Der verspätete Kanzler galoppiert mit dem Pferd
ostentativ herbei,

Er steigt vor der prachtvollen Kutsche ab und betritt
den Teppich aus Seide.

Die Pappelkätzchen fallen wie Schnee auf die
Wasserlinsen,

Die Vögel am Ufer fliegen vor Schreck weg und halten
im Schnabel die roten Baum-Girlanden.

O Vorsicht! Man darf den äußerst hochmutigen Kanzler
nicht näherkommen,

Sonst wird er sehr ärgerlich.

Zu diesem Gedicht:

Es ist ein „七言乐府", geschrieben im Jahr 753. Vor einem
Jahr wurde Yang Guozhong Kanzler mit Unterstützung von
seiner Schwester, der kaiserlichen Favoritin Yang. Und die
drei Schwestern von ihr wurden auch hohe Hofdamen (davon
sind zwei im Gedicht genannt). So hatte diese kaiserliche
Verwandtschaft die allmächtige Macht inne.

Das Gedicht schildert einen Frühlingsausflug der Hofdamen
und kritisiert das anmaßende Verhalten des Kanzlers, da zeigt
es den Mut des Dichters. Nebenbei zu bemerken: Im Jahr 755
brach der militärische Putsch des Grenzgouverneurs An Lushan (安禄山) aus, 756 marschierten seine Truppen gen die
Hauptstadt. Der Kaiser Xuan Zong (唐玄宗) floh mit Yang
Guozhong und der kaiserlichen Favoritin Yang nach Westen.

Unterwegs weigerte sich der General der Garde und seine Truppen weiterzumarschieren und töteten den Kanzler und forderten, die Favoritin hinzurichten. So erhängte sie sich. Der Putsch dauerte sieben Jahre, dies war die Wende der Tang-Dynastie von ihrer Entwicklungshöhe zum Verfall.

Bai Juyi, Beiname (白乐天), ein realistischer Dichter der Tang-Zeit, vertritt die Ansicht: „Lied und Gedicht sollen die Wirklichkeit widerspiegeln" (歌诗合为事而作). So sprechen viele seiner Gedichte von Leid und Not des Volkes. Er war ein Förderer des neuen Musikantenliedes (新乐府). Der Dichter begann mit 15 zu schreiben und schrieb insgesamt etwa 3000 Gedichte.

Bai Juyi bestand im Jahre 800 die Staatsprüfung und wurde 808 ein hoher Beamter. Er wendete sich gegen die sozialen und politischen Missstände, so wurde er 815 zum Amtsgehilfen des Gouverneurs von der Stadt Jiujiang (九江), Provinz Jiangxi (江西). Nach einiger Zeit war er Gouverneur der Stadt Hangzhou (杭州), schließlich wurde er hoher Beamter im Ministerium für Justiz und Strafgerichtsbarkeit (刑部尚书).

草

离离原上草，一岁一枯荣。[①]

野火烧不尽，春风吹又生。②
远芳侵古道，晴翠接荒城。③
又送王孙去，萋萋满别情。④

① 离离：üppig; 原上草：Gräser auf der Ebene; 枯荣：welken und wachsen ② 野火：Steppenbrand ③ 远芳：ferne Gräser; 侵：(hier) verdecken; 晴翠：helles Grün; 荒城：die Trümmer einer Altburg ④ 王孙：ein guter Freund; 萋萋 [qī qī]: wuchernd.

Gräser

Üppig auf der Ebene wachsen und leuchten die Gräser,
welken in einem Jahr und erstehen aufs Neue.
Der Steppenbrand im Herbst vermag sie nicht zu
zerstören.
Erhebt sich der Frühlingswind, bläst er die Gräser zum
Leben an.
Ihr Duft dringt zu den alten Wegen,
ihr heiteres Grün erreicht die Trümmer der Altburg.
Wieder verabschiede ich einen guten Freund, zu fühlen
scheinen meinen Abschiedsschmerz die wuchernden
Gräser.

Zu diesem Gedicht:

Es ist ein „五言律诗". Das Gedicht gehört zum Frühwerk von Bai Juyi, mit diesem Gedicht ist er bekannt geworden. Hier spricht er von der Verabschiedung seines Freundes und vergleicht die Freundschaft mit den üppig wachsenden Gräsern, die der Steppenbrand nicht niederbrennen kann. Das 2. Satzpaar ist zu einer stehenden Wendung geworden. Und im 2. und 3. Satzpaar stehen Parallelismen.

轻肥 ①

意气骄满路，鞍马光照尘。②

借问何为者，人称是内臣。③

朱绂皆大夫，紫绶悉将军。④

夸赴军中宴，走马去如云。⑤

樽罍溢九酝，水陆罗八珍。⑥

果擘洞庭橘，脍切天池鳞。⑦

食饱心自若，酒酣气益振。⑧

是岁江南旱，衢州人食人。⑨

① 轻肥 : ein Zitat von Konfuzius: "乘肥马，衣轻裘" (mit dem starken Pferd reiten, den leichten Pelzmantel tragen), gemeint sind die hohen Beamten und ihr luxuriöses Leben. ② 满路 : die Straße

versperren; 光照 : blitzen ③ 内承 : hohe Hof-Beamte ④ 朱绂 [fú]:
das zinnoberrote Ordensband; 紫绶 [shòu]: das purpurne Band; 悉[xī]:
alle ⑤ 夸 [kuā]: überheblich ⑥ 樽罍 [zūn léi]: Weinkrug und -gefäß;
溢 : überlaufen; 九酝 [yùn]: Name eines erlesenen Weins; 罗 [luó]: in
der Reihe liegen; 八珍 : acht Arten Delikatessen ⑦ 擘 [bāi]: et. mit
den Händen entzweibrechen; 洞庭橘 : die Mandarine vom Donting-
Berg, in Provinz Jiangsu (江苏); 脍 [kuài] 切 : fein schneiden; 天
池 : (hier) das Meer gemeint; 鳞 [lín]: (hier) der Fisch ⑧ 心自若 :
geruhsam und behaglich; 酒酣 [hān]: Trinkgelage; 气 : (hier) die
Stimmung ⑨ 是岁 : in diesem Jahr (das Jahr 809): 江南 : südlich des
Yangtse; 衢州 [qú zhōu]: Ortsname, heute Kreis Qu, Provinz Zhejiang
(浙江).

Hochmütige Herren

Die mit den Pferden sperren fast die Straße,

Ihr blankes Reitgeschirr blitzt im Staube.

Wer sind sie, die so hochmütig sind?

Die hochgestellten Herren, sagt man, kommen vom

Hofe.

Die im Zinnoberrock sind aus der Staatskanzlei,

Die mit Purpurschnüren sind alle Generale.

Sie alle reiten stürmisch zum Festmahl,

Und werfen hinter sich Staubwolken.

Aus Krug und Gefäß wird erlesener Wein geschenkt,
Acht Delikatessen von Meer und Land sind aufgetischt.
Die Mandarine vom Dongting-Berg sind himmlisch,
Und der Fisch aus dem Meer schmeckt herrlich.

Nach reichlicher Mahlzeit dann fühlen sie sich
geruhsam,
Das Trinkgelage belebt ihre Stimmung ungemein.
Aber südlich des Yangtse wütet in diesem Jahre eine
Trockenheit,
Im Verwaltungsbezirk Quzhou frisst man vor Hunger
Menschenfleisch.

Zu diesem Gedicht:

Es ist ein „五言古诗 ". Der Dichter hat hier das luxuriöse
Leben der hohen Hofbeamten und das schreckliche Leid des
Volkes direkt gegenüber gestellt, ohne subjektive Kritik. Aber
die Wirkung ist ungeheuer. Dies ist die Eigenart von Bai Juyis Stil. Das Gedicht schrieb er um 809, so kann man ersehen,
warum er 815 degradiert wurde.

卖炭翁

卖炭翁，伐薪烧炭南山中。①

满面尘灰烟火色，两鬓苍苍十指黑。②

卖炭得钱何所营？身上衣裳口中食。③

可怜身上衣正单，心忧炭贱愿天寒。

夜来城外一尺雪，晓驾炭车辗冰辙。④

牛困人饥日已高，市南门外泥中歇。⑤

翩翩两骑来是谁？黄衣使者白衫儿。⑥

手把文书口称敕，回车叱牛牵向北。⑦

一车炭，千余斤，宫使驱将惜不得。⑧

半匹红纱一丈绫，系向牛头充炭直。⑨

① 伐薪 [xīn]: Holz fällen; 南山 = 终南山 : liegt südlich der Hauptstadt Chang'an (长安) (heute Xi'an 西安) ② 苍苍 [cāng]: grau ③ 何所营: wozu ④ 辗 = 碾 [niǎn]: walzen; 冰辙 [zhé]: Wagenspuren im Schneeeis ⑤ 市 = 集市 : Marktplatz ⑥ 翩翩 [piān]: flink; 黄衣使者 : ein kaiserlicher Eunuch; 白衫儿 : Gefolgsmann ⑦ 手把 : in der Hand halten; 敕 [chì]: ein kaiserlicher Erlass ⑧ 宫使 : der kaiserliche Eunuch; 驱 : (der Wagen) treiben; 将 : (hier) Hilfswort; 惜不得 : nicht gern geben ⑨ 绡 [xiāo]: Seide; 丈 [zhàng]: Längenmaßeinheit, etwa 3 Meter; 绫 [líng]: dünner Satin, in der Tang-Zeit können Seidenstoffe als Zahlungsmittel verwendet werden.

Der alte Holzkohlenverkäufer

Der alte Holzkohlenverkäufer, der fällt Holz
und brennt es zur Kohle am Südberg.
Sein Gesicht ist von Asche geschmiert,
Das Haar ist grau und die Finger schwarz.

Wozu verdient er damit Geld?
Genötigt wird bei ihm, sich zu ernähren und zu kleiden.
Er hat zwar wenig zu Leibe, dennoch wünscht er sich,
es noch kälter wird - wegen des Holzkohlenpreises.

Nachts hat es geschneit, außerhalb der Stadt lag der
Schnee fußhoch,
Morgens hinterlässt sein Ochsenwagen mit Holzkohle
Spuren in Schnee-Eis.
Mittags ist der Alte hungrig und der Ochse müde,
Sie ruhen sich im Schlamm aus, vor dem südlichen Stadttor.

Da reiten zwei Reiter flink her:
Ein kaiserlicher Eunuch und ein Gefolgsmann.
Ein Papier in der Hand haltend sagt einer, es sei ein
kaiserlicher Erlass,

lässt den Kohlenwagen zum Kaiserpalast im Norden
ziehen.

So sind tausend Pfund Holzkohle weggenommen worden.
Der Alte gibt es nicht gern, kann aber nichts dagegen tun.
Man hängt aufs Ochsenhorn drei Meter Rotseide und
ein Stück Satin,
Das alles ist die Bezahlung für tausend Pfund Holzkohle.

Zu diesem Gedicht:

Es ist ein neues Musikantenlied (新乐府), der Unterschied zum
alten Musikantenlied ist im Reimen viel freier. Dieses Gedicht
ist Bai Juyis repräsentatives Beispiel für seine Erneuerung des
alten Musikantenliedes. Seine objektive Darstellung erzielt eine
starke Wirkung.

暮江吟 ①

一道残阳铺水中，②
半江瑟瑟半江红。③
可怜九月初三夜，④
露似真珠月似弓。⑤

① 吟 [yín]: eine alte Art Lied oder Gesang ② 残阳 : die untergehende Sonne ③ 瑟瑟 [sè]: (hier) tiefgrün ④ 可怜 : (hier) lieblich ⑤ 真味 = 珍珠 : Perle.

Ein Lied vom abendlichen Fluss

Die Abendsonne wirft Strahlen auf den Strom,

Und färbt ihn halb grün und halb rot.

Die Nacht vom 3. September ist wirklich lieblich,

Wie Perlen glänzen die Tautropfen, wie eine Sichel der Mond.

Zu diesem Gedicht:

Es ist ein „七言绝句". Mit diesem Gedicht schafft uns der Dichter ein bezauberndes Naturbild.

后宫词 ①

泪湿罗巾梦不成，②
夜深前殿按歌声。③
红颜未老恩先断，④
斜倚熏笼作到明。⑤

① 后宫 : Hinterpalast, (hier) die Hofmädchen und Hofdamen gemeint; 词 : eine Art Lied ② 罗巾 : Handtuch aus Seide ③ 前殿 : Vorpalast; 按 : (hier) nach den Takten ④ 红颜 : eine schöne Frau; 恩 : (hier) die Gunst des Kaisers ⑤ 熏宠 : Räucherfass.

Ein Lied von den Hofdamen

Mit dem tränennassen Seidenhandtuch kennt sie keinen schönen Traum,

In tiefer Nacht dringt aus dem Vorpalast taktvolle Musik ihr in den Raum.

Die Hofdame ist noch jung, aber von dem Kaiser nicht mehr verwöhnt,

Nun sitzt sie am Räucherfass bis zum Tagesgrauen.

Zu diesem Gedicht:

Es ist ein „七言绝句". Das Gedicht klagt über das Schicksal der meisten Hofdamen und Hofmädchen. Im Hof der Tang-Dynastie gab es über dreitausend dergleichen. Im Jahr 809 bat der Dichter in einem Thronbericht darum, einen Teil der Hofdamen und Hofmädchen freizulassen.

钱塘湖春行 ①

孤山寺北贾亭西，②

水面初平云脚低。③

几处早莺争暖树，④

谁家新燕啄春泥。⑤

乱花渐欲迷人眼，⑥

浅草才能没马蹄。⑦

最爱湖东行不足，⑧

绿杨阴里白沙堤。⑨

① 钱塘湖：der Westsee in Hangzhou（杭州西湖）② 孤山：Gushan-Berg, liegt nördlich vom Westsee; 孤山寺：Gushan-Tempel, gebaut im Jahr 560, eigentlich hieß er Chengfu-Tempel（承福寺）; 贾亭：Jia-Pavillon; Gouverneur der Stadt Hangzhou Jia Quan（贾全, 785−804）ließ diesen Pavillon bauen, daher heißt er auch Jiagong-Pavillon（贾公亭）③ 云脚低：die tiefen Wolken streicheln (den See) ④ 莺 [yīng]: Pirol; 暖树：sonnenseitige Bäume ⑤ 燕 [yàn]: Schwalbe; 啄 [zhuó]: im Schnabel halten ⑥ 乱花：bunte Blumen; 迷人眼：jm. die Augen verwirren ⑦ 浅草：junge Gräser ⑧ 行不足：immer gern hingehen ⑨ 白沙堤：Baisha-Damm, auch Bai-Damm（白堤）genannt.

Der Frühlings-Gang am Westsee

Westlich vom Jia-Pavillon am Gushan-Tempel ist der See,

Seine Fläche glatt; die tiefen Wolken streicheln diesen.

Ein paar Pirole lassen sich nieder auf den sonnenseitigen
Bäumen,

Schwalben fliegen mit Schlamm im Schnabel fürs neue
Nest in Häusern.

Bunte Blumen verwirren mir die Augen,

Die jungen Gräser verdecken die Pferdehufe.

Ich liebe sehr des Sees Ostseite,

Und auch den Baisha-Damm im Schatten der grünen
Weiden.

Zu diesem Gedicht:

Es ist ein „七言律诗", es beschreibt die schöne Landschaft des
Westsees im Frühling. Die Reime und Parallelismen sind meisterhaft.

琵琶行 [①]

浔阳江头夜送客，枫叶荻花秋瑟瑟。 [②]

主人下马客在船，举酒欲饮无管弦。③
醉不成欢惨将别，别时茫茫江浸月。④
忽闻水上琵琶声，主人忘归客不发。⑤
寻声暗问弹者谁，琵琶声停欲语迟。⑥
移船相近邀相见，添酒回灯重开宴。⑦
千呼万唤始出来，犹抱琵琶半遮面。⑧
转轴拨弦三两声，未成曲调先有情。⑨
弦弦掩抑声声思，似诉平生不得志。⑩
低眉信手续续弹，说尽心中无限事。⑪
轻拢慢捻抹复挑，初为《霓裳》后《六幺》。⑫
大弦嘈嘈如急雨，小弦切切如私语。⑬
嘈嘈切切错杂弹，大珠小珠落玉盘。⑭
间关莺语花底滑，幽咽泉流冰下难。⑮
冰泉冷涩弦凝绝，凝绝不通声渐歇。⑯
别有幽愁暗恨生，此时无声胜有声。⑰
银瓶乍破水浆迸，铁骑突出刀枪鸣。⑱
曲终收拨当心画，四弦一声如裂帛。⑲
东船西舫悄无言，唯见江心秋月白。⑳
沉吟放拨插弦中，整顿衣裳起敛容。㉑
自言本是京城女，家在虾蟆陵下住。㉒
十三学得琵琶成，名属教坊第一部。㉓
曲罢曾教善才伏，妆成每被秋娘妒。㉔
五陵年少争缠头，一曲红绡不知数。㉕

钿头云篦击节碎，血色罗裙翻酒污。㉖
今年欢笑复明年，秋月春风等闲度。㉗
弟走从军阿姨死，暮去朝来颜色故。㉘
门前冷落鞍马稀，老大嫁作商人妇。㉙
商人重利轻别离，前月浮梁买茶去。㉚
去来江口守空船，绕船月明江水寒。㉛
夜深忽梦少年事，梦啼妆泪红阑干。㉜
我闻琵琶已叹息，又闻此语重唧唧。㉝
同是天涯沦落人，相逢何必曾相识！㉞
我从去年辞帝京，谪居卧病浔阳城。㉟
浔阳地僻无音乐，终岁不闻丝竹声。㊱
住近湓江地低湿，黄芦苦竹绕宅生。㊲
其间旦暮闻何物，杜鹃啼血猿哀鸣。㊳
春江花朝秋月夜，往往取酒还独倾。㊴
岂无山歌与村笛，呕哑嘲哳难为听。㊵
今夜闻君琵琶语，如听仙乐耳暂明。㊶
莫辞更坐弹一曲，为君翻作琵琶行。㊷
感我此言良久立，却坐促弦弦转急。㊸
凄凄不似向前声，满座重闻皆掩泣。㊹
座中泣下谁最多？江州司马青衫湿。㊺

① 琵琶 [pípɑ]: ein Zupfinstrument mit vier Saiten; 行 : die Weise,
eine Art vom alten Gedicht, je Satz sieben Schriftzeichen; in der Länge

und im Reimen ist es ziemlich frei. ② 浔阳江 : Xunyang-Fluss, die Strecke des Yangtse bei der Stadt Jiujiang (九江), Provinz Jiangxi (江西), wird Xunyang-Fluss genannt; 瑟瑟 : (Lautmalerei) raschelnd ③ 主人 : Gastgeber, (hier) der Dichter selbst gemeint; 管弦 : Blas- und Streichinstrument, (hier) Musik gemeint ④ 惨 : traurig; 茫茫 : unendlich ⑤ 不发 : nicht abfahren wollen ⑥ 暗问 : leise fragen; 欲语迟 : mit der Antwort zögern ⑦ 回灯 : die Lampe wieder bringen ⑧ 半遮面 : das halbe Gesicht verdecken ⑨ 转轴 : den Saitenspanner drehen; 拨弦 : die Saiten zupfen ⑩ 掩抑 : tiefe Stimme; 声声思 : jeder Ton voller Gefühle; 平生 : lebenslang ⑪ 信手 : auf natürliche Weise ⑫ 拢 [lǒng]: (die Saite) zupfen; 捻 [niǎn]: kneten; 抹 [mǒ]: streichen; 挑 [tiǎo]: nach innen zupfen; es sind die Spieltechniken des Pipas; 《霓裳》[ní cháng],《六幺》[liù yāo]: es sind die Namen der Lieder ⑬ 嘈嘈 [cáo]: schwerdumpf; 切切 : hell und klar ⑭ 错杂 : gemischt; 玉盘 : Jadeschale ⑮ 间关 : das Singen der Vögel; 莺 [yīng]: Pirol; 滑 [huá]: (hier) hell und glatt; 冰下难 : Sandbank ⑯ 涩 : hemmend; 凝绝 : erstarren; 渐歇 : allmählich aufhören ⑰ 别有 : ander; 幽愁暗恨 : verbogener Kummer und Groll ⑱ 乍 : plötzlich; 迸 : spritzen; 铁骑 : schwere Kavallerie ⑲ 拨 = 拨子 : das Plektron; 裂帛 : Seidenstoff zerreißen ⑳ 舫 : (hier) Schiff ㉑ 沉吟 : schweigen; 敛容 : ernste Miene ㉒ 虾蟆陵 : (hier) Vorort der Hauptstadt, ein Vergnügungsort ㉓ 教坊 : eine offizielle Ausbildungsstätte für Musik ㉔ 善才 : Lehrmeister; 伏 = 服 = 佩服 : bewundern; 秋娘 : Herbstdame; 妒 : neiden ㉕ 五陵年少 = 纨绔子弟 : Playboy, Dandy; 缠头 : Seidenstoff als Geschenk; 红绡 : Rotbrokat ㉖ 钿头云篦 [bì]: Silberkamm mit Jadeblumenmuster;

击节碎：beim Taktschwingen brechen ㉗ 等闲度：die Zeit umsonst verbringen ㉘ 阿姨：ältere Schwester；颜色故：nicht mehr schön ㉙ 老大：im älteren Alter ㉚ 浮梁：Ortsname (heute: 景德镇，Provinz Jiangxi (江西)) ㉛ 去来：seitdem ㉜ 妆泪：Tränen mit Schminke gemischt；红阑干：die Wangen rot verfärben ㉝ 唧唧 [jī jī]: ächzen ㉞ 天涯沦落人：ein an das Weltende geratener Mensch ㉟ 谪 [zhé]: degradieren ㊱ 终岁：das ganze Jahr hindurch；丝竹声：Musik；丝：Saiteninstrument；竹：Instrumente aus Bambus ㊲ 溢江：Penjiang-Fluss, in Provinz Jiangxi (江西)；黄芦：gelbes Schilf；苦竹：niedriger Bambus ㊳ 旦暮：Morgen und Abend；杜鹃：Kuckuck ㊴ 往往：oft；独倾：sich selbst Wein einschenken ㊵ 岂无：sonst nicht；呕哑嘲哳 [ōu yā zhāo zhā]: durcheinander klingen ㊶ 君：gemeint die Pipa-Spielerin；耳暂明：für js. Ohren neu sein ㊷ 莫辞：nicht ablehnen；更坐：sich wieder niedersetzen；翻作：nach der Melodie schreiben ㊸ 感我此言：gerührt sein von meinen Worten；良久：eine Zeitlang；却坐：denselben Platz nehmen；促弦：die Saiten spannen；弦转急：die Saiten mit Kraft zupfen ㊹ 凄凄 [qī qī]: kummervoll；向前：vorher；皆：alle；掩泣：sich das Gesicht zudecken und schluchzen ㊺ 青衫：schwarzes Amtsgewand für niedrige Beamte；江州：Ortsname, heute ist die Stadt Jiujiang (九江)；司马：der niedrige Amtsrang der Tang-Dynastie, hier ist der Dichter selbst gemeint.

Die Weise vom Pipa

Am Xunyang-Fluss verabschiede ich in der Nacht

meinen Gast,

Ahornblätter und des Schilfs Blütenrispen rascheln im Herbstwind.

Ich bin abgestiegen vom Pferd, und der Gast ist schon im Schiff,

Leider war keine Musik beim Abschiedswein zu hören.

Bei Trunkheit hat man keine Freude, der Abschied nur Traurigkeit,

In dieser Nacht spiegelt der unendliche Strom den Mond wider.

Plötzlich vernehmen wir die Pipa-Töne,

Da vergesse ich zurückzugehen, und der Gast stoppt auch das Schiff,

Ich frag leise: wer spielt Pipa dort?

Da hört das Spiel auf und gibt uns niemand eine Antwort.

Wir lassen das Schiff hinfahren und bitten die Spielerin zu erscheinen,

Wir lassen mehr Wein bringen, die Lampe wieder anzünden und das Essen erneuern.

…

Nach unserer wiederholten Bitte erscheint sie erst,

Dennoch verdeckt sie mit Pipa ihr halbes Gesicht.

Sie spannt die Saiten und zupft einige Male daran,

Und zwar keine Melodie, doch die Töne klingen

gefühlvoll,

Die Saiten geben leise schluchzende Klänge,

Als ob die Spielerin klagt über ihr Lebensleid.

…

Mit gesenktem Kopf spielt sie flink weiter,

Wie sie ihr schweres Herz ausschüttelt.

Sie verwendet dabei all die Pipa-Spieltechniken,

Zuerst spielt sie das Lied „Nichang" und dann „Liuyao".

Die dicken Saiten lauten stürmisch,

Und die dünnen klingen murmelnd.

…

Alle Töne mischen sich in eine Melodie:

Wie große und kleine Perlen zusammen auf einen

Jadeteller fallen,

Wie die Pirole zwischen den Blumen singen,

Und wie die Quelle über die Sandbank murmelt.

Nun sind die Töne wie die kalte Quelle gehemmt,

Und die Hemmung macht die Töne allmählich zur Stille.

…

Es scheint, als wären viel Kummer und Groll verborgen,

Und die Stille berührt einen mehr als die Töne.

Plötzlich hört man Klänge, wie Silberfass platzt und
Wasser spritzt,

Und wie schwere Kavallerie mit Schwertern und
Lanzen stürmt.

Am Ende streicht die Spielerin mit dem Plektron die
Mitte der Saiten,

Diese geben einen Laut, wie man den Seidenstoff zerreißt.

…

Da herrscht im Ost- und Westschiff Stille,

Man sieht im Strom nur noch den bleichen Herbstmond.

Nach kurzem Schweigen steckt die Spielerin das
Plektron in die Saiten,

Sie glättet ihr Gewand und macht eine ernste Miene.

Dann erzählt sie von sich selbst, sie sei aus der Hauptstadt,

…

Sie wohnte damals im Vorort Hamaling.

Mit dreizehn Jahren erlernte sie das Pipa-Spiel,

Und gehörte zur ersten Abteilung des Musikants.

Der Lehrmeister bewunderte oft ihr Spiel,

Ihre Schminke erweckte eilfertig den Seidenstoff,

Nach einem Spiel erhielt sie eine Menge Rotbrokate.

…

Der Silberkamm mit Jadeblumenmuster brach beim
Taktschwingen,
Und der rote Rock wurde vom Wein befleckt.
Jahr für Jahr hat sie in Vergnügung verbracht,
Die schöne Lebenszeit hat sie vergeudet.
Ihr jüngerer Bruder wurde Soldat, die ältere Schwester
lebte nicht mehr,
Und sie selbst älterte und verlor die Schönheit.
…

So kamen vor ihr Haus immer weniger Wagen,
Dann heiratete sie in höherem Alter einen Kaufmann.
Ihm liegt es am Herzen der Gewinn, aber nicht die Frau,
Im letzten Monat fuhr er nach Fuliang zum Tee-Kauf.
Seitdem bleibt sie allein auf dem leeren Schiff,
Um das Schiff sind nur der helle Mond und der kalte
Strom.
…

In der tiefen Nacht träumte sie auf einmal von der
Jugendzeit,
Die Tränen flossen ihr über die rotgeschminkten Wangen.

Beim Hören des Pipa-Spiels seufzte ich schon,
Jetzt bei ihren Worten ächz' ich trüb.

Sie und ich sind gleich ans Weltende getrieben,

Da brauchen wir bei Begegnung nicht zu fragen, ob wir

uns vorher kennengelernt hätten.

…

Im vorigen Jahr verließ ich als Degradierter die

Hauptstadt,

Jetzt bin ich, erkrankt, in der verlassenen Stadt Xunyang.

Hier gibt es keine Musik,

Im ganzen Jahr hört man keine Töne von Blas- und

Streichinstrumenten.

Ich wohne in einer nassen Niederung am Penjiang-Fluss,

Um mein Haus wachsen gelbes Schilf und niedriger

Bambus.

Was hört man morgens und abends?

…

Nur weinerliche Schreie von Kuckucken und Affen.

Im Blumendunst des Frühlings oder unter dem

Herbstmond,

Kann ich oft selbst Wein einschenken und trinken.

Gibt es hier keine Volkslieder und Flötentöne?

Doch, die klingen heiser und fürchterlich.

Am heutigen Abend habe ich Ihr Pipa-Spiel gehört,

Es scheint mir, als ob es ein Himmelslied wäre.

Bitte, nehmen Sie Platz, und spielen Sie noch ein Lied!

Nach der Melodie werde ich Ihnen ein Pipa-Lied dichten.

Meine Worte haben die Spielerin gerührt, sie steht noch eine Weile,

Dann nimmt sie Platz, spannt die Saiten und beginnt stürmisch zu spielen.

Diesmal gibt sie aber nur kummervolle Töne,

Dies bewegt alle Anwesenden, sodass sie sich das Gesicht verdecken und schluchzen.

Wer hat am meisten Tränen vergossen?

Der degradierte Beamte hat mit Tränen sein schwarzes Amtsgewand genässt.

Zu diesem Gedicht:

Es ist ein „七言古诗", ein berühmtes Gedicht des Dichters, geschrieben im Jahr 816, nachdem er nach Jiangzhou degradiert worden war. Das Schicksal der Pipa-Spielerin erweckt die Traurigkeit des Dichters über sein eigenes Scheitern in der Beamtenlaufbahn.

Es ist einmalig, dass die musikalischen Klänge des Pipas meisterhaft beschrieben sind. Manche Ausdrücke, wie z.B. 怀抱琵琶半遮面, 大珠小珠落玉盘, 此处无声胜有声, 门前冷落车马稀, 同是天涯沦落人, 相逢何必曾相识 usw. sind schon stehende Wendungen geworden.

忆江南 ①

忆江南，最忆是杭州。
山寺月中寻桂子 ②，郡亭枕上看潮头。③
何日更重游？

① 忆江南 : die Melodie „die Erinnerung an das Gebiet südlich des Yangtse". Es ist eine neue Gedichtform, auf Chinesisch heißt es Ci (词), geschrieben nach einer bestimmten Melodie. Die Besonderheit dieser Gedichtform ist: Die Länge der Sätze ist ungleichmäßig. Diese Gedichtform ist in der Tang-Zeit entstanden und kommt in der Zeit der Song-Dynastie (宋朝) zur Blüte. ② 桂子 : der Lorbeerbaum ③ 潮头 : die Flutwellen des Qiantang-Flusses (钱塘江), der Fluss fließt durch die Stadt Hangzhou (杭州); 郡亭 : der Amtspavillon.

Nach der Melodie „Die Erinnerung an das Gebiet südlich des Yangtse"

Ich erinnere mich an das Gebiet südlich des Yangtse,
Doch am liebsten an die Stadt Hangzhou:
Unter dem Mond suchte ich die Lorbeerbäume im
Bergkloster,
Gestützt aufs Kissen, blickte ich im Amtspavillon auf

die Flutwellen des Flusses.

Wann könnte ich noch einmal Hangzhou besuchen?

Zu diesem Gedicht:

Bai Juyi war eine Zeitlang Gouverneur von Hangzhou（杭州刺史），hier erinnert er sich an seine schönen Erlebnisse von dort.

Wang Wei, ein berühmter Landschaftsdichter, geboren um 701 in Taiyuan (太原) in der Provinz Shanxi (山西). Er war berühmt als Maler, Dichter und Musiker. Mit 15 begann er Gedichte zu schreiben, mit 20 bestand er die Staatsprüfung und wurde dann Beamter. Mit 31 verlor Wang Wei seine Frau, heiratete jedoch nicht wieder. Wegen seiner Aufrichtigkeit wurde er verdrängt. Er wurde 756 von dem Rebellen An Lushan zur Mitarbeit als Zensor gezwungen. Später wurde er begnadigt und 758 Staatssekretär zur Rechten. Mit 40 zog er aufs Land und lebte in seinem Landhaus. Von da an widmete er sich mehr der Lyrik und dem Buddhismus. Von Su Dongpo (苏东坡) stammt das viel zitierte Wort: „Kostet man die Gedichte von Wang Wei, so sind darin Gemälde; betrachtet man seine Gemälde, so sind darin Gedichte".

竹里馆 ①

独坐幽篁里，②

弹琴复长啸。③

深林人不知，④

明月来相照。

① 竹里馆：Name eines Bambushains, in der Umgebung des Dichters Landhaus gab es viele Landschaften, dieser Bambushain ist eine davon ② 幽篁 [huáng]: dichter Bambushain ③ 长啸：Gedichte hersagen ④ 深林：(hier) dichter Bambushain.

Im Bambushain

Im dichten Bambushain saß ich allein,

Spielte an den Saiten und sagte Gedichte laut her.

Kein Mensch erspähte mich hier im Hain,

Und nur der Mond kam strahlend mit seinem Schein.

Zu diesem Gedicht:

Es ist ein „五言绝句". Hier beschreibt der Dichter sein Einsiedlerleben. Über die Landschaften in der Umgebung seines Landhauses hat er 20 Gedichte geschrieben.

送别

山中相送罢，^①
日暮掩柴扉。^②
春草年年绿，
王孙归不归？^③

① 罢 [bà]: fertig ② 掩 [yǎn]: schließen; 柴扉 [fēi]: Holzflügel
③ 王孙 : (hier:) der Freund.

Abschied

Am Berg verabschiedeten wir uns voneinander,

Bei sinkender Sonne schloss ich die Holzflügel.

In jedem Frühjahr grünen die Gräser,

Ich frage mich: Kommt der Freund wieder?

Zu diesem Gedicht:

Es ist ein „五言绝句". Zu bemerken ist: Der Dichter beschreibt nicht wie im Allgemeinen die Abschiedsszene, sondern lenkt seinen Gedanken auf die Zukunft. Er wünscht sich, dass sein Freund wiederkommt und die Freundschaft wie die Naturerscheinung ewig bleibt.

相思①

红豆生南国，②
春来发几枝？③
愿君多采撷，④
此物最相思。⑤

① 相思：Liebessehnsucht ② 红豆：Roterbsenbaum, seine Früchte sind rot, sehen wie Erbsen aus, früher waren sie als Schmuck verwendet, seit der Tang-Zeit zum Symbol für die Liebe; 南国：(hier) im Süden, in den Provinzen Guangdong (广东) und Guangxi (广西) ③ 发几枝：wie viele junge Triebe haben ④ 采撷 [xié]: pflücken ⑤ 此物：gemeint sind die Früchte des Roterbsenbaums – die Roterbsen.

Liebende Gedanken

Der Roterbsenbaum wächst im Land des Südens,

Wie viele junge Triebe recken doch im Frühling?

Ich wünsche nur, dass du viele fleißig pflückst,

Von den Liebessehnsuchten sind sie voll gesättigt.

Zu diesem Gedicht:

Es ist ein „五言绝句 “. Es ist zu bemerken, dass manche Interpretationen meinen, dieses Gedicht beschriebe die Freundschaft.

Aber wir teilen die andere Meinung, es sei ein Liebesgedicht, und so wird es auch übersetzt.

山居秋暝 [1]

空山新雨后，天气晚来秋。[2]
明月松间照，清泉石上流。
竹喧归浣女，莲动下渔舟。[3]
随意春芳歇，王孙自可留。[4]

[1] 秋暝 [míng]: Herbstabend [2] 空山 : stilles Tal; 晚 : am Abend [3] 竹喧 [xuān]: das Lachen im Bambushain; 浣女 : Wäscherin; 下 : hinfahren [4] 随意 : trotz; 春芳 : Blume und Gras des Frühlings; 歇 : welken; 王孙 : Gelehrte.

Herbstabend im Berghaus

Im stillen Bergtal hat es frisch geregnet,
Die Abendluft ist herbstlich kühl und rein.
Die lichten Mondstrahlen fallen durch die Kiefern,
Die klare Quelle fließt über das Gestein.

Das Lachen der heimgehenden Wäschemädchen belebt den Bambushain,

Ein Fischerboot bringt die Lotos zum Weichen.

Auch wenn grüne Gräser im Herbst schon verwelkt sind,

Können Gelehrte hier bleiben.

Zu diesem Gedicht:

Es ist ein „五言律诗" . Das Gedicht schildert ein schönes Herbstbild, es zeigt die Zufriedenheit des Dichters mit seinem Einsiedlerleben.

过香积寺 ①

不知香积寺，数里入云峰。

古木无人径，深山何处钟。②

泉声咽危石，日色冷青松。

薄暮空潭曲，安禅制毒龙。③

① 香积寺 : Xiangji-Kloster, lag von der Hauptstadt Chang'an ② 无人径 : kein Mensch auf dem Pfad; 钟 = 钟声 : eine Glocke schlägt ③ 曲 : (hier) tief und still; 安禅 [chán]: tiefe Meditation; 制毒龙 : (buddhistischer Ausdruck) von den bösen Gedanken befreit sein.

Am Xiangji-Kloster vorübergehend

Den Weg zum Xiangji-Kloster kannte ich nicht,

der nach einigen Meilen durch Wolken hin weit führt.

Alte Bäume stehen uralt, kein Mensch betritt den Pfad.

Im Gebirge höre ich in der Ferne eine Glocke läuten.

Die Quelle murmelt über das gefährliche Gestein,

Die Sonnenstrahlen färben die Kiefern grau.

Beim Dämmern scheint der leere Teich am Kloster tief

und still zu sein,

Bei der tiefen Meditation ist einer von jedem bösen

Gedanken befreit.

Zu diesem Gedicht:

Es ist ein „五言律诗". Der Dichter kennt das Kloster nicht,
normalerweise würde er über das Kloster selbst schreiben, aber er hat
nur die Umgebung geschildert, kein Wort über das Kloster selbst,
dennoch ist das Kloster darin. Dies ist die Eigenart des Dichters.

渭川田家 ①

斜阳照墟落，穷巷牛羊归。②

野老念牧童，倚杖候荆扉。③

雉雊麦苗秀，蚕眠桑叶稀。④

田夫荷锄至，相见语依依。⑤

即此羡闲逸，怅然吟《式微》。⑥

① 渭川 : Wei-Fluss, in der Provinz Shaanxi (陕西); 田家 : Bauerndorf ② 墟落 [xū luò]: Dorf; 穷巷 : kleine Gasse ③ 念 : (hier) sich Sorgen um jn. machen ④ 雉 [zhì]: Fasan; 雊 [gòu]: girren; 麦苗秀 : der Weizen schießt Ähren; 蚕眠 [mián]: Ruhestadium der Seidenraupen (vor dem Entpuppen); 桑 [sāng] 叶 : Maulbeerbaumblätter ⑤ 田夫 : Bauer; 荷锄 [hè chú]: eine Hacke tragen; 至 : kommen; 依依 [yī yī]: sich ungern von jm. trennen ⑥ 即此 : allein dies; 羡 = 羡慕 [xiàn mù]: beneiden; 闲逸 [xián yì]: Muße und Ruhe; 怅然 [chàng rán]: seufzen; 吟 : hersagen;《式微》: „Es wird Abend", der Titel eines Volksliedes aus dem „Buch der Lieder" (《诗经》) , in diesem Lied wird wiederholt gesungen: „Es wird Abend, es wird Abend. Warum kommst du nicht heim?" (Das Original heißt: „ 式微 , 式微 , 胡不归 ?")

Ein Bauerndorf am Wei-Fluss

Die Abendsonne scheint schräg auf das Dorf,

Die Kühe und Schafe kehren in die kleine Gasse zurück.

Ein Alter wartet, gestützt auf einen Stock, vor dem

Holztor,

und sorgt er sich um den jungen Knecht.

Der Fasan girrt, der Weizen schießt Ähren,

Die Seidenraupen schlafen, die Maulbeerbaumblätter

sind spärlich,

Die Bauern kommen mit Hacken heim,

Sie unterhalten sich beim Treffen vertraulich.

Diese Szene lässt mich um Muße und Ruhe beneiden,

Seufzend singe ich, „Warum kommst du nicht heim?"

Zu diesem Gedicht:

Es ist ein „五言古诗". Der Dichter stellt sich hier ein idyllisches Bild dar, und die letzten zwei Sätze offenbaren seinen Wunsch, vom Amt abzutreten und ein idyllisches Leben zu führen.

渭城曲 ①

渭城朝雨浥轻尘，②
客舍青青柳色新。③
劝君更尽一杯酒，④
西出阳关无故人。⑤

① 渭 [wèi]: lag am Nordufer des Wei-Flusses (渭河), westlich der

Stadt Xi'an (西安) ② 浥 [yì]: nässen ③ 客舍 : Gasthof; 新 : (hier) frisch ④ 更 : nochmal; 尽 : (hier) austrinken ⑤ 西出 : westlich; 阳关 : Yangguan-Pass, lag im Kreis Dunhuang (敦煌), Provinz Gansu (甘肃); 故人 : alte Freunde.

Abschied von der Stadt Wei

> Der Morgenregen hat den Sand in Wei genässt,
>
> Grüne Weiden am Gasthof sind frisch gefeuchtet.
>
> Bitte, trinke noch einen Becher Wein aus,
>
> Westlich vom Yangguan-Pass findet man ja keinen
>
> alten Freund.

Zu diesem Gedicht:

Es ist ein berühmtes Musikant-Abschiedslied von Wang Wei. Das Lied war damals sehr verbreitet, es wurde auch Yangguan-Lied (阳关曲) genannt. Das Lied heißt auch „Dem Gesandten Yuan Er zur Fahrt nach Anxi" ("送元二使安西"). Yuan war ein Freund von Wang Wei; Anxi liegt im heutigen Kreis Kuche (库车), Xinjiang (新疆).

Die ersten zwei Sätze beschreiben die Umgebung, und die letzten zwei Sätze schildern den Abschied, sie zeigen die enge Freundschaft zwischen den beiden und offenbaren des Dichters Sorgen darum, dass sein Freund in der Fremde sehr einsam wird.

Meng Haoran lebte wie ein Einsiedler in der Heimat Xiangyang (襄阳), Provinz Hubei (湖北) und widmete sich der Lyrik. Erst mit 40 versuchte er Beamter zu werden und kam zur Staatsprüfung in die Hauptstadt Chang'an. Leider fiel er durch. Dann lebte er in den heimatlichen Bergen, machte weite Reisen und wurde der Erste in der nun aufsteigenden Reihe großer Landschaftsdichter. Meng Haoran war von Zhang Jiuling (张九龄) gefördert und mit Wang Wei befreundet. Ihm ist jene klare, einprägsame Bildhaftigkeit in den Gedichten eigen, wie sie auch seinem großen Zeitgenossen Wang Wei eigen ist. Die beiden sind als „Wang-Meng" zusammen gerühmt. Meng schrieb mehr Gedichte in Sätzen mit jeweils fünf Schriftzeichen (五言诗). Dies war seine Stärke.

春晓 ①

春眠不觉晓，②

处处闻啼鸟。③

夜来风雨声，④

花落知多少。

① 晓 : Morgensdämmerung ② 觉 : merken ③ 闻 : hören ④ 夜来 : in der Nacht.

Dämmerung im Frühling

Der Frühlingsschlaf ließ mich nicht merken, dass es hell wurde,

Überall hörte ich Vögel ihr Liedchen zwitschern.

Doch Sturm und Regen peitschten in der Nacht,

Keiner wusste, wie viele schöne Blätter gefallen sind.

Zu diesem Gedicht:

Es ist ein „五言绝句". Der Dichter beschreibt sein Einsiedlerleben. Das Gedicht ist sehr populär geworden.

过故人庄 ①

故人具鸡黍，邀我至田家。②
绿树村边合，青山郭外斜。③
开轩面场圃，把酒话桑麻。④

待到重阳日，还来就菊花。⑤

① 过 : (hier) besuchen; 故人 : alter Freund; 庄 [zhuāng]: Dorf
② 具 : (hier:) zubereiten; 鸡黍 [shǔ]: gutes Essen beim Bauern; 黍 :
Hirse; 田家 : Bauernhaus ③ 合 : (hier) herum; 郭外 : außerhalb der
Dorfmauer ④ 轩 [xuān]: (hier) Fenster; 场 : (hier) Dreschtenne; 圃
[pǔ]: Gemüsegarten; 把酒 : den Weinbecher heben; 桑麻 [sāng má]:
(hier) Feldarbeiten; 桑 : Maulbeerbaum; 麻 : Flachs ⑤ 待到 : warten
bis ...; 重阳日 : der 9. September, an diesem Tag ist das Chongyang-
Fest, da trinkt man Wein und bewundert die Chrysanthemen (菊花);
就 : (hier) anschauen, bewundern.

Zum Besuch bei einem alten Freund

Zubereitet hat ein alter Freund Huhn und Hirse,

Und die Absicht, mich zu sich ins Tians Haus einzuladen.

Grüne Bäume stehen ums Dorf herum,

Blaue Berge liegen schräg in der Ferne.

Vom Fenster aus habe ich Blick auf Gemüsegarten und

Dreschtenne,

Weinschale in der Hand haltend plaudern wir über

Feldarbeiten.

Ich warte das Chongyang-Fest ab,

Dann kehre ich wieder, um Chrysanthemen zu bewundern.

Zu diesem Gedicht:

Es ist ein „五言律诗", ein berühmtes idyllisches Gedicht von Meng Haoran, es repräsentiert seinen Stil. Als Einsiedler lebte der Dichter nicht isoliert von der Außenwelt. Er verkehrt mit den Dichtern wie Li Bai, Wang Wei, Zhang Jiuling und mit hohen Beamten, und auch mit den einfachen Leuten, wie es das Gedicht zeigt.

宿桐庐江寄广陵旧游 ①

山暝听猿愁，沧江急夜流。②
风鸣两岸叶，月照一孤舟。③
建德非吾土，维扬忆旧游。④
还将两行泪，遥寄海西头。⑤

① 宿 : übernachten; 桐庐江 : Tonglu-Fluss, in Provinz Zhejiang (浙江); 广陵 : Stadtname, auch Yangzhou (扬州) genannt, in Provinz Jiangsu (江苏); 旧友 : alter Freund ② 暝 [míng]: dunstig; 猿愁 : trauriger Affenschrei; 沧 [cāng]: dunkelgrün ③ 叶 : (hier) Baumblätter ④ 建德 : Stadtname, am Oberlauf des Tonglu-Flusses; 维扬 : ein anderer Name von der Stadt Yangzhou (扬州) ⑤ 海西头 : Yangzhou liegt westlich vom Ostmeer, so sagt der Dichter: „海西头" .

Bei der Schifffahrt auf dem Tonglu-Fluss, an die alten Freunde in Guangling gesandt

Von dem dunstigen Berg hört man klagende Affenschreie,

Die dunkelgrünen Wasser des Tonglu-Flusses strömen
nachts reißend dahin.

Der Wind säuselt in den Baumblättern an den beiden
Ufern,

Der Mond scheint auf das einsame Schiff.

…

Die Stadt Jiande ist zwar schön, aber nicht meine Heimat,

Da denke ich an die alten Freunde in der Stadt Yangzhou,

Nun schicke ich ihnen dorthin mit dem Fluss

Meine Tränen der Sehnsucht.

Zu diesem Gedicht:

Es ist ein „五言律诗", und ganz nach dessen Schema geschrieben. Der Dichter weilte im Jahr 729 in der Osthauptstadt Luoyang (洛阳). Das Gedicht schildert seine Rückkehr, sein Schiff erreicht gerade die Stadt Jiande, mit ihr assoziiert er die Heimat und seine alten Freunde. Das Gedicht beschreibt das Heimweh des Dichters.

临洞庭上张丞相 ①

八月湖水平，涵虚混太清。②
气蒸云梦泽，波撼岳阳城。③
欲济无舟楫，端居耻圣明。④
坐观垂钓者，徒有羡鱼情。⑤

① 临：an, nahe; 洞庭：Dongting-See, liegt westlich der Stadt Yueyang (岳阳); 上：(hier) widmen; 张丞相：Kanzler Zhang Jiuling (张九龄) ② 湖水平：der See schwellt bis ans Ufer; 涵虚 [xū]: Wasserdunst; 太清：der reine Himmel ③ 云梦泽：die Yunmeng-Marschen, lagen damals im Südteil der Provinz Hubei (湖北) und im Nordteil der Provinz Hunan (湖南), heute sind diese Marschen schon Festland geworden; 撼 [hàn]: rütteln ④ 济 [jì]: überqueren; 楫 [jí]: Ruder; 端居 = 闲居：müßig zu Hause bleiben; 耻 [chǐ]: sich schämen; 圣明：(hier) das Blühen des Reichs ⑤ 垂钓者：Angler; 徒：vergebens; 羡 [xiàn]: beneiden.

Am Dongting-See,
dem Kanzler Zhang gewidmet

Im August schwellen die Wasser des Sees bis ans Ufer,
Und der Wasserdunst trübt den reinen Himmel sehr.

Nebel und Dunst verbreiten sich über die Yunmeng-Marschen,

Die Wellen peitschen die Mauer der Yueyang-Stadt.

Es fehlen mir Boot und Ruder zum Hinüberfahren,

Angesichts des Blühens des Reichs schäme ich mich, nichts dazu getan zu haben.

Nun sitze ich da und sehe einen Mann angeln,

Und beneide ihn vergebens um seinen Fang.

Zu diesem Gedicht:

Es ist wieder ein „五言律诗", geschrieben im Jahr 733 am Dongting-See. Wörtlich ist es ein Landschaftsgedicht, in Wirklichkeit ist es eine indirekte Bitte an den Kanzler, dass dieser den Dichter zu einer Amtsstelle empfehlen könnte. Das Gedicht zeigt des Dichters Selbstvertrauen, ohne irgendein Schmeichelwort.

夜归鹿门歌 ①

山寺钟鸣昼已昏，②
渔梁渡头争渡喧。③
人随沙路向江村，④
余亦乘舟归鹿门。⑤

鹿门月照开烟树，⑥

忽到庞公栖隐处。⑦

岩扉松径长寂寥，⑧

惟有幽人夜来去。⑨

① 鹿门：Lumen-Berg, wo der Dichter als Einsiedler lebte; der Berg liegt in Xiangyang (襄阳), Provinz Hubei (湖北) ② 昏 [hūn]: (der Abend) dämmert ③ 渔梁：Yuliang, Ortsname, liegt in der Nähe vom Lumen-Berg; 渡头：Überfahrtsstelle; 争：drängen; 渡：Fähre; 喧 [xuān]: Lärm ④ 沙岸：Sandstrand ⑤ 余：(hier) ich ⑥ 开烟树：nebeldunstige Bäume ⑦ 忽：plötzlich ⑧ 庞公 = 庞德公：Herr Pang De aus der Donghan-Dynastie (东汉) war Einsiedler am Lumen-Berg; 栖隐 [yǐn] 处：Klause ⑧ 寂寥 [jì liáo]: einsam und still ⑨ 惟：nur; 幽人：(hier) Einsiedler, gemeint ist der Dichter selbst.

Nächtliche Heimkehr zum Lumen-Berg

Die Klosterglocke schlägt, der Abend dämmert.

An der Überfahrtsstelle von Yuliang drängt die Menge heran.

Manche gehen dem Sandstrand entlang in die Dörfer,

Auch mich fährt der letzte Kahn zum Lumenberg heim.

…

Der Mond über dem Berg durchscheint nebeldunstige
Bäume,

Da komme ich an der Klause vom verehrten Herrn
Pang vorbei.

Das Felsentor, der Kieferpfad so einsam,

Nur ich als Einsiedler geh hier ein und aus allein.

Zu diesem Gedicht:

Es ist ein „七言古诗". Das Gedicht beschreibt das Einsiedlerleben
des Dichters.

杜 牧　　**dù mù**　（703–um 852）

Du Mu war bedeutender Dichter der ausgehenden Tang-Zeit. Er wurde in einer Beamtenfamilie geboren. Sein Großvater war Kanzler. Seitdem er 828 die Staatsprüfung bestanden hatte, hatte er viel Glück in seiner Beamtenlaufbahn. Er war Hof-Beamter und danach Gouverneur (刺史) in Huzhou (湖州). Schließlich wurde er befördert zum Großsekretär der kaiserlichen Kanzlei (中书舍人). Du Mu war eine der bedeutenden Gestalten der Tang-Spätzeit. Da er als Beamter durch viele Städte und Orte gereist war, hat er über hundert Gedichte hinterlassen. In der Lyrik ist sein Stil klar und erhaben. Nebenbei hat er viele militärische Schriften verfasst.

清明 [①]

清明时节雨纷纷，
路上行人欲断魂。
借问酒家何处有，
牧童遥指杏花村。

① 清明 = 清明节 : Qingming-Fest am 4. oder 5. April des Sonnenkalenders, nämlich das Totenfest.

Am Qingming-Fest

Am Qingming-Fest regnet es ständig,

So wird es den Menschen auf den Wegen peinlich.

Wo mag eine Weinstube sein? Der Hirtenknabe zeigt

ein entferntes Dorf, das unter den Aprikosen liegt.

Zu diesem Gedicht:

Es ist ein „七言绝句 ", Du Mu bevorzugt diese Gedichtform. Das Gedicht schildert eine Alltagsszene, klar und einfach. Daher ist es sehr populär geworden.

山行 ①

远上寒山石径斜, ②

白云生处有人家。

停车坐爱枫林晚, ③

霜叶红于二月花。

① 山行：ins Gebirge ② 寒山：Berg im Frost; 斜 [xié]: schräg
③ 坐：(hier) weil.

Ins Gebirge

Der Steinpfad schlängelt sich auf dem frostigen Berg
hinauf,

In den wallenden Weißwolken sehe ich ein Wohnhaus.

Ich halte den Wagen und schaue staunend die späten
Ahornblätter an,

Sie sehen in Frost roter als Blüten im Februar aus.

Zu diesem Gedicht:

Es ist auch ein „七言绝句", und ganz nach dessen Schema
geschrieben. Es ist ein berühmtes Landschaftsgedicht von Du Mu.

赤壁 ①

折戟沉沙铁未销，②
自将磨洗认前朝。③
东风不与周郎便，④
铜雀春深锁二乔。⑤

① 赤壁 = 赤壁山 : der Rotfelsen-Berg liegt nordöstlich vom Kreis Jiayu (嘉鱼), Provinz Hubei (湖北), am Südufer des Yangtse. In der Schlacht beim Rotfelsen hat der General Zhou Yu (周瑜) vom Reich Wu (吴) die Truppen vom Reich Wei (魏), die unter der Führung des Kanzlers Cao Cao (曹操) standen, besiegt. ② 折戟 [zhé jǐ]: eine gebrochene Hellebarde; 铁未销 : nicht verrostet ③ 将 : (hier) nehmen; 认前朝 : erkennen, was aus der Zeit der Drei-Reiche stammt ④ 周郎 : General Zhou Yu vom Reich Wu ⑤ 铜雀 : Tongque-Palast, gebaut von Cao Cao, dort wohnten seine Konkubinen und Gesangmädchen; 二乔 , 大乔 : die ältere Qiao war die Ehefrau von Sun Ce (孙策), König von Wu; 小乔 : die jüngere Qiao war die Ehefrau von General Zhou Yu.

Der Rote Felsen

Eine zerbrochene Hellebarde lag im Sandbett des Stroms,
noch nicht verrostet war ihre Scheide,
Ich wusch und schliff sie und habe erkannt:
Sie stammte aus der Zeit der Drei-Reiche.
Hätte der Ostwind dem General Zhou nicht geholfen,
Wären die zwei schönen Qiaos im Tongque-Palast
verschlossen worden.

Zu diesem Gedicht:

Es ist ein ordentliches „七言绝句 " . Mit Hilfe des Ostwinds

hat General Zhou die Kriegsschiffe von Cao Cao verbrannt. Das Ergebnis dieser Großschlacht war die Entstehung der Drei-Reiche: Wei（魏）, Shu（蜀）und Wu（吴）. Hier nimmt der Dichter nur einen kleinen Gegenstand: eine Hellebarde, und mit dem Schicksal der zwei Schönheiten zeigt er die historische Wendung, die lässt den Leser nachdenken.

赠猎骑

已落双雕血尚新，^①
鸣鞭走马又翻身。^②
凭君莫射南来雁，^③
恐有家书寄远人。^④

① 落 : (hier) abschießen; 雕 [diāo]: Adler ② 翻身 : sich wenden, (um zu schießen) ③ 凭 [píng]: bitten; 雁 : Wildgans ④ 远人 : Grenzsoldaten.

Dem Jagdreiter gewidmet

Er hat schon zwei Adler abgeschossen, die noch bluten,

Nun peitscht er das Pferd, wendet sich zum weiteren Schießen.

Bitte, schieße doch nicht nach Wildgänsen, die aus Süden herfliegen,

Diese bringen vielleicht Botschaft zu den fernen Grenzschützen.

Zu diesem Gedicht:

Es ist wieder ein ordentliches „七言绝句". Der Dichter kümmerte sich um die Grenzsoldaten, hier ist es ein Beispiel dafür.

过华清宫 ①

长安回望绣成堆，②
山顶千门次第开。③
一骑红尘妃子笑，④
无人知是荔枝来。⑤

① 过 : vorbei; 华清宫 : Huaqing-Palast, ein Vergnügungspalast auf dem Lishan-Berg (骊山) südlich von dem heutigen Kreis Lintong (临潼), Provinz Shaanxi (陕西). In diesem Palast genoss der Tang-Kaiser Xuan Zong (玄宗) mit der kaiserlichen Favoritin Yang (杨贵妃) die Vergnügung. ② 长安 : die Hauptstadt; 回望 : im Rückblick; 绣 [xiù]: wunderschön; 堆 [duī]: Haufen ③ 次第 : nacheinander ④ 红尘 :

aufgewirbelter Staub; 妃子＝杨贵妃: (hier) kaiserliche Favoritin Yang
⑤ 荔枝 [lì zhī]: Lischi, eine Art Südfrucht aus den Provinzen Guangdong
(广东) und (广西), ihre Größe ist wie eine Pflaume, mit Weißfleisch
und einem Kern, außen ist eine dunkelgrüne Schale. Diese Frucht ist
sehr süß und saftig, kann aber nicht lange lagern. Die Favoritin Yang
aß sie sehr gern. so ließ der Kaiser diese Früchte aus der Entfernung
von zehntausend Meilen hierher bringen. Unterwegs durften die Reiter
keine Rast machen und wechselten mehrmals die Pferde.

Vorbei am Huaqing-Palast

Von Chang'an aus, im Rückblick auf den Lishan-Berg
sehe ich die Hochbauten wie im malerischen Bild,
Auf dem Gipfel öffnen sich tausend Tore nacheinander.
Angesichts eines Reiters, dessen Pferd aufwirbelt,
lächelt die kaiserliche Favoritin,
Aber niemand weiß: er bringt ihr die Südfrüchte Litschi
her.

Zu diesem Gedicht:

Es ist ein „七言绝句", aber nur der 2. und 4. Satz reimen
sich. Im Gedicht kritisiert der Dichter indirekt den Kaiser Xuan
Zong, dessen zuchtloses Leben und daher die Nachlässigkeit bei
der Staatsführung den Putsch des Grenzgouverneurs An Lushan

(安禄山) begünstigten, schließlich führte es zum Verfall der Tang-Dynastie. Das Gedicht lässt den Leser über die Geschichte nachdenken.

赠别

多情却似总无情，
唯觉樽前笑不成。[①]
蜡烛有心还惜别，
替人垂泪到天明。

① 樽 [zūn]: Weinbecher.

Zum Abschied

Gefühllos schien sie, aber in Wirklichkeit war es ihr doch bang.

Vor dem Weinbecher wollte sie aber lächeln, was ihr auch misslang.

Die Kerze schien mitzuempfinden, und bedauerte den Abschied.

Und sie tränkte für uns beide bis zum Morgen nachtlang.

Zu diesem Gedicht:

Dieses Gedicht hat der Dichter einem Freudenmädchen in der Stadt Yangzhou (扬州) zum Abschied gewidmet. Es war im Jahr 835, als er zum Hof in die Hauptstadt befördert wurde. Es ist ein „七言绝句", der 1., 2. und 4. Satz reimen sich.

李 商 隐　　　**lǐ shāng yǐn**　（813-858）

Li Shangyin war ein bedeutender Dichter der ausgehenden Tang-Zeit. Im Jahr 837 bestand er die kaiserliche Staatsprüfung. Danach wurde er Beamter. Nach der Degradierung konnte er nur als Berater bei einigen Militärgouverneuren tätig sein. Zuletzt war er in hoffnungsloser Armut. Li Shangyin wurde oft mit dem Dichter Du Mu (杜牧) zusammen genannt. Er hat vergebens versucht, Beamter zu werden. Seine Gedichte haben oft romantische Züge, seine geschichtlichen Themen haben meistens einen satirischen Effekt, und manche Liebesgedichte von ihm sind sehr tief rührend und werden auch heute gerne gelesen.

登乐游原 [1]

向晚意不适，[2]
驱车登古原。[3]
夕阳无限好，
只是近黄昏。

① 乐游原：Le-You-Landhöhe, ein Ausflugsort, liegt südlich von der Hauptstadt Chang'an (长安), von dort konnte man die ganze Stadt Chang'an überblicken. Im Jahr 59 v.u.Z. ließ der Han-Kaiser Xuan Di (汉宣帝) für die verstorbene Kaiserin an diesem Ort den Le-You-Tempel (乐游庙) bauen. ② 向晚：gegen Abend; 意不适：schlecht gelaunt sein ③ 古原 = 乐游原 .

Zum Ausflugsort „Le-You-Landhöhe"

Gegen Abend war ich schlecht gelaunt,

Nun fuhr ich zum Ausflugsort Le-You-Landhöhe.

Die untergehende Sonne war strahlend und wunderschön,

Aber sie befand sich im Dämmerlicht des Abends.

Zu diesem Gedicht:

Es ist ein „五言绝句". Vor dem abendlichen Bild der Natur stellt der Dichter schweren Herzens fest, dass er nicht viel Zeit hat, um etwas zu unternehmen. Und es wäre zugleich eine Ermahnung für den Leser. Die letzten zwei Sätze sind zu einer stehenden Wendung geworden.

夜雨寄北 ①

君问归期未有期，

巴山夜雨涨秋池。②

何当共剪西窗烛，③

却话巴山夜雨时。

① 寄北 : nach Norden (an seine Frau) senden ② 巴山 : Bashan-Berg, liegt nördlich vom Kreis Nanjiang (南江), Provinz Sichuan (四川), im Allgemeinen wird das Ostgebiet Sichuans (川东) gemeint ③ 何当 : einmal; 剪烛 : die Kerze putzen.

In einer Regennacht nach Norden gesandt

Du fragst, wann ich zurückkäme,

ich weiß nicht, wann es sein kann.

Im Bashan-Berg fällt nachts der Regen,

die herbstlichen Teiche schwellen an.

Einmal werden wir am Westfenster sitzen,

gemeinsam die Kerze putzen,

Und plaudern, wie ich in der Regennacht

im Berg von Bashan an dich dachte.

Zu diesem Gedicht:

Es ist ein „七言绝句 " . Im Jahr 850 reiste der Dichter nach Ost-Sichuan, um eine Beraterstelle beim Militärgouverneur aufzunehmen. Unterwegs wurde er vom Regen aufgehalten, so schrieb er das Gedicht an seine Frau. Es ist zu bemerken, dass der Ausdruck „Am Bashan-Berg regnet es in der Nacht" zweimal verwendet wird, aber es stört den Leser nicht, denn die Wiederholung gibt dem Leser mehr Assoziation. Das Gedicht ist sehr populär geworden.

贾生 ①

宣室求贤访逐臣，②
贾生才调更无伦。③
可怜夜半虚前席，④
不问苍生问鬼神。

① 贾生 = 贾谊 [jiǎ yì]: war hoher Hof-Beamter aus der Westhan-Dynastie, wurde vom Kaiser Wen Di (文帝) nach Changsha (长沙), Provinz Hunan (湖南) degradiert und wieder berufen ② 宣室 : Raum, in dem der Kaiser die Minister empfängt, hier der Kaiser gemeint; 求贤 : sich bei jm. Rat holen; 逐臣 : ein degradierter Hof-Beamter ③ 才调 : Talent; 无伦 = 无与伦比 : unübertrefflich ④ 可怜 : (hier) bedauerlicherweise; 虚 [xū]: (hier) umsonst; 前席 : das Sitzkissen vorschieben, um sich dem Partner zu nähern.

Jia Sheng

Der Kaiser Wen Di rief den degradierten Jia Sheng zu sich,

um bei ihm Rat zu holen,

Niemand konnte sich mit Jia Sheng messen,

an Talent war er von niemand übertroffen.

Das Gespräch, bis in die Nacht gedauerte, interessierte

den Kaiser so,

dass er unwillkürlich das Sitzkissen vorschob.

Bedauerlicherweise fragte der Kaiser nicht nach dem

gemeinen Volk,

sondern nur nach den Geistern und Göttern.

Zu diesem Gedicht:

Es ist ein „七言绝句", ist eine politische Satire: Der Dichter redet von der Han-Dynastie (汉朝), aber meint die Tang-Dynastie.

隋宫 ①

乘兴南游不戒严, ②

九重谁省谏书函。 ③

春风举国裁宫锦, ④

半作障泥半作帆。⑤

① 隋宫 : Paläste der Sui-Dynastie (581−618). Der Kaiser Sui Yang
(隋炀帝) regierte insgesamt 14 Jahre, aber 13 Jahre war auf der
Vergnügungsreise. Von der Hauptstadt Chang'an bis zur Stadt Jiangdu
(江都 , heute 扬州) ließ er 40 kaiserliche Residenzen aufbauen ② 南
游 : die Reise nach Süden, nach Jiangdu; das Reisegefolge des Kaisers
bestand aus zehntausend Mann, die Schiffflotte streckte sich hundert
Kilometer lang, dazu waren achtzigtausend Treidler gebracht; 戒严 :
Ausgangssperre verhängen ③ 九重 : (hier) Kaiserhof; 省 [xǐng]: kritisch
prüfen; 谏书 [jiàn shū]: (dem Kaiser) Fehler vorhalten; 函 [hán]: (hier)
Aktenbehälter ④ 举国 : das ganze Land; 富锦 : höfischer Brokat ⑤ 障
泥 : Sattelunterlage zum Schutz gegen Schmutz.

Paläste der Sui-Dynastie

Der Kaiser Sui Yang unternahm mit Lust wieder eine
Südreise,

ohne eine Ausgangssperre zu verhängen.

Wer prüfte bei Hofe die Ermahnungseingaben?

Im Frühling, trotz der Hauptsaison der Feldarbeiten

schnitt man

überall kaiserlichen Brokat,

Die Hälfte davon war für Sättel zum Schutz gegen

Schmutz bestimmt,

und die andere Hälfte für die Segel der Schifffahrt.

Zu diesem Gedicht:

Es ist ein „七言绝句", es ist auch eine politische Satire. Im Gedicht spricht der Dichter vom Kaiser der Sui-Dynastie, aber gemeint ist der Tang-Herrscher.

无题 ①

相见时难别亦难，

东风无力百花残。②

春蚕到死丝方尽，③

蜡炬成灰泪始干。④

晓镜但愁云鬓改，⑤

夜吟应觉月光寒。⑥

蓬山此去无多路，⑦

青鸟殷勤为探看。⑧

① 无题 : ohne Titel: es ist auch ein Titel für Liebesgedichte, weil der Dichter nicht direkt sagen will ② 残 : (hier) welken ③ 蚕 [cán]: Seidenraupe ④ 蜡炬 : die brennende Kerze ⑤ 晓镜 : am Morgen in

den Spiegel sehen; 云鬓 : dichte Schwarzhaare ⑥ 吟 [yín]: leise singen
⑦ 蓬山 = 蓬莱山 : Penglai-Berg, ein Feenreich ⑧ 青鸟 : blauer Vogel:
mythischer Kurier.

Ohne Titel

Es ist schwer, dass wir zusammenkommen,

und der Abschied fällt uns noch mehr schwer.

Der Ostwind bläst ohne Kraft,

da blühen die bunten Blumen nicht mehr.

Erst wenn die Seidenraupe stirbt,

hört sie erst auf, Seiden zu spinnen.

Erst wenn die Kerze ausgebrannt ist,

wird sie keine Tränen mehr vergießen.

O am Morgen, wenn du in den Spiegel siehst,

und fürchtest, dass dir die schwarzen Haare grau
werden.

In der Nacht singst du leise,

da fühlst du das kalte Mondlicht.

Von hier kann der Weg zum Penglai-Berg nicht weit
sein,

blauer Vogel, wirf bitte einen Blick für mich hinein.

Zu diesem Gedicht:

Es ist ein „七言律诗". Dieses Liebesgedicht ist sehr bekannt, und der Vergleich mit „Seidenraupe" und „Kerze" für die Liebestreue bis zum Tod ist populär geworden.

无题

来是空言去绝踪，
月斜楼上五更钟。①
梦为远别啼难唤，
书被催成墨未浓。②
蜡照半笼金翡翠，③
麝熏微度绣芙蓉。④
刘郎已恨蓬山远，⑤
更隔蓬山一万重。

① 五更 : die 5. Nacht-Doppelstunde (gegen 4 Uhr morgens) ② 催成 : in der Eile geschrieben; 墨 [mò]: Tusche für Pinselschreiben ③ 半笼 [lǒng]: die halbe Bettdecke; 金翡翠 [fěi cuì]: mit goldenen Fäden gestickte Eisvögel ④ 麝熏 [shè xūn]: Moschusduft; 绣芙蓉 [fú róng]: der mit Lotosblumen gemusterte Bettvorhang ⑤ 刘郎 : aus einer Legende der Han-Zeit: ein Mann namens Liu Chen (刘晨) ging zusammen mit Ruan Zao (阮肇) zum Tiantaishan-Berg (天台山), um

Heilkräuter zu sammeln, dort wurden sie von zwei Feen festgehalten. Als sie nach einem halben Jahr heimkehrten, waren schon sieben Generationen dahingegangen. Dann wollten sie wieder zu diesem Feen-Berg, da fanden sie nicht mehr den Weg. Diese Legende wird als das Treffen der Liebenden interpretiert.

Ohne Titel

Du wolltest kommen, aber das Wort nicht gehalten.

Du gingst und hinterließest keine Spur.

Über meinem Balkon hängt schräg der Mond.

Die Turmglocke schlägt die fünfte Nacht-Doppelstunde.

Ich träume von dir: du bist weit.

Ich weine bitter und rufe nach dir.

Ich will dir eilig schreiben, aber die Tusche

war in der Eile nicht dicht.

Die Kerze beleuchtet halb die Bettdecke,

die Eisvögel darauf sind mit goldenen Fäden gestickt.

Der Moschusduft dringt schwach durch den

Bettvorhang,

der mit Lotosblumen gemustert ist.

Der Beamte Liu bedauerte es schon,

der Feen-Berg Penglai liege sehr weit.

Doch für uns? Uns türmt das Paradies

zehntausend Gipfel mehr entgegen.

Zu diesem Gedicht:

Dieses „七言绝句" ist ein typisches Beispiel für die Li Shang-
yins Liebesgedichte: sentimental und tief rührend.

刘 禹 锡　　**liú yǔ xī**　（772–842）

Liu Yuxi, geboren in Luoyang（洛阳）der Provinz Henan, Dichter und Schriftsteller, hat auch philosophische Schriften verfasst. Er bestand im Jahr 793 die Staatsprüfung, dann kaiserlicher Aufsichtsrat（监察御史）, wegen seiner Kritik an den Mächtigen wurde er zweimal zum Bezirks-Gouverneur（州刺史）degradiert. Schließlich wurde er wieder berufen und war hoher Beamter im Ministerium für Riten（礼部尚书）. Bei Lebzeiten war Liu Yuxi mit Bai Ju-yi（白居易）befreundet und Lius Gedichte waren von Bai hochgeschätzt. Lius Volkslied „Bambuszweig" hat für die Lyrik aus der Tang-Zeit das Spektrum des neuen lyrischen Schaffens erweitert.

乌衣巷 ①

朱雀桥边野草花，②
乌衣巷口夕阳斜。③
旧时王谢堂前燕，④
飞入寻常百姓家。⑤

① 乌衣巷：Schwarzuniform-Gasse, lag südöstlich von der heutigen Stadt Nanjing (南京), wo in der Zeit der Drei Reiche (220–280) die Hof-Garde stationiert war. Da die Garde die schwarze Uniform trug, wurde die Gasse danach benannt ② 朱雀桥：Gimpel-Brücke, lag in der Nähe der Schwarzuniform-Gasse ③ 斜 [xiá]: schräg ④ 王谢 = 王导 (Wang Dao) und 谢安 (Xie An): die beiden waren in der Östlichen Jin-Dynastie (东晋 , 317–420) Kanzler, ihre Residenzen waren in dieser Gasse; 堂前：Vorhalle ⑤ 寻常：gewöhnlich; 百姓：gemeines Volk, gewöhnliche Leute.

Die Schwarzuniform-Gasse

An der Gimpel-Brücke blühen die Unkräuter,
Die Abendsonne scheint schräg über die
Schwarzuniform-Gasse.
Die Schwalben, die früher Nester in den Vorhallen der
Residenzen von den Kanzlern Wang und Xie bauten,
Fliegen heute in die Häuser der gewöhnlichen Leuten.

Zu diesem Gedicht:

Es ist ein ordentliches „七言绝句 " , ein berühmtes Gedicht über die Vergangenheit. Der Dichter spricht nicht nur von den historischen Ereignissen, sondern ver wendet auch ein alltägliches Schwalben-Bild und lässt den Leser selbst nachdenken, wie die

Dynastien gewechselt wurden und wie deutlich der Vergleich zwischen Aufstieg und Niedergang heute im Gegensatz zu früher ist.

浪淘沙 ①

日照澄洲江雾开，②
淘金女伴满江隈。③
美人首饰侯王印，
尽是沙中浪底来。

① 浪淘沙：„Die Wellen spülen den Sand", es ist die Bezeichnung eines Musikantenliedes ② 澄洲：die Sandbank ③ 淘金：Gold waschen; 江隈 [wēi]: die Flussbiegung.

Die Goldwäscherinnen
— nach dem Lied „Die Wellen spülen den Sand"

Die Sonne scheint über die Sandbank, der Nebel bildet sich über dem Fluss,
An der Flussbiegung arbeiten die Goldwäscherinnen eifrig.

Die Schmucke der Schönen und die Stempel von
Fürsten und Königen,

Das alles kommt eigentlich aus dem Sand unter den
Wellen.

Zu diesem Gedicht:

Es ist eine Sozialkritik. Zu diesem Lied hat der Dichter einen
Zyklus von neun Gedichten geschrieben, dies ist das sechste
Gedicht.

竹枝词 ①

山上层层桃李花，
云间烟火是人家。②
银钏金钗来负水，③
长刀短笠去烧畲。④

① 竹枝词: Bambuszweig, ein Volkslied aus der Provinz Sichuan (四
川) ② 烟火 : (hier) Herdrauch ③ 银钏 [chuàn]: silbernes Armband;
金钗 [chāi]: goldene Haarspange; 负水 : Wasserholen ④ 长刀 : eine
Sichel mit langem Stiel; 笠 [lì]: Regenhut aus Bambus; 烧畲 [shāo
shē]: Brandrodung.

Nach dem Volkslied „Bambuszweig"

Auf dem Berg blühen Reihe um Reihe die Pfirsich-und
Pflaumen blüten,
Wo der Herdrauch in die Wolken emporsteigt, liegen
Wohnhäuser.
Die Frau mit silbernem Armband, goldener Haarspange
kommt Wasser holen,
Der Mann mit langer Sichel, kurzem Regenhut geht zur
Brandrodung.

Zu diesem Gedicht:

Nach diesem Volkslied hat der Dichter einen Zyklus von neun
Gedichten mit verschiedenen Themen geschrieben, wir haben
das neunte Lied genommen. Es beschreibt das Leben einer
ethnischen Minderheit.

酬乐天扬州初逢席上见赠 ①

巴山楚水凄凉地，②
二十三年弃置身。③
怀旧空吟闻笛赋，④

到乡翻似烂柯人。⑤

沉舟侧畔千帆过，

病树前头万木春。

今日听君歌一曲，⑥

暂凭杯酒长精神。⑦

① Im Jahr 826 wurde der Dichter als degradierter Beamter in die Hauptstadt berufen. Unterwegs traf er in der Stadt Yangzhou (扬州) den Dichter Bai Juyi (白居易), dessen Beiname Le-tian (乐天). Beim Essen widmete dieser dem Dichter Liu Yuxi ein Gedicht, als Antwort schrieb Liu dieses Gedicht. ② 巴山 : gemeint die Provinz Sichuan (四川); 楚水 : gemeint die Provinz Hunan (湖南); 凄凉地 : Ort, wo der Dichter als Degradierter arbeitete ③ 二十三年 : der Dichter hat als degradierter Beamter 23 Jahre lang in den Provinzen gearbeitet; 弃置身 : im Stich gelassen sein ④ 怀旧 : an die alten Freunde denken; 空吟 : umsonst leise hersagen; 赋 [fù]: lyrische Prosa; 闻笛赋 : eigentlich heißt es „Lyrische Prosa zum Andenken an den alten Freund" (思旧赋), geschrieben von Xiang Xiu (向秀), einem Schriftsteller aus der Westjin-Zeit (西晋), Liu Yuxi zitierte sie, um auch an seine alten Freunde zu denken. ⑤ 到乡 : zurück in die Heimat; 翻似 : sonderbar; 烂柯人 : ein Mann mit einem Beil, dessen Stiel verfault ist. Aus einer Sage: Ein Mann namens Wang Zhi (王质) aus der Jin-Zeit (晋朝) ging Brennholz sammeln, sah zwei Knaben Schach spielen und blieb dabei. Als das Spiel zu Ende war, fand er, dass schon hundert Jahre vergangen waren. Im Dorf kannte ihn niemand. Hier wollte der Dichter sagen, dass seit seiner Degradierung sich alles verändert hat. ⑥ 歌一曲 : Beim Essen widmete der Dichter Bei Juyi seinem Freund Liu Yuxi ein Gedicht. ⑦ 长精神 : sich ermuntern.

Antwort an Bai Le-tian auf sein Gedicht beim Essen in Yangzhou

Der Bashan-Berg und der Chushui-Fluss sind öde und verlassen,

Dort war ich dreiundzwanzig Jahre im Stich gelassen.

Beim Denken an alte Freunde konnte ich nur das „Flötenspiel" leise hersagen,

Jetzt in der Heimat kennt mich niemand.

Neben dem gesunkenen Schiff sind schon Tausende von Schiffen vorbeigefahren;

Vor dem kranken Baum sind wieder unzählige neue Bäume gewachsen.

Heute höre ich ein Gedicht von dir,

Nun erhebe ich uns einen Becher Wein, um uns zu ermuntern.

Zu diesem Gedicht:

Es ist ein „七言绝句". Die ersten 4 Sätze sind eine Klage über sein Schicksal, der 5. und 6. Satz sind sein Glaube an der geschichtlichen Entwicklung, diese zwei Sätze sind sehr populär geworden, und die letzten zwei Sätze schildern die konkrete Situation.

岑参　　**cén shēn**　（715—770）

Cen Shen, Heimatort der Familie Nanyang (heute Provinz Henan), wurde in einer Beamtenfamilie geboren. Aber als er klein war, war er arm und verlassen. Er las damals viel und war sehr tüchtig. Im Jahr 744 bestand er die kaiserliche Prüfung (*Jinshi*), dann wurde er Beamter. Ab 749 war er Sekretär beim Militärgouverneur an der Nordwestgrenze. 759 kam er in die Hauptstadt zurück und wurde Hof-Beamter. 766 war er Gouverneur von Jiazhou (嘉州刺史). Schließlich wurde er seines Amts enthoben. Da Cen Shen sich in den westlichen Regionen gut auskannte, schrieb er viele Gedichte über das Grenzbefestigungswerk. Als der namhafte Grenzlanddichter genoss er gleichen Ruhm wie Gao Shi.

碛中作 [①]

走马西来欲到天，[②]
辞家见月两回圆。
今夜不知何处宿，

平沙万里绝人烟。③

① 碛 [qì]: Wüste ② 走马 : reiten; 到天 : bis zum Himmelsrand
③ 莽莽 [mǎng mǎng]: endlos; 绝 : kein.

In der Wüste geschrieben

Ein Pferd reitend gen Westen gelangte ich an den
Himmelsrand,

Von Zuhaus weggehend hat sich der Mond zweimal
gerundet.

Wo ist meine Übernachtung für heute Nacht?

Von einer Besiedlung in der endlosen Wüste doch kein
Anzeichen.

Zu diesem Gedicht:

Es ist ein „七言绝句 " . Der Dichter schildert mit eigenem
Erlebnis die Härte und Mühe der Grenzsoldaten in der Wüste.

逢入京使 ①

故园东望路漫漫，②

双袖龙钟泪不干。③

马上相逢无纸笔，

凭君传语报平安。④

① 逢：treffen；入京：in die Hauptstadt gehen；使：Kurier ② 故园：die Heimat；漫漫：endlos weit ③ 龙钟：(hier) genässt von Tränen ④ 凭：bitte；传语：übermitteln.

Getroffen den Kurier, der zur Hauptstadt ritt

Ich schaute nach Osten, der Heimatweg war endlos weit,

Die Tränen nässten mir die Ärmel und rollten immer weiter.

Den Kurier traf ich auf dem Pferd, bei mir kein Briefpapier,

Bitte, übermittel meiner Familie: es ging mir gesund und heil hier.

Zu diesem Gedicht:

Es ist ein „七言绝句". Der Dichter hat das Gedicht im Jahr 749 geschrieben, da war er auf dem Weg zur Nordwestgrenze. Er spricht hier für alle Grenzsoldaten. Den Satz mit den „Tränen" würde der Leser sehr hart empfinden.

白雪歌送武判官归京 ①

北风卷地白草折，②
胡天八月即飞雪。③
忽如一夜春风来，
千树万树梨花开。④
散入珠帘湿罗幕，⑤
狐裘不暖锦衾薄。⑥
将军角弓不得控，⑦
都护铁衣冷难着。⑧
瀚海阑干百丈冰，⑨
愁云惨淡万里凝。⑩
中军置酒饮归客，⑪
胡琴琵琶与羌笛。⑫
纷纷暮雪下辕门，⑬
风掣红旗冻不翻。⑭
轮台东门送君去，⑮
去时雪满天山路。⑯
山回路转不见君，
雪上空留马行处。

① 判官 : eine Amtsbezeichnung für den Sekretär beim Militärgouverneur; 归京 : zurück in die Hauptstadt ② 白草 : eine Art Gras,

das im Herbst weiß wird ③ 胡天：das Wetter im Nordwest-Grenzland ④ 梨花：(hier) Schneeflocken gemeint ⑤ 散入珠帘：der Schnee fällt durch den Türvorhang aus Perlen hinein; 罗幕：seidener Bettvorhang ⑥ 孤裘 [gū qiú]: Fuchspelz; 锦衾 [jǐn qīn]: Bettdecke aus Brokat ⑦ 角弓：Bogen aus Rinderhorn; 控：(hier) den Bogen spannen ⑧ 都护：Grenzgouverneur; 铁衣：eiserne Harnische; 着 [zhuó]: anziehen ⑨ 瀚 [hàn] 海：endlose Wüste; 阑 [lán] 干：(hier) kreuz und quer; 百丈冰：hundert Fuß dichtes Eis ⑩ 愁云：dunkle Wolken; 凝 [níng]: sich sammeln ⑪ 中军：Stab der Truppen; 置酒：ein Essen geben ⑫ 胡琴：Huqin, ein Streichinstrument mit 2 Saiten; 琵琶：Pipa, ein Zupfinstrument mit 4 Sätzen; 羌 [qiāng] 笛：Tanguten-Flöte; diese drei Instrumente sind aus dem nordwestlichen Grenzland ⑬ 辕 [yuán] 门：Außentor der Hauptgarnison ⑭ 掣 [chè]: ziehen; 翻：(hier) flattern ⑮ 轮台：Luntai-Stadt, liegt in Xinjiang (新疆) ⑯ 天山：Tianshan-Berg, liegt in Xianjiang.

Das Schneelied zum Abschied vom Sekretär Wu, der in die Hauptstadt zurückgeht

Der Nordwind tobt und zerbricht die Weiß-Gräser,

Im Grenzgebiet fliegen schon im August Schneeflocken,

Als ob der Frühling über Nacht gekommen wäre,

Und Tausende von Birnenbäumen zum Blühen gebracht

hätte.

Schneeflocken fallen durch Perlentürvorhang hinein,

nässen den seidenen Bettvorhang,

Der Fuchspelz erwärmt nicht, die Brokatbettdecke ist
zu dünn.

Der Bogen ist nicht mehr zu spannen,

Und der eiserne Harnisch ist zu kalt.

In der endlosen Wüste herrscht dickes Eis kreuz und
quer,

Und am ganzen Himmel sammeln sich dunkle Wolken.

Das Abschiedsessen ist im Generalstab gegeben,

Nun klingen die Nationalinstrumente Huqin, Pipa und
Tanguten-Flöte.

Am Abend fällt der Schnee in dichten Flocken vor des
Stabs Außentor,

Der Wind kann die vereisten Rotfahnen nicht zum
Flattern bringen.

Am Stadttor von Luntai nehmen wir von dir Abschied,

Der Schnee deckt den Weg des Tianshan-Bergs zu.

Hinter der Krümmung des Wegs bist du nicht mehr zu
sehen,

Nur Spuren von Pferdehufen sind geblieben auf dem
Schnee.

Zu diesem Gedicht:

Es ist „七言绝句“. Das Gedicht ist ein typisches Beispiel für den Dichter in seiner Grenzdichtung. Hier hat er die harten Naturbedingungen im nordwestlichen Grenzgebiet anschaulich beschrieben.

王 昌 龄 **wáng chāng líng** (698-757)

Wang Changling, geboren in Chang'an (heute Xi'an 西安），
Meister der Kurzgedichte, bestand im Jahr 727 die kaiserliche
Prüfung (*Jinshi*). Er war zuerst als Hof-Bibliothekar (校书
郎) beamtet, und dann wurde er zum assistierenden Beamten
in der Stadtverwaltung von Jiangning (江宁丞) degradiert.
Von ihm sind 180 Gedichte geblieben, davon ist die Hälfte
Kurzgedichte.

出塞 [①]

秦时明月汉时关， [②]
万里长征人未还。
但使龙城飞将在， [③]
不教胡马度阴山。 [④]

① 出塞：jenseits der Grenze, es ist ein Musikantenlied ② 秦时：
Qin-Zeit (221-206 v.u.Z.); 汉时：Han-Zeit (202-220 n.u.Z.) ③ 龙
城：gemeint ist die Pingbei-Präfektur (平北郡) der Han-Dynastie,

es liegt im Westgebiet der Provinz Liaoning (辽宁), dort kämpfte Grenzheerführer Li Guang (李广) gegen die Hunnen; 飞将 : gemeint ist General Li Guang. Die Hunnen fürchteten ihn und nannten ihn den fliegenden General. ④ 教 : (hier) lassen; 胡马 : die Reiterei der Hunnen; 度 : über; 阴山 : Yinshan-Berg, liegt in der Inneren Mongolei, in der Han-Zeit überfielen die Hunnen oft über diesen Berg die Grenzen des Han-Reiches.

Jenseits der Grenze

Der helle Mond von der Qin-Zeit schien über dem Pass von der Han,

Bereits zehntausend Li marschierten Soldaten kehren noch nicht heim.

Wenn der fliegende General Grenzheerführer Li Guang noch da wäre,

Ließe er die Reiter der Hunnen nicht über den Yinshan herreiten.

Zu diesem Gedicht:

Es ist ein „七言绝句乐府", ein repräsentatives Kurzgedicht von Wang Changling. Das Gedicht ist eine indirekte Kritik am Hof, hier sieht der Leser, warum er degradiert wurde.

芙蓉楼送辛渐 ①

寒雨连江夜入吴，②
平明送客楚山孤。③
洛阳亲友如相问，④
一片冰心在玉壶。⑤

① 芙蓉楼：Lotosturm, lag nordwestlich von der heutigen Stadt Zhenjiang (镇江), Provinz Jiangsu (江苏); 辛渐 [xīn jiàn]: Freund des Dichters ② 江 : (hier) Yangtse-Fluss; 吴 : das Gebiet des Reiches Wu, konkret ist die Stadt Zhenjiang gemeint ③ 平明 : am Morgen; 楚山 : Chu-Berg, in der Geschichte gehört das Gebiet von Zhenjiang dem Königreich Chu; 孤 : einsam ④ 洛阳 : die Osthauptstadt der Tang-Dynastie ⑤ 冰心 : ein Herz aus Eiskristall; 玉壶 [yù hú]: ein Krug aus Jade: beides ist symbolisch für das reine Herz.

Abschied im Lotusturm von Xin Jian

Im kalten Regen fuhr ich tief in der Nacht über den
Yangtse in Wu ein,
Am Morgen nahm ich Abschied schweren Herzens
vom Gast Xin Jian am Berg Chu.
Wenn meine Verwandten und Bekannten in Luoyang

nach mir fragen,

Bitte, sag ihnen doch: mein Herz bleibt rein wie der
Jade-Krug.

Zu diesem Gedicht:

Es ist ein „七言绝句", geschrieben ist es nach der Degradierung.
Hier zeigt der Dichter seine Unschuld und Aufrichtigkeit. Und
der letzte Satz ist sehr berühmt geworden.

闺怨 [1]

闺中少妇不知愁, [2]
春日凝妆上翠楼。 [3]
忽见陌头杨柳色, [4]
悔教夫婿觅封侯。 [5]

[1] 闺 [guī]: das Frauengemach; 怨 [yuàn]: Klage [2] 愁 [chóu]:
Kummer [3] 凝妆 : sich kräftig schminken; 翠 [cuì] 楼 : (hier) Balkon
unter dem Baumschatten [4] 陌 [mò] 头 : der Wegrand; 杨柳色 : grün
[5] 悔 [huǐ]: bereuen; 教 : (hier) lassen; 夫婿 [xù]: Ehemann; 觅 [mì]
封侯 : nach der Karriere streben.

Kummer im Frauengemach

Im Gemach fühlt sich die junge Frau nicht bekümmert,
Am Frühlingstag schminkt sie sich kräftig auf
schattigem Balkon.
Im Nu sieht sie an Wegrändern schon alles Grün,
Da bereut sie: sie ließ' ihren Mann nach der Karriere
streben.

Zu diesem Gedicht:

Es ist ein „七言绝句". Das Gedicht beschreibt die Liebessehnsucht einer jungen Frau nach ihrem Ehemann. Der Leser wird merken, dass es einen Widerspruch zwischen den zwei Satzpaaren gibt: das erste Satzpaar beschreibt eine alltägliche Szene, die junge Frau ist noch fröhlich, dann kommt mit dem Wort „plötzlich" die Wendung. Diese Ausdrucksweise nennt man „Gegenüberstellung", auf Chinesisch heißt es „反起", so wird die folgende Aussage verstärkt.

Han Yu, namhafter Prosaist und Dichter, wurde 768 in Heyang (heute in der Kreisstadt Meng der Provinz Henan) geboren. Nach der bestandenen kaiserlichen Prüfung (*Jinshi*) im Jahr 792 war er immer nicht beamtet. Drei Jahre später wurde er als Hof-Aufsichtsrat (监察御史) und dann als hoher Beamter im Justiz-Ministerium (刑部侍郎) berufen; 819 wurde er zum Bezirks-Gouverneur von Chaozhou (潮州刺史) degradiert, weil er davon abgeraten hatte, dass der Kaiser des Buddhas Knochen aus dem Kloster Famen (法门寺) in den Hof holen wollte. Schließlich wurde er wieder berufen, dann war er hoher Beamter im Militärministerium (兵部侍郎). Auf dem Lyrik-Gebiet galt er auch als großer Meister in der Tang-Zeit und Song-Zeit. Er betonte, die Form diente dem Inhalt. Er erhob die herbe Knappheit der alten Klassiker zu kunstvoller Brillanz.

晚春

草树知春不久归，①
百般红紫斗芳菲。②
杨花榆荚无才思，③
惟解漫天作雪飞。

① 草 = 花草 : Blumen und Gräser; 春不久归 : das baldige Ende des Frühlings ② 百般 : auf jegliche Weise; 红紫 [hóng zǐ]: farbenprächtig; 斗芳菲 [dòu fāng fēi]: um das Blühen wetteifern ③ 杨花 : (hier:) Weidenkätzchen; 榆荚 : Ulmensamen; 才思 : (hier:) Blüte.

Spätfrühling

Die Bäume, Blumen und Gräser spüren schon das baldige Frühlingsende,
Nun wetteifern sie miteinander farbenprächtig um das Blühen.
Die Weidenkätzchen und Ulmensamen sind zwar keine Blüten,
Doch sie fliegen wie Schneeflocken am ganzen Himmel.

Zu diesem Gedicht:

Es ist ein „七言绝句", geschrieben bei einem Frühlingsausflug. Dieses Frühlingsbild würde den Leser in die Natur locken.

左迁至蓝关示侄孙湘 ①

一封朝奏九重天，②

夕贬潮州路八千。③

欲为圣明除弊事，④

肯将衰朽惜残年。⑤

云横秦岭家何在？⑥

雪拥蓝关马不前。

知汝远来应有意，⑦

好收吾骨瘴江边。⑧

① 左迁 : degradieren; 蓝关 : Languan-Pass, liegt nordwestlich vom Kreis Shang (商县), Provinz Shaanxi (陕西); 示 : zeigen; 侄孙湘 : Enkel Han Xiang ② 一封 : ein Thronbericht; 奏 [zòu]: einreichen; 九重天 : Seine Majestät ③ 贬 : degradieren; 潮阳 [cháo yáng]: Ortsname, heute ist Kreis Chaoan (潮安), Provinz Guangdong (广东) ④ 圣明 : Seine Majestät; 弊 [bì]政 : politische Missgriffe; 除 : beseitigen ⑤ 豪朽 : krank und altersschwach; 惜 : schonen; 残年 : die letzten Jahre ⑥ 秦岭 : Qinling, Gebirgskette im Süden der Provinz Shaanxi (陕西) ⑦ 汝 [rǔ]:

你 ⑧ 吾骨 : meine Gebeine; 瘴 [zhàng]: das Miasma.

Auf dem Weg zum Degradierungsort, unterwegs beim Languan-Pass – dem Enkel zeigend

Am Morgen reichte ich Seiner Majestät einen Thronbericht ein,

Am Abend wurde ich nach Chaoyang degradiert, in die Ferne von achttausend Meilen.

Eigentlich versuchte ich, für Seine Majestät die Missgriffe zu beseitigen,

Wie könnte ich wegen der Altersschwäche meine letzten Jahre schonen!

Die dunklen Wolken ballen sich über dem Qinling-Gebirge, wo ist mein Zuhause?

Vor dem Schneehaufen am Languan-Pass bäumt sich das Pferd auf.

Ich weiß, warum du von weither gekommen bist,

Du wolltest im Miasma am Fluss meine Gebeine begraben.

Zu diesem Gedicht:

Es ist ein „七言律诗", geschrieben im Jahr 819 auf dem

Weg zum Degradierungsort. Die Ursache dazu wird im Gedicht nicht deutlich gesagt, das kann der Leser aus seinen Lebensdaten erfahren. Im Gedicht ist von den „letzten Jahren" die Rede, tatsächlich von 819 bis zu seinem Todesjahr 824 bleiben ihm nur 5 Jahre, d.h. er will seiner Amtspflicht lebenslang treu bleiben, so ist hier kein Wort von der Reue.

山石 [1]

山石荦确行径微，黄昏到寺蝙蝠飞。[2]
升堂坐阶新雨足，芭蕉叶大栀子肥。[3]
僧言古壁佛画好，以火来照所见稀。[4]
铺床拂席置羹饭，疏粝亦足饱我饥。[5]
夜深静卧百虫绝，清月出岭光入扉。[6]
天明独去无道路，出入高下穷烟霏。[7]
山红涧碧纷烂漫，时见松枥皆十围。[8]
当流赤足踏涧石，水声激激风吹衣。[9]
人生如此自可乐，岂必局束为人鞿？[10]
嗟哉吾党二三子，安得至老不更归。[11]

[1] 山石：Bergfelsen, im Gedicht alten Stils werden manchmal die ersten zwei Schriftzeichen als Titel genommen, das geht oft den Inhalt

nichts an. In diesem Gedicht ist dies der Fall. ② 荦确 [luò què]: schroff; 微: (hier:) schmal; 蝙蝠 [biān fú]: Fledermaus ③ 升堂: in die Vorhalle des Klosters eintreten; 坐阶: auf der Treppe sitzen; 芭蕉: Zwergbanane; 栀 [zhī] 子 Gardenie, eine Art Strauch mit duftenden Weißblüten ④ 稀 [xī]: undeutlich ⑤ 拂席: die Matte wischen; 置 [zhì]: (das Essen) machen; 羹 [gēng]: dicke Suppe; 粝 [lì]: unpolierter Reis; 疏粝: ein einfaches Essen ⑥ 扉 [fēi]: Tür ⑦ 无道路: (hier) beliebig hinwandern; 烟霏 [yān fēi]: Dunst und Nebel ⑧ 山红: rote Bergblumen; 涧碧 [jiàn bì]: ein grüner Bach; 枥 = 栎: Eich; 围: umspannen ⑨ 当流: angesichts eines Bachs; 涧石: Steinblöcke im Bach; 激激 [jī jī]: murmelnd ⑩ 局束: Abhängigkeit; 羁 [jī]: Zügel, hier als Verb: zügeln ⑪ 嗟哉 [jiē zāi]: (Interjektion) ah; 吾党: mein Gleichgesinnter; 安得: wie; 更: (hier) nicht mehr; 不更归: nicht mehr in das Beamtenleben zurückgehen.

Bergfelsen

Der Bergfelsen ist schroff, der Pfad ist schmal,

Bei der Abenddämmerung komme ich zum Kloster,

da fliegen herum die Fledermäuse.

Auf der Treppe des Klosters ruhe ich und sehe:

Nach dem neuen Regen scheinen die Bananenblätter

größer zu sein,

und die Gardenien duften mehr.

Im Kloster erzählt der Mönch von den schönen

Buddhabildern an den alten Wänden,

Er holt noch eine Fackel, trotzdem sehe ich die Bilder undeutlich.

Er bereitet sodann ein Bett, wischt die Matte und bereitet das Essen zu,

Der unpolierte Reis stillt meinen Hunger gut.

Ich liege still in der tiefen Nacht, die hundert Zirpenstimmen schweigen,

Das klare Mondlicht fällt vom Berg durch die Tür herein.

Am nächsten Morgen wandere ich allein beliebig,

Bergauf, bergab, überall in Dunst und Nebel.

Die roten Bergblumen leuchten, der grüne Bach mischt sich in die bunten Farben,

Ich sehe oft so dicke Kiefern und Eichen, die zehn Mann kaum umspannen.

Ich überquere den Bach barfuß auf den Steinblöcken,

Und der Wind spielt dabei mit meinen Kleidern.

So findet einer hier in der Natur die Genügsamkeit des Lebens,

Wozu sollte man in die Abhängigkeit der anderen treten?

Ah, wie könnten wir, ich und einige Gleichgesinnte, im Alter nicht aus dem Beamtenleben zurückgehen!

Zu diesem Gedicht:

Es ist ein „七言古诗", das Gedicht ist eine Naturbeschreibung mit prosaischen Zügen, es ist ein repräsentatives Gedicht von Han Yu. Angesichts der Natur zeigt der Dichter die Unzufriedenheit mit seinem Beamtenleben, da möchte er nicht gern in das alte Leben, d.h. in die Unabhängigkeit der anderen, zurückgehen.

Wen Tingyun, Dichter in der späten Zeit der Tang-Dynastie, er war auch ein namhafter Ci-Dichter. Leider fiel er mehrmals bei der kaiserlichen Prüfung durch und führte ein ausschweifendes Leben. Er war nur eine Zeitlang Kreis-Beamter. Von allen Ci-Dichtern der Tang-Zeit hinterließ er mehr als sechzig Ci-Gedichte, in denen er durch seine Darstellung der Seele der Frau und deren Milieus typisch war.

瑶瑟怨 ①

冰簟银床梦不成，②
碧天如水夜云轻。③
雁声远过潇湘去，④
十二楼中月自明。⑤

① 瑶瑟 [yáo sè]: ein Zupfinstrument mit Jade-Verzierung; 怨 [yuàn]: klagen ② 冰簟 [bīng diàn]: kalte Bambusmatte; 银床 : Bett mit Silber-Verzierung ③ 碧天 : blauer Himmel ④ 潇湘 [xiāo xiāng]: der Fluss in der Provinz Hunan (湖南) ⑤ 十二楼 : (hier) Hochhaus.

Das Zupfinstrument Yaose klagt

Auf der kalten Bambusmatte kann sie nicht einschlafen,

Am klaren Nachthimmel wandern leichte Wolken.

Über den Xiaoxiang-Fluss fliegen schreiend die
Wildgänse,

Und über die Hochhäuser scheint hell der Mond.

Zu diesem Gedicht:

Es ist ein „七言绝句", es wird hier die Einsamkeit einer Frau beschrieben. Das Wort „klagen" im Titel hat die Stimmung des Gedichts schon bestimmt.

商山早行 ①

晨起动征铎，②
客行悲故乡。③
鸡声茅店月，④
人迹板桥霜。
槲叶落山路，⑤

枳花明驿墙。⑥

因思杜陵梦，⑦

凫雁满回塘。⑧

① 商山：Shangshan-Berg, liegt südöstlich vom Kreis Shang (商县), Provinz Shaanxi (陕西); 早行：frühmorgens abreisen ② 征铎 [zhēng duó]: Glocke an der Kutsche; 动：(hier) klingeln ③ 悲故乡：Heimweh bekommen ④ 茅 [máo] 店：Gasthütte ⑤ 槲 [hú]: Eiche ⑥ 枳 [zhǐ]: eine Art Strauch, hat weiße Blüten; 驿 = 驿站：Poststation ⑦ 因思：deswegen sich an et. erinnern; 杜陵：das Mausoleum des Han-Kaisers Xuan Di (汉宣帝的陵墓), lag südöstlich von der Stadt Chang'an (长安), heute Xi'an (西安) ⑧ 凫 [fú]: Wildente; 雁 [yàn]: Wildgans; 塘 [táng]: der Teich.

Vom Shangshan-Berg in aller Frühe abreisend

Beim Aufstehen am Frühmorgen klingelt schon die Kutschglocke,

Ich, der ich unter dem Heimweh leide, fahre gleich fort.

Die Hähne krähen, und die Gasthütte liegt noch unter dem Mond,

Fußspuren bleibt im Reif auf der Holzbrücke.

Die Eichenblätter fallen auf den Bergweg,

Und an der Poststationswand leuchten die weißen Zhi-
Blüten.

Ich erinnere mich an den Traum von des Han-Kaisers
Mausoleum,

Und sehe: Enten und Gänse schwimmen auf dem
Teiche herum.

Zu diesem Gedicht:

Es ist ein „七言律诗", ein schönes Reisebild. Das zweite Satzpaar
ist sehr berühmt geworden.

忆江南 ①

梳洗罢，
独倚望江楼。
过尽千帆皆不是，
斜晖脉脉水悠悠。②
肠断白蘋洲。③

① 忆江南 : die Melodie „Erinnerung an das Gebiet südlich des
Yangtse", auf Chinesisch heißt es " 词牌 " [cí pái], auf Deutsch kann
es „Ci-Melodie" heißen ② " 脉脉 " und " 悠悠 " beschreiben nicht

nur die Natur, sondern auch die Gefühle der Frau. 脉脉 [mò mò]: liebevoll, zärtlich; 悠悠 [yōu yōu]: unendlich ③ 肠断 : jm. das Herz brechen; 白蘋 : weiße Wasserlinsen.

Nach der Melodie „Erinnerung an das Gebiet südlich des Yangtse"

Nach der Toilette besteig ich das Hochhaus,

Gestützt ans Geländer schau ich auf den Strom.

Tausend Schiffe vorbeigefahren, habe ich deins nicht gesehen.

Die abendlichen Sonnenstrahlen scheinen liebevoll zu sein,

Und der Strom fließt wie meine Sehnsucht unendlich hin.

Aber die weißen Wasserlinsen auf Sandbank brechen mir das Herz.

Zu diesem Ci:

Es ist ein bekanntes Ci (词) von Wen Tingyun. Das Ci beschreibt die Liebessehnsucht einer Frau nach ihrem Mann. Die Sonne und der Fluss haben Sympathie für die Frau, doch die weiße Farbe der Wasserlinsen stimmt sie völlig traurig. Der Dichter hat sechsundsechzig Cis geschrieben.

Wang Bo bestand mit 14 Jahren die kaiserliche Prüfung und wurde ins Amt als Schreiber (修撰) bei Prinzen Pei (沛王) berufen. Da er ein scherzhaftes Anklagemanifest gegen den Prinzen Ying (英王) schrieb, war er aus dem Hof ausgewiesen. Dann weilte er in der Provinz Sichuan (四川). Unglücklicherweise ist er mit 28 Jahren auf einer Seefahrt auf die Hainan-Insel ertrunken.

In der Literatur war Wang Bo einer von den vier Begabten in den früheren Jahrzehnten der Tang-Dynastie (初唐四杰), die anderen drei: Yang Jiong (杨炯), Lu Zhaoling (卢照邻) und Luo Binwang (骆宾王). In der Lyrik förderte er „五言律诗", von ihm sind neunzig Gedichte erhalten geblieben.

送杜少府之任蜀州 ①

城阙辅三秦，②
风烟望五津。③
与君离别意，④

同是宦游人。⑤

海内存知己，⑥

天涯若比邻。⑦

无为在歧路，⑧

儿女共沾巾。⑨

① 杜：ein Freund vom Dichter; 少府：Kreis-Beamter für Sicherheit
（县尉）; 之任：sich auf seinen Posten begeben; 蜀州：ein Kreis,
heute Kreis Chongqing（崇庆）, Provinz Sichuan（四川）② 城阙
[què]: die Hauptstadt; 辅 [fǔ]: schützen; 三秦：gemeint ist das Gebiet
nördlich von Qinling-Gebirge（秦岭）und westlich vom Hangu-Pass
（函谷关）, Provinz Shaanxi（陕西）. Das Gebiet gehörte früher zum
Qin-Reich. ③ 五津：gemeint ist Sichuan（四川）, wohin Herr Du
geht. Am Min-Fluss（岷江）gibt es seit alters fünf Überfahrtsstellen
（津）④ 离别意：Abschiedsschmerz ⑤ 宦游人：Beamter in der Fremde
⑥ 海内：überall im Land; 知己：Herzensfreund ⑦ 天涯 [yá]: das
Ende der Welt; 比邻 [bǐ lín]: Nachbar ⑧ 无为：es soll nicht sein...; 歧
路：Wegverzweigung ⑨ 沾 [zhān] 巾：Tränen vergießen; weinen.

Von Freund Du als Kreis-Beamter nach Shuzhou zum Abschied

Die drei Qin-Gebiete von den hohen Stadtmauern
geschützt,

Aus weiter Ferne schaue ich dortige landschaftliche
Schönheit.

Da trennen sich unsere Wege hier im Gemüt,

Beide werden wir Beamte in der Fremde.

…

Auch wenn Freunde weltweit voneinander entfernt sind,

Bleiben sie sich im Herzen doch näher.

So sollten wir beim Abschied an der Wegverzweigung

Nicht wie die Jungen vergießen Tränen.

Zu diesem Gedicht:

Es ist ein „五言律诗", mit ihm hat der Dichter einen neuen
Aspekt des Abschiedsgedichts eröffnet, und der 5. und 6. Satz
sind zu einer stehenden Wendung geworden.

山中

长江悲已滞，①
万里念将归。②
况属高风晚，③
山山黄叶飞。

① 已滞 [yǐ zhì]: zu lange bleiben ② 归 : in die Heimat zurückkehren
③ 况属 : noch dazu; 高风晚 : der Wind des späten Herbstes.

Auf dem Berg

Der Yangtse-Fluss stimmt mich betrübt,

weil ich zu lange in der Fremde blieb.

Nun denke ich an die Rückfahrt in die Heimat,

die zehntausend Meilen weit von hier liegt.

Der Wind des späten Herbstes und

die fliegenden Gelbblätter auf allen Bergen

haben mich noch mehr betrübt gestimmt.

Zu diesem Gedicht:

Es ist ein „五言绝句", der Dichter schrieb es, als er in der
Provinz Sichuan weilte, da war er 21 Jahre alt. Der Yangtse-
Fluss, der nach Osten, in Richtung auf seine Heimat fließt,
erweckte sein Heimweh. Hinzu kommt das herbstliche Bild, das
ihn noch mehr betrübt. Hier hat der Dichter seine Gefühle mit
den Naturbildern vereinigt.

Liu Zongyuan, Dichter, Philosoph und namhafter Prosaist der Tang-Zeit, erlangte im Jahr 793 den *Jinshi*-Grad und war eine Zeitlang kaiserlicher Zensor und hoher Beamter im Ministerium der Riten（礼部员外郎）. Im Jahr 806 wurde er wegen politischer Reformen zu einem kleinen Beamten vom Bezirk Yongzhou（永州司马, heute Kreis Lingling 零陵, Provinz Hunan 湖南）degradiert. Nach zehn Jahren war er der Bezirks-Gouverneur von Liuzhou（柳州）, Provinz Guangxi（广西）. Er hat in Prosa und in Gedichten mit großer Anschaulichkeit landschaftliche Berge und Flüsse festgehalten.

江雪

千山鸟飞绝，①
万径人踪灭。②
孤舟蓑笠翁，③
独钓寒江雪。④

① 千山 : alle Berge; 绝 : kein ② 人踪 [rén zōng]: Menschenspuren;
灭 : (hier) kein ③ 蓑笠 [suō lì]: Palmenumhang und Bambusregenhut
④ 寒江雪 : ein verschneiter Fluss.

Fluss im Schnee

Über allen Bergen sieht man keinen Vogel fliegen,

Auf allen Wegen sind keine Menschenspuren zu finden.

Im Kahn sitzt ein Greis mit Palmenumhang und

Bambusregenhut,

Und er angelt alleine in der verschneiten Flut.

Zu diesem Gedicht:

Es ist ein „五言绝句", ein repräsentatives Gedicht von Liu
Zong-yuan. Das Gedicht stammt aus der Zeit in Yongzhou,
da lebte der Dichter in völliger Einsamkeit: ohne Vögel, ohne
Menschen. Trotzdem behauptet er, dass er noch alleine in der
verschneiten Flut angelt. In dieser Hinsicht ist das Gedicht die
Offenbarung seiner festen Haltung gegenüber den herrschenden
konservativen Kräften.

登柳州城楼
寄漳、汀、封、连四州刺史 ①

城上高楼接大荒，②

海天愁思正茫茫。③

惊风乱飐芙蓉水，④

密雨斜侵薜荔墙。⑤

岭树重遮千里目，⑥

江流曲似九回肠。⑦

共来百越文身地，⑧

犹自音书滞一乡。⑨

① 柳州：Liuzhou, Provinz Guangxi（广西），der Dichter war hier Bezirks-Gouverneur（柳州刺史）; 漳 [zhāng zhōu]＝漳州：Provinz Fujian（福建），Han Tai（韩泰）war hier Bezirks-Gouverneur（漳州刺史）; 汀 [tīng]＝汀州：Provinz Fujian（福建），Han Ye（韩晔）war hier Bezirk-Gouverneur; 封 [fēng]＝封州：Provinz Guangdong（广东），Chen Jian（陈谏）war hier Bezirks-Gouverneur; 连＝连州：Provinz Guangdong（广东），Liu Yuxi（刘禹锡）war hier Bezirks-Gouverneur. Diese fünf Personen waren alle hohe Hof-Beamte, im Jahr 806 wurden sie wegen politischer Reformen zu kleinen Beamten（司马）degradiert und in die entlegenen Provinzen geschickt. Erst im Jahr 815 wurden sie als Bezirks-Gouverneur in diese entlegenen Gebiete versetzt. ② 大荒：das endlose Ödeland ③ 茫茫 [máng máng]: endlos

④ 惊风 : Sturmwind; 乱飐 [luàn zhǎn]: durcheinander blasen; 芙蓉 : Lotosblume ⑤ 薜荔 [bì lì]: Kletterpflanze ⑥ 重 [chóng]: Schicht um Schicht ⑦ 九回肠 : mit einem Herzen voller Gram ⑧ 百越 : bezeichnet das breite Gebiet südlich von den Fünf-Gebirgen (五岭), konkret gesagt: die südlichen Gebiete von den Provinzen Hunan (湖南) und Jiangxi (江西) sowie die nördlichen Gebiete von den Provinzen Guangdong (广东) und Guangxi (广西). Dort leben viele nationale Minderheiten; 文身 : Tätowierung, damals hatten diese nationalen Minderheiten den Brauch, sich zu tätowieren ⑨ 滞 [zhì]: von der Außenwelt isoliert sein; 一乡 : der Wohnort.

Auf dem Mauerturm der Stadt Liuzhou an die vier Bezirke

Der Mauerturm grenzt an das weite Ödeland,

Mein Kummer wallt wie das endlose Meer ungeheuer.

Der Sturmwind bringt Lotos im Wasser zum Schwanken,

Der Regen peitscht schräg gegen Kletterpflanzen an der Stadtmauer.

Berge und Bäume versperren mir den Ausblick,

Der Fluss krümmt sich, wie ich es tu' vor Kummer.

Wir Degradierte kommen ins entlegene Baiyue,

hier hat man den Brauch, sich zu tätowieren.

Wir erhalten voneinander keine Nachrichten,

und sind von der Außenwelt total isoliert.

Zu diesem Gedicht:

Es ist ein „七言律诗", geschrieben im Jahr 815, als Liu Zongyuan als Bezirks-Gouverneur nach Liuzhou kam. Er bestieg den Mauerturm und dachte an seine vier Leidensgefährten. Auf einmal schüttete er seinen Kummer aus, in seinen Augen litt die Natur hier auch mit.

王之涣　　**wáng zhī huàn**　（688-742）

Wang Zhihuan, Grenzdichter, war einmal Beamter im Kreis Hengshui (衡水), Provinz Hebei (河北), dann gab er wegen Verleumdung das Amt auf und wanderte zehn Jahre lang im Einzugsgebiet des Gelben Flusses. In seinem Alter war er Beamter im Kreis Wen'an (文安), Provinz Hebei. Seine Gedichte waren bei Lebzeiten schon sehr populär, viele wurden zu Liedern gemacht, leider sind von ihm nur sechs Gedichte bis heute erhalten geblieben.

登鹳雀楼 ①

白日依山尽，②
黄河入海流。
欲穷千里目，③
更上一层楼。

① 鹳 [guàn]: Storchturm, lag auf der Mauer der Stadt Yongji (永济), Provinz Shanxi (山西), der Turm hatte drei Stockwerke. Die

Störche bauten oft ihr Nest darauf, daher kam der Name. Von dem Turm aus sieht man vorne das Zhongtiao-Gebirge (中条山脉), und unten strömt der Gelbe Fluss. ② 尽 : (hier) untergehen, verschwinden.

Auf dem Storchturm

Die Sonne geht hinter dem Berg unter,
Der Gelbe Fluss mündet ins Meer.
Wer weiter in die Ferne sehen will,
Der muss mal nach oben steigen.

Zu diesem Gedicht:

Es ist ein „五言绝句", der 2. und 4. Satz sind gereimt. Besonders aufgefallen ist, dass in jedem Satzpaar Parallelismen verwendet sind, und es wirkt nicht schematisch. Die letzten zwei Sätze sind schon zur bleibenden Wendung geworden.

出塞 ①

黄河远上白云间，
一片孤城万仞山。②
羌笛何须怨杨柳，
春风不度玉门关。③

① 塞 : Grenzgebiet ② 孤城 : gemeint ist die Festungsstadt Yumen-Pass (玉门关), liegt westlich vom heutigen Kreis Dunhuang (敦煌), Provinz Gansu (甘肃); 仞 [rèn]: ein altes Längenmaß, ungefähr 2 Meter ③ 羌 [qiāng] 笛 : Tangutenflöte; 杨柳 : ein Abschiedslied in traurigem Ton.

Jenseits der Grenze

Der Gelbe Fluss steigt weit in leuchtende Wolken empor,

Ein Wachtturm ragt einsam auf dem Berg, tausend Meter hoch empor.

Tangutenflöte, was klagt dein Lied Grüne Weiden?

Der Frühlingswind kommt doch nimmer bis zum Yumen-Passtor.

Zu diesem Gedicht:

Es ist ein „七言绝句乐府", ein berühmtes Grenzgedicht von Wang Zhihuan. Das Gedicht beschreibt das weit entlegene Grenzgebiet und zeigt des Dichters Sympathie für die Grenzsoldaten.

Li Yi, Grenzdichter, bestand im Jahr 769 die kaiserliche Prüfung und wurde dann Kreis-Beamter. 10 Jahre war er Stabsoffizier（参佑军事）an der nordwestlichen Grenze, schließlich war er hoher Beamter im Ministerium der Riten（礼部尚书）.

从军北征

天山雪后海风寒，
横笛偏吹行路难。
碛里征人三十万，
一时回首月中看。

① 天山 : Tianshan-Gebirge, liegt in Xinjiang（新疆）; 海 : (hier) der See ② 偏 [piān]: ausgerechnet ③ 碛 [qì]: die Wüste ④ 一时 : (hier) gleichzeitig.

Feldzug im Norden

Der Schnee deckt das Tianshan-Gebirge, kalter Wind
weht's vom See,

Aus einer Flöte tönt gerade das Lied vom schwierigen
Weg.

Im Wüstensand dreihunderttausend Mann in Schar wie
einer

wenden sie den Hals und schauen sich an im Mond,

in Richtung Heimat.

Zu diesem Gedicht:

Es ist ein „七言绝句", ein typisches Beispiel für Grenzgedichte
von Li Yi. Die Tang-Dynastie hat oft Grenzkriege mit den
Hunnen, diesmal marschieren wieder Soldaten an die Grenze, um
den Einfall von denen zurückzuschlagen. Im Gedicht hier wird nur
der harte Marsch in der Wüste beschrieben. Dass man in einer
solchen Situation an die Heimat denkt, ist selbstverständlich.
In der chinesischen Lyrik lässt der Mond einen immer an die
Heimat und an das Familienzusammenleben denken.

江南曲 ①

嫁得瞿塘贾，②
朝朝误妾期。③
早知潮有信，④
嫁与弄潮儿。⑤

① 江南曲 : das Lied „Südlich vom Yangtse-Fluss" ist eigentlich ein Musikantenlied, es stammt aus einem Liebeslied ② 瞿塘 [qú táng]: Qutang-Schlucht (瞿塘峡) am Yangtse, liegt im Kreis Fengjie (奉节县), Provinz Sichuan (四川); 贾 [gǔ]: Kaufmann ③ 朝朝 : immer; 妾 [qiè]: ich (Selbstbenennung einer Frau); 期 : Termine für Rückkehr ④ 潮 : Flut; 有信 : (hier) regelmäßig ⑤ 弄潮儿 : Schwimmer, der mit der Flut spielt; 儿 [ér]: in der Tang-Zeit wurde so ausgesprochen.

Das Lied „Südlich vom Yangtse-Fluss"

Ich bin verheiratet mit einem Kaufmann von Qutang-Schlucht,
Er enttäuscht mich immer an den Rückkehrterminen.
Hätte ich von der regelmäßigen Flut gewusst,
Da hätte ich einen Schwimmer geheiratet, der gern spielt mit der Flut.

Zu diesem Gedicht:

Es ist ein „五言绝句", ein Liebesgedicht. Hier ist der Vergleich mit der Flut eigenartig.

贾 岛　**jiǎ dǎo**（779–843）

Jia Dao war ursprünglich buddhistischer Mönch, dann unter der Überredung von Han Yu（韩愈）ist er wieder ins weltliche Leben zurückgekehrt. Er fiel mehrmals bei der kaiserlichen Prüfung durch, erst in seinem Alter wurde er Kreis-Beamter.

题李凝幽居 ①

闲居少邻并，②
草径入荒园。③
鸟宿池边树，
僧敲月下门。
过桥分野色，④
移石动云根。⑤
暂去还来此，
幽期不负言。⑥

① 李凝 [lǐ níng]: ein Freund von Jia Dao, Näheres unbekannt; 幽

居：ein ruhiges Wohnhaus; 题：an et. schreiben ② 闲 [xián] 居：sorgenfrei wohnen; 并：gleichzeitig ③ 荒：(hier) unpflegt ④ 野色：schöne Landschaft ⑤ 云根：Wurzel der Wolken, damals meint man, dass die Wolken entstehen, wenn Wasserdampf gegen Steine stößt, daher ist der Stein die „Wurzel der Wolken" ⑥ 幽期：Termin für den Besuch; 不负言：das Wort halten.

An Li Nings ruhiges Wohnhaus geschrieben

Du wohnst sorgenfrei hier und hast wenige Nachbarn,

Ein von Unkraut überwucherter Pfad führt zum ungepflegten Garten.

Schon Vögel rasten behaglich auf den Bäumen am Teich,

Unter dem Mondlicht klopft an die Tür ein Mönch.

Über Brückendurchgang sehe ich ein freies Feld mit schönem Anblick,

Bei den ziehenden Wolken scheinen die Steine sich zu bewegen.

Von hier bleibe ich vorläufig weg,

Und nach dem Besuchstermin komme ich wieder.

Zu diesem Gedicht:

Es ist ein „五言律诗". Dazu eine Episode: Der Dichter wiederholte den vierten Satz, einmal sagte er „klopfen" (敲), einmal „schieben" (推) und machte dabei mit Hand entsprechende Bewegungen. Am Ende konnte er sich nicht entscheiden, schließlich riet ihm der Dichter Han Yu (韩愈), das Wort „klopfen" sei besser. Daher ist der stehende Ausdruck "推敲" entstanden. Das Wort bedeutet: Beim Schreiben „abwägen, etw. hin und her überlegen", oder „seine Worte wägen". Der Dichter besuchte seinen Freund, aber ihn nicht getroffen. Dann schrieb er das Gedicht an die Hauswand und sagte, dass er nochmals kommen wird. Im Gedicht schildert er die ruhige Umgebung des Hauses von seinem Freund.

题兴化园亭 ①

破却千家作一池，
不栽桃李种蔷薇。②
蔷薇花落秋风起，
荆棘满庭君始知。③

① 兴花园 : Xinghua-Garten, gebaut vom Minister Pei Du (裴度) um das Jahr 827 ② 蔷薇 [qiáng wēi]: die Rose ③ 荆棘 [jīng jí]: Dornen.

An den Pavillon im Xinghua-Garten geschrieben

Eines Teiches wegen sind tausend Häuser eingerissen,

Statt Pfirsich- und Pflaunenbäume pflanzte man Rosen ein.

Verweht der Herbstwind mal die Rosenblüten,

Da siehst du: dir sind nur noch Dornen geblieben.

Zu diesem Gedicht:

Es ist ein "七言绝句". Das ist eine Anspielung auf den Minister Pei Du, dass er nicht die Begabten fördert und für seinen Garten tausend Häuser einreißen lässt. Um das Gedicht zu verstehen, muss der Leser den Ausdruck "桃李" (Pfirsiche und Pflaumen) kennen: es ist eine Metapher für js. Schüler. Wenn man zu einem Lehrer sagt, dass er überall unter dem Himmel seine Schüler hat (桃李满天下), ist das das höchste Lob für einen Lehrer. Mit diesem Gedicht übt der Dichter Kritik an der Politik für die Heranbildung des Beamtennachwuchses.

张　继　　zhāng jì　（um 715–um 779）

Zhang Ji, biographische Angaben unbekannt, war nach der kaiserlichen Prüfung (*Jinshi*) im Jahr 753 Hof-Beamter für Korrektur der Akten (检校郎中) und schließlich verantwortlicher Beamter für Salz und Eisen (盐铁判官) in Hongzhou (洪州). Zhang Ji zählte nicht zu den bedeutendsten Dichtern der Tang-Zeit. Man sagt, dass er nur über 30 Gedichte geschrieben habe. Wenn das überall sehr bekannte folgende Gedicht unter dem Titel „枫桥夜泊" nicht überliefert wäre, hätte man heute seinen Namen bereits vergessen.

枫桥夜泊 ①

月落乌啼霜满天，②
江枫渔火对愁眠。③
姑苏城外寒山寺，④
夜半钟声到客船。

① 枫桥 : die Ahorn-Brücke, liegt im westlichen Vorort der Stadt

182

Suzhou (苏州), Provinz Jiangsu (江苏); 泊 [bó]: vor Anker liegen ② 乌 = 乌鸦 : der Rabe ③ 江枫 : Ahorne am Ufer; 渔火 : Lichter der Fischerboote; 愁眠 : vor Kummer nicht schlafen ④ 姑苏 : ein anderer Name von der Stadt Suzhou; 寒山寺 : Hanshan-Kloster, ein Mönch namens Han Shan wohnte in diesem Kloster, daher kommt der Kloster-Name, das Kloster liegt in der Nähe der Ahorn-Brücke.

Vor Anker an der Ahorn-Brücke in der Nacht

Der Mond versank. Raben krächzten um. Frostigkalter Himmel glitt hernieder,

Ahorn am Ufer, Feuer der Fischer und Passagier blickten sich an voneinander.

Fern von Gusu am einsamen Berg erwacht im Kloster ein Glockenton,

− seine Glockenschläge sinken auf den Fremden im Boot um die Mitternacht.

Zu diesem Gedicht:

Es ist ein „七言绝句 " , das sehr berühmte Gedicht von Zhang Ji. Durch die allgemeine Verständlichkeit ist das Gedicht in aller Munde, so dass das Hanshan-Kloster in China und Japan sehr bekannt und zu einem attraktiven Reiseziel der chinesischen und ausländischen Touristen geworden ist.

阊门即事 ①

耕夫召募爱楼船，②
春草青青万顷田。
试上吴门窥郡郭，③
清明几处有新烟。④

① 阊 [lú] 门 : ein Tor der Stadt Suzhou (苏州); 即事 : Notiz ② 耕 [gēng] 夫 : Bauer; 召募 : einberufen; 楼船 : Kriegsschiff ③ 吴门 = 阊门 ; 窥 [kuì]: schauen; 郡郭 [jùn guō]: Vorort ④ 清明 : Totenfest am 4. oder 5. April des Mondkalenders, die zwei Tage vor dem Totenfest sind Fasttage, da sollte man keinen Herd machen, erst am Totenfest darf man Feuer machen und kochen; 烟 : (hier) Kochherdrauch.

Notiz vom Stadttor in Suzhou

Die Bauern sind zum Dienst auf den Kriegsschiffen einberufen,
Grünes Unkraut auf den Äckern von zehntausend Hektar gewuchert.
Auf das Stadttor von Suzhou gestiegen schaue ich auf den Vorort,
Nun sehe ich am Totenfest nur an wenigen Orten den

Kochherdrauch.

Zu diesem Gedicht:

Es ist ein „七言绝句 ", das Gedicht ist eine Klage über den Krieg. Die Bauern sind zum Kriegsdienst eingezogen, so sind die Äcker zum Ödeland geworden. Jetzt hat nicht jede Bauernfamilie etwas zum Kochen.

张 籍　**zhāng jí**（767–830）

Zhang Ji, Dichter für Musikantenlieder, bestand im Jahr 799 die kaiserliche Prüfung. Dann erlangte er *Jinshi*-Grad und bekleidete mehrere hohe Ämter, darunter 821 auch eines im Ministerium für Wasserwirtschaftswesen (水部员外郎).

秋思

洛阳城里见秋风，
欲作家书意万重。①
复恐匆匆说不尽，
行人临发又开封。②

① 作 : schreiben; 家书 : Brief nach Hause; 意万重 : tausend Gedanken ② 行人 : einer, der den Brief mitbringt; 临发 : bei der Abgabe; 封 : Briefumschlag.

Heimweh im Herbst

Der Herbstwind wird stürmisch am Himmel der
Osthauptstadt,
Das Schreiben nach Haus bringt mich in Wallung der
Gedanken.
Bei der Abgebe war ich aus Furcht vor dem freien Reden,
In der Eile öffne ich nochmal den Umschlag zum
Nachschauen.

Zu diesem Gedicht:

Es ist ein „七言绝句". Hier hat der Dichter sein Heimweh durch
das Wort „nochmaliges Öffnen des Briefumschlags" anschaulich
dargestellt.

节妇吟 ①

君知妾有夫，②
赠妾双明珠。③
感君缠绵意，④
系在红罗襦。⑤
妾家高楼连苑起，⑥

良人执戟明光里。⑦

知君用心如日月，⑧

事夫誓拟同生死。⑨

还君明珠双泪垂，⑩

恨不相逢未嫁时。⑪

① 节妇 : die treue Frau; 吟 [yín]: (hier) Lied ② 君 : (höfliche Form) Sie; 妾 : (Selbstnennung einer Frau) ich; 夫 : Ehemann ③ 双 : ein Paar; 明珠 : Perle ④ 缠绵 [chán mián] 意 : Zuneigung ⑤ 系 : (hier) tragen; 罗襦 [luó rú]: seidene Jacke ⑥ 苑 [yuàn]: der kaiserliche Garten ⑦ 良人 : mein Ehemann; 执戟 [zhí jí]: mit Hellebarde Wache stehen; 明光里 : die Licht-Halle des Kaiserhofes ⑧ 心如日月 : ein wahres Herz wie Sonne und Mond ⑨ 事 = 侍奉 : für jn. sorgen; 拟 [nǐ]: wollen; 同生死 : gemeinsam leben und sterben ⑩ 双泪垂 : jm. Tränen aus den Augen stürzen ⑪ 恨 : (hier) bereuen.

Das Lied der treuen Frau

Der Herr, Ihr wisst doch, dass ich verheiratet bin,

Mir habt Ihr dennoch ein Paar Perlen geschenkt.

Da gedenkt meiner so freundlich,

Hab ich's an mein rotes Jäckchen gehängt.

Das hohe Haus meiner Familie schließt sich an des

Kaisers Palast an,

Mein Mann steht Wache mit Hellebarde in der Licht-

Halle.

Ich versteh Ihr Herz, es ist klar wie Sonne und Mond,

Aber ich bleibe bei Gelübde meinem Mann treu bis

zum Tod.

Ich geb Euch die Perlen zurück mit Tränen,

Und bereu bitter, Euch vor meiner Heirat nicht getroffen

zu haben.

Zu diesem Gedicht:

Es ist ein Musikantenlied (乐府), ein bekanntes Gedicht des Dichters. Wörtlich ist es ein Liebesgedicht, und es wird auch von vielen so verstanden. Und der letzte Satz wird oft zitiert. Aber der Dichter hat es aus einem anderen Anlass geschrieben: Der Militärmachthaber Li Shidao (李师道) versuchte, den Dichter auf seine Seite zu ziehen und versprach ihm eine schnelle Karriere. Aber der Dichter wollte mit ihm keine gemeinsame Sache machen und konnte auch nicht direkt ablehnen. So schrieb er das Gedicht, in dem er indirekt nein sagte.

朱 庆 馀　　zhū qìng yú　（799– ？ ）

Zhu Qingyu, im Jahr 826 bestand er die kaiserliche Prüfung, er hatte keine erfolgreiche Beamtenlaufbahn, war mit dem Dichter Zhang Ji (张籍) gut befreundet. Was die Legende von Zhu Qingyu und dessen Gedicht betrifft, hat er das Gedicht an Zhang Ji geschrieben. Dieses ursprüngliche Gedicht mit dem Titel „闺意", später heißt es: „近试上张水部".

近试上张水部 [①]

洞房昨夜停红烛， [②]
待晓堂前拜舅姑。 [③]
妆罢低声问夫婿， [④]
画眉深浅入时无？ [⑤]

[①] 近试 : vor der kaiserlichen Prüfung; 张水部 : gemeint ist Zhang Ji (张籍), der als Ministerialrat im Ministerium für Wasserwirtschaftswesen tätig ist ② 洞房 : Brautkammer; 停 (hier) nicht ausgehen; 红烛 [hóng zhú]: die rote Kerze ③ 待晓 : auf den Morgen warten; 舅姑 : die Schwiegereltern ④ 妆罢 : nach der Toilette; 夫婿 [fū xù]: der Ehemann ⑤ 画眉 : die Brauen schminken; 入时 : modisch; 无 (hier) ob.

Vor der kaiserlichen Prüfung an Herrn Ministerialrat Zhang

In der Brautkammer brennt die rote Kerze die ganze Nacht,

Die Braut wartet auf den Morgen, um in der Vorhalle den Schwiegereltern Ehrerbietung zu bezeigen.

Nach der Toilette fragt sie leise ihren Mann,

Ob sie sich die Brauen modisch geschminkt hat.

Zu diesem Gedicht:

Es ist ein „七言绝句". Der Dichter wollte vor der kaiserlichen Prüfung beim Hof-Beamten Zhang Ji Rat holen. So schrieb er das Gedicht und fragt, ob seine Werke dem Prüfer gefallen würden. Hier wird er selbst als Braut, Zhang Ji als Ehemann und die Schwiegereltern als Prüfer dargestellt. Ohne den Titel ist es eine innige Szene eines neu vermählten Ehepaars.

宫中词 ①

寂寂花时闭院门，②
美人相并立琼轩。③
含情欲说宫中事，④
鹦鹉前头不敢言。⑤

① 词 : (hier) Lied ② 寂寂 [jì jì]: einsam und still ③ 美人 : schöne Hofdamen; 相并 : Schulter an Schulter; 琼轩 [qióng xuān]: prächtiger Säulengang ④ 含情 : (hier) Kummer; 宫中事 : was im Palast geschieht ⑤ 鹦鹉 : der Papagei (kann nachplappern).

Palastlied

Hinter dem geschlossenen Palasttor blühen die Blumen still und einsam,

Im prächtigen Säulengang stehen die schönen Hofdamen beisammen.

Sie wollen von den bedrückenden höflischen Ereignissen sprechen,

Doch vor dem Papagei wagen sie nicht davon zu sagen.

Zu diesem Gedicht:

Es ist ein „七言绝句". Zur Zeit des Tang-Kaisers Xuan Zong (玄宗) gab es auf dem Hof dreitausend Hofmädchen und Hofdamen, und die meisten davon mussten ihr jugendliches Leben einsam dahinfristen. Hier im Gedicht zeigt der Dichter seine Sympathie für sie.

高适　Gāo shì　（um 700–765）

Gao Shi führte in der Jugend ein Vagabundenleben. Im Alter von 20 Jahren kam er in Chang'an（长安）an und bemühte sich um Karriere, aber seine Anstrengungen blieben ohne Erfolg. Erst im Jahr 749 konnte er die kaiserliche Prüfung bestehen, dann war er Kreis-Beamter und jahrelang Sekretär bei Gouverneur Ge Shuhan（哥舒翰节度使）im Militärgebiet westlich vom Gelben Fluss. Später war er selbst Militärgouverneur von West-Sichuan（四川节度使）und hoher Beamter im Ministerium für Justiz（刑部侍郎）. Seine Stärke in der Lyrik ist das Musikantenlied aus Sätzen mit je sieben Schriftzeichen（七言乐府）. Gao Shi und Cen Shen waren beide hervorragende Dichter der Grenzgebietsdichtung der Tang-Zeit.

除夜作 [①]

旅馆寒灯独不眠，

客心何事转凄然。②

故乡今夜思千里，

霜鬓明朝又一年。

① 除夜：Silvesternacht ② 客：gemeint ist der Dichter selbst; 凄然：betrübt, traurig.

Am Silvesterabend geschrieben

Vor kaltem Licht im Gasthof fand ich keinen Schlaf,

Ein brennendes Heimweh befiel den Gast aus Kummer.

Heute Nacht denkt die Heimat an mich aus tausend
Meilen Ferne,

O im nächsten Jahr vermehren sich meine Grauhaare
noch mehr.

Zu diesem Gedicht:

Es ist ein „七言绝句", zu bedenken ist, dass der Blickwinkel gewechselt ist. Nicht nur der Dichter denkt an die Heimat, sondern die Heimat denkt auch an ihn. So wird die Bindung mit der Heimat noch mehr verstärkt.

燕歌行 ①

汉家烟尘在东北，汉将辞家破残贼。②

男儿本自重横行，天子非常赐颜色。③

摐金伐鼓下榆关，旌旆逶迤碣石间。④

校尉羽书飞瀚海，单于猎火照狼山。⑤

山川萧条极边土，胡骑凭陵杂风雨。⑥

战士军前半死生，美人帐下犹歌舞。⑦

大漠穷秋塞草腓，孤城落日斗兵稀。⑧

身当恩遇恒轻敌，力尽关山未解围。⑨

铁衣远戍辛勤久，玉箸应啼别离后。⑩

少妇城南欲断肠，征人蓟北空回首。⑪

边庭飘飖那可度，绝域苍茫更何有！⑫

杀气三时作阵云，寒声一夜传刁斗。⑬

相看白刃血纷纷，死节从来岂顾勋。⑭

君不见沙场征战苦，至今犹忆李将军！⑮

① 燕歌行 : Liedname eines Musikantenliedes; 燕 [yàn]: Nordgebiet der Provinz Hebei (河北), hier ist das Grenzgebiet gemeint; 行 : die Weise, eine Art Lied ② 汉家 : die Han-Dynastie, gemeint ist die Tang-Dynastie; 烟尘 : Kriegsalarm; 残贼 : grausame Feinde ③ 横行 : unbesiegbar; 赐颜色 : mit Gunst des Kaisers belohnen ④ 摐 [chuāng] 金 : Gong schlagen; 伐鼓 : Trommel rühren; 下 : hinmarschieren; 榆关 :

Yu-Pass, heute ist es Shanhai-Pass (山海关), Provinz Hebei (河北);
旌 (jīng) 旗 : geschmückte Fahnen; 逶迤 [wēi yí]: kurvenreich und
lang; 碣 [jié] 石＝碣石山 : Jieshi-Berg, liegt im Kreis Changli (昌黎),
Provinz Hebei ⑤ 羽书 : Eil-Befehl; 瀚 [hàn] 海 : die Wüste; 单 [chán]
于 : Häuptling des Feindes; 猎火 : (hier) Krieg; 狼山 : Langshan-Berg,
liegt in der Inneren Mongolei ⑥ 极边土 : äußerst bis zur Grenze; 胡
骑 : die feindliche Reiterei; 凭陵 [líng]: mit Gewalt; 杂风雨 : in Wind
und Regen ⑦ 军前 : auf dem Schlachtfeld; 半生死 : die Hälfte der
Soldaten sind gefallen; 帐下 : im Stab; 犹 : noch ⑧ 穷秋 : später Herbst;
塞草 : Gräser an der Front; 斗兵稀 : die kampffähigen Soldaten werden
weniger ⑨ 身当恩遇 : der General, der des Kaisers Gunst genießt; 关
山 : (hier) die Grenzfestung ⑩ 铁衣 : Soldaten mit eisernen Harnischen;
玉箸 : (hier) die Tränen der Frauen ⑪ 欲断肠 : jm. bricht das Herz;
蓟＝蓟州 [jì], lag im Norden der Provinz Hebei, heute ist der Kreis (蓟
县) im Norden der Stadt Tianjing (天津); 空 : umsonst ⑫ 边庭 : das
Grenzgebiet; 飘飖 [yáo]: sehr weit; 绝域苍茫 : endlose Öde ⑬ 杀气 :
kriegerische Atmosphäre; 三时 : Morgen, Mittag und Abend; 阵云 :
Vorzeichen des Kriegs; 刁斗 : der Gong der Nachtpatrouille, am Tag
wird als Kochtopf verwendet, er kann ein Dekaliter enthalten ⑭ 相看 :
angesichts; 白刃 [rèn]: Nahkampf; 血纷纷 : das Blut spritzt; 死节 :
sich für das Land opfern; 顾 [gù]: an et. denken; 勋 [xūn]: Verdienste
⑮ 沙场 : das Schlachtfeld; 犹 [yóu]: noch immer; 李将军 : General
Li Guang (李广), ein General aus der Han-Zeit, er teilte mit den Soldaten
Freud und Leid, z.B. wenn die Soldaten sich nicht satt gegessen hatten,
aß er nicht. Die Hunnen hatten vor ihm Furcht. Hier ist eine indirekte

Kritik an den Generälen der Tang-Zeit.

Die Weise von der Nordwestgrenze

Aus dem Nordosten des Han-Reichs wird der
Kriegsalarm gemeldet,

Generäle und Soldaten nehmen Abschied von Zuhause,

zielen auf die grausamen Feinde.

Die Männer sollen eigentlich auf dem Schlachtfeld

Herr werden,

Der Kaiser belohnt sie daher immer mit Gunst.

Mit Gong und Trommel marschieren sie zum Yu-Pass,

Mit flatternden Fahnen erreichen die Marschzüge den

Jieshi-Berg.

Die Unteroffiziere reiten mit Eilbefehlen durch die

weite Wüste,

Der feindliche Häuptling treibt die Invasion bis zum

Langshan-Berg.

Jetzt ist schon trostlos das ganze Grenzland,

Die feindliche Reiterei greift im Wind und Regen mit

Gewalt an.

Auf dem Schlachtfeld ist schon die Hälfte unserer

Soldaten gefallen,

Aber im Stab singen und tanzen dennoch die Schönen.

Im späten Herbst sind die Gräser in der Wüste schon gewelkt,

Bei der untergehenden Sonne werden in der eingeschlossenen Stadt die kampffähigen Soldaten immer weniger.

Der General, der des Kaisers Gunst genießt, hat den Feind unterschätzt,

So wurde die Belagerung der Guanshan-Festung schließlich nicht durchbrochen.

Die Soldaten mit eisernen Harnischen schützen schon lange die ferne Grenze,

Ihre Frauen vergießen nach dem Abschied immer Tränen.

Vor Trauer bricht das Herz der jungen Frauen im Süden,

Die Soldaten im Norden von Jizhou schauen umsonst nach der südlichen Heimat.

Das Grenzgebiet ist weit und nicht leicht erreichbar,

Und was gibt es noch in dieser entlegenen Gegend?

Es herrscht hier den ganzen Tag eine kriegerische Atmosphäre,

Und der kalte Wind mischt sich mit den Gongschlägen der Nachtpatrouille.

Für das Reich werfen sich die Soldaten tapfer in den
blutigen Nahkampf,
Denkt einer von ihnen bem Opfergang an die eigenen
Verdienste?
Da siehst du, wie grausam es auf dem Schlachtfeld ist,
Nun denken wir heute noch an den General Li Guang
aus der Han-Zeit.

Zu diesem Gedicht:

Es ist ein „七言乐府", ein repräsentatives Gedicht vom Dichter
Gao Shi. Hier kritisiert er die Korruption der Generäle und lobt
den Opfermut der Soldaten. Es ist ein hervorragendes Beispiel
für den heroischen Stil.

Das Gedicht schrieb der Dichter im Jahr 738, es beschreibt den
Vorlauf eines Grenzkrieges. Der Anfang schildert den Vormarsch
der Tang-Truppen zur Grenze, der zweite Teil beschreibt die
Niederlage: die Hälfte der Tang-Truppen ist gefallen, der dirtte
Teil stellt die Belagerung der Grenzfestung dar, der vierte Teil
ist der Nahkampf, der ebenfalls große Opferung fordert. Mit
den letzten zwei Sätzen lässt der Dichter den Leser darüber
nachdenken, warum dieser Grenzschützkrieg verloren ging.

崔颢　　| cuī hào | （704–754）

Cui Hao wurde in Bianzhou（汴州，今河南开封）geboren.
Als er im Jahre 723 die kaiserliche Prüfung bestanden hatte,
wurde er *jinshi*, hatte aber keine erfolgreiche Beamtenlaufbahn.
Der Schwerpunkt seines lyrischen Schaffens liegt in seinem
Spätwerk bei der Darstellung und der Thematisierung des
leidenschaftlichen und heldenhaften Volks im Gebietsland. Cui
Hao war mit Meng Haoran（孟浩然）und Wang Changling
（王昌龄）gleichgestellt, besonders das Gedicht unter dem
Titel *Huanghelou*（黄鹤楼）ist lobenswert. Leider sind die
meisten seiner Gedichte verloren gegangen.

黄鹤楼 ①

昔人已乘黄鹤去，②
此地空余黄鹤楼。
黄鹤一去不复返，
白云千载空悠悠。③
晴川历历汉阳树，④

芳草萋萋鹦鹉洲。⑤

日暮乡关何处是？⑥

烟波江上使人愁。⑦

① 黄鹤楼 : der Turm zum Gelben Kranich, der am Yangtse in der heutigen Stadt Wuchang (武昌), Provinz Hubei (湖北) liegt, wurde im Jahr 223 vom Kaiser Sun Quan (孙权) des Reiches Wu (吴国) gebaut und ist mehrmals zerstört und wieder aufgebaut worden ② 昔 人 : aus einer Legende: ein Unsterblicher namens Wang Zi'an (王子 安) flog mit dem gelben Kranich an dem Turm vorbei ③ 悠悠 [yōu]: gemächlich ④ 历历 : klar; 汉阳 : heute ist es ein Stadtbezirk der Stadt Wuhan (武汉) ⑤ 萋萋 [qī qī]: üppig; 鹦鹉洲 [yīng wǔ zhōu]: der Papagei-Sand, liegt im Yangtse ⑥ 乡关 : Heimat ⑦ 烟波 : der Rauchdunst.

Der Turm zum Gelben Kranich

Der Unsterbliche flog auf einem gelben Kranich fort,

Der Turm zum Gelben Kranich bleibt nur hier am leeren Ort.

Der Kranich war fort, kehrt nimmer zurück,

Die weißen Wolken schweben hier gemächtlich immer.

Unter der Sonne sieht man klar die Bäume von Hanyang,

Und auf dem Papagei-Sand die üppigen Gräser.

Die Abendsonne sinkt hinab. Wo liegt mein Zuhause?

Der Rauchdunst auf dem Strome stimmt mich traurig.

Zu diesem Gedicht:

Es ist ein „七言律诗", ein repräsentatives Gedicht des Dichters. Man sagt, es sei Nr. 1 der Gedichte aus acht Sätzen mit je sieben Schriftzeichen aus der Tang-Zeit (唐七律第一). Der große Dichter Li Bai (李白) besuchte einmal den Turm und wollte ein Gedicht schreiben. Als er Cui Haos Gedicht las, gab er die Absicht auf. Cui Hao hat hier angesichts der Landschaft seine Gefühle dargestellt. Der Turm hat ihn an den Unsterblichen erinnert, und dieser hat ihn in eine melancholische Stimmung versetzt: Die Abendsonne und der Dunst auf dem Strom erregen bei ihm das Heimweh.

行经华阴 ①

岩峣太华俯咸京，②

天外三峰削不成。③

武帝祠前云欲散，④

仙人掌上雨初晴。⑤

河山北枕秦关险，⑥

驿路西连汉畤平。⑦

借问路傍名利客，⑧

无如此处学长生。⑨

① 行径：vorbeikommen; 华阴：Ortsname, liegt nördlich vom Gebirge Huashan (华山), Provinz Shaanxi (陕西) ② 岩峣 [tiáo yáo]: hoch und steil; 太华 = 华山 ; 咸京：die Hauptstadt des Reiches Qin (秦国首都), heute die Stadt Xianyang (咸阳), Provinz Shaanxi (陕西) ③ 天外：hoch in den Himmel; 三峰：die drei Gipfel vom Gebirge Huashan: Lotos-Gipfel (莲花峰), Hellstern-Gipfel (名星峰) und Fee-Gipfel (天女峰); 削不成：nicht von der Menschenhand geschnitten ④ 武帝祠 [cí]: gemeint ist der Tempel des riesigen Flussgottes (巨灵神祠), lag auf dem Felsen „Handfläche des Unsterblichen" ⑤ 仙人掌：ein Felsen, gebaut vom Kaiser Wu Di der Han-Dynastie (汉武帝). Nach einer Legende hat dieser Flussgott mit der Hand das Gebirge Huashan in zwei Teile gehauen, damit der Fluss gerade fließen kann. ⑥ 河山：hier ist Huashan gemeint; 枕 [zhěn]: an et. grenzen; 秦关：ein Pass vom Reich Qin, gemeint ist der Hangu-Pass (函谷关), lag nodtöstlich von der heutigen Stadt Lingbao (灵宝), Provinz Henan (河南); 险：schwer zugänglich und strategisch wichtig ⑦ 驿路：(hier) Hauptverkehrsstraße; 汉畤 [hàn zhì]: ein Tempel für Opferung des Himmels und der Erde, gebaut vom Kaiser Wu Di der Han-Dynastie; 平：eben, (hier als Adjektiv nachgestellt wegen des Parallelismus mit dem vorigen Satz), es bestimmt die Wortgruppe " 驿路 " . ⑧ 名利客：ein Vorbeigehender, der nach Ruhm und Reichtum strebt ⑨ 学长生：lernen, wie man lange leben kann.

Vorbei an Huayin

Das hohe Gebirge Huashan blickt auf die Hauptstadt
Xianyang des Reichs Qin hinab,

Seine drei Gipfel, wie von des Gottes Hand geschaffen,
ragen in den Himmel empor.

Vor dem Tempel, gebaut vom Han-Kaiser Wu Di,
schweben die Wolken,

Auf dem Felsen „Handfläche des Unsterblichen" hört
der Regen erst auf.

Huashan grenzt nördlich an den strategisch wichtigen
Hangu-Pass vom Qin-Reich,

Die ebene Hauptverkehrsstraße führt westlich zum
Han-Tempel hinaus.

Ich frage Vorbeigehende, die nach Ruhm und Reichtum
streben,

Warum sie nicht hier in Huashan lernen, wie man lange
lebt.

Zu diesem Gedicht:

Es ist ein „七言律诗". Der Dichter hat es auf dem Weg zur
kaiserlichen Prüfung in die Hauptstadt Chang'an（长安）
geschrieben. Das Gedicht zeigt seine inneren Zweifel an der
Beamtenlaufbahn.

Wei Yingwu, Naturlyriker, war mit 15 Jahren Leibgardist beim Kaiser Xuan Zong（玄宗）, dann Kreisvorsteher, schließlich Bezirks-Gouverneur in Suzhou（苏州）, heute Stadt Suzhou（苏州市）. Sein größter Erfolg des Lyrik-Schaffens präsentiert sich in der Darstellung von der idyllischen Landschaft und in der Widerspiegelung von Leiden und Kummer der Bauern, was das Mitgefühl des Dichters zum Ausdruck bringt. Die Sprache ist schlicht, der Rhythmus ruhevoll.

滁州西涧 ①

独怜幽草涧边生，②
上有黄鹂深树鸣。③
春潮带雨晚来急，④
野渡无人舟自横。⑤

---

① 滁州 [chú zhōu]: heute Chu-Kreis（滁县）, Provinz Anhui（安

徽); 西涧 [xī jiàn]: der Bach westlich von Chuzhou ② 独怜 : sehr lieben; 幽 [yōu] 草 : dunkelgrünes Gras ③ 黄鹂 [lí]: Pirol; 深树 : ein üppiger Baum ④ 春潮 : Frühlingsflut ⑤ 野渡 : eine freie Fähre, d.h. ohne Verwaltung, jeder kann das Fährboot selbst bedienen.

Der Bach westlich von Chuzhou

Das dunkelgrüne Gras am Bachrand lieb ich sehr,

Hoch über mir im üppigen Baum der Pirol singt.

Gegen Abend treibt die Frühlingsflut Regen vor sich hin,

Am Ufer menschenleer, das Ruderboot klirrend seine

Kette schwingt –

frei schwebend, legt es sich quer, wie von selbst.

Zu diesem Gedicht:

Es ist ein „七言绝句", ein repräsentatives Gedicht des Dichters. Die Naturbilder vereinigen sich hier in Bewegung und Stille.

寄全椒山中道士 ①

今朝郡斋冷， ②
忽念山中客。 ③

涧底束荆薪，④

归来煮白石。⑤

欲持一瓢酒，⑥

远慰风雨夕。⑦

落叶满空山，⑧

何处寻行迹。⑨

① 全椒 [jiāo]: Kreis Quanjiao, Provinz Anhui (安徽); 道士: Taoist
② 今朝: heute; 郡斋 [jùn zhāi]: Beamtenhaus ③ 客: (hier) Freund
④ 涧底: Tal; 束: binden; 荆薪 [jīng xīn]: Brennholz ⑤ 煮白石: die
Taoisten kochten weiße Steine als Nahrung, hier bedeutet es: ein einfaches
Essen kochen ⑥ 瓢 [piáo]: Schöpflöffel aus Kürbisschale ⑦ 慰 [wèi]:
trösten ⑧ 空山: breiter Berg ⑨ 行迹: Spuren.

An den Taoisten im Quanjiao-Berg

In meinem Beamtenhaus fühl ich mich heute bitter kalt,
Nun denk ich plötzlich an daoistischen Mönch im Berg.
Im Tal hackt er jetzt Brennholz, bündelt, träg es ins Heim.
Nachher macht sich einfache Kost: weißen Kieselstein.

Bei Wind und Regen wollt ich gern zu dir mit Krug Wein:
Bei dir tröste und beruhige ich mich trotz des weiten

Weges,

Aber am einsamen Berg nur fallende Blätter

– wo deine Spuren?

Zu diesem Gedicht:

Es ist eine alte Form des Gedichts aus Sätzen mit je fünf Schriftzeichen（五言古诗）, gegenüber der neuen Form（五言格律） ist diese Form in der Länge und im Reimen ziemlich frei. Das Gedicht hier schildert die Einsamkeit des Dichters und vergleicht es mit einem Taoisten.

Liu Changqing erlangte im Jahr 733 nach der kaiserlichen Prüfung den *Jinshi*-Grad, dann war er Aufsichtsrat beim Hof （监察御史）, eine Standhaftigkeit ärgerte die Obrigkeit, so wurde er zu einem kleinen Beamten nach Panzhou （潘州） degradiert. Im Jahr 764 war er ein mittelständiger Beamter beim Beauftragten für Schifftransport vom Getreide （转运使判官）, dann wurde er falsch beschuldigt und nochmals zu einem kleinen Beamten nach Muzhou （睦州） degradiert. Im Alter war er Bezirks-Gouverneur von Suizhou （随州刺史）. Seine Stärke in der Lyrik ist das Gedicht aus Sätzen mit je fünf Schriftzeichen （五言诗）. In Wirklichkeit war er auch ein Meister des siebensilbigen Kurzgedichts （七言诗）.

送灵澈 ①

苍苍竹林寺，②
杳杳钟声晚。③
荷笠带夕阳，④

青山独归远。

① 灵澈 [líng chè]: Name eines Mönchs, der auch dichtete ② 苍苍 [cāng cāng]: dunkelgrün; 竹林寺 : Bambushain-Kloster, lag südlich von der Stadt Zhenjiang (镇江), Provinz Jiangsu (江苏) ③ 杳杳 [yǎo yǎo]: sehr weit; 晚 : abendlich ④ 荷 : auf dem Rücken tragen; 笠 [lì]: Regenhut aus Bambus; 带夕阳 : unter der Abendsonne.

Abschied vom Mönch Lingche

Das Bambushain-Kloster ist vom dunkelgrünen Wald umschlossen,

Gegen Abend ertönt die Glocke von weit her.

Unter Abendsonne und mit dem Bambus-Regenhut auf dem Rücken,

Kehrt der Mönch allein zurück zum blauen Berg in der Ferne.

Zu diesem Gedicht:

Es ist ein „五言绝句 “ . Das Gedicht ist eher ein Naturbild, es zeigt die innere Ruhe des Mönchs und des Dichters.

长沙过贾谊宅 ①

三年谪宦此栖迟， ②

万古惟留楚客悲。 ③

秋草独寻人去后， ④

寒林空见日斜时。 ⑤

汉文有道恩犹薄， ⑥

湘水无情吊岂知。 ⑦

寂寂江山摇落处， ⑧

怜君何事到天涯。 ⑨

① 长沙：Stadt Changsha, in Provinz Hunan（湖南）；贾谊宅：Wohnsitz von Herrn Jia Yi, er war ein hoher Hof-Beamter der Westhan-Dynastie（西汉）, wurde von anderen verleumdet, dann war zum Hofmeister beim Fürsten in Changsha（长沙王）degradiert ② 三年：Jia Yi war drei Jahre in Changsha; 谪宦 [zhé huàn]: ein Degradierter; 栖迟 [qī chí]: bleiben ③ 楚客：gemeint ist Jia Yi, Changsha gehörte früher dem Königreich Chu（楚国）④ 人去后：der Wohnsitz, den Jia Yi hinterlassen hat ⑤ 空见：(hier) nur sehen ⑥ 汉文：der Kaiser Wen der Han-Dynastie（汉文帝）; 有道：einsichtig; 恩犹薄：besonders gnadenlos ⑦ 湘水：Xiang-Fluss in der Provinz Hunan（湖南）; 吊：gedenken, Jia Yi gedachte des großen patroiotischen Dichters Qu Yuan（屈原, um 340– um 278 v.u.Z.) mit einem Gedicht, als er auf dem Weg nach Changsha den Xiang-Fluss（湘水）überquerte; 岂知：nicht

verstehen ⑧ 寂寂 [jì jì]: verlassen; 江山 : (hier) die Umgebung; 摇
落 : die Blätter fallen ⑨ 怜 [lián]: bedauern; 君 = 你 : (hier) Jia Yi
gemeint; 何事 : weswegen; 天涯 [tiān yá]: das Ende der Welt.

Besuch des ehemaligen Wohnsitzes von Jia Yi in Changsha

Du Degradierter, lebtest hier drei Jahre,

Hier in der Fremde blieben dir immer nur Kummer und
Trauer.

Ich gehe allein über gewelkte Gräser zu deinem alten
Wohnsitz,

Und sehe nur: die Abendsonne wirft Lichter auf kalte
Bäume.

Der gefühllose Xiang-Fluss verstand nicht,

dass du damals Qu Yuan gedacht hast,

Heute ist die Umgebung verlassen, die Blätter fallen
nieder,

Ich bedaure, dass du warst ohne Schuld an das Ende
der Welt degradiert wurdest.

Zu diesem Gedicht:

Es ist ein „七言律诗". Der Dichter und Jia Yi haben das gleiche

Schicksal. Der Dichter schreibt hier durch Jia Yi über sich selbst. So kann er klagen, dass er ohne Schuld degradiert worden ist. Und der Han-Kaiser ist eine Anspielung auf den Tang-Herrscher. Es herrscht im ganzen Gedicht eine melancholische Stimmung.

He Zhizhang war schon als Jugendlicher durch seine Gedichte bekannt. Im Jahr 695 bestand er die kaiserliche Prüfung und wurde im Jahr 725 ein hoher Beamter im Ministerium für Riten (礼部侍郎) und dann Hofmeister für den Thronprinzen. Im Alter gab er sein Amt auf und führte er ein Eremitenleben. Er war auch ein namhafter Kalligraph.

咏柳 ①

碧玉妆成一树高，②
万条垂下绿丝绦。③
不知细叶谁裁出，
二月春风似剪刀。

① 咏 [yǒng]: singen ② 碧 [bì] 玉 : grüne Jade; 妆 [zhuāng]: schmücken ③ 万条 : (hier) zehntausend Ruten; 丝绦 [sī tāo]: seidige Bänder.

Gesang von der Weide

Die hohe Weide ist gekrönt von der grünen Jade,

Zehntausend grünseidene Ruten hängen herab.

Man fragt sich, wer hätte die schmalen Blätter
geschnitten,

Der Frühlingswind im Februar wäre eine Schere
gewesen dazu.

Zu diesem Gedicht:

Es ist ein „七言绝句". Neuartig ist hier der Vergleich mit der Schere.

回乡偶书 [①]

少小离家老大回， [②]
乡音无改鬓毛衰。 [③]
儿童相见不相识，
笑问客从何处来。

① 偶书 : zufällig notieren ② 老大 : Greis ③ 鬓 [bìn] 毛 : Schläfenhaar; 衰 : (hier) spärlich.

Bei der Heimkehr gelegentlich geschrieben

Als Junge zog ich fort, kehre als Greis zurück.

Meine Worte halten noch Heimatklänge, doch die
Schläfen sind grau.

Bei zufälliger Begegnung erkennt mich das Kind nicht
wieder,

Und fragt mich lächelnd: Wo kommt Ihr denn her?

Zu diesem Gedicht:

Es ist ein „七言绝句". Der Dichter verließ mit 37 Jahren die
Heimat, erst mit 80 kommt er zurück. Das Gedicht ist populär
geworden, weil es sehr schlicht ist und menschliche Wärme zeigt.
Die offene Frage lässt den Leser nachdenken.

Wang Jians Geburtsort war Xuzhou (heute Stadt Xuchang, in der Provinz Henan). Im Jahr 775 bestand er die kaiserliche Prüfung (*Jinshi*). Jahrelang war Wang Jian in der Armee an der nordwestlichen Front. Er hatte nacheinander als Beamter gedient. Mit etwa 20 Jahren herum lernte er den Dichter Zhang Ji kennen und wurde von ihm im Dichten unterwiesen. Er hatte eine Vorliebe für Thematik aus dem militärischen Leben des Grenzlandes. Er verstand sich gut auf Volkslieder im *Yuefu*-Stil und genoss zusammen mit Zhang Ji hohes Ansehen und gleichen Ruhm.

新嫁娘

三日入厨下，^①
洗手做羹汤。^②
未谙姑食性，^③
先遣小姑尝。^④

① 三日 : Nach einer alten Sitte sollte die Braut am dritten Tag nach der Heirat in die Küche gehen und für die Schwiegermutter eine Suppe zubereiten. ② 洗手 : es zeigt die Achtsamkeit; 羹 [gēng] 汤 : Suppe ③ 谙 [ān]: wissen; 姑 : Schwiegermutter; 食性 : Geschmack ④ 遣 [qiǎn]: lassen; 小姑 : die jüngere Schwägerin; 尝 [cháng]: vorkosten, probieren.

Die Braut

Am dritten Tag nach der Heirat geht sie hinunter in die Küche,

Sie wäscht sich die Hände und kocht für die Schwiegermutter Suppe;

Und weiß nicht, ob es der Schwiegermutter schmecken mag,

Da lässt sie zunächst die jüngere Schwägerin die Suppe vorkosten.

Zu diesem Gedicht:

Es ist ein „五言绝句" ,das eine alltägliche Szene beschreibt und die Vorsicht sowie Achtsamkeit der Braut gegenüber der Schwiegermutter zeigt.

望夫石 ①

望夫处，江悠悠， ②
化为石，不回头！
山头日日风复雨，
行人归来石应语。 ③

① der Stein zum Ausschauen nach dem Ehemann; es stammt aus einer Sage: Eine Frau steht auf einem Stein und schaut verharrt nach ihrem Mann, am Ende ist sie zu einem Stück Stein geworden. In China gibt es mehrere solche Stellen, sie werden 望夫石 oder 望夫台 genannt ② 悠悠 : gemächlich ③ 行人 : (hier) ihr Mann.

Der Stein zum Ausschauen nach dem Ehemann

Am Stein, wo die Frau nach ihrem Mann ausschaut,
fließt der Strom gemächlich fort.
Am Ende ist sie zu einem Stück Stein geworden,
dennoch wendet sie den Kopf nicht!
Auf sie fällt täglich Regen und Wind,
als ihr Mann heimkam, sprach der Stein zu ihm.

Zu diesem Gedicht:

Das Gedicht ist nach einem Volkslied bearbeitet worden, und die Form des Volksliedes wurde beibehalten. Hier wird die Treue der Frau hoch gepriesen.

孟 郊　　**mèng jiāo**　（751-814）

Meng Jiao lebte nach dem frühen Tod seines Vaters bei seiner Mutter, als er sehr klein war. Er lernte sehr fleißig, Gedichte zu rezitieren. Er bestand die kaiserliche Prüfung (*Jinshi*) erst mit 46 Jahren (im Jahre 796) , war jedoch zuvor immer durchgefallen. Danach war er Beamter im Kreis Liyang (溧阳尉). Da dieser 50-jährige Beamte den ganzen Tag nur Gedichte rezitierte und Wein trank, musste er von seinem Beamten-Posten entfernt werden. Er war im Alter ein kleiner Beamter in der Provinz Henan (河南) und starb an einer akuten Krankheit. Er war sehr arm, seine Frau hatte kein Geld für seine Beerdigung.

游子吟 [①]

慈母手中线，[②]
游子身上衣。
临行密密缝，
意恐迟迟归。

谁言寸草心， ③

报得三春晖。 ④

① 游子：der Sohn in der Fremde; 吟 [yín]: eine Art Lied ② 慈 [cí]: liebevoll ③ 寸草：(hier) die Kinder gemeint ④ 三春 = 孟春、仲春 和季春：der erste, der zweite und der dritte Monat des Frühlings; 晖 [huī]: Sonnenlicht, gemeint ist die Liebe der Mutter.

Das Lied vom wandernden Sohn

Der Faden in Mutters fleißiger Hand

Wird zu des Sohnes Gewand,

Sie näht sorgsam Nadel für Nadel,

Und hat Sorgen, wann er heimkehrt.

Wer kann sagen: wie das Kind

die Liebe der Mutter erwidern kann?

Zu diesem Gedicht:

Es ist ein Musikantenlied aus Sätzen mit je fünf Schriftzeichen , geschrieben im Jahr 800, als der Dichter seine Mutter nach Liyang holte. Es ist sein repräsentatives Gedicht und ist sehr populär geworden.

登科后 ①

昔日龌龊不足夸，②
今朝放荡思无涯。③
春风得意马蹄疾，④
一日看尽长安花。⑤

① 登科 : die bestandene kaiserliche Prüfung ② 龌龊 [wò chuò]: Schmutz, (hier) Schwierigkeiten und Leiden; 不足夸 [kuā]: (hier) nicht mehr nennen ③ 放荡 : sich gehen lassen; 思无涯 [yá]: frei und unbefangen ④ 春风得意 : sehr zufrieden sein ⑤ 长安 : die Hauptstadt Chang'an.

Nach der bestandenen kaiserlichen Prüfung

Alle Schwierigkeiten und Leiden von früher sind nicht mehr zu nennen,
Heute fühle ich mich ganz frei und unbefangen.
Ich bin sehr zufrieden und reite fröhlich und schnell,
An einem Tag werde ich in Chang'an alle Blumen ansehen.

Zu diesem Gedicht:

Es ist ein „五言绝句" . Der Dichter ist bei der kaiserlichen Prüfung mehrmals durchgefallen, erst mit 47 Jahren hat er die Prüfung bestanden, darum hat er sich Jahrzehnte bemüht. Und seine unermessliche Freude wird hier beschrieben. Noch zu bemerken ist, dass die zwei Wendungen „春风得意" (sehr zufrieden sein) und „走马看花" (etw. flüchtig ansehen) aus diesem Gedicht stammen.

元 稹　　**yuán zhěn**　（779–831）

Yuan Zhen, Dichter und Literat, stammte aus einer Beamtenfamilie und wurde in Luoyang, Provinz Henan geboren. Mit 15 Jahren wurde er Beamter. Da Yuan Zhen den Machthabern Vorhaltungen machte, wurde er missgünstig behandelt und oft degradiert. Mit 25 war er zuerst Beamter, dann Aufsichtsrat beim Hof（监察御史）, später ging er nach Jiangling（江陵, heute Stadt Yangzhou 扬州）degradiert, im Jahr 822 Gouverneur von Tongzhou（同州刺史）. Schließlich wurde er 829 hoher Hof-Beamter. Yuan Zhen war mit Bai Juyi gut befreundet, wobei sie beide ununterbrochen miteinander gedichtet hatten.

遣悲怀（其二）①

昔日戏言身后意，②
今朝都到眼前来。
衣裳已施行看尽，③
针线犹存未忍开。④

尚想旧情怜婢仆，⑤
也曾因梦送钱财。⑥
诚知此恨人人有，⑦
贫贱夫妻百事哀。⑧

① 昔日 [xī rì]: sich von et. ablenken; 悲怀: traurige Erinnerung (an seine verstorbene Frau) ② 身后意 : die Dinge nach dem Tod ③ 衣裳 [yī shang]: die Kleider seiner Frau; 施 [shī]: spenden; 行看尽 : sehen, dass nicht mehr viel da ist; 行 : bald, gleich ④ 针线 : Nadeln und Garne seiner Frau; 犹存 : noch aufbewahrt ⑤ 旧情 : die Gutherzigkeit seiner Frau; 怜 [lián]: (hier) gnadenvoll behandeln; 婢仆 [bì pú]: Magd und Diener ⑥ 旧梦 : in Folge des Traums von seiner Frau; 送 : (hier) Geld spenden ⑦ 此恨 : (hier) die Trauer um den Ehepartner ⑧ 贫贱 : sehr arm, nach der Heirat musste seine Frau Wildgemüse sammeln. Das Trauergedicht schrieb der Dichter, nachdem er Beamter geworden war; 百事 : bei allen Dingen.

Die traurige Erinnerung an meine verstorbene Frau (II)

Früher sprachen wir zum Spaß, wie es wär, wenn einer von uns stürbe,

Im Moment verschließe ich die Augen vor nichtigen Worten.

Deine Kleider hab ich fast alle verschenkt,

Nadeln und Garne aufbewahrt, bring ich es nicht übers

Herz, sie anzusehen.

An deine Gutherzigkeit erinnert, behandle ich gnädig

Diener und Magd,

Und infolge meines Traums von dir spende ich auch

Geld für die Armen.

Ich weiß: jeder wird über den Tod des Ehepartners trauern.

Wir, ein armes Ehepaar, haben bei allen Dingen doch

noch mehr zu ertragen.

Zu diesem Gedicht:

Es ist ein „七言律诗". Unter diesem Titel hat der Dichter
drei Gedichte geschrieben, alle sind seiner verstorbenen Frau
gewidmet, hier ist das zweite. Seine Frau starb mit 27 Jahren.
Sie hatte mit dem Dichter das arme Leben zusammen ertragen,
was er nie vergisst. Und er will auch als Beamter ihre Tugend
fortsetzen. Sprachlich ist es hier mehr familiär, und der letzte
Satz wird oft zitiert.

闻乐天授江州司马 ①

残灯无焰影幢幢，②
此夕闻君谪九江。③
垂死病中惊坐起，
暗风吹雨入寒窗。④

① 乐 [lè] 天 : Beiname vom Dichter Bai Juyi (白居易); 授 [shòu]: (hier) degradieren; 江州 [jiāng zhōu]: heute ist die Stadt Jiujiang (九江), Provinz Jiangxi (江西); 司马 : Amtsgehilfe des Gouverneurs ② 幢幢 [chuáng chuáng]: schwanken ③ 谪 [zhé]: degradieren. Bai Letian war gegen die sozialen und politischen Missstände, so wurde er degradiert. ④ 暗风 : der nächtliche Wind.

Die Nachricht von Letians Degradierung nach Jiangzhou

Die Öllampe löschte langsam aus,

im Raum schwankten Schatten hier und dort,

In dieser Nacht hört ich die Nachricht:

du wärst nach Jiangzhou degradiert.

…

Dies hat mich ganz erschüttert,

so richte ich mich im Krankenbett auf.

Nachtwind blies den Regen durchs Fenster,

nun fühlte ich mich noch mehr betrübt.

Zu diesem Gedicht:

Es sit ein „七言绝句". Yuan Zhen war mit dem Dichter Bai Juyi sehr gut befreundet. Als er von der Degradierung seines Freundes hörte, schrieb er dieses Gedicht, in dem die enge Verbindung der beiden zum Ausdruck gebracht wird.

李 贺　　**lǐ hè**　（790-816）

Li He stammte aus einer adligen Familie namens Zheng-Herrscher. Mit sieben Jahren konnte er schon dichten und schreiben. Er war damals wie viele andere Dichter im Lyrik-Kreis sehr aktiv. Wegen der Tabuisierung der familiären Namen konnte er das ganze Leben lang nicht zur *Jinshi*-Prüfung antreten, obwohl er im Ministerium der Riten ein höheres Amt（奉礼郎）bekleidete. Er hatte nur 26 Jahre gelebt. Seine Gedichte haben romantische und mysteriöse Züge, von ihm sind über zweihundert Gedichte erhalten geblieben.

南园 ①

花枝草蔓眼中开，②
小白长红越女腮。③
可怜日暮嫣香落，④
嫁与东风不用媒。⑤

① 南国：Südgarten, lag in der Nähe von Li Hes Familie, dort

befand sich seine Schule ② 草蔓 [cǎo màn]: Kräuter ③ 越女 : (hier) schönes Mädchen, eine Schönheit; 腮 [sāi]: Wange ④ 嫣 [yān] 香 : schön und duftig: (hier) Blüten gemeint ⑤ 嫁 [jià]: heiraten; 媒 [méi]: Ehevermittler.

Der Südgarten

Im Südgarten sehe ich alle Blumen und Kräuter blühen,

Weiße, rote Farben sind wie des schönen Mädchens Wangen.

Abends wird blütendes Blatt welk und fort mit dem Ostwind,

Als hätten sie sich mit ihm ohne Ehevermittler vermählt.

Zu diesem Gedicht:

Es sit ein „七言绝句" geschrieben in seiner Heimat. Es ist ein Zyklus von dreizehn Gedichten. Wir haben hier das erste genommen. Der Vergleich mit dem Vermählen mit dem Wind ist eigenartig und zeigt Li Hes Stil.

雁门太守行 ①

黑云压城城欲摧, ②

甲光向日金鳞开。③

角声满天秋色里，④

塞上燕脂凝夜紫。⑤

半卷红旗临易水，⑥

霜重鼓寒声不起。⑦

报君黄金台上意，⑧

提携玉龙为君死。⑨

① 雁门 : Yanmen-Stadt, liegt im Nordwesten der Provinz Shanxi (山西); 太守 : Kommandeur der Schutztruppen; 行 : die Weise, ein Musikantenlied ② 黑云 : die unzähligen feindlichen Truppen; 摧 [cuī]: stürzen ③ 甲光 : die Panzer glänzen; 金鳞 : goldene Schuppen ④ 角 : Signalhorn ⑤ 塞上 : Grenzgebiet; 燕脂 = 胭脂 [yān zhi]: ein roter Farbstoff; 紫 [zǐ]: dunkelrot ⑥ 易水 : Yi-Fluss, er entspringt im Kreis Yi (易县), Provinz Hebei (河北) ⑦ 霜重鼓寒 : die Trommeln sind vom starken Reif genässt ⑧ 君 = 君主 : der Kaiser; 黄金台 : In der Zeit der Streitenden Reiche (战国 , 475–221 v.u.Z.) ließ Yan-König (燕王) eine Menge Gold an der Tausammlungsstelle legen, um Personen mit Talent zu werben, daher wird die Stelle als die Goldene Stelle genannt. Es war ein taoistisches Rezept, dass die Wunderarznei für langes Leben mit Tau eingenommen wird, so wurde der Tau gesammelt. Im Gedicht hier wird die Tausammlungs-Hochstelle in der übertragenen Bedeutung verwendet, d.h. die kaiserliche Gunst ⑨ 玉龙 : (hier) Schwert.

Die Weise vom Kommandeur der Schutztruppen in der Yanmen-Stadt

Die feindlichen Truppen werfen Staubwolken und
drohen die Stadt zu stürzen.

Die eisernen Panzer unserer Schutzsoldaten glänzen in
der Sonne wie Schuppen.

Das Signalhorn tönt durch die herbstliche Luft,

Die Abenddämmerung färbt das Grenzgebiet dunkelrot.

…

Die Schutzgruppen kommen mit halb gerollten Fahnen
an den Yi-Fluss,

Und die vom Reif genässten Trommeln tönen dumpf.

Um der kaiserlichen Gunst zu vergelten, will der
Heerführer

Mit dem Schwert für Seine Majestät kämpfen bis zum
Tod.

Zu diesem Gedicht:

Es ist ein Musikantenlied, es schildert eine Grenzschlacht gegen
die Eindringlinge. Die Tapferkeit und Opferbereitschaft des
Heerführers und seiner Soldaten werden gepriesen. Mit diesem
Gedicht ist Li He sehr bekannt geworden.

Es ist zu bemerken: Die Schlacht ist am Yi-Fluss in Provinz Hebei ausgetragen worden, aber im Titel steht die Stadt Yanmen, die doch in Provinz Shanxi liegt. Wie erklärt man das? Eigentlich ist „雁门太守行" ein Musikantenlied aus der Zeit der Han-Dynastie, es preist das Heldentum. In dieser Hinsicht hat Li Hes Gedicht mit dem Musikantenlied gemeint, so kann Li He es als Titel einsetzen, und inhaltlich kann der Dichter anderes gestalten.

Luo Binwang schrieb mit sechs Jahren schon Gedichte. So wurde er als Wunderkind genannt und einer der vier Begabten in den früheren Jahrzehnten der Tang-Dynastie (s. Dichter 王勃). Er war zuerst Beamter beim Prinzen Dao（道王李元庆）, später Hof-Beamter（侍御史）. In einem Thronbericht hatte er den Unwillen, der Kaiserin Wu Zetian（武则天）vorzuwerfen, so wurde er ins Gefängnis geworfen. Nach der Freilassung war er Beamter im Kreis Linhai（临 海）. Im Jahr 684 nahm er am Feldzug gegen die Thronusurpierung von Wu Ze-tian teil, nach der Niederlage verschwand er spurlos. Man sagte, er sei Mönch geworden. Von ihm sind 130 Gedichte erhalten geblieben.

在狱咏蝉

西陆蝉声唱，①
南冠客思深。②
不堪玄鬓影，③

来对《白头吟》。④

露重飞难进，⑤

风多响易沉。⑥

无人信高洁，⑦

谁为表予心？⑧

① 西陆 : (hier) Herbst; 蝉 : Zikade ② 南冠 : (hier) Häftling; 客 : (hier) der Dichter selbst; 思深 : sich viel nachsinnen ③ 不堪 [bù kān]: nicht ertragen können; 玄鬓 [xuán bìn]: dünne und schwarze Flügel, (hier) Zikade gemeint ④ 《白头吟》: „Das klagende Lied", ein Musikantenlied ⑤ 露重 : große Tautropfen ⑥ 风多 : starker Wind; 响 : (hier) Gesang; 沉 [chén]: übertönen ⑦ 高洁 : edel und rein, gemeint ist die Zikade, und auch der Dichter selbst. Im Altertum glaubte man, dass sich die Zikade nur vom Tau nährte, so wurde sie zum Symbol für Edelkeit und Reinheit. ⑧ 予 [yú]: ich.

Zikadenlied im Gefängnis geschrieben

Der Herbst kommt und die Zikade zirpt,

Als Häftling sinne ich mich viel nach.

Ich kann kaum ertragen, die schwarze Zikade

singt zu mir „das klagende Lied".

Mit großen Tautropfen kann sie nicht weit fliegen,

Und ihr Gesang wird übertönt vom Geräusch des

Windes.

Keiner glaubt: ich bin wie die Zikade edel und rein,

Wer kann für mein reines Herz sprechen?

Zu diesem Gedicht:

Es ist eingeschrieben im Jahr 678 im Gefängnis, der Dichter spricht hier von seiner Unschuld, aber er kann es nicht direkt sagen, so ist die Zikade als Hilfe genommen. Das dritte Satzpaar deutet die politischen Verhältnisse an, an denen er gescheitert ist; das letzte Satzpaar ist eine Klage.

張九龄　　**zhāng jiǔ líng**　（698—740）

Zhang Jiuling, geboren in Qujiang Shaozhou (heute in der Stadt Shaoguan, der Provinz Guangdong), bestand im Jahr 707 die kaiserliche Prüfung und wurde dann Hof-Beamter, bis zum Kanzler (中书令). Er war so aufrichtig, dass er gegenüber dem Kaiser auch direkt seine kritischen Meinungen sagte, und er wurde von seinem Amts-Kollegen Li Linpu (李林甫) sehr verdrängt. So wurde er im Jahr 736 abgesetzt und als Bezirks-Beamter von Jingzhou (荆州长史) degradiert, gleichzeitig wurde Li Linpu Kanzler. Von da an begann die unruhige Zeit der Tang-Dynastie. Zhang Jiuling wurde in der Geschichte als einsichtiger Kanzler (贤相) genannt. Seine poetische *Wuyanshi*-Gedichtform ist leicht und schlicht, doch mit tiefem Lebenssinn.

望月怀远 [①]

海上生明月，
天涯共此时。[②]

情人怨遥夜，③
竟夕起相思。④
灭烛怜光满，⑤
披衣觉露滋。⑥
不堪盈手赠，⑦
还寝梦佳期。⑧

① 怀远 : an die fernen Familienangehörigen denken ② 天涯 : am Himmelsrand ③ 情人 : ein gefühlvoller Mensch, (hier) der Dichter selbst gemeint; 怨 [yuàn]: klagen ④ 竟夕 : ganze Nacht; 相思 : sich sehnen ⑤ 怜 [lián]: (hier) sich an etw. erfreuen; 光满 : volles Mondlicht ⑥ 露滋 [lù zī]: vom Tau genässt sein ⑦ 不堪 [bù kān]: nicht können; 盈 [yíng]: voll; 赠 [zèng]: (das Mondlicht) schenken ⑧ 寝 : Schlafzimmer; 佳期 : (hier) erfreuliches Zusammensein.

Den Mond schauend denk ich an die fernen Familienangehörigen

Aus dem Meer steigt der helle Mond empor,
Familienangehörige und ich schauen ihn am jeweiligen Fernort.
Ich sehne mich nach der Heimat und klag, die Nacht mir zu lange,

Und die ganze Nacht bin ich kummervoll.

Ich lösche die Kerze aus und erfreue mich des hellen

Mondlichts im Haus,

Ich werfe mir ein Kleidungsstück um und gehe hinaus,

und es wird genässt vom Tau.

Das Mondlicht kann ich nicht fassen und euch schenken.

Nun zurück ins Zimmer wünsche ich mir das

Zusammensein mit euch im Traum.

Zu diesem Gedicht:

Es ist ein „五言律诗". Der Dichter hat es nach der Degradierung geschrieben. In der Fremde sehnt er sich sehr nach seinen Familienangehörigen in der Heimat, es ist auch eine Klage gegen die Einsamkeit.

Chang Jian, ein Landschaftsdichter, bestand im Jahr 727 mit Wang Changling die kaiserliche Prüfung (*Jinshi*). Seine Glückssträhne in der Beamtenlaufbahn war viel schlechter als die von Wang. Chang Jian war mit seiner Beamtenlaufbahn unzufrieden. Anstatt Dienst zu tun, führte er ein Wanderleben. Schließlich wurde er Einsiedler und widmete sich der Landschaftslyrik, wobei er über fünfzig Gedichte schluf. Das folgende Gedicht ist ziemlich bekannt.

题破山寺后禅院 ①

清晨入古寺，

初日照高林。

曲径通幽处， ②

禅房花木深。 ③

山光悦鸟性， ④

潭影空人心。 ⑤

万籁此都寂， ⑥

但余钟磬音。 [7]

① 破山寺：Poshan-Kloster, lag nördlich von Changshu (常熟),
Provinz Jiangsu (江苏); 后禅 [chán] 院：Wohnhaus der Mönche
② 竹径：Pfad im Bambushain; 幽 [yōu] 处：stiller Ort ③ 禅房：
Andachtshalle ④ 悦：fröhlich stimmen ⑤ 潭影：die Widerspiegelung
im Teich; 空：(hier) von etw. befreien; 人心：irdische Dinge im Herzen
⑥ 万籁 [lài]: alle Stimmen der Natur ⑦ 磬 [qìng]: ein topfförmiges
Schlaginstrument im buddhistischen Kloster.

Das Mönchswohnhaus des Poshan-Klosters

Am Frühmorgen betrete ich das alte Kloster,

Die aufgehende Sonne bestrahlt den hohen Wald.

Ein Pfad im Bambushain führt zum stillen Ort,

Tief in den Blumen und Bäumen liegt die
Andachtshalle.

Der sonnige Berg stimmt die Vögel fröhlich,

Widerspiegelung im Teich befreit mein Herz von
irdischen Lasten.

Hier herrscht die Stille der Natur,

Ich höre nur Glöckchen und topfförmige Instrumente
schlagen.

Zu diesem Gedicht:

Es ist ein „五言律诗", ein repräsentatives Gedicht von Chang Jian. Als Einsiedler findet der Dichter in dem Kloster die innere Ruhe.

Wang Han wurde in Bingzhou, Jinyang (heute in der Stadt Taiyuan, Provinz Shanxi) geboren. Er war Grenzdichter. Im Jahr 710 bestand er die kaiserliche Prüfung (*Jinshi*), dann wurde er Hof-Beamter und Bezirks-Gouverneur von Ruzhou（汝州长史）, wurde er wegen seiner übermäßigen Vergnügungen zum Amtsgehilfen von Daozhou（道州司马）degradiert.

凉州词 ①

葡萄美酒夜光杯，②
欲饮琵琶马上催。③
醉卧沙场君莫笑，④
古来征战几人回。⑤

① 凉州：Liangzhou, heute ist die Stadt Wuwei（武威）, Provinz Gansu（甘肃）, damals war es Grenzgebiet; 词：(hier) Lied ② 夜光杯：Jadebecher ③ 琵琶：Pipa, eine Laute mit vier Saiten; 催 [cuī]:

drängen ④ 沙场 : Schlachtfeld ⑤ 古来 : seit alters; 征战 : Krieg.

Das Liangzhou-Lied

Der Jadebecher ist gefüllt mit erlesenem Wein,

Ich will trinken, da drängen mich die Pipa-Klänge

weiter zu reiten.

Du solltest nicht verlachen, wenn ich trunken auf dem

Schlachtfeld liege,

Wie viele Frontkämpfer kehren seit alters aus dem

Kriege heim?

Zu diesem Gedicht:

Es ist ein „七言绝句", ein bekanntes Grenzgedicht von Wang Han. Hier wird die heroische Opferbereitschaft gepriesen, und gleichzeitig ist es eine Klage gegen den Krieg.

参考书目 Literatur

1. 《唐诗一百首》，中华书局上海编辑所，1959。

2. 《唐诗三百首》，蘅塘退士编，陈婉俊補注，中华书局，1959。

3. 《唐诗三百首》，蘅塘退士选，金性注，陕西师范大学出版社，2010修订版。

4. 《唐诗三百首》，蘅塘退士编，苏谦注释，陕西师范大学出版社。

5. 《唐诗三百首》，蘅塘退士著，宋海峰《中国古典文学选粹》，内蒙古人民出版社，2010。

6. 《唐人绝句五百首》，房开江，潘中心编，贵州人民出版社，1981。